SCIENCE FICTION

Herausgegeben
von Wolfgang Jeschke

Von Anne McCaffrey erschienen in der Reihe
HEYNE SCIENCE FICTION & FANTASY:

Der Drachenreiter (von Pern)-Zyklus

1. Die Welt der Drachen · 06/3291
2. Die Suche der Drachen · 06/3330
3. Drachengesang · 06/3791
4. Drachensinger · 06/3849
5. Drachentrommeln · 06/3996
6. Der weiße Drache · 06/3918
7. Moreta — Die Drachenherrin von Pern · 06/4196
8. Nerilkas Abenteuer · 06/4548
9. Drachendämmerung · 06/4666

Dinosaurier-Planet-Zyklus

1. Dinosaurier-Planet · 06/4168
2. Die Überlebenden · 06/4347

Planet der Entscheidung · 06/3314
Ein Raumschiff namens Helva · 06/3354; auch ↗ 06/1008
Die Wiedergeborene · 06/3362
Wilde Talente · 06/4289
Killashandra · 06/4728

ANNE McCAFFREY

Killa-shandra

Roman

Deutsche Erstausgabe

Science Fiction

WILHELM HEYNE VERLAG
MÜNCHEN

HEYNE SCIENCE FICTION & FANTASY
Band 06/4728

Titel der amerikanischen Originalausgabe
KILLASHANDRA
Deutsche Übersetzung von Jürgen Langowski
Das Umschlagbild schuf Michael Whelan

Redaktion: Friedel Wahren

Printed in Germany 1990
Umschlaggestaltung: Atelier Ingrid Schütz, München
Satz: Schaber, Wels
Druck und Bindung: Elsnerdruck, Berlin

ISBN 3-453-04314-6

01

Die Winter auf Ballybran waren im allgemeinen mild, aber die Frühlingsstürme heulten jedes Jahr aufs neue mit unerwarteter Gewalt über das Land.

Der erste Sturm dieses Frühjahrs tobte durch die Milekey Ranges und jagte auf seinem Weg nach Westen die fliehenden Schlitten der Kristallsänger wie Staubflocken vor sich her. Die saumseligen Sänger, die zu lange in ihren Claims geblieben waren, hielten ihre bockenden Schlitten nur mit Mühe auf Kurs, während sie zum schützenden Gildenhaus der Heptiter rasten.

Im Innern des gewaltigen Hangars, dessen Schutzbleche gegen die pfeilschnellen Winde gehoben waren, herrschte ein geordnetes Chaos. Kristallsänger sprangen von ihren Schlitten, halb betäubt vom kreischenden Wind und erschöpft vom turbulenten Flug. Die Arbeiter im Hangar, die anscheinend auch im Hinterkopf Augen hatten, wurden wie durch ein Wunder nicht verletzt, während sie sich ihrer wichtigsten Aufgabe widmeten und die einlaufenden Schlitten vom Hangarboden hoben und in Lagerregale stellten, um Platz für die unberechenbaren Landungen der ständig hereinkommenden Fahrzeuge zu schaffen. Die Warnsirene durchdrang sogar das Geheul des Sturms, als zwei Schlitten zusammenstießen; einer kippte über die Leitbleche und landete mit der Nase voraus auf dem Plastbeton, während der zweite wie ein flacher Stein auf einer Wasserfläche unkontrolliert davonhüpfte, bis er mit einem Knall an der gegenüberliegenden Wand stehenblieb. Sofort kam ein Traktor, legte Klammern um den umgekippten Schlitten und zog ihn knapp vor dem nächsten Schlitten, der nur Sekunden später über die Leitbleche hereinkam, von der Landezone.

Dieser Schlitten wiederholte beinahe die Bruchlandung seines Vorgängers, doch er wurde im letzten Augenblick hochgerissen und schlitterte über den Hangarboden. Wenige Zentimeter vor den Ladearbeitern, die Kartons mit wertvollen Kristallen zur Sortierabteilung brachten, kam er zum Stehen. Da nichts passiert war, vergaßen sogar die Helfer, die nur knapp einer Verletzung entgangen waren, den Zwischenfall sofort wieder.

Killashandra Ree sprang vom Schlitten und nahm die Tatsache, daß ihr Schlitten so kurz vor dem Sortierschuppen zum Stehen gekommen war, als gutes Omen. Sie faßte den nächsten Ladearbeiter, der vorbeikam, am Arm und bugsierte ihn energisch zu ihrer Frachtluke, die sie ihm aufzog. Sie hatte nicht viele Kristalle, und deshalb war jedes Bröckchen, das sie geschnitten hatte, doppelt wertvoll. Wenn sie auch diesmal nicht genügend Kredite verdient hatte, um den Planeten zu verlassen ... Killashandra knirschte mit den Zähnen, während sie ihrem Rekruten in den Sortierschuppen folgte.

Als der Mann, den sie in ihren Dienst gepreßt hatte, den Karton ans Ende einer ordentlich aufgereihten Warteschlange ähnlicher Behälter stellte, wie es sich gehörte, war es um Killashandras Geduld geschehen. »Nein, stell ihn hierhin!« rief sie. »Nicht da! Das dauert ja den ganzen Tag, bis alles sortiert ist. Hier.«

Sie wartete, bis er ihren Karton in die Reihe gestellt hatte, die sie ihm zeigte, bevor sie einen zweiten dazustellte. Dann ging sie zum Schlitten zurück, um eine zweite Ladung zu holen, und stellte zwei weitere unterbeschäftigte Arbeiter in ihren Dienst. Erst als alle acht Kartons ausgeladen waren, gestattete sie sich eine Verschnaufpause. Die Müdigkeit setzte ihr zu. Sie hatte zwei Tage lang ohne Pause gearbeitet und verzweifelt versucht, genug Kristalle zu schneiden, um Ballybran verlassen zu können. Der Kristall pulsierte in ihrem Blut und in ihren Knochen, raubte ihr nachts den Schlaf und tags die Ruhe, sosehr sie auch versuchte, ihren Körper zu ermüden. Ihre einzige Erlösung war es, im Regenerationsbad unterzutauchen. Aber in der Badewanne konnte man keine Kristalle schneiden! Sie mußte den Planeten verlassen, um das lästige Pochen zum Schweigen zu bringen.

Mehr als anderthalb Jahre lang, seit die Frühlingsstürme Keborgens alten Claim zerstört hatten, hatte sie unablässig nach einer vielversprechenden Stelle gesucht. Killashandra war Realistin genug, um sich einzugestehen, daß die Wahrscheinlichkeit, einen so ergiebigen und wertvollen Claim wie Keborgens schwarze Kristallader zu finden, sehr niedrig war. Dennoch konnte sie erwarten, in den Gebirgen Ballybrans einige brauchbare und halbwegs gewinnbringende Kristalle zu finden. Aber mit jeder fruchtlosen Fahrt in die Berge schmolz das Kreditkonto, das von ihrem Anteil an Keborgens Claim und der Installation des schwarzen Kristalls von Trundomoux stammte, weiter zusammen, denn die Heptitergilde berechnete den Kristallsängern auch den kleinsten Dienst, den sie ihnen erwies.

Im Herbst, als alle anderen, die sie kannte — Rimbol, Jezerey und Mistra — den Planeten verlassen konnten, hatte sie weitergearbeitet, ohne einen ergiebigen Claim in irgendeiner Farbe zu finden. Während des ganzen milden Winters hatte sie verbissen die Gebirgszüge abgesucht und war nun zum Gildenhaus zurückgekehrt, um ihre Lebensmittelvorräte zu ergänzen und ihren kristallmüden Körper im Regenerationsbad zu erfrischen.

»Du solltest wirklich mal ein oder zwei Wochen oben in Shanganagh Base ausspannen«, hatte Lanzecki gesagt, als er bei einem ihrer kurzen Besuche in ihr Quartier gekommen war.

»Was würde das nützen?« hatte sie erwidert. Sie war so frustriert, daß sie ihn beinahe angeknurrt hätte. »Ich würde immer noch die Kristalle spüren, und ich müßte immer noch Ballybran sehen.«

Lanzecki hatte sie forschend betrachtet. »Du bist nicht in der Stimmung, mir zu glauben«, sagte er, und um dafür zu sorgen, daß sie ihm auch zuhörte, fuhr er fort: »Aber du wirst schon wieder schwarze Kristalle finden, Killashandra. In der Zwischenzeit braucht die Gilde dringend alle Farbschattierungen, die du nur finden kannst. Selbst die rosafarbenen, die du so verachtest.« Seine schwarzen Augen funkelten, und seine Stimme klang äußerst verschlagen, als er fortfuhr: »Es wird dir sicher leid tun zu erfahren, daß die Passoverstürme auch Moksoons Claim zerstört haben.«

Killashandra hatte ihn einen Augenblick angestarrt, bevor ihr Humor die Oberhand gewann. Sie lachte. »Ich bin untröstlich!«

»Das dachte ich mir.« Seine Lippen zuckten amüsiert. Dann beugte er sich vor und zog den Stöpsel heraus, damit die Regenerationsflüssigkeit ablaufen konnte. »Du wirst schon wieder Kristalle finden, Killa.«

Es war eine ruhige und zuversichtliche Behauptung gewesen, die ihre gesunkene Moral während der ganzen Fahrt aufrechterhalten hatte. Und sie war nicht ganz falsch gewesen. In der dritten Woche, nachdem sie zwei Lager von rosafarbenen und blauen Kristallen ausgelassen hatte, entdeckte sie weißen Kristall. Doch beinahe hätte sie die Ader übersehen. Wenn sie sich nicht mit einer aufmunternden Arie Mut gemacht hätte, die den Fels unter ihren Händen zum Vibrieren brachte, hätte sie den scheuen weißen Kristall verpaßt. Es entsprach ihrer ausgedehnten Pechsträhne, daß der weiße Kristall so flüchtig war. Zuerst nahm die Ader an Qualität ab, dann verschwand sie völlig, um eine halbe Meile entfernt in Bruchstücken wieder aufzutauchen. Sie hatte Wochen gebraucht, um die Falte auszuräumen und den halben Berg abzutragen, bis sie endlich brauchbare Kristalle fand. Nur die Tatsache, daß weißer Kristall wegen seiner vielseitigen Einsatzmöglichkeiten so wertvoll war, ließ sie weitermachen.

Durch ihre symbiotische Anpassung an Ballybrans Klima spürte Killashandra rechtzeitig den aufziehenden

Frühlingssturm. Sie hatte wie besessen gegraben, bis sie zu heiser war, um den Sonarschneider auf den Kristall einzustimmen. Dann erst hatte sie eine Pause eingelegt und sich ausgeruht. Sie hatte geschnitten, bis die ersten Winde in den Gebirgszügen gefährliche Kristallechos anschlugen. Ohne Rücksicht auf Verluste hatte sie den kürzesten Weg zurück zum Gildenhaus gewählt und auf die Tatsache gezählt, daß sie die Kristallsängerin war, die ihren Claim in den Bergen am längsten behauptet hatte.

Sie hätte es beinahe nicht mehr geschafft: Die Hangartore knallten zu, um den kreischenden Sturm auszusperren, sobald ihr Schlitten an den Leitblechen vorbei war. Sie mußte wegen ihrer halsbrecherischen Einfahrt mit einer Ermahnung vom Flugleiter rechnen. Und wahrscheinlich mit einer zweiten Verwarnung vom Gildemeister, weil sie die Sturmwarnungen mißachtet hatte.

Sie atmete mehrmals scharf ein und sammelte Kraft für den letzten Schritt, der noch nötig war, um Ballybran zu verlassen. Beim letzten Atemzug packte sie den obersten Karton und brachte ihn in den Sortierraum. Sie legte ihn auf Enthors Tisch, als der alte Sortierer sich gerade abwandte.

»Killashandra! Du hast mich erschreckt.« Enthors Augen schalteten von Normalsicht auf den Vergrößerungsblick um, den er durch die Anpassung an Ballybran erworben hatte. Er griff begierig nach dem Karton. »Hast du die schwarze Ader wiedergefunden?« Er verzog enttäuscht das Gesicht, als seine Finger nicht das Prickeln spürten, das für die unbezahlbaren, seltenen schwarzen Kristalle so typisch war.

»So großes Glück hatte ich nicht.« Killashandras Stimme klang müde und gereizt. »Aber ich hoffe trotzdem, daß es eine anständige Ernte ist.« Sie setzte sich halb auf den Tisch, denn sie brauchte diese Stütze, um auf den Beinen zu bleiben, während Enthor die Kristallblöcke aus den Plastikhüllen nahm.

»Tatsächlich!« Enthor summte begeistert, während er den ersten weißen Kristall aus der Hülle nahm und ehrfürchtig auf den Arbeitstisch legte. »Tatsächlich!« Er begutachtete den Kristall mit seinen verstärkten Augen. »Makellos. Weiße Kristalle sind oft getrübt. Wenn ich mich nicht irre ...«

»Den Tag möchte ich erleben«, murmelte Killashandra halblaut und mit brüchiger Stimme.

»... aber ich irre mich nicht.« Enthor zog die Augenbrauen zusammen, blinzelte, um die Augen wieder auf die Normalsicht umzustellen, und sah sie scharf an. Killashandra fragte sich einen Moment lang, was Enthors Augen sahen, wenn er einen menschlichen Körper mit seinem Verstärkerblick betrachtete. »Ich glaube fast, meine liebe Killa, daß du die Marktentwicklung geahnt hast.«

»Wirklich?« Killashandra richtete sich auf. »Sind weiße Kristalle gefragt?«

Enthor zog einen weiteren schlanken funkelnden Kristallstab aus der Hülle. »Ja, und ganz besonders, wenn du eine Serie hast. Diese hier sind ein guter Anfang. Was hast du noch geschnitten?« Sie gingen zum Lager hinaus und holten zwei neue Kartons.

»Vierundvierzig.«

»Von zunehmender Größe?«

»Ja.« Enthors Erregung erweckte in Killashandra einige Hoffnungen.

»Jeweils einen halben Zentimeter größer?«

»Ja.«

Enthor strahlte sie beinahe so begeistert an, als hätte sie ihm schwarze Kristalle gebracht.

»Dein Instinkt ist bemerkenswert, Killa, denn du konntest vom Auftrag der Optherianer nichts wissen.«

»Eine Orgelgruppe?«

Enthor winkte Killashandra, ihm zu helfen, die weißen Stäbe auf der Arbeitsplatte auszulegen.

»Genau. Ein ganzes Manual wurde zerstört.« Enthor

sah sie noch einmal scharf an. »Wo sind die anderen? Rasch, hol sie! Wenn auch nur ein einziger trüber darunter ist ...«

Killashandra gehorchte; sie war so unsicher auf den Beinen, daß sie gegen die Schwingtür prallte. Als die Kristalle auf dem Tisch funkelten, schauderte sie heftig und mußte sich an der Platte festhalten, um nicht umzufallen. Enthor brauchte ein halbes Jahrhundert, um ihren Schnitt zu schätzen.

»Kein einziger trüber Kristall, Killashandra.« Enthor tätschelte ihren Arm. Er nahm seinen kleinen Hammer, neigte den Kopf und lauschte dem reinen süßen Klang, den jeder vorsichtige Schlag den Kristallen entlockte.

»Wieviel, Enthor? Wieviel?« Killashandra klammerte sich mühsam an den Tisch und ans Bewußtsein.

»Ich fürchte, nicht soviel wie für schwarzen Kristall.« Enthor tippte Zahlen in sein Terminal ein. Er schob die Unterlippe vor, während er auf die Anzeige wartete. »Immerhin, 10.054 Kredite, das ist nicht zu verachten.« Er hob die Augenbrauen, denn er rechnete mit einer erfreuten Reaktion.

»Nur zehntausend ...« Ihre Knie gaben nach, ihre Waden verkrampften sich. Sie packte die Tischkante noch fester.

»Aber das reicht doch, um den Planeten zu verlassen.«

»Aber nicht weit genug und nicht lange genug.« Schwärze senkte sich über ihre Augen. Killashandra löste eine Hand von der Tischkante, um sich die Augen zu reiben.

»Wäre Optheria weit genug?« fragte eine trockene, amüsierte Stimme hinter ihr.

»Lanzecki ...«, begann sie. Sie drehte sich zum Gildemeister um, doch die Drehung verwandelte sich in ein unkontrolliertes Taumeln, und sie stürzte in die Dunkelheit, der sie nicht mehr ausweichen konnte.

»Sie kommt wieder zu sich, Lanzecki.«

Killashandra hörte die Worte. Den Sinn verstand sie nicht. Der Satz hallte in ihrem Kopf, als stünde sie in einem Tunnel. Doch allmählich kehrte ihr Bewußtsein zurück.

Die Stimme gehörte Antona, der Leitenden Ärztin der Heptitergilde.

Langsam kehrte ihr Körpergefühl zurück, doch es beschränkte sich im Augenblick noch darauf, daß sie etwas unter dem Kinn und einen Riemen hinter den Schultern bemerkte. Der Rest ihres Körpers war taub. Killashandra zuckte unwillkürlich zusammen und spürte den zähen Widerstand der Regenerationsflüssigkeit. Sie lag im Bad — das erklärte die Stütze am Kinn und die Schultergurte.

Sie öffnete die Augen und war nicht überrascht, den Regenerationsraum der Krankenstation zu sehen. Neben ihr standen einige weitere Becken; wie sie an den über die Ränder ragenden Köpfen sah, waren zwei besetzt.

»So, nun bist du also wieder unter uns, Killashandra!«

»Wie lange habt ihr mich eingeweicht, Antona?«

Antona blickte zur Anzeige vor dem Tank. »Zweiunddreißig Stunden, neunzehn Spülungen.« Antona drohte ihr mit dem Zeigefinger. »Du darfst dich nicht übernehmen, Killa. Du erschöpfst die Kräfte deines Symbionten. Wenn du ihn so mißhandelst, kann er eingehen. Und du wirst seinen Schutz noch brauchen. Vergiß das nicht!« Antona verzog ihr klassisch geschnittenes Gesicht zu einem traurigen Lächeln. »Falls du das schaffst. Aber nimm es wenigstens in deine Erinnerungsspeicher auf, wenn du in dein Zimmer zurückkehrst«, fügte sie hinzu. Sie seufzte, als sie an die Gedächtnisstörungen der Sänger dachte.

»Wann darf ich aufstehen?« Killashandra aalte sich im Tank und prüfte ihre Knochen und ihre Reflexe.

Antona zuckte die Achseln und tippte einige Daten ins Terminal des Tanks. »Oh, jederzeit. Puls und Blutdruck sind in Ordnung. Ist dein Kopf klar?«

»Ja.«

Antona drückte auf einen Knopf, und die Kinnstütze und die Schultergurte gaben Killashandra frei. Sie packte die Kante des Beckens, und Antona reichte ihr einen langen Umhang.

»Muß ich dir noch sagen, daß du etwas essen sollst?«

Killashandra grinste trocken. »Nein, mein Magen weiß inzwischen, daß ich wach bin. Er knurrt.«

»Du hast fast zwei Kilo verloren. Kannst du dich erinnern, wann du zum letzten Mal gegessen hast?« Antonas Stimme und ihre Augen verrieten ihre Verärgerung. »Aber es ist wohl sinnlos, dich zu fragen, was?«

»Nicht im mindesten«, erwiderte Killashandra fröhlich, während sie aus dem Tank kletterte. Die Regenerationsflüssigkeit perlte von ihrem Körper ab und entblößte ihre glatte weiche Haut. Sie streifte den Umhang über. Antona gab ihr eine Hand, um ihr die fünf Stufen hinunterzuhelfen.

»Wieviel Kristallresonanz spürst du noch?« Antona legte die Hände auf die kleine Tastatur des Tanks.

Killashandra konzentrierte sich auf den Lärm zwischen den Ohren. »Nur eine winzige Spur!« Sie schnaufte erleichtert.

»Lanzecki sagt, du hast genug geschnitten, um den Planeten zu verlassen.«

Killashandra runzelte die Stirn. »Er hat noch etwas gesagt, aber ich habe vergessen was es war.« Killashandra wußte nur noch, daß es wichtig gewesen war.

»Er wird es dir sicher noch einmal sagen. Geh jetzt in dein Zimmer und iß etwas.« Antona drückte Killashandra aufmunternd an sich, bevor sie sich abwandte, um sich um die anderen Patienten zu kümmern.

Während Killashandra von der Krankenstation tief unter dem Gildenhaus nach oben fuhr, dachte sie verwirrt über ihre Gedächtnislücke nach. Man hatte ihr erklärt, daß die Gehirne der Kristallsänger mehrere Jahrzehnte einwandfrei funktionierten, bevor das Gedächtnis nachließ; doch es gab keine feste Grenze für den Beginn des Verfalls. Sie hatte schon Glück gehabt, daß ihre Milekey-Transition zu einer vollen Anpassung an die Ballybran-Spore geführt hatte, denn diese Anpassung war lebenswichtig für alle, die auf diesem Planeten lebten. Die Transition brachte viele Vorzüge, nicht zuletzt die Tatsache, daß man dem schlimmen Transitionsfieber entging, und angeblich sollte sie helfen, das Gedächtnis länger intakt zu halten. Vielleicht konnte sie diesen einmaligen Ausfall auf ihre Müdigkeit schieben.

Als sich die Aufzugtür auf der Wohnebene der Sänger öffnete, sah sie keinen Menschen. Der Sturm war eingeschlafen. Sie hielt einen Augenblick lang inne, um in den Speisesaal zu blicken. Nur ein einsamer Gast saß im großen Raum. Sie zog den Umhang eng um sich und eilte den Flur hinunter zum Blauen Bezirk, in dem ihre Wohnung lag.

In ihrem Zimmer rief sie als erstes ihren Kontostand ab und der Knoten in ihrem Bauch löste sich, als sie die Zahl 12.790 auf dem Bildschirm sah. Sie betrachtete die Angabe eine Weile, dann tippte sie die überragend wichtige Frage ein: Wie weit konnte sie sich mit dieser Summe von Ballybran entfernen?

Die Antwort bestand aus den Namen von vier Systemen. Ihr Bauch polterte. Sie zappelte wütend auf dem Stuhl herum und bat um Einzelheiten über die Systeme. Die Antworten waren nicht gerade aufregend. Die erdähnlichen Planeten dieser Systeme wurden industriell oder agrarisch genutzt und besaßen im besten Fall äußerst konservative Freizeitangebote. Aus den Berichten, die sie aufgeschnappt hatte, wußte Killashandra, daß diese nahegelegenen Planeten die Besucher von Ballybran leid waren und sie entweder rücksichtslos ausnahmen oder ausgesprochen grob behandelten.

»Das einzig Gute an ihnen«, knurrte Killashandra wütend, »ist die Tatsache, daß ich noch nicht da war.«

Sie hatte beabsichtigt, ihren schon lange überfälligen Urlaub auf Maxim, dem Freizeitplaneten des Barderi-Systems, zu verbringen. Nach allem, was sie gehört hatte, konnte man in den modernen Vergnügungsparks und den Hotels des freizügigen Maxim die Kristallresonanz leicht vergessen. Aber sie hatte noch nicht genug Kredite, um sich dieses Vergnügen leisten zu können.

Sie rieb sich wütend die Hände und bemerkte, daß die dicken Schwielen, die von den heftigen Vibrationen des Schneiders stammten, durch das lange Bad aufgeweicht waren. Die zahlreichen kleinen Risse und Schnitte, die der Beruf des Sängers mit sich brachte, waren zu kleinen weißen Narben verheilt. Nun, wenigstens in dieser Hinsicht funktionierte ihr Symbiont einwandfrei. Und die weißen Kristalle hatten ihr immerhin einen kleinen Urlaub auf einem anderen Planeten eingebracht.

Weiße Kristalle! Enthor hatte etwas über ein zerstörtes Manual erzählt! Weiße Kristalle von Ballybran kamen in optherianischen Sinnesorgeln zum Einsatz, und sie hatte vierundvierzig Stück geschnitten, die, mit einem halben Zentimeter Größe beginnend, um jeweils fünf Millimeter größer wurden.

Lanzecki hatte ihr eine Frage gestellt.

»Wäre Optheria weit genug?« Sie erinnerte sich an seine tiefe Stimme, an seine Worte.

Sie grinste erleichtert, nachdem ihr die Frage wieder eingefallen war. Sie drehte sich zum Bildschirm herum und tippte seine Nummer ein.

»Killa?« Lanzeckis Hände schwebten über der Tastatur, und die gehobenen Augenbrauen verrieten seine Überraschung. »Du hast noch nichts zu essen bestellt.« Er runzelte die Stirn.

»Oh, hast du das Programm angewiesen, mich zu

überwachen?« Sie strahlte ihn erfreut an und erinnerte sich an ihre Romanze vor ihrer ersten Fahrt in die Ranges. Nach ihrer Rückkehr aus dem Trundomoux-System hatten sie nur wenige Tage füreinander Zeit gehabt, bevor Lanzecki mit Arbeit überschüttet wurde und sie wieder zu den Ranges aufbrechen mußte. Seitdem war sie nur noch in den Complex zurückgekehrt, um Vorräte aufzunehmen oder vor einem Sturm in Deckung zu gehen. Deshalb waren ihre Begegnungen sehr knapp ausgefallen. Es war schön zu wissen, daß er es sofort erfahren wollte, wenn sie wieder auf die Beine kam.

»Es schien der beste Weg, mit dir Kontakt aufzunehmen. Nach zweiunddreißig Stunden im Tank mußtest du einen Heißhunger haben. Wenn ich darf, leiste ich dir gern Gesellschaft ...« Und als sie zustimmend nickte, tippte er rasch eine Nachricht in seinen Computer und schob seinen Stuhl zurück. Er lächelte sie an. »Ich habe nämlich auch Hunger.«

Eine weitere Bestätigung dafür, daß ihre Erinnerung ungebrochen funktionierte, war die Tatsache, daß Killashandra sich ohne Schwierigkeiten an Lanzeckis Vorlieben erinnern konnte. Sie grinste, als sie Yarran-Bier bestellte. Ihr Bauch gurgelte ungeduldig. Sie hatte lange nichts Vernünftiges mehr gegessen und wollte sich von Lanzeckis Vorlieben leiten lassen.

Sie warf sich gerade einen buntgestreiften Umhang über, als es klingelte. »Herein!« rief sie. Auf dieses Stichwort hin spuckte der Lieferschacht ihre Bestellung aus. Der Duft des Essens ließ ihr das Wasser im Mund zusammenlaufen.

Sie nahm sofort die dampfenden Teller aus dem Lieferschacht und begrüßte Lanzecki mit einem breiten Grinsen.

»Die Küchenleitung hat mich gebeten, einige gut gewählte Worte der Mißbilligung über den stark angestiegenen Verbrauch von Yarran-Bier zu verlieren«, sagte er, während er den Krug und die Becher zum Tisch trug. Er setzte sich und schenkte zwei Gläser ein. »Auf deine Wiederbelebung!« Lanzecki hob das Glas und prostete ihr zu. Mit einem kurzen Blick schalt er sie, weil die Behandlung überhaupt nötig geworden war.

»Antona hat mich schon ausgeschimpft, aber ich mußte diesmal einfach genug verkäufliche Kristalle schneiden, um den Planeten verlassen zu können.«

»Die weißen Kristalle waren auf jeden Fall ein Erfolg.«

»Hast du nicht, kurz bevor ich bewußtlos wurde, etwas über Optheria gesagt?«

Lanzecki nahm einen Schluck Yarran-Bier, bevor er antwortete. »Kann schon sein.« Er beförderte eine große Ladung gebackener Malva-Bohnen auf seinen Teller.

»Benutzen die Optherianer nicht weiße Kristalle für ihre Sinnesorgeln?«

»Allerdings.«

Also wollte Lanzecki nicht mit der Sprache herausrücken. Nun, dann mußte sie eben bohren. »Enthor hat mir erzählt, daß ein ganzes Manual zerstört wurde.« Lanzecki nickte. Sie fuhr fort: »Und du hast mich gefragt, ob Optheria weit genug wäre.«

»Wirklich?«

»Du weißt es doch selbst am besten.« Killashandra zeigte Geduld. »Du vergißt nie etwas. Und deine geheimnisvolle Bemerkung erweckte in mir den Eindruck, daß jemand — womit möglicherweise ich gemeint war — hinfahren muß. Habe ich recht?«

Er erwiderte unbeeindruckt und mit undurchschaubarem Gesichtsausdruck ihren Blick. »Du hast mir vor gar nicht so langer Zeit zu verstehen gegeben, daß du keinen Auftrag auf einer anderen Welt annehmen würdest.«

»Das war, bevor ich auf diesem elenden Planeten festsaß.« Sie bemerkte das verschlagene Funkeln in seinen Augen. »Also habe ich recht. Die Installation *muß* von einem Kristallsänger vorgenommen werden!«

»Es war ein schrecklicher Unfall«, sagte Lanzecki zaghaft, während er sich mit einer neuen Ladung Malva-Bohnen versorgte. »Der Musiker, der die Orgel beschädigte, wurde von den herumfliegenden Splittern getötet. Er war zugleich der einzige Mensch auf dem Planeten, der eine so umfangreiche Reparatur hätte vornehmen können. Und wie so oft bei derart empfindlichen und teuren Geräten drängt der ganze Planet darauf, daß das Instrument schnell repariert wird. Es war das größte auf dem ganzen Planeten; es sollte beim berühmten Sommerfest Optherias eine wichtige Rolle spielen. Wir haben uns vertraglich verpflichtet, Techniker und Kristalle zu stellen.« Er hielt für einen Augenblick inne und schob sich einen Löffel knusprig gebackener weißer Bohnen in den Mund. Es war eindeutig — er wollte sie ködern. Killashandra wußte es genau. Sie hielt den Mund. »Einerseits erscheint dein Name auf der Liste derer, die dazu qualifiziert wären ...«

»Es muß um mehr als um Kristalle gehen«, sagte sie, als er absichtlich den Satz unbeendet ließ. Sie beobachtete sein Gesicht, um seine Gedanken zu erkennen. »Weiße Kristalle sind äußerst aktiv und reflektieren Klänge ...«

»Unter anderem«, ergänzte Lanzecki, als sie innehielt.

»Aber wenn es nicht die Kristalle sind, worum geht es den Optherianern dann?«

»Meine liebe Killashandra, der Auftrag wurde noch nicht vergeben.«

»Noch nicht vergeben? Das gefällt mir. Das war wohl auch deine Absicht. Aber ich würde es dir ohne weiteres zutrauen, Lanzecki, daß du mir noch einen Job wie die Trundomoux-Installation unterjubelst.«

Er schnappte nach dem Finger, mit dem sie ihm empört drohte, und zog ihre Hand über den vollen Tisch an die Lippen. Die vertraute Zärtlichkeit weckte tief in ihrem Bauch vertraute Reaktionen, und sie versuchte, die Wut über seine Methoden zu nutzen, um die Wirkung der Geste zu neutralisieren.

Sie erschrak, als Lanzeckis Armbandgerät piepste. Er hob etwas gereizt das Handgelenk und drückte den Knopf, um den Ruf anzunehmen.

Aus dem Gerät drang eine blecherne Version von Trags Baßstimme. »Ich sollte dir Bescheid geben, sobald die Testergebnisse kommen«, sagte der Verwaltungsleiter.

»Gibt es interessante Bewerber?«

Lanzeckis Stimme klang zögernd und sogar etwas gelangweilt, aber Killashandra nahm beunruhigt die eigenartige Spannung um seine Lippen und Augen zur Kenntnis. Sie aß weiter und gab höflich vor, das Gespräch zu überhören, aber sie verpaßte keine Silbe von Trags Antwort.

»Vier Agrarwissenschaftler, ein Endokrinologe von Theta, zwei Xenobiologen, ein Atmosphärephysiker, drei ehemalige Raumsoldaten«, — Killashandra bemerkte, daß Lanzeckis Augen sich etwas erweiterten, was sie als Befriedigung interpretierte —, »und die üblichen Nieten, die von den Prüfern nicht empfohlen wurden.«

»Danke, Trag.«

Lanzecki gab Killashandra mit einem Nicken zu verstehen, daß die Unterbrechung beendet sei, und machte sich wieder über seine gebackenen Malva-Bohnen her.

»Wo ist nun der Haken beim Auftrag der Optherianer? Schlechte Bezahlung?«

»Ganz im Gegenteil, eine solche Installation bringt etwa zwanzigtausend Kredite.«

»Und ich käme gleichzeitig von diesem Planeten weg.« Killashandra war beeindruckt. Mit einem so hohen Kontostand konnte sie die Kristalle für eine Weile vergessen.

»Der Vertrag wurde dir nicht offiziell angeboten, Killa. Ich schätze deine Bereitschaft, den Auftrag zu übernehmen, aber es gibt gewisse Umstände, die sowohl von der Gilde als auch vom Ausführenden berücksichtigt werden müssen. Verpflichte dich nicht überstürzt.« Lanzecki meinte es ernst. Er erwiderte ihren Blick und runzelte besorgt die Stirn. »Der Weg ins optherianische System ist weit. Du wärst fast ein Jahr lang unterwegs ...«

»Um so besser ...«

»Du sagst das jetzt, da du voller Kristallresonanz bist. Aber du kannst doch Carrik noch nicht vergessen haben.«

Seine Bemerkung beschwor blitzartig vorbeihuschende Bilder des ersten Kristallsängers herauf, den sie je gesehen hatte: ein lachender Carrik, mit dem sie im Meer von Fuerte geschwommen war, ein vom Entzugsfieber zerstörter Carrik, schließlich die teilnahmslose Hülle eines Mannes, zerschmettert von der Resonanz.

»Ich habe keinen Zweifel, daß du zu gegebener Zeit ebenfalls dieses Phänomen erleben wirst«, sagte Lanzecki. »Ich habe noch nie einen Kristallsänger gesehen, der nicht versucht hätte, sich selbst und seinen Symbionten bis an die Grenze zu treiben. Ein großer Nachteil beim Auftrag der Optherianer ist, daß du jede Resonanz mit deinen bisherigen Claims verlierst.«

»Als ob ich einen anständigen Claim hätte«, schnaubte Killashandra empört. »Rosafarbene will kein Mensch mehr haben und die blauen waren nach zwei Tagen erschöpft. Sogar die weiße Ader ist unterbrochen. Ich habe aus dem zugänglichen Teil herausgeholt, was herauszuholen war. Bei dem Glück, das ich in der letzten Zeit hatte, hat der Sturm den Claim wahrscheinlich in ein Trümmerfeld verwandelt. Ich will nicht — ich wiederhole, ich will nicht — noch einmal drei Wochen im Gebirge herumkratzen. Nicht, wenn dabei nur weiße Kristalle herauskommen. Warum kann die Forschungsabteilung eigentlich keine brauchbaren tragbaren Aushubmaschinen entwickeln?«

Lanzecki legte den Kopf etwas schief. »Es ist die feste Überzeugung der Forschungsabteilung, daß *jede* der neun brauchbaren, tragbaren und haltbaren Aushubmaschinen«, er machte eine vielsagende Pause, »die bereits in der Praxis erprobt wurden, ohne weiteres in der Lage ist, die Aufgabe zu erfüllen, für die sie konstruiert wurde ... Außer in den Händen eines Kristallsängers. Die Forschungsabteilung ist der Meinung, daß die beiden einzigen Ausrüstungsstücke, die den mechanischen Fähigkeiten der Sänger nicht entsprechen, der Sonarschneider und der Schlitten sind, und über dieses Thema hat dir bereits der Flugleiter einen Vortrag gehalten. Stimmt's?«

Killashandra sah ihn einige Augenblicke lang verblüfft an. Dann kaute sie weiter, was sie sich gerade in den Mund geschoben hatte.

»Ich muß ihn überhört haben«, sagte sie mit einem schiefen Grinsen. »Versuch ja nicht, mich von diesem Optherianer-Geschäft abzuhalten!«

»Keineswegs. Ich mache dich nur auf die verschiedenen offenkundigen Nachteile aufmerksam, die ein ausgedehnter Auftrag auf einem anderen Planeten mit sich bringt. Auf lange Sicht könnte die Bezahlung trotz ihrer Höhe zu niedrig sein.« Sein Gesichtsausdruck veränderte sich etwas. »Ich habe nicht gern berufliche Meinungsverschiedenheiten mit dir. Das stört mein Privatleben.«

Seine dunklen Augen fingen ihren Blick ein. Er faßte nach ihren Händen und verzog die Lippen zu jenem schiefen Lächeln, das sie so anziehend fand. Nun saß sie nicht mehr mit ihrem Gildemeister, sondern mit ihrem Freund Lanzecki am Tisch. Die Veränderung gefiel ihr. Bei zahlreichen Gelegenheiten, in schlaflosen Nächten in den Milekey Ranges, hatte sie sich zärtlich an ihr Liebesleben erinnert. Nun, da sie dem charmanten Lanzecki gegenübersaß, stellte sie fest, daß ihr Appetit groß war und sich nicht nur auf gutes Essen richtete.

Sie erwiderte sein Lächeln, dann standen sie zusammen vom kleinen Tisch auf und gingen ins Schlafzimmer.

02

KILLASHANDRA SCHOB SICH vom Terminal zurück, balancierte auf dem Steißbein und streckte Arme und Beine so weit aus, wie Knochen und Sehnen es erlauben wollten. Sie hatte den Morgen damit verbracht, in der *Encyclopedia Galactica* den Eintrag über Optheria zu studieren.

Sie hatte den Bericht über die erste Erforschung und Bewertung des Planeten und seine Freigabe zur Kolonisierung nachgeschlagen. Man hatte, wie es in der hochtrabenden Beamtensprache hieß, ›beschlossen, eine Kolonie der Menschheit zu begründen, die sich in völliger Harmonie mit dem ökologischen Gleichgewicht dieses gut geeigneten Planeten befindet, um den Fortbestand unserer Rasse auf diesem Planeten in ihrer reinen, unverfälschten Form zu gewährleisten.‹ Sie wartete immer noch darauf, daß sie in dieser fetten Buchstabensuppe ein Haar fand.

Optheria war geologisch gesehen ein sehr alter Planet. Sein fast kreisrunder Orbit um die alternde Sonne erzeugte ein gemäßigtes Klima. Es gab kaum jahreszeitliche Schwankungen, da die Präzession der Rotationsachse zu vernachlässigen war. Beide Pole waren von bescheidenen Eiskappen bedeckt. Optheria war unendlich stolz auf seine Unabhängigkeit, denn viele Planeten standen so tief in der Schuld von Händlersatelliten, daß die Bewohner beinahe noch für die Luft bezahlen mußten, die sie atmeten. Optheria importierte nicht viel — ausgenommen natürlich Touristen, die ›sich den sanften

Freuden des alten Terra in einer völlig natürlichen Welt hingeben‹ wollten.

Killashandra, die zwischen den Zeilen nach versteckten Hinweisen suchte, hielt inne, um sich zu überlegen, was das Gelesene für sie bedeutete. Bisher hatte sie nur zwei Planeten kennengelernt — ihre Heimatwelt Fuerte und Ballybran. Doch sie wußte genug über die Selbstbeweihräucherung vieler Welten, um den verbissenen Idealismus zu spüren, der wahrscheinlich der optherianischen Propaganda zugrunde lag. Sie tippte eine Frage ein und runzelte die Stirn, als die Antwort negativ ausfiel: die Unterzeichner der optherianischen Charta waren keine Anhänger einer religiösen Sekte, und ebensowenig gab es auf Optheria eine Staatskirche. Viele Welten waren von Idealisten besiedelt worden, die neue Regierungsformen suchten; einige waren religiös oder weltlich orientiert, andere rein geschäftlich. Das leitende Prinzip, das zur Besiedlung geführt hatte, konnte jedoch nicht die Grundlage zur Beurteilung des Erfolges sein; es gab zu viele Unbekannte.

Aber die Eintragung machte Killashandra klar, daß Optheria eine wirkungsvoll organisierte Welt war, und die positive Zahlungsbilanz ließ auf eine gut funktionierende Regierung schließen. Der Lexikoneintrag schloß mit der Feststellung, daß Optheria während des jährlichen Sommerfestivals durchaus einen Besuch wert sei. In diesem nüchternen Kommentar entdeckte sie eine Spur von Ironie. Sie hätte lieber einige exotische, ausgefallene Zerstreuungen ausprobiert, die den Reichen zur Verfügung standen, aber sie glaubte, daß sie angesichts der guten Bezahlung und des langen Urlaubs von Ballybran Optherias ›natürliche‹ Vergnügungen in Kauf nehmen konnte.

Sie dachte an Lanzeckis zurückhaltende Äußerungen über den Auftrag. Konnte man ihm Begünstigung vorwerfen, wenn er ihr wieder einen Auftrag auf einer anderen Welt anbot? Wer würde sich später noch erinnern, daß sie während der schrecklichen Frühlingsstürme fort gewesen war, ganz zu schweigen davon, welchen Planeten sie besucht hatte? Beim letztenmal hatte Trag sie einfach abgeschleppt, ins Mondshuttle gesteckt und ohne jede Hintergrundinformation über die gefährlichen Trundomoux einer Seefahrer-Autokratie ausgeliefert. Dort hatte sie sich dann damit beschäftigt, schwarze Kommunikationskristalle im Wert von mehreren Millionen Krediten für einen Haufen spartanischer Pioniere zu installieren. Der Auftrag war kein Zuckerschlecken gewesen. Da Trag damals als einziger von diesem Auftrag gewußt hatte, mochte er jetzt Einwände erhoben haben. Schließlich war er Verwaltungschef. Aber Killashandra glaubte nicht, daß Trag den Gildemeister Lanzecki beeinflußt hatte.

Diesem Gedanken folgte eine zweite wilde Vermutung. Standen etwa Optherianer, die für diesen Job erheblich besser geeignet waren, auf der Gehaltsliste der Heptitergilde? Nein. Die Heptitergilde hatte keine optherianischen Mitglieder …

Nach zehnjähriger Arbeit in der Musikabteilung von Fuertes Kulturzentrum wußte Killashandra einiges über die komplizierten optherianischen Sinnesorgeln. Die Enzyklopädie ergänzte ihr Wissen: Musik sei auf Optheria eine planetenumspannende Besessenheit; die Bürger wetteiferten auf dem ganzen Planeten um die Chance, auf den Sinnesorgeln zu spielen. Vor diesem Hintergrund fand Killashandra es äußerst seltsam, daß Optheria keine Kandidaten mit einem absoluten Gehör hervorbrachte, das für die Mitgliedschaft in der Heptitergilde unerläßlich war. Da die Wettkämpfe auf dem ganzen Planeten stattfanden, mußte es Tausende von Enttäuschten geben. Killashandra lächelte in traurigem Mitgefühl. Einige mußten sich doch nach Alternativen auf anderen Welten umgesehen haben.

Da ihre Neugierde geweckt war, überprüfte Killashandra die anderen Gilden. Es gab weder bei den Space Services noch bei galaktischen Handelsunternehmen Optherianer, und im Diplomatenverzeichnis waren keine Botschafter, Konsuln oder Legaten von Optheria aufgeführt. Durch einen Zufall entdeckte sie dann doch noch etwas: Da der Planet so gut wie autark war und die Optherianer ihre Heimatwelt nicht verließen, wurden auch keine Botschafter gebraucht. Alle formellen Anfragen über Optheria mußten dem Ministerium für Außenwirtschaft und Außenhandel auf dem Planeten selbst zugeleitet werden.

Killashandra hielt verblüfft inne. Ein vollkommener Planet, von seinen Bürgern so geliebt, daß kein einziger ihn je verlassen wollte? Sie konnte es kaum glauben. Sie rief noch einmal den Lexikoneintrag über den Planeten ab und suchte nach den Bedingungen für die Einbürgerung. Ja, die Bürgerschaft war für Interessierte leicht zu erlangen, konnte aber nicht wieder aufgegeben werden. Sie sah das Strafgesetzbuch durch und entdeckte, daß Optheria im Gegensatz zu vielen anderen Welten Kriminelle nicht deportierte; die Straftäter wurden in einem Rehabilitationszentrum angepaßt.

Killashandra schauderte. Also brauchte selbst das vollkommene Optheria ein Rehabilitationszentrum.

Nachdem sie sich lange genug in Optherias Geschichte und Entwicklung vertieft und ihre erste Neugierde befriedigt hatte, nahm sie sich die Prozeduren vor, die notwendig waren, um ein zerbrochenes Manual zu reparieren. Die Installation schien auf den ersten Blick nicht übermäßig schwierig, weil die Fassung der von schwarzen Kommunikationskristallen ähnlich war. Das Stimmen würde schon schwieriger, weil die optherianische Orgel ein breites Frequenzspektrum erzeugen konnte. Das Instrument war frühen terranischen Orgeln ähnlich, aber es gab vier Manuale und ein Terminal mit Hunderten von Registern, denn ein Künstler, der mit einer optherianischen Orgel spielte, mußte außer hörbaren Tönen auch Geruchsnoten und optische Eindrücke erzeugen. Das Kristallmanual stand in ständiger Verbindung mit dem Demodulator, der Synapsenschnittstelle und den Frequenzwandlern. So stand es im Handbuch; allerdings fehlte ein genauer Schaltplan. Soweit sie sich erinnern konnte, hatte sie auch im Musikzentrum auf Fuerte noch nie einen Plan gesehen.

Begnadete optherianische Künstler verbrachten ihr ganzes Leben damit, eine Musik zu erschaffen, die alle Sinne gleichzeitig ansprach. Ein geschickter optherianischer Organist war zugleich Massenpsychologe, Politiker und Musiker, und die Kompositionen, die auf den vielseitigen Instrumenten gespielt wurden, wirkten so stark auf die Zuhörer ein, daß die Darbietungen und die Ausübenden ebenso den Gesetzen der Planetenföderation wie der künstlerischen Disziplin unterworfen waren.

Vor diesem Hintergrund fragte Killashandra sich allmählich, wie das Manual überhaupt zerstört werden konnte — ganz zu schweigen davon, daß der Künstler im gleichen Augenblick zu Tode gekommen war; und außerdem war er der einzige auf dem Planeten gewesen, der es hätte reparieren können. War das vielleicht die faule Stelle im Apfel aus dem optherianischen Garten Eden? Der Auftrag versprach interessant zu werden.

Killashandra rückte wieder vor die Konsole und bat um Sichtkontakt mit dem Reiseoffizier. Bajorn war ein großer dünner Mann mit schmalem Gesicht, schmaler Nase und zusammengekniffenen Nasenflügeln. Außerdem hatte er übernatürlich lange dünne Finger, doch der gespenstische Eindruck wurde durch das fröhliche Lächeln, das das schmale Gesicht erhellte, etwas gemildert. Außerdem war er stets bereit, bei der Planung der schwierigsten Reiserouten zu helfen. Er schien mit jedem Kreuzer- oder Frachterkapitän, der je sein Schiff auf der Mondbasis Shanganagh gelandet hatte, auf gutem Fuß zu stehen.

»Ist es schwer, ins optherianische System zu kommen, Bajorn?«

»Das wird im Augenblick eine ermüdende Reise: die Kreuzfahrtschiffe befahren diese Route im Augenblick nicht. Das Sommerfestival findet erst in sechs Monaten statt. Deshalb mußt du viermal umsteigen: Rappahoe, Kunjab, Melorica und Bernards World — alles Frachter. Erst danach kannst du auf ein richtiges Linienschiff umsteigen.«

»Du bist aber gut informiert.«

Bajorn grinste, bis ihm die schmalen Lippen fast die Ohrläppchen abkniffen. »Muß ich auch. Du bist die fünfte, die nach diesem System fragt. Was ist eigentlich los? Ich wußte gar nicht, daß die Optherianer so wild auf euch Sänger sind.«

»Wer waren die anderen vier?«

»Nun, es gibt keine Bestimmung, die mir verbietet, es dir zu sagen ...« Bajorn hielt einen Augenblick lang inne. »Und da alle gefragt haben, kann ich es dir auch sagen. Du«, er zählte die Namen an den Fingern ab, »Borella Seal, Concera, Gobbain Tekla und Rimbol.«

»Na so was! Danke, Bajorn, das ist nett von dir.«

»Das hat Rimbol auch gesagt.« Bajorn verzog traurig das Gesicht. »Ich versuche, jeden Reisewunsch zu erfüllen, aber es ist deprimierend, wenn meine Bemühungen kritisiert oder herabgesetzt werden. Ich kann doch nichts dafür, wenn die Sänger ihr Gedächtnis verlieren — und jedes Fünkchen von menschlichem Anstand.«

»Ich werde auf meinem persönlichen Gedächtnisband ewigen Dank für dich einprogrammieren.«

»Das fände ich schön. Aber würdest du es sofort tun, Killashandra, bevor du es vergißt?«

Killashandra versprach es ihm und unterbrach die Verbindung. Lanzecki hatte gesagt, es gäbe eine Liste. Standen nur fünf Namen darauf? Borella Seal, Concera, Gobbain Tekla und Rimbol. Borella Seal und Concera kannte sie; ihnen würde sie den Auftrag nicht neiden. Gobbain Tekla war ihr völlig fremd. Rimbol hatte erfolgreich Kristalle geschnitten, und zwar in den dunkleren

Farbtönen, genau wie Lanzecki es vorausgesagt hatte. Warum interessierte er sich für diesen Auftrag? Insgesamt also vier Leute außer ihr, die begierig genug waren, um im Reisebüro nachzufragen. Oder gab es noch mehr?

Sie bat um eine Liste der unbeschäftigten Sänger, die im Augenblick zur Verfügung standen. Die Liste war niederschmetternd lang. Hinter einigen Namen, darunter ihrem eigenen, blinkte ein großes *I* für inaktiv. Vielleicht war es unklug, aber sie löschte die inaktiven Kollegen; doch es blieben immer noch siebenunddreißig mögliche Rivalen. Sie drehte sich nachdenklich auf ihrem Stuhl herum und überlegte, welches Kriterium für den Auftrag der Optherianer entscheidend war. Lanzecki hatte es nicht erwähnt; er hatte ihr überhaupt kaum etwas verraten. Nach allem, was sie bisher über den Planeten und die Installation wußte, war jeder kompetente Sänger für den Job geeignet. Was ließ also die Waagschale zugunsten eines bestimmten Sängers ausschlagen?

Killashandra sah noch einmal die Liste der ihr bekannten Rivalen durch: Borella und Concera schnitten schon lange Kristalle. Gobbain Tekla war noch relativ neu; er war gerade erst in den Dienstplan der ständigen Mitarbeiter aufgerückt. Rimbol galt wie sie selbst als Neuling. Sie fragte noch einmal nach und entdeckte, daß alle anderen unbeschäftigte oder gescheiterte Musiker waren. Vielleicht war dies das notwendige Kriterum. Es nützte dem Installateur bestimmt, wenn er eine musikalische Ausbildung hatte. Sie definierte den Suchbegriff um, und die Liste ihrer Konkurrenten verkleinerte sich von siebenunddreißig auf neunzehn.

Lanzecki hatte sich gesträubt, ihr den Auftrag zu geben, aber das konnte sie ihm nicht verübeln. Sie wußte nur zu genau, daß der Gildemeister sie schon mehrmals bevorzugt hatte. Sie konnte nicht erwarten, daß er sie ständig begünstigte, nur weil sie mit ihm ins Bett ging.

Ebensowenig hatte sie Lust, ihre Beziehung zu gefährden, indem sie noch einmal den Auftrag erwähnte. Lanzecki tat ihr womöglich sogar einen Gefallen, wenn er sie *nicht* empfahl. Diesen Aspekt der Situation durfte sie nicht vergessen. Sie war nicht begeistert von dem Gedanken, auf einem der vier Systeme, die sie mit ihren Krediten erreichen konnte, Urlaub zu machen, aber sie hatte eben Pech gehabt. Sie würde eine Weile vor den Kristallen Ruhe haben, und nur darauf kam es an.

Ihr Magen meldete sich und erklärte ihr, daß seit dem Frühstück einige Stunden vergangen waren. Sie würde sich beim Mittagessen entscheiden, was sie als nächstes tun wollte. Und dann würde sie erfrischt und gestärkt den Dienst für die Heptitergilde wieder aufnehmen, eine frische Ader schwarzen Kristalls finden und *dann* zum Planeten Maxim starten.

Bevor sie ihren Urlaub detailliert planen konnte, rief Antona aus der Krankenstation an. »Hast du schon gegessen, Killa?«

»Ist das eine Einladung, oder spricht da die Ärztin? Ich habe gerade ein reichhaltiges Mittagessen hinter mir.«

Antona seufzte. »Ich hätte gern mit dir zu Mittag gegessen. Bei mir ist im Augenblick nicht viel los. Glücklicherweise.«

»Wenn es dir nur um Gesellschaft beim Essen geht ...«

Antona lächelte sichtlich erfreut. »Ja. Ich habe keine Lust, dauernd allein zu essen. Kannst du vorher noch bei mir vorbeikommen? Du wirst immer noch als inaktiv geführt, und das wollen wir doch ändern.«

Auf dem Weg in die Krankenstation machte Killashandra sich zuerst Sorgen, hinter Antonas Bitte könnte etwas anderes stecken als die Veränderung ihres Status. Dann schalt sie sich eine Närrin. Wahrscheinlich hatte es überhaupt nichts mit ihrer Eignung für den Job auf Optheria zu tun. Es wäre sicher nicht klug, durchblicken zu lassen, daß sie von diesem Auftrag überhaupt etwas wußte. Außerdem wollte sie Antona über die Annehmlichkeiten der nahegelegenen Welten ausfragen.

Die medizinischen Formalitäten erforderten nur wenig Zeit, und dann gingen die beiden Frauen zum Versorgungstrakt auf der Hauptebene des Gildenhauses.

»Es ist so entsetzlich leer«, murmelte Antona mit gedämpfter Stimme, während sie sich in dem schwach beleuchteten Speisesaal mit seinen Nischen umsah.

»Ich fand es noch entsetzlicher, als alle außer mir ihre prächtige Ausbeute feierten«, sagte Killashandra düster.

»Ja, ja, das kann ich mir vorstellen. Oh, Mist!« Antona lenkte Killashandra rasch in den Schatten. »Borella, Concera und dieser Trottel von Gobbain«, raunte sie, während sie sich weiter zurückzog.

»Magst du sie nicht?« fragte Killashandra amüsiert.

Antona zuckte die Achseln. »Freundschaften entstehen durch gemeinsame Erlebnisse und ähnliche Meinungen. Die da erinnern sich an nichts und haben deshalb auch nichts zu sagen. Und noch weniger zu bereden.«

Antona packte Killashandra ohne Vorwarnung am Arm und drehte sie zu sich herum. »Tu dir einen Gefallen, Killa! Es ist wichtig. Steck alles, was du bisher erlebt hast, alle Kleinigkeiten, an die du dich erinnern kannst, deine Ausflüge in die Berge, deine Gespräche, die Witze, die du gehört hast, einfach alles ...« Als Killashandra Überraschung heuchelte, drückte Antona heftig ihren Arm. »Ja, ich meine wirklich ›alles‹ — pack alles in deine persönlichen Gedächtnisspeicher. Was du getan hast, was du gesagt und was du gefühlt hast.« Antonas grimmiger Blick verriet, daß sie auch das Privatleben meinte. »Wie und wen du geliebt hast. Und wenn dann dein Verstand genauso leer ist wie ihrer, kannst du dein Gedächtnis aus dem Speicher wieder auffrischen, und dann bist du wieder du selbst!« Sie machte ein trauriges Gesicht. »Oh, Killa. Sei anders! Tu, was ich dir sage! Tu es jetzt! Bevor es zu spät ist!«

Dann fand sie ihre gewohnte Fassung wieder, ließ Killashandras Arm los und schien ihre Leidenschaftlichkeit in ihren schlanken aufrechten Körper zurückzuziehen. »Eins kann ich dir sagen«, sagte sie auf den letzten Schritten zur Essensausgabe. »Wenn dein brillanter Verstand und deine Schlagfertigkeit so billig und boshaft werden wie ihre«, — sie deutete mit dem Daumen auf das schweigsame Trio —, »dann suche ich mir zum Mittagessen jemand anders als Gesellschaft. Und jetzt«, — sie hielt die Finger über das Bestellterminal —, »was willst du haben?«

»Yarran-Bier.« Killashandra nannte das erste Getränk, das ihr einfiel. Antonas unerwarteter Ausbruch hatte sie etwas verwirrt.

Antona hob in gespielter Überraschung die Augenbrauen, dann tippte sie schnell die Bestellungen ein.

Der Apparat spuckte lautlos die Bestellung aus, und sie gingen mit ihren Tabletts zum nächsten freien Tisch. Während Antona heißhungrig über ihr Essen herfiel, nippte Killashandra an ihrem Bier und verdaute Antonas bemerkenswerten Ratschlag. Bislang hatte Killashandra noch keine Gelegenheit gehabt, sich mit den Ansichten einer Kollegin auseinanderzusetzen, bei der Gedächtnisverlust nicht zum Berufsrisiko gehörte. Killashandra hatte es ganz gern, wenn sie bestimmte Ereignisse ihres Lebens vergessen konnte. Fehlschläge zum Beispiel.

»Du wirst bald eine neue Fuhre verwirrter Geister bekommen«, sagte Killashandra. Sie tupfte sich etwas Bierschaum von der Oberlippe und wich der weiteren Auseinandersetzung mit Antonas beunruhigendem Ratschlag aus.

»Eine neue Ausbildungsgruppe? Wie kommst du an diese vertraulichen Informationen? Du bist doch gerade erst aus dem Becken gestiegen. Aber auf jeden Fall kannst du es dir aus dem Kopf schlagen, sie einzuweisen.«

»Warum denn?«

Antona zuckte die Achseln und pickte zierlich in ihrem überbackenen Auflauf herum, bevor sie antwortete. »Du hast keine Verletzungen vorzuweisen. Das ist ein wichtiger Teil der Ausbildung — der sichtbare, unleugbare Beweis für die rasche Geweberegeneration, welche die Bewohner Ballybrans genießen können.«

»Unglaublich!« Antona sah Killashandra scharf an. »Oh, ich will mich nicht beschweren, Antona. Die Gilde kann stolz auf ihr wirkungsvolles Rekrutierungsprogramm sein.«

Antona starrte sie forschend an und legte die Gabel beiseite. »Killashandra Ree, es ist der Heptitergilde durch Beschluß der Federated Sentient Planets verboten, freie Bürger für solch einen gefährlichen Beruf zu ›rekrutieren‹. Nur Freiwillige ...«

»Nur Freiwillige dürfen genommen werden, und viele von ihnen haben ungeheuer nützliche Fähigkeiten ...« Sie unterbrach sich, denn Antonas beinahe grimmiger Blick brachte sie etwas aus der Fassung.

»Was geht dich das an, Killashandra Ree? Du hast durch den — Auswahlprozeß ungeheuer profitiert.«

»Den ich seltsamerweise überstanden habe.«

»Egal, wie vorsichtig wir sind, ein paar Nieten rutschen immer durch«, sagte Antona zuckersüß und mit funkelnden Augen.

»Keine Sorge, Antona! Über dieses Thema spreche ich mit niemandem außer dir.«

»Besonders nicht mit Lanzecki.«

»Ich glaube, diese Chance werde ich nie bekommen«, erwiderte sie. Sie fragte sich, ob Antona von ihrer Beziehung wußte oder etwas ahnte. Oder war ihr Rat, sich an Geliebte und Gefühle zu erinnern, nur eine ganz allgemeine Aufforderung gewesen, keine Erfahrung auszulassen? Würde Killashandra sich in Jahrzehnten noch daran erinnern wollen, daß sie und Lanzecki Geliebte gewesen waren? »Gib mir einen Rat, Antona: Auf welchem unserer vier Nachbarplaneten soll ich einen kurzen Urlaub verbringen?«

Antona verzog das Gesicht. »Du könntest auch würfeln, denn es gibt kaum einen Unterschied zwischen ihnen. Ihr einziger Vorteil ist, daß sie weit genug von Ballybran entfernt sind, um deinen Nerven die Ruhe zu geben, die sie brauchen.«

Eine fröhliche Stimme rief ihnen etwas zu.

»Killa! Antona! Bin ich froh, noch einen lebendigen Menschen zu sehen!« rief Rimbol. Er trat aus den Schatten an ihren Tisch. Er grinste, als er den Bierkrug sah. »Darf ich mich zu euch setzen?«

»Aber gern«, sagte Antona höflich.

»Was ist mit dir passiert?« fragte Killashandra. Rimbols Wangen und die Stirn waren von frisch verheilten Narben verziert.

»Der Schlitten, der über den Windschutz gepurzelt ist, war meiner.«

»Wirklich?«

»Wußtest du das nicht?« Rimbol verzog in gespieltem Kummer den Mund. »Nach allem, was ich von Malaine zu hören bekam, habe ich mit diesem Ausrutscher die Hälfte der landenden Sänger gefährdet.«

»Hast du den Schlitten ebenso schöpferisch umgestaltet wie dein Gesicht?«

Rimbol schüttelte traurig den Kopf. »Der Schlitten hat sich die Nase gebrochen, meine hat nur geblutet. Und die Reparatur des Schlittens wird länger dauern als die meines Beins. Sag, Killa, hast du schon von dem Optheria-Vertrag gehört?«

»Das kaputte Manual? Mit dem Honorar könntest du die Reparaturen spielend bezahlen.«

»Oh, ich will den Auftrag gar nicht«, widersprach er mit einer abfälligen Handbewegung.

»Warum denn nicht?«

Rimbol nahm einen großen Schluck Bier. »Ich habe gerade einen Claim besetzt, der einiges hergibt. Optheria ist weit entfernt, und man hat mich eindringlich gewarnt, daß ich die Resonanz verliere, wenn ich zu lange weg bin.«

»Und weil dir eingefallen ist, daß ich nichts Nennenswertes geschnitten habe ...«

»Nein.« Rimbol hob eine Hand und wies Killashandras Vorwurf empört zurück. »Ich meine — ja doch, ich weiß, daß du in letzter Zeit Pech gehabt hast.«

»Was glaubst du, wer den weißen Kristall geschnitten hat, mit dem das kaputte Manual auf Optheria repariert werden soll?«

»Du etwa?« Rimbol strahlte erleichtert. »Dann brauchst du ja auch nicht zu fahren.« Er hob seinen Becher zu einem fröhlichen Toast. »Wo willst du Urlaub machen?«

»Ich habe mich noch nicht entschieden ...« Antona beschäftigte sich demonstrativ mit ihrem Teller.

»Versuch's doch mal mit Maxim im Barderi-System.« Rimbol beugte sich eifrig über den Tisch. »Ich habe gehört, daß der Planet eine Sensation sein soll. Irgendwann will ich auch mal hin, aber ich würde gern hören, was du dazu sagst. Ich kann's gar nicht glauben. Ich würde deinem Urteil vertrauen.«

»Das ist mal was Neues«, murmelte Killashandra. Sie sah verstohlen zu Antona. Dann bemerkte sie Rimbols forschenden Blick und lenkte geschickt ab. »Was hast du denn in der letzten Zeit geschnitten?«

»Grüne«, erwiderte Rimbol sehr selbstzufrieden. Er kreuzte die Finger. »Und wenn der Sturm nicht zuviel Schaden angerichtet hat, was ich sehr hoffe, weil die Ader geschützt liegt, dann kann ich dir sogar auf Maxim Gesellschaft leisten. Ich habe nämlich ...« Er ließ sich ausgiebig über seine Zukunftsaussichten aus.

Während Rimbol in seiner amüsanten Art plauderte, fragte Killashandra sich, ob die Kristalle den ansteckenden Humor des Scartiners ebenso löschen würden wie sein Gedächtnis. Ob Antona ihm den gleichen dringenden Rat gegeben hatte? Jeder Kristallsänger besaß eine einzigartige Fähigkeit, die behütet und ein Leben lang erhalten werden mußte. Antonas Ausbruch war das Ergebnis langer Enttäuschung gewesen. Wie vielen Sängern hatte sie in ihrer jahrzehntelangen Arbeit für die Gilde den gleichen Rat gegeben, der doch immer wieder mißachtet wurde?

»... und so bin ich mit vierzig Grünen reingekommen«, sagte Rimbol, offenbar stolz auf seine Leistung.

»Das ist aber ein ziemlich guter Schnitt«, erwiderte Killashandra mit der erwarteten Begeisterung.

»Hast du keine Schwierigkeiten, die Kristalle loszulassen?« fragte Antona.

»Bei meiner ersten Fahrt schon«, gab Rimbol offen zu, »aber ich habe deinen Rat beherzigt, Killa — man muß die Kristalle, die man geschnitten hat, sofort verpacken. Ich werde nie vergessen, wie du hier mitten im Gedränge ins Kristallfieber gefallen bist. Es war wirklich ein guter Rat zur rechten Zeit!«

»Oh, du hättest es sicher auch so gelernt«, sagte Killashandra. Seine Dankbarkeit machte sie etwas verlegen.

»Manche lernen's nie«, bemerkte Antona.

»Und was passiert dann? Stehen sie betäubt herum wie eine Statue, bis der Abend kommt? Oder ein lauter Sturm?«

»Die Unfähigkeit, Kristalle loszulassen, ist kein Scherz, Rimbol.«

Rimbol starrte Antona an. Der amüsierte Ausdruck wich aus seinem Gesicht. »Meinst du, daß der Bann so stark werden kann, daß er nicht mehr zu durchbrechen ist?« Antona nickte langsam. »Das könnte tödlich sein. Ist das schon passiert?«

»In einigen Fällen, ja.«

»Dann stehe ich doppelt in deiner Schuld, Killa«, sagte Rimbol. Er stand auf. »Deshalb geht die nächste Runde auf meine Rechnung.«

Sie tranken ihre Gläser aus. Das Essen, die Getränke und die Unterhaltung hatten sie erfrischt.

»Ich glaube, von den vier nächstgelegenen Planeten ist Rani im Punjabi-System der beste«, sagte Antona zu Killashandra, als sie sich verabschiedeten. »Das Essen ist gut, und das Klima ist nicht ganz so rauh. Dort gibt es auch schöne heiße Mineralquellen. Nicht ganz so wirksam wie unser Regenerationsbad, aber sie können dir helfen, die Kristallresonanz zu mindern. Du brauchst das. Obwohl wir erst eine Stunde zusammen sind, stehen mir wegen deiner Kristallresonanz die Haare zu Berge. Siehst du?«

Killashandra wechselte einen Blick mit Rimbol, bevor sie Antonas ausgestreckten Arm untersuchte.

Antona lachte beruhigend und legte die Hand auf Killashandras Unterarm.

»Das ist völlig normal für eine Sängerin, die seit mehr als einem Jahr ständig draußen in den Ranges war. Euch macht das nichts aus, aber da ich keine Kristallsängerin bin, fällt es mir auf. Man gewöhnt sich daran. Daran erkennt man euch Sänger überall in der Galaxis. Aber die heißen Quellen von Rani werden die Wirkung deutlich dämpfen. Ebenso die Tatsache, daß du eine Weile nicht hier sein wirst. Bis bald!«

Während Killashandra wartete, bis Antona in den Aufzug gestiegen war, spürte sie Rimbols Hand zärtlich über ihren Arm gleiten.

»Für mich fühlst du dich ganz gut an«, sagte er. Seine blauen Augen blinzelten amüsiert. Dann spürte er, wie sie sich versteifte und eine abwehrende Bewegung unterdrückte. Er zog die Hand zurück. »Entschuldige, Killa!« Er trat einen Schritt zurück.

»Ich muß mich entschuldigen, Rimbol, du hast das nicht verdient. Es ist wohl eine Nebenwirkung des Kristallsingens, daß ich so spröde bin.« Sie brachte ein entschuldigendes Lächeln zustande. »Ich stehe so unter Strom, daß ich als Rundfunksender aushelfen könnte.«

»Schon gut, Killa. Ich verstehe. Wir sehen uns, wenn du zurückkommst.« Damit kehrte er in seinem wiegenden Gang ins gelbe Viertel zurück, in dem sein Quartier lag.

Killashandra starrte ihm nach. Sie war wütend auf sich, weil sie auf eine beiläufige Zärtlichkeit so heftig reagiert hatte. Auf Lanzecki hatte sie nicht so reagiert. Oder war gerade das ihr Problem? Sie wanderte nachdenklich zu ihrem Zimmer zurück. Treue war eine Krankheit, gegen die sie weitgehend immun war. Sie genoß ihr Liebesleben mit Lanzecki, und sie zwar zweifellos sehr von ihm fasziniert. Lanzecki hatte es auf unnachahmliche Weise geschafft, seine berufliche Arbeit von seinem Privatleben zu trennen.

»Rani, soso«, murmelte sie, während sie den Daumen auf das Türschloß legte. Sie betrat ihr Zimmer, schloß die Tür und lehnte sich von innen dagegen.

Jetzt, da die Hintergrundgeräusche ausgesperrt waren, hörte sie die Resonanz in ihrem Körper. Sie spürte, wie sie durch ihre Knochen brandete und in ihren Blutgefäßen pochte. Der Lärm zwischen ihren Ohren war wie ein brodelnder Fluß zur Schneeschmelze. Sie streckte die Arme aus, doch die statische Elektrizität konnte ihr, der Erzeugerin, anscheinend nichts anhaben. Oder das Phänomen war durch lange Gewohnheit schwächer geworden. »Mineralbäder! Wahrscheinlich stinken die nach Schwefel oder Schlimmerem.«

Sie hörte sofort das Schmatzen, mit dem die Regenerationsflüssigkeit in das Becken im Bad lief. Sie wunderte sich, daß der Zimmercomputer eingeschaltet war, und wollte schon den Mund öffnen, um den Vorgang abzubrechen, doch dann schalteten sich die Lautsprecher ein, und ihr Name wurde ausgerufen.

»Killashandra Ree?« Die Baßstimme gehörte unverkennbar Trag.

»Ja, Trag?« Sie schaltete den Bildschirm ein.

»Du stehst wieder auf der Liste der Aktiven.«

»Ich will den Planeten verlassen, sobald ich ein Transportmittel gefunden habe, Trag.«

Trag betrachtete sie ausdruckslos wie immer. »Für eine Sängerin mit deinem Status ist ein interessanter Auftrag frei.«

»Das optherianische Manual?« Trag nickte bestätigend, und Killashandra mußte sich zusammennehmen, um ihre Überraschung zu verbergen. Warum kam Trag auf sie zu, obwohl Lanzecki sich klar dagegen ausgesprochen hatte, daß sie den Auftrag übernahm?

»Sind dir die Einzelheiten etwa schon bekannt?« Trag schien überrascht.

»Rimbol hat es mir erzählt. Er sagte mir außerdem, daß er den Auftrag nicht übernehmen wolle. War er deine erste Wahl?«

Trag beobachtete sie einen Moment lang gelassen. »Natürlich warst du meine erste Wahl, Killashandra Ree, aber bis vor einer Stunde warst du noch inaktiv.«

»*Ich* war deine erste Wahl?«

»Erstens, weil du ohnehin diesen Planeten verlassen willst und nicht genug Kredite besitzt, um über die nächstgelegenen bewohnten Systeme hinauszukommen. Zweitens, weil von der medizinischen Abteilung ein längerer Aufenthalt auf einem anderen Planeten empfohlen wird. Drittens, weil du genug praktische Erfahrung hast, um weiße Kristalle zu installieren. Und viertens spricht dein Lebenslauf für verborgene pädagogische Fähigkeiten, so daß dir die Ausbildung der Wartungstechniker auf Optheria nicht schwerfallen dürfte.«

»Bisher habe ich noch gar nichts von der Ausbildung von Technikern gewußt. Borella und Concera haben außerdem mehr Lehrerfahrung als ich.«

»Borella, Concera und Gobbain Tekla haben weder das Taktgefühl noch die Diplomatie an den Tag gelegt, die bei diesem Auftrag unverzichtbar sind.«

Killashandra amüsierte sich darüber, daß Trag auch Gobbain erwähnte. Hatte Bajorn an Trag weitergegeben, wer sich für Transportmöglichkeiten nach Optheria interessierte?

»Es gibt noch siebenunddreißig andere aktive Gildenmitglieder, die qualifiziert wären!«

Trag schüttelte bedächtig den Kopf. »Nein, Killashandra Ree, du mußt fahren. Die Gilde braucht Informationen über Optheria …«

»Die diplomatisch und taktvoll zu beschaffen sind? In welcher Hinsicht?«

»Wir wollen wissen, warum die optherianische Regierung ihren Bürgern interstellare Reisen verbietet.«

Killashandra schnaufte entzückt. »Du meinst, warum trotz ihrer Musikbesessenheit kein einziger Optherianer Mitglied der Heptitergilde ist?«

»Das ist nicht der Punkt, Killashandra. Der Federated Sentient Council wäre uns dankbar, wenn der Vertreter der Gilde als unparteiischer Beobachter klären könnte, ob diese Beschränkung von der Bevölkerung akzeptiert wird.«

»Also geht es um Beschneidung der Grundrechte? Aber wäre das nicht eher eine Angelegenheit für …«

Trag hob die Hand. »Es geht um eine Beurteilung der öffentlichen Meinung über diese Beschränkung. Der FSC weiß, daß Einzelpersonen einer gewissen Unzufriedenheit Ausdruck gegeben haben. Außerdem wurde vom Executive Council der Federated Artists Association eine Beschwerde eingereicht.«

Killashandra pfiff leise. Also hatten sogar schon die Stellars protestiert? Nun, wenn optherianische Komponisten und Musiker betroffen waren, dann mußte der Executive Council natürlich aktiv werden. Selbst wenn sie Jahrzehnte gebraucht hatten, um darüber zu entscheiden.

»Und da der Vertreter der Gilde bei diesem Auftrag zwangsläufig mit Komponisten und Künstlern in Kontakt kommt, ja, vor diesem Hintergrund will ich den Auftrag gern übernehmen.« War das der Grund für

Lanzeckis Einwände gewesen? Wollte er sie vor dem verbissenen Idealismus des engstirnigen optherianischen Rates schützen? Aber als Mitglied der Heptitergilde, somit immun gegenüber örtlichen Gesetzen und Beschränkungen, drohte ihr in dieser Hinsicht keine Gefahr. Sie unterstand ausschließlich der Gerichtsbarkeit ihrer Gilde. Es kam nicht in Frage, daß irgendeine Kunstform gesetzlich beschränkt wurde. »Optherianische Orgeln gibt es schon sehr lange …«

»Es geht um die öffentliche Billigung.«

Trag ließ sich nicht von der offiziellen Formulierung der Anfrage abbringen.

»Also gut, ich habe verstanden.«

»Dann übernimmst du diesen Auftrag?«

Killashandra blinzelte. Bildete sie sich Trags Eifer nur ein, das plötzliche Nachlassen der Spannung in seinem Gesicht?

»Trag, dieser Auftrag bedeutet noch etwas anderes, das du mir nicht gesagt hast. Ich warne dich, wenn diese Sache so ähnlich wird wie die Trundie …«

»Deine Vertrautheit mit den Einzelheiten dieses Auftrages verrät, daß du dir bereits Hintergrundinformationen beschafft hast. Ich habe dich über die Anfrage des FSC unterrichtet.«

»Laß mir noch eine Weile Zeit zum Überlegen, Trag!« bat sie. Sie musterte sein Gesicht. »Lanzecki gab mir deutlich zu verstehen, daß ich mich besser nicht bewerben sollte.«

Soso. Mit dieser Reaktion hatte sie allerdings nicht gerechnet. Trag war verblüfft. Er hatte sie mit vorsichtigen Schmeicheleien ködern wollen. Ihr Respekt für den Verwaltungsleiter schwang sich zu ungeahnten Höhen auf. Ein so umständliches Vorgehen hätte sie ihm nie zugetraut, denn er war Lanzecki und der Gilde treu ergeben.

»Dann fragst du mich ohne Lanzeckis Wissen?« Ihr entging nicht, daß Trags Nasenflügel für einen Moment bebten und seine Kiefermuskeln sich anspannten. »Warum, Trag?«

»Dein Name war der erste auf der Liste der qualifizierten und verfügbaren Sänger.«

»Vergiß es, Trag! Warum ich?«

»Den Interessen der Heptitergilde ist am besten gedient, wenn du den Auftrag annimmst.« Trags Stimme klang jetzt beinahe verzweifelt.

»Hast du was gegen die Beziehung zwischen Lanzecki und mir?« Sie hatte keine Ahnung, auf welche Weise Trag sich an Ballybrans Symbionten angepaßt hatte und welche Irrwege seine Gefühle unter dessen Einfluß einschlugen. Wenn da Eifersucht im Spiel war ...

»Nein.« Trags Gesichtsmuskeln entspannten sich etwas. »Bisher hat er sein Urteil noch nie durch persönliche Beweggründe trüben lassen.«

»Wie hat er das geschafft?« Killashandra war wirklich überrascht. Trag beschwerte sich nicht, daß Lanzecki ihr schon einmal einen lukrativen Auftrag gegeben hatte. Er war verblüfft, weil Lanzecki ihr den Auftrag *nicht* geben wollte. »Ich kann dir nicht folgen.«

Trag starrte sie so lange an, daß sie schon glaubte, ihr Bildschirm sei ausgefallen.

»Und wenn du nur nach Rani fährst, dann wirst du nicht weit und nicht lange genug weg sein. Lanzecki hat seine schon lange fällige Fahrt in die Berge immer wieder aufgeschoben, Killashandra Ree. Deinetwegen. Dein Körper ist so voller Resonanz, daß er sich die Verzögerung leisten konnte. Aber deine Resonanz ist nicht genug. Wenn du nicht mehr hier bist, ist er gezwungen, selbst wieder Kristalle zu schneiden und seinen Körper und seinen Symbionten zu erfrischen. Wenn dir der Mann wirklich etwas bedeutet, dann mußt du fahren. Sofort. Bevor es für ihn zu spät ist.«

Killashandra starrte Trag an und versuchte, die volle Bedeutung seiner Worte zu erfassen — zuerst kam die

Erkenntnis, daß Lanzecki ihr wirklich etwas bedeutete. Sie ging in einer Woge von Glück und Zärtlichkeit fast unter. Mit dieser Möglichkeit hatte sie nie gerechnet. Auch nicht mit dem Gegenstück: daß Lanzecki sich weigerte, Kristalle zu schneiden, weil er fürchtete, dadurch seine Gefühle für sie zu verlieren. Ein Mann, der so lange in der Gilde war wie er, konnte in den Ranges einen großen Teil seines Gedächtnisses verlieren. Hatte er seine Pflichten als Gildemeister so stark verinnerlicht, daß sie den Gedächtnisverlust überleben konnten? Plötzlich sah sie vor ihrem inneren Auge nicht mehr Lanzeckis Gesicht, sondern das Zickzackmuster alter Kristallnarben auf seinem Körper, die unergründlichen Schmerzwellen, die gelegentlich seine Augen verdunkelten. Antonas geheimnisvolle Bemerkung über Sänger, die den Kristallbann nicht brechen konnten, fiel ihr wieder ein. Sie wunderte sich über die verschiedenartigen Eindrücke, und plötzlich verstand sie. Sie sank auf ihrem Stuhl zusammen und hielt sich an den Armlehnen fest. Einen Moment lang fragte sie sich, ob Trag und Antona sich verschworen hatten. Wäre der Kristallbann auch beim Mittagessen zur Sprache gekommen, wenn Rimbol nicht dazugekommen wäre?

Killashandra zweifelte keinen Augenblick lang daran, daß Antona über Lanzeckis Zustand Bescheid wußte. Aber sie bezweifelte, daß die Frau von ihrer Beziehung wußte. Und sie bezweifelte, daß Trag einen so persönlichen Aspekt im Leben des Gildemeisters erwähnt hatte. Warum war Lanzecki nicht einfach irgendein Sänger wie sie selbst? Warum mußte er ausgerechnet Gildemeister und viel zu wertvoll und wichtig sein, um sich durch eine ungewöhnliche Zuneigung zu ihr selbst zu gefährden?

Nun, die Situation eröffnete die üblichen Fallgruben einer klassischen Tragödie! Einer echten Tragödie, für die es nur eine Lösung gab, bei der Held und Heldin zugleich unterlagen. Denn nun konnte sie vor sich selbst zugeben, daß sie für Lanzecki ebenso tiefe Gefühle empfand wie er für sie. Sie legte die Hände vors Gesicht, preßte sie auf die plötzlich eiskalten Wangen.

Sie dachte an Antonas Rat, alles aufzuzeichnen — einschließlich ihrer Liebe. Killashandra wand sich auf ihrem Stuhl. Antona konnte nicht gewußt haben, daß Killashandra so bald vor einer derartigen Entscheidung über ihre Gefühle stehen würde. Eine Entscheidung, dachte Killashandra ironisch und etwas amüsiert, die sie so bald wie möglich begraben und vergessen mußte.

Eins war sicher: Ganz egal, wie lange die Reise nach Optheria dauern würde, es wäre nicht lange genug, um alle wundervollen Augenblicke zu vergessen, die sie mit Lanzecki verbracht hatte. Der Gedanke, ihm bei ihrer Rückkehr zu begegnen und in seinen dunklen Augen keine Spur des Erkennens zu finden, schmerzte sie. Sie kniff die Augen zusammen. Nie wieder seine Lippen oder seine Hand auf ihrer Haut spüren ...

»Killashandra?« Trags Stimme rief sie in die Gegenwart zurück. Er wartete.

»Da ich jetzt den Hintergrund des Auftrags kenne, Trag, kann ich ihn kaum noch ablehnen.« Ihr munterer Tonfall verlor durch die Tränen, die ihre Wangen herabrollten, erheblich an Glaubwürdigkeit. »Gehst du mit ihm, um den Bann zu brechen?« fragte sie, als ihre Kehle so frei war, daß sie wieder sprechen konnte.

Zu jeder anderen Zeit hätte sie Trags verblüfften Blick als Zeichen ihres Sieges interpretiert. Vielleicht fand sie eines Tages auch jemanden, mit dem sie singen und eine ebenso leidenschaftliche und unerschütterliche Treue genießen konnte. Das durfte sie nicht vergessen.

»Wann startet das nächste Shuttle nach Shanganagh, Trag?« Sie rieb sich ungeduldig die Wange trocken. »Sag Lanzecki — sag ihm ... Sag ihm, die Kristallresonanz hätte mich dazu getrieben.« Sie stand auf und lachte. Es klang schon fast hysterisch. »Das ist sogar beinahe die Wahrheit, oder?« Um sich Bewegung zu verschaffen, stopfte sie aufs Geratewohl Kleidungsstücke in ihren Seesack.

»Das Shuttle legt in zehn Minuten ab, Killashandra Ree.«

»Das ist gut.« Sie kämpfte mit den Verschlüssen des aufgequollenen Sacks. »Kommst du an Bord, Trag? Anscheinend wird es zur Gewohnheit, daß du mich im letzten Augenblick ins Shuttle nach Shanganagh setzt, damit ich in der ganzen Galaxis eigenartige Aufträge übernehmen kann.« Sie konnte der Verlockung, Trag zu sticheln, nicht widerstehen. Er war für ihr Elend verantwortlich, und sie wollte sich in einem Augenblick, da sie einen tiefen persönlichen Verlust erlitt und ihre Liebe opferte, stark und selbstbewußt geben. Sie blickte zum Schirm und bemerkte, daß er dunkel war. »Feigling!«

Sie riß die Tür auf. Sie beschloß, daß es eine verschwendete Geste wäre, sie zuzuknallen. Sie hatte gerade noch Zeit, das Shuttle zu erreichen.

»Abgang Killashandra. Ganz leise. Aber dann zurück auf die Bühne!«

03

Trag hatte Killashandras Abreise genau geplant, denn sie und die drei Kisten mit weißem Kristall waren schon vier Stunden nach dem Gespräch an Bord eines Frachters, der zum Rappahoe Transfer Satellite startete. Sie dachte in dieser Situation nicht darüber nach, denn sie ging völlig in ihren starken Gefühlen unter: der Verlust, Reue über ihre Wirkung auf Lanzecki und ein perverses Bedürfnis, Trag ihren Wert zu beweisen. Obwohl sie sich von den Umständen hatte treiben lassen, gab sie die Hoffnung nicht auf, Lanzecki könnte irgendwie von ihrer Flucht erfahren und die Mission noch verhindern.

Um sicherzustellen, daß alle von ihrem Ziel erfuhren, fegte sie wie ein Wirbelwind durch die Einkaufszone der Shanganagh Base. Sie kaufte notwendige Kleinigkeiten, Plunder und Lebensmittel und gab zu jedem Einkauf lautstarke und zungenläufige Erklärungen. Jedesmal wenn sie die Kredite abbuchen ließ, nannte sie laut ihren Namen, damit auch jeder erfuhr, wohin Killashandra Ree reiste. Nachdem sie noch einige wichtige Kleidungsstücke in ihren Seesack gestopft hatte, gewann ihr scharfer Überlebensinstinkt bei den Lebensmittelhändlern der Basis die Oberhand. Sie konnte sich lebhaft an die eintönige Ernährung auf dem Selkiten-Frachter und an die Pampe erinnern, die sie auf dem Trundomoux-Kreuzer bekommen hatte. Sie mußte auf ihren Geschmack und auf ihr Verdauungssystem Rücksicht nehmen.

Leider tippte ihr kein diensteifriger Ladenbesitzer auf die Schulter, um ihr von einem dringenden Anruf des Gildemeisters zu berichten. Viel eher schienen die Leute auf Distanz zu gehen. Ein zufälliger Anblick ihres ausgezehrten faltigen Gesichts in einem Spiegel erklärte warum — sie brauchte keine Maskenbildner, um eine Rolle als gehetzte, verzweifelte und verstörte Heldin zu übernehmen. In diesem Augenblick meldete sich ihr Humor vorübergehend zurück. Sie hatte oft geglaubt, die Schminke für Lucia, Lady MacBeth oder Testuka und Isolde sei völlig übertrieben. Nun, da sie selbst erlebte, wie es war, durch ein selbstloses Opfer eine große Liebe zu verlieren, erkannte sie, wie Kummer auf das Aussehen wirkte. Sie sah schrecklich aus! Deshalb kaufte sie zwei schillernde, bunte und weite Kaftane aus belugischer Spinnenseide und ein Reisenecessaire mit modischen Kosmetika, die sie ebenfalls in ihren aufgeblähten Seesack stopfte. Sie würde neun Tage auf dem ersten Frachter verbringen — genug Zeit, ihr beschädigtes Äußeres wiederherzustellen.

Dann kam der Aufruf für die *Pink Tulip Sparrow*, und

sie mußte zum Ausgang. Um das Unvermeidliche hinauszuzögern, ging sie mit einer Geschwindigkeit zur Rampe, die einem Begräbnis angemessen gewesen wäre.

»Sängerin, wir müssen starten! Bitte, beeilen Sie sich.«

Sie tat so, als wolle sie der Aufforderung folgen, doch als der Maat versuchte, ihren Arm zu fassen, um sie in die Schleuse zu schieben, sträubte sie sich. Er ließ sie jäh wieder los und starrte sie erschrocken an — seine Arme waren nackt, und die Haare standen aufrecht.

»Ich warte auf Einkäufe aus den Geschäften.« Killashandra sehnte sich so sehr nach einer Rettung in letzter Minute, daß ihr jede Verzögerung recht war.

»Da!« Der Maat deutete empört und ungeduldig auf einen Stapel von Paketen in allen möglichen Größen, die im Gang herumlagen.

»Die Kristalle?«

»Die Kisten sind im Frachtraum für empfindliche Waren gesichert.« Er machte wieder Anstalten, ihren Arm zu packen und sie an Bord zu zerren, doch er hielt mit enttäuschtem Gesicht inne. »Wir müssen starten. Die Raumhafenleitung von Shanganagh verhängt schwere Strafen, wenn man ein Startfenster verpaßt. Und Sie können mir nicht erzählen, Kristallsängerin, daß Sie genug Kredite haben, um das zu bezahlen.« Nun gab sie jede Hoffnung auf, daß Lanzecki sie wie die legendären Helden aus den Märchen im letzten Augenblick vor ihrem unendlich großen Selbstopfer retten werde. Sie betrat den Frachter. Die Luftschleuse schloß sich mit solcher Geschwindigkeit hinter ihr, daß die schwere Außenluke beinahe noch ihre Fersen erwischte. Das Schiff verließ bereits die Landebucht, als der Maat sie aus der Schleuse führte und die Innentür schloß.

Killashandra spürte einen überwältigenden Impuls, die Luftschleuse aufzureißen und in die gesegnete Leere des Weltraums hinauszuspringen. Aber da sie die leidenschaftlichen historischen Melodramen kannte, wußte sie, daß trotz der großen Qual, die sie erlebte, Selbstmord nicht in Frage kam. Außerdem durfte sie nicht den Maat, der anscheinend überhaupt nicht zu leiden schien, mit sich in den Tod reißen.

»Bringen Sie mich bitte in meine Kabine!« Sie drehte sich zu schnell um und stolperte über die Pakete im Gang. Sie mußte sich an der Schulter des Maats festhalten, um ihr Gleichgewicht wiederzufinden. Normalerweise hätte sie über ihre Ungeschicklichkeit geflucht und sich danach entschuldigt, aber fluchen war unwürdig und paßte nicht zu ihrer Stimmung. Sie nahm zwei Pakete mit dem Firmenzeichen des Lebensmittelhändlers aus dem Stapel und deutete mit einer lässigen Geste auf den Rest. »Die anderen können in meine Kabine gebracht werden, sobald es Ihnen paßt.«

Der Maat schob sich vorsichtig durch die herumliegenden Kartons und übernahm die Führung. Sie bemerkte die Haare auf seinem Rücken, die dunklen Körperhaare, die unter dem ärmellosen Hemd hervorlugten. Sie stachen durch den dünnen Stoff und standen ihm rechtwinklig vom Körper ab.

Das war überhaupt nicht mehr lustig. Ein faszinierender Aspekt des Kristallsingens, von dem man in der Ausbildung bestimmt nichts hört! Das Lehrbuch sollte umbenannt werden: ›Eine kurze Einführung in das, was dich wirklich erwartet!‹ Eines Tages würde sie wahrscheinlich kaputt genug sein, um es aus eigener Erfahrung umschreiben zu können.

Der Maat war stehengeblieben. Er drückte sich an die Wand des Ganges und deutete auf eine offene Tür.

»Ihre Unterkunft, Kristallsängerin. Die Tür ist auf Ihren Daumenabdruck eingestellt.« Er legte den Finger auf eine Stelle über dem rechen Auge und verschwand wie von Furien gehetzt um die Ecke.

Killashandra drückte den Daumen aufs Türschloß. Sie war angenehm überrascht, als sie die Größe der Kabine bemerkte. Nicht so groß wie ihre Wohnung auf Ballybran, aber immer noch größer als das Studentenzimmer auf Fuerte und erheblich geräumiger als der Wandschrank auf dem Trundomoux-Kreuzer. Sie ließ die Tür zugleiten, versperrte sie und setzte die Pakete auf dem kleinen Schreibtisch ab. Sie untersuchte das Bett, das jetzt am Tag hochgeklappt und an der Wand gesichert war. Plötzlich wurde ihr vor Müdigkeit etwas schwindlig. Starke Gefühle sind genauso anstrengend wie das Kristallschneiden, dachte sie. Sie klappte die Pritsche herunter und streckte sich aus. Sie schluchzte und schauderte und versuchte, die verkrampften Muskeln zu lockern.

Das Summen des Kristallantriebes im Innern des Schiffes bildete einen Kontrapunkt zur Resonanz zwischen den Ohren, und beide Geräusche fuhren ihr in Wellen durch die Knochen. Zuerst entwickelte sie im Kopf zu dieser Begleitung eine Oberstimme, flocht eine eigene Melodie zwischen Baß und Alt, aber dann drängte ihr der Rhythmus ein dreisilbiges Wort auf: Lan-zekki. Sie wechselte zu einer idiotischen Dissonanz mit zwei Tönen, bis sie endlich einschlief.

Als sie nach einigen Tagen auf der *Pink Tulip Sparrow* das überwältigende Gefühl ihres heldenhaften Selbstopfers in den Griff bekam, schwankte Killashandra zwischen Wut auf Trag und Verzweiflung über ihren ›Verlust‹. Bis sie darauf kam, daß Lanzecki ihr Elend verursacht hatte — wenn er sich nicht so um ihre Zuneigung bemüht hätte, dann wären sie nicht so eng zusammengekommen, und sie würde jetzt nicht in einer stinkenden Badewanne von Frachter sitzen. Nun gut, vielleicht doch. Jedenfalls dann, wenn Trag ihr in bezug auf den optherianischen Auftrag die Wahrheit gesagt hatte. Da sie sich ohnehin für unfähig hielt, zivilisiert mit der Crew oder den anderen Passagieren umzugehen, blieb sie die ganze Fahrt über in ihrer Kabine.

Im Rappahoe Transfer Point ging sie an Bord eines

zweiten Frachters, neuer und weniger unangenehm als die *Pink Tulip Sparrow*, der für seine zehn Passagiere sogar eine Bar hatte. Acht Passagiere waren Männer, die bei ihrem Eintritt sofort aufstanden. Offenbar sahen sie auf den ersten Blick, daß sie eine Kristallsängerin war. Gleichermaßen offensichtlich war ihre Bereitschaft, alle Hemmungen zu vergessen und die Wahrheit darüber herauszufinden, was man sich über Kristallsänger erzählte. Drei von ihnen gaben nach einer ersten flüchtigen Berührung auf, zwei weitere beim Abendessen. Es scheint unbedeutend, wenn einem ständig die Haare zu Berge stehen, aber auch der Wassertropfen, der geduldig einen Stein abträgt, ist nur eine Kleinigkeit. Der haarlose Argulianer war der beharrlichste. Im schmalen Gang umarmte er sie sogar und zog sie leidenschaftlich an sich. Sie brauchte sich nicht freizukämpfen.

Er ließ die Arme fallen und wich zitternd und errötend zurück. »Sie sind schockierend.« Er rieb sich die Arme und strich hastig über die Körperteile, die mit ihr in Kontakt gewesen waren. »Es ist nicht schön, mit einem freundlichen Mann so umzugehen.« Er machte ein bekümmertes Gesicht.

»Es war doch Ihre Idee.« Killashandra ging in ihr Quartier. *Damit ist eine neue Sängerlegende geboren!*

Die Kapitänin des dritten Frachters, auf den Killashandra in Melorica umstieg, informierte sie unumwunden, daß sie unter keinen Umständen eine Konkurrenz zu ihrer ausschließlich weiblichen Crew dulden werde.

»Schon gut, Captain. Ich habe Enthaltsamkeit gelobt.«

»Wozu?« fragte die Kapitänin und musterte Killashandra mit Argusaugen. »Religiös oder beruflich?«

»Weder noch. Ich will einem Mann treu bleiben, bis ich sterbe.« Killashandra gefiel das unendlich kleine pathetische Zittern ihrer Stimme.

»Das ist kein Mann wert, Liebes!« Die Kapitänin schien ehrlich entsetzt.

Killashandra erkundigte sich mit einem traurigen Seufzen, ob es in der Schiffsbibliothek auch Material für Einzelreisende gab, und zog sich in ihr Quartier zurück. Ihre Kabinen wurden mit jedem Schiff kleiner. Glücklicherweise war dies der kürzeste Abschnitt ihrer Reise zu Bernards World.

Als Killashandra den Bernard World Transfer Satellite erreichte, zweifelte sie ernsthaft an Trags Aufrichtigkeit. Die Fahrt schien für eine Weltraumreise der Neuzeit ungeheuer lang, selbst wenn man berücksichtigte, daß Frachter im allgemeinen langsamer flogen als Kreuzer oder Linienschiffe. Sie hatte fünf Wochen im Weltraum hinter sich und mußte weitere fünf überstehen, bevor sie das optherianische System erreichte. Ob Trag ihr einen Streich gespielt und ihr einen Job angedreht hatte, den ohnehin niemand sonst übernommen hätte? Nein, die Bezahlung war zu gut — außerdem hatten sich Borella, Concera und Gobbain darum bemüht.

Der Transfersatellit, der in der Schwerkraft eines kleinen Mondes verankert war, umkreiste einmal in achtundvierzig Stunden den Planeten, ein strahlendes blaugrünes Juwel. Der Satellit war ein Wunder der modernen Technik, mit Lande- und Reparatureinrichtungen, die auch FSC-Kreuzer und die Segmentschiffe des Exploration and Evaluation Corps aufnehmen konnten. Er lag sehr günstig am Schnittpunkt von neun wichtigen Raumstraßen. In den weitläufigen Gärten wurden Früchte und Gemüse gezogen, und die Viehzuchtabteilung lieferte hochwertiges Protein, abwechslungsreich genug, um auch den verwöhntesten Gast zufriedenzustellen. Die Geschäfte konnten die Wünsche aller fünf raumfahrenden Rassen erfüllen. Angebaute Kuppeln beherbergten kleine Firmen, ein aufblühendes medizinisches Forschungslabor und ein kleines Krankenhaus. Im Transit-Quadranten gab es Spielplätze, Sportarenen und Stadien, weitläufige Gärten und einen Zoo mit Kleinlebewesen der neun nächstgelegenen Sonnensysteme. Als Killashandra das Verzeichnis in ihrem Zimmer durchsah, erkannte sie zu ihrer Erleichterung, daß zu den Einrichtungen der Sporthalle auch ein Regenerationsbecken gehörte.

Sie war zwar sicher, daß die Resonanz in ihrem Körper etwas nachgelassen hatte, aber sie sehnte sich nach der Erleichterung, die ihr nur eine Stunde im Regenerationsbad verschaffen konnte. Sie buchte den Raum und benutzte einen Wartungsgang, da sie die Reaktionen der ›normalen Leute‹ in ihrer Nähe ziemlich leid war. Außerdem hatte sie beschlossen, die nächsten fünf Wochen auf dem Kreuzfahrtschiff nicht damit zu verbringen, neue Kristallsänger-Mythen in die Welt zu setzen. In ihrem geschundenen und schmerzenden Körper war kein Platz für Zuneigung, von Leidenschaft ganz zu schweigen. Und Kristall neutralisierte flüchtige Vorlieben oder Gelüste.

Wenn sie nur verhindern konnte, daß den Leuten die Haare zu Berge standen, konnte sie eine neue Persönlichkeit annehmen: Sie reiste als begabte junge Musikerin nach Optheria, um am Sommerfestival teilzunehmen. Sie hatte kein Geld und mußte die billigeren Frachterlinien benutzen. Sie verbrachte einige Stunden damit, das richtige Make-up für diese Rolle zu entwikkeln und sich das Verhalten einer sehr jungen unerfahrenen Frau zuzulegen. Sie erinnerte sich an das Vokabular und die Sprechweise ihrer Studienzeit. Inzwischen war so viel Zeit vergangen, daß sie sich fühlte, als wollte sie eine historische Rolle lernen. Bei ihren Proben stellte Killashandra fest, daß die Zeit wie im Flug verging. Wenn jetzt auch noch ihr geschundener Körper mitspielte ...

Nach neun Stunden im Bad, verteilt auf drei Tage, erreichte Killashandra ihr Ziel. Sie legte sich eine bescheidene Garderobe zurecht. Am fünften Tag auf Bernards World Transfer Station folgte sie mit großen Augen und atemlos dem Anruf, gab dem Kontrolleur des FSPS-Linienschiffs *Athena* die Fahrkarte und bekam einen Sitzplatz im zweiten der beiden Shuttles, die den Kreuzer auf seiner parabolischen Bahn durch das Sonnensystem bedienen sollten. Die Shuttle-Fahrt war kurz, und durch das einzige Bullauge im Bug war nur der wuchtige orangefarbene Rumpf der *Athena* zu sehen. Die meisten Passagiere waren äußerst beeindruckt und plapperten aufgeregt und voller Vorfreude über die Reise und die Entbehrungen, die sie auf sich genommen hatten, um das Geld zu sparen. Sie redeten über ihre Ziele und ihre Sorgen um die daheimgebliebenen Familien. Das Geschnatter reizte Killashandra, und sie wünschte sich, sie hätte sich nicht die Rolle einer Studentin ausgesucht. Als Mitglied einer angesehenen Gilde hätte man sie in die erste Klasse gesetzt.

Doch sie hatte sich entschieden und mußte dabei bleiben. Sie stieg wütend in der Touristenklasse der *Athena* aus und suchte im Labyrinth der Gänge ihre Einzelkabine. Der Raum war genauso groß wie ihre Studentenbude auf Fuerte, aber sie sagte sich philosophisch, daß sie es mit größerer Reife tragen konnte. Wie es schien, wurde nur beim Essen und dem Zugang zu den Bars nach dem Fahrpreis unterschieden; die Freizeiteinrichtungen waren jedermann zugänglich.

Die *Athena,* eine Neuerwerbung der Kreuzfahrtgesellschaft Galactica Federated, befand sich auf dem letzten Teil ihrer Jungfernfahrt in diesem Teil der Galaxis. Teilweise war Killashandras erstauntes Schnaufen, als sie mit den anderen Passagieren der Touristenklasse durchs Schiff geführt wurde, sogar echt. Ein Bildungsbereich schloß nicht nur ein Klassenzimmer für reisende Jugendliche, sondern auch kleine Proberäume ein, in denen viele verschiedene Musikinstrumente — allerdings keine tragbare optherianische Orgel — gemietet werden konnten, ein kleines Theater und mehrere große Werkstätten für Handwerker. Zu ihrem Erstaunen gab es im Sportbereich sogar drei kleine Regenerationsbecken.

Der Führer erklärte, daß diese Einrichtung verkrampfte Muskeln entspannen und die Raumkrankheit dämpfen könne und zudem ein preiswerter Ersatz für ein Wasserbad sei, da die Flüssigkeit nach jeder Benutzung gereinigt werden konnte. Er erinnerte die Leute daran, daß das Wasser rationiert sei; pro Person gebe es nur zwei Liter am Tag. Die Kabinen waren mit Terminals ausgerüstet, die mit dem Hauptcomputer des Schiffes verbunden waren. Er erklärte stolz, der Rechner sei ein nagelneuer FBM 9000, dessen Unterhaltungsbibliothek umfangreicher sei als die mancher Planeten. Die FSPS *Athena* war wirklich eine Göttin des Weltraums.

Während der ersten achtundvierzig Stunden der Reise, als die *Athena* Bernards World verließ und auf ihre Reisegeschwindigkeit beschleunigte, hielt Killashandra sich bewußt zurück und spielte die schüchterne Studentin. Sie amüsierte sich über die Paare, die sich in dieser ersten Phase der Reise fanden und wieder trennten. Sie wettete bei sich, welche junge Frau schließlich bei welchem jungen Mann landen würde. Auch zwischen den älteren Alleinreisenden wurden zarte Bande geknüpft.

Vor Killashandras verwöhnten Augen hatte kein männlicher Passagier der Touristenklasse Bestand, ob jung oder alt. Es gab allerdings einen auffälligen Mann, der sich bewegte wie ein Tänzer oder Berufssportler, doch sein klassisches Gesicht war zu vollkommen, um seinen Charakter oder sein Temperament zu verraten. Er drehte, ein kleines Lächeln auf den vollkommen geschwungenen Lippen, seine Runden und war sich sehr bewußt, daß er nur zu nicken brauchte, um sich jedes Mädchen zu angeln, das er haben wollte. Lanzecki war nicht im üblichen Sinne schön, aber sein Gesicht war von seinem Charakter gezeichnet und strahlte eine Anziehungskraft aus, die bei diesem jungen Schönling fehlte. Dennoch spielte Killashandra mit der Idee, den jungen Mann zu locken; eine Zurückweisung konnte seine Charakterbildung ungemein fördern. Aber dazu hätte sie die Rolle der schüchternen Studentin aufgeben müssen.

Als sie zum erstenmal Yarran-Bier bestellen wollte, bemerkte sie, daß es auf der *Athena* doch einige Mängel gab. Es gab neun Sorten, nur kein Yarran. Ihr Versuch, einen genießbaren Ersatz zu finden, war gerade bis zum dritten Kandidaten gediehen, als sie von der Square Dance-Aufführung abgelenkt wurde und bemerkte, daß jemand an ihrem Tisch stand.

»Darf ich mich zu Ihnen setzen?« Der Mann hob zwei Becher mit neuen Biersorten. »Ich habe bemerkt, daß Sie die Sorten durchprobieren. Sollten wir unsere Erfahrungen austauschen?«

Er hatte eine angenehme Stimme, sein Schiffsanzug betonte die schlanke große Figur, das Gesicht war regelmäßig und ohne erkennbaren Schönheitsfehler, das mittellange dunkle Haar umrahmte das braune Gesicht. Doch etwas in seinen Augen und das feine kräftige Kinn erregten Killashandras Aufmerksamkeit.

»Ich bin auch nicht sehr gesellig«, sagte er, während er mit einem Becher auf die sich drehenden Tänzer deutete, »und ich habe bemerkt, daß Sie sich abseits halten; deshalb dachte ich, wir könnten die richtige Gesellschaft füreinander sein.«

Killashandra deutete auf den Stuhl gegenüber.

»Ich bin Corish von Mittelstern.« Er setzte die Becher neben ihrem Bier ab und rückte den Stuhl herum, damit er die Tänzer beobachten konnte. Killashandra wandte sich leicht von ihm ab, denn sie war nicht mehr sicher, ob die abweisende Resonanz ihres Körpers noch funktionierte. Gleichzeitig fragte sie sich, warum sie überhaupt von ihm abrückte. »Ich komme aus Rheingarten im Beta Jungische System. Ich will nach Optheria.«

»Oh, ich auch!« Sie hob grüßend ihr Bier. »Killashandra Ree von Fuerte. Ich bin — ich bin Musikstudentin.«

»Sie wollen zum Sommerfestival.« Dann sah Corish

sie überrascht an. »Aber es gibt hier doch Bier von Fuerte ...«

»Ach, dieses blöde Zeug! Ich muß vielleicht in der Vorsaison und in der Touristenklasse nach Optheria reisen, aber ich habe keine Lust, mir die Gelegenheit entgehen zu lassen, alles auszuprobieren, was es auf der *Athena* gibt.«

Corish lächelte überlegen. »Ist dies Ihre erste Interstellarreise?«

»O ja. Aber ich weiß eine Menge darüber. Mein Bruder ist Frachtaufseher auf der *Blue Swan Delta*. Und als Mutter ihm sagte, daß ich diese Reise machen will, hat er mir alle möglichen Ratschläge und Warnungen gegeben.« Killashandra kicherte albern.

Corish lächelte wissend. »Mißachten Sie seine Ratschläge nicht! Also von Fuerte sind Sie? Das ist aber ein weiter Weg.«

»Ich habe das Gefühl, schon mein halbes Leben unterwegs zu sein«, sagte Killashandra gedehnt, während sie zu überschlagen versuchte, wie lange sie unterwegs gewesen wäre, wenn sie wirklich auf Fuerte eingestiegen wäre. Sie hatte ihre Hausaufgaben nicht gründlich genug gemacht. Aber sie konnte sich kaum vorstellen, daß Corish es bemerkte, wenn sie sich irrte. Sie trank einen großen Schluck Bier. »Das hier ist ein Bellemere, aber es ist mir zu sauer.«

»Das beste Bier der Galaxis ist das Yarran.«

»Yarran?« Sie musterte Corish mit neuem Interesse. Wenn er wirklich aus dem Beta Jungische kam, dann war er vom Einzugsbereich des Yarran weit entfernt. Killashandras Neugierde wuchs.

»Die Yarran-Braumeister haben nicht ihresgleichen. Ihr Bruder hat das Yarran doch sicher erwähnt?«

»Oh, das ist schon möglich«, sagte Killashandra zögernd, als müßte sie nachdenken, »aber er hat mir so viel erzählt, daß ich die Hälfte schon wieder vergessen habe.« Sie wollte noch einmal kichern, aber dann dachte sie, daß ihr von diesem Gekicher nicht nur schlecht wurde, sondern daß sie möglicherweise auch Corish verschreckte. Sie wollte lieber ihre Neugierde befriedigen. »Warum reisen Sie nach Optheria?«

»Eine Familienangelegenheit. Ein Onkel von mir machte dort einen Besuch und beschloß, sich einbürgern zu lassen. Wir brauchen für einige Familienpapiere seine Unterschrift. Wir haben mehrmals geschrieben, aber wir erhielten keine Antwort. Er könnte sogar tot sein, aber dann brauche ich eine amtliche Bestätigung, und wenn nicht, dann brauche ich seinen Abdruck auf den Dokumenten.«

»Und deshalb kommen Sie den weiten Weg vom Beta Jungische System?«

»Nun, es geht um eine Menge Geld, und so läßt es sich gut reisen.« Er vollführte mit seinem Becher einen weiten Halbkreis, der das Schiff und die Tänzer einschloß. Er lächelte Killashandra über den Rand an und nahm einen Schluck. »Das Pilsner hier ist gar nicht schlecht. Was haben Sie da?«

Sie ging auf seinen geschickten Themawechsel ein und kümmerte sich wieder um ihr Bier. Obwohl das Kristallsingen die Fähigkeit mit sich brachte, beinahe unbegrenzte Mengen Alkohol ohne sichtbare Wirkung aufzunehmen, spielte sie ihm die Symptome eines leichten Rausches vor, während sie ihm ihre erfundene Geschichte anvertraute. Wo es nötig war, ergänzte sie die Erzählung mit wirklichen Begebenheiten aus ihrer Zeit im Arts Complex. So erfuhr Corish, daß sie Tasteninstrumente spielte und im letzten Jahr ihrer Ausbildung stand. Sie hoffte, durch die Teilnahme am optherianischen Festival genug Punkte für ihren Abschluß zu sammeln. Sie hatte Empfehlungsschreiben hochgestellter Persönlichkeiten bei sich, die ihr die Türen des Federal Music Conservatory auf Optheria öffnen würden, wo sie hoffte, auf einer optherianischen Orgel spielen zu dürfen.

»Ich brauche nur eine Stunde«, erklärte sie Corish und blinzelte ihn trunken an, »damit ich meine Dissertation abschließen kann.«

»Nach allem, was ich über die kostbaren Orgeln hörte, können Sie schon von Glück sagen, wenn Sie den Raum betreten dürfen, in dem eine Orgel steht.«

»Dann eine halbe Stunde.«

»Wie ich hörte, dürfen nur von der Föderation lizensierte Spieler die Orgel benutzen.«

»Nun, dann müssen sie in meinem Fall eine Ausnahme machen, denn ich habe ein Empfehlungsschreiben von unserem Präsidenten — er ist ein Freund meiner Familie. *Und* eine versiegelte Botschaft vom Stellar-Künstler Dalkay Mogorog ...« Sie hielt ehrfürchtig inne, nachdem sie diesen berühmten Namen genannt hatte, der Corish allerdings unbekannt war. »Ich bin sicher, daß sie nachgeben. Und wenn es nur fünfzehn Minuten sind«, fuhr sie fort, als sie Corishs Kopfschütteln sah. »Sie müssen mich einfach spielen lassen! Ich mache nicht eine solch weite Reise, um mich dann einfach abweisen zu lassen. Ich studiere Tasteninstrumente, und ich habe ein Stipendium beim Federated Sentient Planets Conservatory auf Terra gewonnen. Ich durfte sogar auf einem Mozartklavier, auf einem Spinett von Händel, auf Purcells Harpsichord, auf einer Bachorgel und auf einem Pianoforte von Beethoven spielen und ...« Sie stieß auf, um die Tatsache zu verbergen, daß ihr die berühmten Komponisten und Instrumente ausgingen.

»Soso. Welches Bier möchten Sie jetzt kosten?«

»Wie?«

Corish führte sie hilfsbereit zu ihrer Kabine und legte sie auf die Pritsche. Als er sie mit einer leichten Decke zudeckte, spürte sie die statische Entladung von ihrer Schulter auf seine Hände. Er zögerte einen Augenblick lang, dann ging er still hinaus.

Sie gab ihm Zeit, die Kabine zu verlassen, und dachte

unterdessen über ihren ›Auftritt‹ nach. Sie kam zu der Ansicht, daß sie nicht aus der Rolle gefallen war. Es war nett von ihm, daß er die Situation nicht ›zu seinem Vorteil ausgenutzt‹ hatte. Als sie sich sicher genug fühlte, huschte sie aus der Kabine und ging zur Sportebene. Zu dieser späten Stunde war der Bereich völlig verlassen, und sie genoß eine volle Stunde im Regenerationsbad.

Am nächsten Morgen trafen sie sich beim Frühstück. Corish erkundigte sich mitfühlend nach ihrem Befinden.

»Bin ich etwa am Tisch eingeschlafen?« fragte sie entsetzt und riß die Augen auf.

»Keineswegs. Ich habe dafür gesorgt, daß Sie wohlbehalten in Ihrer Kabine gelandet sind, bevor Sie einschliefen.«

Sie betrachtete kritisch ihre Hände. »Nun, wenigstens zittern sie nicht, und ich kann üben.«

»Sie wollen üben?«

»Ich übe jeden Tag.«

»Darf ich zuhören?«

»Nun — das kann recht langweilig werden. Ich brauche mindestens eine Stunde für Fingerübungen und Tonleitern, bevor ich überhaupt ein Stück spielen kann ...«

»Wenn es mir zu langweilig wird, kann ich ja wieder gehen.«

Während sie ihn zu den Übungsräumen führte, fragte sie sich, ob ihre Rolle geplatzt war. Warum sonst sollte er so neugierig sein und den Wunsch äußern, ihr beim Üben zuzuhören?

Killashandra war sehr erleichtert, als sie bemerkte, daß ihre Finger sich an die lange Praxis erinnerten. Sie bearbeitete die Tastatur mit dem Anschein echter Könnerschaft. Corish ging nach fünfzehn Minuten, doch sie wollte nichts dem Zufall überlassen und spielte weiter und machte für jemanden, der seit drei Jahren nicht mehr gespielt hatte, bemerkenswert wenig Fehler.

Genau wie sie ihre Glaubwürdigkeit bei ihm bekräftigt hatte, spielte er ihr weiterhin den liebenswerten jungen Mann vor, der in Familienangelegenheiten unterwegs war. Er suchte bei Mahlzeiten ihre Gesellschaft, half ihr, den Veranstaltern von Gruppensportveranstaltungen zu entgehen, unterstützte sie mit der amüsierten Toleranz eines erfahrenen Reisenden und begleitete sie zu einigen Veranstaltungen. Ein- oder zweimal verspürte sie den Wunsch, ihn zu schockieren und ihm ihre wahre Identität zu verraten, einfach um zu sehen, wie er reagierte, doch sie unterdrückte diesen Impuls.

Nach einem ausgesprochen feuchtfröhlichen Abend und nach einem besonders langen Regenerationsbad traf sie ihn in der Turnhalle. Er schwitzte stark und trainierte anscheinend ohne besondere Anstrengung mit schweren Gewichten. Da er nur spärlich bekleidet war, konnte Killashandra seine gut trainierten Muskeln und seinen ausgezeichneten Tonus sehen.

»Ich wußte gar nicht, daß Sie Sportler sind.«

»Es ist klug, sich fit zu halten, Killashandra Ree.« Er legte sich ein Handtuch über die Schultern und wischte sich das Gesicht ab. »Wo waren Sie?«

Killashandra brachte ein verlegenes Erröten zustande, schlug die Augen nieder und heuchelte Reue.

»Ich hab dieses Regenerationszeug ausprobiert. Im Becken.« Sie deutete ungefähr in die richtige Richtung. »Das blonde Mädchen von Kachachurian hat gesagt, das sei gut gegen Kater!« Sie trat, immer noch mit niedergeschlagenen Augen, vor die Verankerung des Apparats, den er bearbeitet hatte.

»Und? Hilft es?«

»Ich glaube schon.« Sie sprach etwas zweifelnd weiter. »Wenigstens hat dieses schreckliche Kreisen aufgehört ... Und mir ist nicht mehr schlecht.« Sie legte eine Hand auf den Kopf und die andere auf den Bauch. »Ich glaube, ich muß mich auf Bier von Fuerte beschränken. Davon konnte ich immer so viel trinken, wie ich wollte.

Oder hat es mit der Reise im Weltraum zu tun? Mein Bruder hat so etwas in der Richtung gesagt ...« Sie blickte Corish in die Augen. »Ist das nicht eine seltsame Zeit zum Trainieren?«

»So bekomme ich den Alkohol aus dem Kreislauf«, sagte Corish, während er sich das Hemd anzog. »Ich bringe Sie zu Ihrer Kabine zurück. Sie sollten wirklich nicht um diese Zeit allein im Schiff herumlaufen. Da könnte jemand einen falschen Eindruck von Ihnen bekommen.«

Während er sie zu ihrer Kabine begleitete, fragte sie sich, warum er sie so eilig aus der Turnhalle hinauskomplimentieren wollte. Sie glaubte, für ihre Anwesenheit eine gute Erklärung gegeben zu haben. Und sie hatte seine Erklärung naiv akzeptiert. Als sie wohlbehalten in ihrer Kabine war, erklärte sie sich einverstanden, ihn wie üblich am nächsten Morgen beim Frühstück zu treffen, und ging gehorsam zu Bett. Während sie auf den Schlaf wartete, dachte sie über seine außergewöhnlich gute Form nach und fragte sich, warum er so heimlich trainierte. War Corish etwa ein FSP-Agent? Sie hielt es für unwahrscheinlich, daß die Federation nur einen Beobachter schickte, noch dazu einen unerfahrenen —, um eine ganze Gesellschaft zu beobachten. Sie kicherte bei dem Gedanken, daß Corish sich von allen achtzehnhundert Passagieren und Besatzungsmitgliedern auf der *Athena* ausgerechnet sie ausgesucht hatte. Natürlich bot sie ihm als junge Studentin eine ausgezeichnete Tarnung. Es sei denn, er war von seinen Vorgesetzten über ihren zusätzlichen Auftrag unterrichtet worden. Wenn er wirklich ein Agent der Föderation war, dann wußte er natürlich um die Fähigkeiten von Kristallsängern und war in der Lage, sie auch durch unbedeutende Details zu entlarven.

Egal! Die Bemühungen, sich an ihre Zeit als mittellose begabte Musikstudentin zu erinnern, hatten ihr geholfen, die jüngsten schmerzvollen Erlebnisse zu verdrängen. Killashandra zog jetzt ernsthaft Antonas Rat in Betracht, alles genau aufzuzeichnen. Vielleicht mußte sie später noch einmal die Rolle einer unerfahrenen Studentin spielen.

04

WÄHREND DIE *Athena* auf einer hyperbolischen Bahn dem optherianischen Hauptplaneten entgegenstürzte, um mit der Hilfe seiner Anziehungskraft auf den Kurs zum einzigen bewohnten Planeten des Systems einzuschwenken, verabschiedeten sich die Passagiere, die das Schiff verlassen wollten, von den Freunden, die sie auf der Reise gewonnen hatten. Der seltsame Zauber des Reisens, der völlig fremde Menschen zu Vertrauten und Geliebten machte, hatte auch im Raumzeitalter nichts von seiner Kraft verloren.

Während sie in der Luftschleuse auf das Shuttle warteten, das sie zur Oberfläche hinunterbringen sollte, schwatzte Killashandra munter mit Corish und erklärte, daß sie sich wiedersehen und einander von ihren Erlebnissen berichten müßten, denn sie konnten doch nicht für immer Abschied voneinander nehmen, obwohl sie den gleichen Planeten besuchten.

Sie wollte erfahren, wie es ihm mit seinem Onkel ergangen war, und sie hoffte, ihm von ihren Erfolgen bei der optherianischen Musik-Elite berichten zu können. Dieses Geschnatter paßte hervorragend zu ihrer Rolle, doch Killashandra stellte verwundert fest, daß sie es ernst meinte.

»Das ist aber lieb von dir, Killa«, erwiderte Corish. Er klopfte ihr herablassend auf die Schulter, und sie wurde sich sofort ihrer wirklichen Persönlichkeit bewußt.

»Wenn ich in der Unterkunft des Music Center keinen Schlafplatz finde, gehe ich zur Piper Facility«, sagte sie, während sie seiner Hand auswich und an der Seitentasche ihres Seesacks herumnestelte. Sie zog eine der kleinen Plastikkarten heraus, die von der Facility auf dem Schiff verteilt worden waren. »Der optherianische Reiseführer sagt, daß man dort Nachrichten für Besucher hinterlassen kann. Du könntest mich dort erreichen.« Sie sah ihn mit einem sehnsüchtigen Lächeln an. »Ich weiß natürlich, daß wir uns nie wiedersehen, wenn wir Optheria verlassen, Corish, aber ich hoffe, wir können wenigstens Freunde bleiben, solange wir auf dem gleichen Planeten sind.« Sie unterbrach sich, senkte den Kopf und tupfte sich an den Augen herum, die wie auf Stichwort feucht wurden. Sie ließ ihn noch einmal ihr verheultes Gesicht sehen. Sie verstand selbst nicht ganz, warum sie die Bekanntschaft ausdehnen wollte. Manchmal wird man auch von einer Rolle gefangen.

»Ich verspreche dir, Killa, daß ich bei Piper eine Nachricht für dich hinterlasse.« Corish legte ihr einen Finger unters Kinn und hob ihren Kopf, bis sie seinen Blick erwiderte. Er konnte sehr gewinnend lächeln, dachte sie, aber er war nicht mit Lanzecki zu vergleichen. Als ihr die Bedeutung dieses Vergleichs bewußt wurde, quetschte sie noch ein paar Tränen heraus. »Es gibt keinen Grund zu weinen, Killa.«

In diesem Augenblick prallte das Shuttle gegen die Seite der *Athena,* und im Lärm, der enstand, als die Schleusen einrasteten und die Menschen sich lautstark verabschiedeten, ging ihr Gespräch unter. Dann winkten Besatzungsmitglieder, die sich sehr wichtig vorkamen, die Passagiere zur Backbordseite der Schleuse. Killashandra wurde zwischen zwei ziemlich großen Männern eingeklemmt und durch einen Stoß von Corish getrennt.

»Was soll die Verzögerung?« fragte einer der beiden.

»Die laden irgendwelche Kisten ab«, antwortete der

andere empört. »Muß was Wichtiges sein. Da sind lauter Siegel und Abzeichen drauf.«

»Ich werde mich beim Reisebüro beschweren. Man hat den Eindruck, auf dieser Linie werden Menschen gegenüber Waren bevorzugt!«

So plötzlich, wie sie begonnen hatte, war die Enge wieder vorbei, und die Passagiere schlurften über die Rampe ins Shuttle. Killashandra konnte Corish unter den Passagieren, die schon einen Platz gefunden hatten, nicht entdecken, aber sie sah die drei großen Styroporkisten, in denen die weißen Kristalle steckten. Sie lagen auf den ersten drei Sitzreihen der Steuerbordseite des Shuttles.

»Die müssen aber wertvoll sein«, sagte der erste Mann. »Was mag da drin sein? Die Optherianer importieren nicht viel.«

»Stimmt«, sagte sein Gefährte wehleidig. »Aber das sind Siegel von der Heptitergilde.«

Der Steward des Shuttles hatte die Kontrolle über den Strom der Passagiere übernommen. Er schob sie in die Sitzreihen, während er langsam rückwärts durch den Mittelgang ging. Er winkte Killashandra zu einem Platz an der Außenwand, und die beiden Männer setzten sich gehorsam neben sie. Corish kam an ihrer Reihe vorbei, doch ihm wurde ein Sitz auf der anderen Seite des Ganges zugewiesen.

»Die haben es aber eilig, was?« fragte der erste Mann.

»Auf einer parabolischen Umlaufbahn müssen sie sich auch beeilen«, erwiderte sein Freund.

»Anscheinend kommen keine Passagiere an Bord.«

»Kaum. Die Optherianer verlassen ihren Planeten nicht, und die Touristensaison hat noch nicht begonnen.«

Sie erschraken, als es unter ihren Füßen unheildrohend zu rumpeln begann. Dann knirschte belastetes Metall, und der Boden unter den Füßen vibrierte.

Die Frachtluken wurden mit einem lauten Knall geschlossen. Dann spürte Killashandra, wie der Luftdruck zunahm, als die Hauptschleuse geschlossen und gesichert wurde. Durch die Außenwand des Schiffs hörte sie, wie der Fanghaken gelöst wurde. Sie bereitete sich auf das Schwindelgefühl vor, das entstehen würde, sobald das Shuttle sich von der *Athena* trennte. Ihre Nachbarn waren nicht vorbereitet und keuchten erschrocken. Sie packten die Armlehnen, als die Triebwerke des Shuttles zündeten und die Passagiere in die Sitze gedrückt wurden.

Der Sprung von Linienschiff zur Planetenoberfläche war relativ kurz, doch Killashandras Nachbarn beklagten sich bitter über die Unbequemlichkeit und den langen Flug. Killashandra hielt die Landung für gelungen und elegant, doch die beiden Männer jammerten auch darüber. Sie war dankbar, als die Luftschleuse wieder geöffnet wurde und die frische klare Luft Optherias hereindrang. Sie atmete tief durch und befreite die Lungen von der aufbereiteten Luft der *Athena*. So modern das Schiff auch gewesen war, man schaffte es immer noch nicht, die Luft aufzubereiten, ohne daß sie nach Desinfektionsmitteln roch.

Die ersten Passagiere hatten gerade den Ankunftsbereich erreicht, als eine Bandansage losplärrte. Die Ansage wurde in allen wichtigen Sprachen der Federated Planets wiederholt. Die Passagiere wurden gebeten, ihre Reisedokumente für die Paßkontrolle des Raumhafens bereitzuhalten. Sie sollten sich vor den mit Buchstaben oder Ziffern gekennzeichneten Ausgängen aufreihen. Fremdrassen, die besondere Lebenserhaltungssysteme oder Einrichtungen brauchten, sollten sich an einen uniformierten Mitarbeiter wenden. Besucher mit gesundheitlichen Problemen sollten sich sofort nach der Paßkontrolle in der medizinischen Abteilung des Raumhafens melden. Das Touristenbüro von Optheria wünschte allen Besuchern einen angenehmen Aufenthalt.

Killashandra stellte erleichtert fest, daß sie ihren Ausweis einigermaßen heimlich vorlegen konnte, denn die Zollbeamten saßen in kleinen Nischen. Die Reisenden, die hinter ihr warteten, konnten nicht zusehen. Sie blickte zur Schlange ganz rechts, in der Corish stehen mußte, aber sie entdeckte ihn nicht. Sie sah ihn erst, als sie schon fast an der Reihe war, vor den Inspektor zu treten.

Killashandra unterdrückte ein gehässiges Grinsen, als sie ihren Arm mit dem ID-Armband unter die Sichtscheibe schob. Der leere Gesichtsausdruck des Inspektors veränderte sich erheblich, als er das Heptitersiegel auf dem Bildschirm sah. Er drückte mit einer Hand auf einen roten Knopf auf seiner Tastatur und winkte sie mit der anderen sofort weiter. Er kam aus seinem Verschlag und bestand darauf, ihren Seesack zu tragen.

»Bitte, keine Umstände!« bat Killashandra.

»Ehrwürdige Gildenfrau«, begann der Inspektor umständlich, »wir haben uns solche Sorgen gemacht. Die Kabine, die für Sie auf der *Athena* reserviert war ...«

»Ich bin in der Touristenklasse gereist.«

»Aber Sie sind Mitglied der Heptitergilde!«

»Es gibt Zeiten, Inspektor«, sagte Killashandra, während sie sich zu ihm neigte und seinen Arm berührte, »da die Diskretion erfordert, daß man inkognito reist.« Die Haare auf seinem Handrücken standen zu Berge. Sie seufzte.

»Oh, ich verstehe.« Natürlich verstand er kein Wort. Er strich sich abwesend über die Haare.

Sie näherten sich einem Ausgang, der sich vor ihnen teilte und ein etwas atemloses Begrüßungskomitee ausspuckte, drei Männer und eine Frau. »Die Gildenfrau ist eingetroffen!« Der triumphierende Unterton des Inspektors vermittelte den Eindruck, er selbst habe dieses Wunder bewirkt.

Killashandra starrte die Gruppe an. Sie sahen einander beunruhigend ähnlich; sie waren nicht nur in etwa gleich groß und ähnlich gebaut, sondern auch Haarfarbe, Hautfarbe und Gesichtszüge waren die gleichen. Selbst ihre Stimmen hatten den gleichen sonoren Tonfall. Sie blinzelte und schob es auf das weiche gelbe Sonnenlicht, das aus der Haupthalle hereinfiel. Dann gab sie sich einen Ruck: Die Leute waren Regierungsangestellte, aber es war doch kaum denkbar, daß eine Regierung, ob auf Optheria oder einem anderen Planeten, nur Leute einstellte, die einander ähnlich waren.

»Willkommen auf Optheria, Gildenfrau Ree«, sagte der Inspektor und schob sie strahlend durch das Tor, das sich hinter ihnen flüsternd schloß.

»Willkommen, Killashandra Ree. Ich bin Thyrol«, sagte der erste und älteste Mann. Er trat einen Schritt vor und verneigte sich.

»Willkommen, Killashandra Ree. Ich bin Pirinio«, sagte der zweite, der dem Beispiel des ersten folgte.

Auch Polabod und Mirbethan machten sich auf diese Weise bekannt. Ob sie lange geübt hatten?

»Sehr erfreut.« Sie deutete eine leichte Verbeugung an. »Wo sind die Kristalle? Ich sah sie an Bord des Shuttles.«

Wie auf Kommando blickten die vier rechts an ihr vorbei, hoben gleichzeitig die Arme und deuteten auf den Schweber, der durch ein zweites Portal hereinkam. Antischwerkraftmotoren hielten das Fahrzeug und die Kartons über dem goldfleckigen weißen Marmor. Der Anstand erforderte anscheinend eine Eskorte von sechs Beamten, die sehr besorgte und wichtige Gesichter machten. Ein siebter Mann führte die Gruppe an. Er sprang hin und her und sorgte dafür, daß sie nicht aufgehalten wurden. Diese Bürger Optherias wichen in Größe, Körperbau und Gesicht beruhigenderweise voneinander ab.

»Wir vier«, begann Thyrol, indem er auf seine Gefährten deutete, »sollen Ihnen während Ihres Aufenthaltes auf Optheria als Führer dienen. Sie brauchen nur

Ihre Wünsche und Vorlieben zu äußern, dann werden wir — Optheria — sie erfüllen.«

Die vier verneigten sich wieder. Es sah aus wie eine Welle im Meer. Der Inspektor neben ihr verneigte sich ebenfalls. Thyrol hob eine Augenbraue, und der Inspektor verbeugte sich noch einmal und gab Killashandras Seesack an Pirinio weiter. Er zog sich zurück, das Portal öffnete sich mit einem Zischen und schloß sich wieder. Killashandra überlegte, ob sich die Begeisterung des Inspektors ab sofort vorsichtshalber auch auf geringere Gäste erstreckte, wenn er Tag um Tag in seiner Nische saß und Pässe kontrollierte.

»Wenn Sie mir bitte folgen wollen, Gildenfrau Ree.« Thyrol machte wieder eine höfliche Geste.

Als sie neben ihn trat, veränderte er seinen Schritt, um sich devot einen Meter hinter ihr zu halten. Die anderen folgten ihm. Killashandra zuckte die Achseln und ließ das Protokoll über sich ergehen. Da sie nicht mit ihrer Eskorte schwatzen mußte, konnte sie sich in Ruhe im Raumhafen umsehen. Die Anlage war funktionell gebaut und mit Wandbildern aus dem Leben auf Optheria geschmückt. Allerdings war die Hauptattraktion des Sommerfestivals — die Orgel — nicht abgebildet. Außerdem schien es in der großen Ankunftshalle keine Versorgungseinrichtungen zu geben, abgesehen von einem kleinen Getränkeautomaten in der Ecke. Es gab auch keine Andenkenläden, nicht einmal ein Fahrkartenschalter war zu sehen. Und es gab nur einen Wartesaal. Auch die großen Türen des Hauptausganges öffneten sich mit einem Seufzen vor Killashandra und Thyrol. Sie stiegen eine breite flache Treppe zu einem weiten, mit bunten Steinen ausgelegten Vorplatz hinaus. Dahinter lag eine Ladestraße, auf der die sieben Transportarbeiter gerade die letzte der drei Styroporkisten in ein großes Bodenfahrzeug schoben.

Plötzlich blitzte hinter Killashandra ein greller Lichtbogen auf, und eine gedämpfte Alarmglocke schlug an.

Aus unauffälligen Nischen zu beiden Seiten des Haupttores traten Wächter und näherten sich den drei Opatherianern des Empfangskomitees, die hinter Killashandra und Thyrol gingen.

»Keine Sorge, Gildenfrau Ree«, sagte Thyrol. Er winkte den Wächtern zu, die sich sofort auf ihre Posten zurückzogen. Der Lichtbogen verschwand.

»Was war das?«

»Nur eine Sicherheitsmaßnahme.«

»Weil ich den Raumhafen verlasse?«

Thyrol räusperte sich. »Genaugenommen, weil Optherianer den Raumhafen verlassen haben.«

»Den Raumhafen verlassen?«

»Da ist unser Wagen, Gildenfrau«, sagte Thyrol, während er sie mit sanfter Gewalt über den Platz schob. Sie gab nach, weil ihr ohnehin schon klar war, was sie wissen wollte: wer den Raumhafen *verließ,* mußte vorher *eintreten.* Der Alarm funktionierte in beiden Richtungen. Aber wie konnte die Anlage Optherianer von anderen Menschen unterscheiden? Sie hatte bei ihren Forschungen in der *Encyclopedia Galactica* keinen Hinweis auf Mutationen gefunden. Eine Alarmanlage, die zwischen Einheimischen und Gästen unterscheiden konnte, mußte sehr kompliziert sein. Aber wenn Optherianer die Touristen zum Raumhafen begleiteten, mußte es ziemlich chaotisch zugehen. Oder hatte man deshalb diesen breiten Vorplatz angelegt? Sie mußte in den FSP-Bestimmungen nachschlagen, mit welchen Sicherheitsmaßnahmen man Bürger auf ihrem Planeten einsperren konnte.

Als ihr Fahrzeug anfuhr, kamen die ersten Shuttlepassagiere aus dem Raumhafengebäude. Sofort fuhren große Touristenbusse vom Parkplatz vor den Ausgang. Killashandra verrenkte den Hals und sah, daß die Überwachungsanlage nicht auf die herauskommenden Ausländer ansprach.

Ihr Fahrzeug verließ das Tal, in dem der Raumhafen

mit seinen Nebengebäuden lag. Verglichen mit dem hektischen Betrieb auf Fuertes Raumhafen, schien diese Anlage öde und unnatürlich sauber. Vielleicht änderte sich das, wenn die Touristensaison begann ... Selbst die Baumgruppen und die Büsche, welche die harten Kanten der Gebäude etwas verbargen, waren ordentlich geschnitten. Killashandra fragte sich, wie oft die Pflanzen ersetzt wurden. Die Abgase der Shuttles waren tödlich für jede Vegetation.

»Fühlen Sie sich wohl, Gildenfrau?« fragte Mirbethan, die hinter Killashandra saß.

»Es war notwendig, den Raumhafen in der Nähe der Stadt anzulegen«, schaltete Pirinio sich in die Unterhaltung ein, »aber er wird durch diese Hügel abgeschirmt, die auch den größten Teil des Lärms und der Unruhe dämpfen.«

Lärm und Unruhe, dachte Killashandra, waren seiner Ansicht nach wohl die unangenehmsten Begleiterscheinungen der Raumfahrt. »Wie klug von Ihnen«, erwiderte sie.

»Die Gründerväter Optherias waren sehr vorausschauend«, erklärte Thyrol stolz. »Wir haben keine Mühe gescheut, um die natürliche Schönheit unseres Planeten zu erhalten.«

Das Fahrzeug hatte den Hügelkamm erreicht, und Killashandra überblickte das breite Tal unter ihnen, in dem die hübschen pastellfarbenen Gebäude, Kuppeln und Rundtürme verstreut lagen, aus denen Optherias Hauptstadt — kurz die Stadt genannt — bestand. Aus dieser Höhe gesehen entlockte ihr der Anblick einen beeindruckten Ausruf.

»Es ist atemberaubend«, interpretierte Thyrol ihre Reaktion.

Hübsch vielleicht, dachte Killashandra, aber atemberaubend keineswegs. Selbst aus der Ferne wirkte die Stadt zu ordentlich und adrett.

»Wir haben keinen einzigen Baum oder Busch gefällt,

als die Stadt erbaut wurde«, erklärte Thyrol, während er mit einer ausholenden Geste zur Stadt deutete. »Die natürliche Landschaft blieb unverfälscht erhalten.«

»Und der Fluß und der See? Sind sie natürlich entstanden?«

»Aber selbstverständlich. Die Natur wird auf Optheria nicht vergewaltigt.«

»So muß es auch sein«, fügte Polabod hinzu. »Das ganze Tal ist noch genau in dem Zustand, in dem die ersten Menschen es sahen, als sie auf Optheria landeten.«

»Der Stadtarchitekt hat alle Gebäude und Häuser in die Lücken gefügt«, ergänzte Mirbethan stolz.

»Das ist aber klug.« Killashandra trug die Kontaktlinsen, die man ihr für Optherias kräftiges Sonnenlicht empfohlen hatte. Sie fragte sich, ob der Planet besser aussehen würde, wenn man ihn mit dem verstärkten Ballybran-Blick betrachtete. Im Augenblick fand sie ihn einfach *bah!* Killashandra mußte lange in ihrem Gedächtnis forschen, um einen passenden Ausdruck zu finden, den sie taktvollerweise aber für sich behielt. Ob Borella sich zurückgehalten hätte? Hätte sie es überhaupt bemerkt? Ach, Schönheit liegt im Auge des Betrachters! Sollte Optheria froh sein, daß es überhaupt von jemandem geliebt wurde.

Den Gründervätern mochte es wichtig erschienen sein, das Tal so zu bewahren, wie es bei der ersten Landung von Menschen gewesen war, doch die Architekten und Bautrupps hatten sicher eine Menge Mühe damit gehabt. Die Gebäude wanden sich um Baumgruppen, überbrückten Bäche, nahmen Felsblöcke und Simse in die Außenwände auf. Die oberen Stockwerke waren vermutlich eben, aber die Erdgeschosse mußten ziemlich holprig sein. Glücklicherweise schluckten die Stoßdämpfer ihres Fahrzeuges die Schläge der unebenen Vorortstraßen, aber in der Nähe des Stadtzentrums wurde die Fahrt recht ungemütlich.

Als sie vor einem weiten offenen Platz — offen bis

auf zahlreiche Dornenbüsche und stachlige Bäume — für einen Augenblick an einer Kreuzung hielten, bemerkte Killashandra, daß sich das Erdgeschoß eines Eckhauses in Bögen über störrische, widerlich wuchernde Büsche schwang, deren Dornen für Fußgänger offenbar nicht ungefährlich waren. Es sprach doch einiges gegen die hemmungslose Bewahrung natürlicher ›Schönheit‹. Es fiel ihr nicht schwer, die Stadt zu hassen. Kein Wunder, daß manche Einwohner so nervös waren. Wie konnte das Sommerfest allein einen Ausgleich für den Rest des optherianischen Jahres schaffen?

Hinter dem offenen Platz stieg die Straße leicht zu einer Gebäudegruppe an, deren architektonische Einheitlichkeit nicht durch Naturschönheiten unterbrochen wurde.

»Es war nötig«, erklärte Thyrol etwas zaghaft, »eine Rampe als Zufahrt zum Music-Center zu bauen.«

»Ich hätte es gar nicht bemerkt, wenn Sie es nicht gesagt hätten«, erwiderte Killashandra, die ihre Belustigung kaum noch beherrschen konnte.

»Die Besucher kommen zu Fuß«, fuhr Pirinio mit gedämpfter Stimme fort, »aber die Rampe wurde breit angelegt, damit das Publikum pünktlich hineinkommt.« Er deutete auf die zahlreichen kleinen Fußwege, die zum Vorbau führten.

Killashandra verkniff sich eine zweite ironische Bemerkung, zu der Pirinios Tonfall sie provoziert hatte. Nicht die Installation auf Optheria war gefährlich, nicht die Orgel und nicht der Planet selbst: Wieder einmal waren es die Bewohner. Warum mußte sie immer auf so intolerante, starre, verhärtete Menschen treffen?

»Welches Bier haben Sie hier auf Optheria?« fragte sie beiläufig. Wenn die Antwort ›keins‹ lautete, wollte sie mit dem nächsten Schiff wieder abfliegen. »Nun, äh, unser Bier entspricht möglicherweise nicht Ihrem Geschmack, Gildenfrau.« Mirbethans erschrockene Antwort kam etwas zögernd. »Es dürfen keine Getränke importiert werden. Sie haben wahrscheinlich das Schild im Raumhafen gesehen. Unsere Braumeister stellen vier fermentierte Getränke her; wie ich hörte, sind sie genießbar. Schnaps wird aus dem terranischen Korn gebrannt, das wir dem optherianischen Boden angepaßt haben, aber ich habe gehört, daß er für einen verwöhnten Gaumen etwas scharf ist.«

»Allerdings bauen wir auf Optheria hervorragenden Wein an«, sagte Pirinio etwas ungehalten, während er Mirbethan einen vorwurfsvollen Blick zuwarf. »Er wird nicht exportiert, und ein Teil von ihm überlebt nicht einmal den relativ kurzen Transport in die Stadt. Aber wenn Sie Wein mögen, werden wir Sie in Ihrem Quartier damit versorgen.«

»Ich will auch das Bier probieren.«

»Wein *und* Bier?« rief Polabod überrascht.

»Kristallsänger müssen ihren Blutalkoholspiegel ziemlich hoch halten, wenn sie nicht auf Ballybran sind. Ich muß herausfinden, wie das hier am besten möglich ist.« Sie seufzte leidend.

»Ich wurde nicht informiert, daß Mitglieder Ihrer Gilde eine besondere Ernährung brauchen.« Thyrol war sichtlich verstört.

»Keine besondere Ernährung«, beruhigte Killashandra ihn, »aber hin und wieder brauchen wir eine erhöhte Zufuhr gewisser natürlicher Substanzen. Alkohol zum Beispiel.«

»Oh, ich verstehe«, erwiderte Thyrol, obwohl er offensichtlich nichts verstand.

Gibt es denn keinen Menschen auf diesem widerlichen Planeten, der Humor hat? fragte Killashandra sich.

»Ah, da sind wir schon«, sagte Pirinio, denn das Fahrzeug war abgebogen und näherte sich dem imposanten Hauptportal des größten Gebäudes auf der musikalischen Anhöhe.

Ein zweites Begrüßungskomitee baute sich ordentlich, aber in unziemlicher Hast vor den breiten niedrigen Marmorstufen unter dem Vorbau auf, in dessen Schatten die wuchtigen Haupttore des Gebäudes lagen. Obwohl einige große Kübel mit einer Art Trauerweiden aufgestellt waren, um die scharfen Kanten des Gebäudes zu mildern, wirkte die Szene eher abweisend als einladend.

Killashandra stieg aus und übersah Thyrols hilfreich ausgestreckte Hand. Das kriecherische Verhalten des Optherianers ging ihr auf die Nerven.

Sie hatte sich gerade aufgerichtet und umgedreht, um ihrem Begrüßungskomitee entgegenzugehen, als ihr irgend etwas schwer vor den linken Oberarm prallte. Sie verlor das Gleichgewicht und taumelte gegen das Fahrzeug. In ihrem Schulterblatt stach etwas, dann pochte die Haut. Thyrol stammelte unzusammenhängende Worte, bevor er sie in der irrigen Annahme, sie brauchte seine Hilfe, zu umarmen versuchte.

In den nächsten Minuten herrschte völliges Chaos: Thyrol, Pirinio und Polabod sprangen herum und brüllten widersprüchliche Anweisungen. Die ordentlich aufgereihten Würdenträger spritzten auseinander wie aufgeschreckte Hühner und flohen, blieben wie betäubt stehen oder vergrößerten durch ihre Rufe das Chaos. Luftschlitten stiegen über das Plateau und schwebten über dem Gebäude. Dann schossen sie in verschiedenen Richtungen davon.

Mirbethan war anscheinend die einzige, die noch bei Verstand war. Sie riß einen Streifen vom Saum ihres Kleides und verband die Wunde, Killashandras Proteste überhörend, daß sie keine Hilfe brauche. Und sie entdeckte die Waffe, die in den Polstern des Rücksitzes gelandet war.

»Das ist aber ein sehr professionelles Stück Bösartigkeit«, bemerkte Killashandra, während sie den Wurfstern betrachtete. Drei seiner tödlichen Zacken hatten sich in den Rücksitz gegraben. Die Klinge, die ihren Arm verletzt hatte, stand hervor, und ein Streifen aus ihrem Hemd lag sauber herausgeschnitten über der Schnittkante.

»Nicht berühren!« mahnte Mirbethan, während sie eine Hand ausstreckte, um Killashandra zurückzuhalten.

»Keine Sorge«, erwiderte Killashandra. Sie richtete sich auf. »Stammt das Ding von hier?«

»Nein.« Mirbethans Stimme verriet Empörung und Wut. »Es stammt von den Inseln. Unglaublich. Wir werden keine Mühe scheuen, um den Schuldigen zur Rechenschaft zu ziehen.«

Zwischen den ersten beiden und der letzten Bemerkung Mirbethans hatte sich ihre Stimme leicht, aber eindeutig verändert, doch Killashandra gelang es nicht, diese Veränderung zu analysieren, denn plötzlich erinnerten sich die Mitglieder des Begrüßungskomitees, daß es bei diesem ›empörenden‹ Ereignis ein Opfer gegeben hatte. Sie fielen besorgt über Killashandra her. Trotz ihrer Proteste wurde sie in die schützende Haupthalle des Gebäudes gezogen und einen Flur hinuntergeschoben, der vom Boden bis zur Decke mit Porträts von Männern und Frauen geschmückt war. Obwohl sie sehr schnell gingen, bemerkte Killashandra, daß alle abgebildeten Männer und Frauen das gleiche, etwas blasierte Lächeln zeigten. Dann wurde sie in einen Aufzug geschoben, und die Würdenträger stritten sich, wer sie in die enge Kabine begleiten durfte.

Abermals machte Mirbethan bei Killashandra einige Punkte, indem sie vor den Streitenden einfach die Tür schloß. Als sich die Aufzugtür wieder öffnete, standen sie vor einem halben Ärztekongreß. Killashandra mußte sich auf eine Bahre legen und wurde in ein Diagnoselabor gerollt.

Im Augenblick der Wahrheit, als die provisorischen Verbände vorsichtig abgenommen wurden, damit die Verletzung begutachtet werden konnte, herrschte verblüfftes Schweigen.

»Ich hätte Ihnen Ihre unnötigen Mühen ersparen können«, bemerkte Killashandra trocken, nachdem sie den sauberen, nicht mehr blutenden Schnitt betrachtet hatte. »Bei Kristallsängern heilen alle Verletzungen sehr schnell, und auch Infektionen können mir nichts anhaben. Sie sehen es ja selbst.«

Die verblüfften Ärzte drängten sich um die Wunde, und weitere Kollegen kamen herbei und schoben sich nach vorn, um die Wunderheilung zu betrachten. Als sie aufblickte, bemerkte Killashandra auf Mirbethans Lippen genau das gleiche eingebildete Lächeln wie auf den Bildern.

»Auf welche Ursache führen Sie diese rasche und bemerkenswerte Heilung zurück?« fragte der älteste Mediziner.

»Auf mein Leben auf Ballybran«, erwiderte Killashandra. »Wie Sie sicher wissen, verzögert die Kristallresonanz den körperlichen Verfall. Gewebeschäden heilen schneller. Bis heute abend wird dieser kleine Riß völlig abgeheilt sein. Es war ein glatter Schnitt und nicht sehr tief.«

Sie ergriff die Gelegenheit, um von der Rollbahre zu gleiten.

»Dürften wir vielleicht eine Blutprobe für eine Analyse nehmen?« fragte der ältere Mediziner und langte schon nach einem steril verpackten Besteck.

»Sie dürfen nicht«, sagte Killashandra und spürte abermals eine Woge von ungläubigem Entsetzen und Überraschung durch ihr Publikum ziehen. War es auf Optheria verboten, einer Bitte zu widersprechen? »Die Blutung hat aufgehört. Außerdem werden Sie durch eine Analyse nicht den Faktor im Blut finden, der die Degeneration verzögert«, fuhr sie mit einem freundlichen Lächeln fort. »Warum sollten Sie also Ihre kostbare Zeit verschwenden?«

Sie schritt entschlossen zur Tür, um dieses Zwischenspiel zu beenden. In diesem Augenblick trafen Pirinio,

Thyrol und Polabod atemlos und überstürzt im Labor ein.

»Ah, meine Herren, Sie kommen gerade rechtzeitig, um mich in mein Quartier zu begleiten.« Und als sie gestammelte Erklärungen über Empfänge und den Vorstand des Music Center und die wartenden Ratsältesten zu hören bekam, lächelte sie milde. »Um so mehr Grund für mich, mich umzuziehen ...« Sie deutete auf ihr zerrissenes Hemd.

»Aber Sie wurden gar nicht behandelt!« rief Thyrol, der erstaunt den nicht verbundenen Schnitt sah.

»Schon gut, vielen Dank«, sagte sie und ging an ihm vorbei auf den Flur. »Nun?« Sie drehte sich um und stellte sich den verwirrten zusammengedrängten Menschen. »Will mich niemand in mein Quartier begleiten?« Allmählich hatte sie diese Farce satt.

Auf dem Flur waren einige Menschen unterwegs, die zum größten Teil das universelle Grün der Mediziner trugen. Deshalb fiel der junge Mann mit seinem dunklen Umhang und den nackten gebräunten Beinen, die in weichen Halbstiefeln steckten, sofort auf.

Mochte Lanzecki schwören, daß die Ballybran-Spore parapsychologische Fähigkeiten nicht verstärkte; Killashandra war anderer Meinung. Sie hatte bei Mirbethan, dann bei den Würdenträgern und jetzt bei diesem jungen Mann eindeutig widerstreitende Gefühle aufgefangen — eine seltsame Mischung aus Neid, Wut, Neugierde und Furcht, die als zufällige Reaktion auf eine Besucherin viel zu intensiv waren. Es war blitzschnell vorbei, denn nun fielen wieder Thyrol und Pirinio über sie her und entschuldigten sich für alle tatsächlichen und eingebildeten Taktlosigkeiten. Mirbethan nahm entschlossen ihren Platz rechts neben Killashandra ein und schob die drei Männer fort. Sie zog ihren Gast den Flur hinunter. Als Killashandra sich zu dem jungen Mann umdrehte, sah sie ihn mit hängenden Schultern, als würde er von einer schweren Last erdrückt, um eine Ecke biegen. Schuld?

Dann war sie wieder im Aufzug und wurde zur Gästeebene befördert. Sie erhielt das luxuriöseste Quartier, das man ihr je gegeben hatte. Da sie sich bereit erklärt hatte, am Empfang teilzunehmen, sobald sie sich umgezogen hatte, konnte sie die Suite nur flüchtig untersuchen. Zuerst kam ein großer, elegant eingerichteter Empfangsraum, der offiziellen Anlässen diente. Ein kleinerer Nebenraum war offenbar als Studio oder Büro gedacht. Dahinter lagen zwei Schlafzimmer, eins sehr modern eingerichtet, dann kam ein so weitläufiger Hauptraum, daß sie ein Kichern unterdrücken mußte. Mirbethan zeigte ihr die Toilette und den geöffneten Wandschrank, in dem schon ihre Kleidung hing. Dann zog sich die Frau zurück.

Killashandra zog ihr zerrissenes Hemd aus und streifte den Kaftan aus belugischer Spinnenseide über, der für jede Art von Empfang geeignet war. Und er war ein Anschlag auf die hellen gedämpften Farben, die bei den Optherianern anscheinend in Mode waren. Abgesehen von dem bedrückten jungen Mann auf dem Gang.

Killashandra dachte kurz über ihn nach, während sie sich hastig wusch. Sie konnte es sich nicht verkneifen, auch die anderen Hygieneräume zu untersuchen. In einem standen mehrere Badewannen, ein Massagetisch und Sportgeräte, im dritten gab es ein Regenerationsbad und einige seltsame Geräte, die Killashandra noch nie gesehen hatte, die sie aber etwas pervers fand.

Als sie wieder im Schlafzimmer war, hörte sie ein leises Klopfen an der Tür.

»Ich komme ja schon, ich komme ja schon!« rief sie und verbarg ihre Wut hinter einem säuselnden Tonfall.

05

Das Protokoll war auf Optheria eine Kunstform geworden, und diese Tatsache machte Killashandra rasch klar, daß eine ganze Bevölkerung verkalkte, wenn es keine rebellischen Geister gab. Beim Empfang stellten sich die Fakultätsmitglieder, ihre Mitarbeiter und dann die Studenten nach Dienstgraden geordnet in Reih und Glied auf und wanderten im Gänsemarsch an ihr vorbei. Glücklicherweise gehörte Händeschütteln nicht mehr zum Ritual. Ein Nicken, ein Lächeln, eine gemurmelte Wiederholung des genannten Namens. Nach fünfzigmal Nicken spürte Killashandra, wie ihr das Lächeln auf den Lippen gefror und das ganze Gesicht in diesem Zustand erstarrte. Zusammen mit ihrem treuen Quartett stand sie über einer breiten Doppeltreppe, deren weiße Marmorstufen zu einer ebenfalls mit Marmor verkleideten Halle hinunterführten. Die Decke des weiten Empfangsraumes war so hoch, daß sich das Gemurmel der versammelten Menschen völlig verlor.

Killashandra hatte einen kurzen Blick auf gedeckte Tische werfen können: kunstvoll dekorierte Teller, auf denen das Essen ebenso akkurat geordnet war wie die Teller selbst, dazu Becher mit bunten Getränken. Die Versammelten erlaubten sich keinen Blick auf die bereitstehenden Erfrischungen. Killashandra vermutete, daß sie den Geschmack und die Beschaffenheit dieser Speisen nur allzugut kannten.

Der Empfang folgte einem seltsamen Ritual. Fünf Leute kamen die rechte Treppe herauf, die nächsten fünf kamen von der linken Seite. Killashandra fragte sich, ob ein unsichtbarer Steward in einem Nebenraum die Leute nach links und rechts einteilte. Nie warteten mehr als zehn in einer Schlange, und doch kam ein beständiger Strom von Menschen zur Tür herein.

Plötzlich kam niemand mehr, und Killashandra konnte ihre Wangen wieder entspannen. Sie ließ den Kopf kreisen und wackelte nicht sehr würdevoll mit Lippen und Nase, um die verkrampften Muskeln zu lockern. Man weiß nie, wann man das Training zum Sänger einmal braucht, dachte sie, als ihr Quartett leise schnaufte. Sie setzte wieder eine amtliche Miene auf und blickte gerade rechtzeitig den Flur hinunter, um die feierlich anrückenden Würdenträger zu bemerken.

Die sieben Gestalten, die heranschritten — das richtige Wort, um ihre Annäherung zu beschreiben —, waren gekleidet wie alle anderen hochrangigen Optherianer, doch sie bewegten sich im Bewußtsein ihrer Autorität. Es waren vier Männer und drei Frauen, die das übliche leichte Lächeln aufgelegt hatten. Killashandra sollte bald erfahren, daß ihre Gesichter durch Chirurgie und Übung sorgfältig modelliert waren, um eben diese Heiterkeit zu zeigen; denn das Lächeln erreichte nicht die müden, gelangweilten und alten Augen.

Zu ihrer Beruhigung erfuhr Killashandra sofort, daß der Älteste Ampris der einzige optherianische Herrscher war, mit dem sie viel zu tun haben würde. Er war im Augenblick für den Music Complex verantwortlich. Falls je eine Auszeichnung für den besten Charakterdarsteller unter Planetenherrschern vergeben werden sollte, dann hatte Ampris gute Aussichten, den Preis zu gewinnen. Wegen der Widersprüchlichkeit von Augen- und Gesichtsausdruck hätte Killashandra beinahe das Fünkchen Humor übersehen und den plötzlichen Stich im Herz nicht bemerkt, der ihr verriet, daß sie vor einer verwandten Seele stand. Die anderen, deren Namen Killashandra sofort wieder vergaß, schüttelten ihr zum Willkommen fest die Hand, murmelten ein paar Worte über die ›beschwerliche Reise, die sie angesichts der planetarischen Krise auf sich genommen‹ habe und gingen weiter, nachdem sie ihre Pflicht getan hatten. Sie alle warteten, ohne den Anschein des Wartens zu erwekken, über der rechten Treppenflucht. Als sie Ampris' Hand schüttelte, spürte Killashandra einen kleinen elektrischen Schlag. Sie sah ihm in die hellen wissenden Augen und lächelte zum ersten Mal an diesem langen Nachmittag aus ganzem Herzen.

»Wir werden später noch Zeit zum Reden haben, Gildenfrau. In der Zwischenzeit wollen wir den anderen mit unserer Anwesenheit den Nachmittag vergolden.« Seine nachlässige Geste umfaßte den ganzen Raum, nicht nur die geduldig wartenden Würdenträger in der Schlange.

Thyrol blickte zu Killashandra, die eine Hand auf Ampris' Arm gelegt hatte, dann wandte er sich an die nächste Älteste und bot ihr seinen Arm. Kein Durcheinander, keine Verwirrung, keine Unklarheit, wer wen eskortierte oder wer allein gehen mußte; alles war geplant und bis ins letzte Detail festgelegt, und sogar Unvorhergesehenes wurde abgefangen. Offenbar hatte niemand erwartet, daß Ampris Killashandra die Ehre erwies, sie persönlich zu begleiten.

Killashandra fragte sich, ob die Lebensmittel rationiert waren, denn nach zwei Bissen war jeder der vier kleinen Teller abgeräumt, und nach fünf Schlucken war auch das Weinglas leer. Doch sie gehörte zur glücklichen Minderheit, deren Gläser nachgefüllt und deren leere Teller gegen volle umgetauscht wurden.

»Das hier wird bald vorbei sein«, murmelte Ampris, fast ohne die Lippen zu bewegen. »Wir werden noch eine richtige Mahlzeit bekommen, wenn die unteren Dienstgrade bedient sind und sich wieder um ihre Arbeit kümmern.«

Er sprach weder höhnisch noch gehässig; Ampris stellte einfach eine Tatsache fest, die den Hauptteil der Versammelten betraf.

»Nachdem sie die Gnade genossen haben, sich im gleichen Raum aufzuhalten wie eine leibhaftige Kristallsängerin?«

»Allerdings!« Ampris erwiderte ihren Blick fest und unbeirrt, doch er blinzelte ihr unauffällig zu. »Drei Minuten, nachdem Sie in der Krankenstation eingetroffen waren, hatte die Kunde von Ihren regenerativen Kräften schon den Keller erreicht.«

»Aber Sie leben doch hoffentlich nicht im Keller?«

Ampris blinzelte wieder mit seinen hellbraunen Augen. »Der Sitz allen Wissens ...«

»Damit Sie bis zum Grund der Dinge vordringen können?«

»Aber natürlich.«

»Und eine Stelle, die äußerst sicher ist?« neckte Killashandra ihn. Warum nicht mit den verdeckten Nachforschungen ganz oben ansetzen?

»Die Frage der Sicherheit ist auf einer gut geordneten Welt wie Optheria nie ein Problem.« Er neigte den Kopf, um drei Würdenträger zu begrüßen, die um die Versammlung kreisten. »Auf Optheria ist jeder sicher«, — er hielt einen Augenblick inne —, »und jeder kennt seinen Platz und seine Pflichten. Sicherheit ist eine Grundlage für die Heiterkeit des Geistes, die so typisch für diese natürliche Welt ist.«

Killashandra fand in seinen Worten keinen Spott, und er hatte keinen besonderen Nachdruck hineingelegt. Kein amüsiertes Funkeln in den Augen, kein zynisches Zucken des Gesichts; und doch kam es Killashandra vor, als hätte er exakt das Gegenteil gesagt.

»Da mußte aber jemand unter geistiger Verwirrung leiden, wenn er sich veranlaßt sah, den Wurfstern nach mir zu schleudern.«

»Eine Waffe von den Inseln«, sagte Ampris. »Wir haben dieser Siedlung in den Anfangsjahren auf Optheria zuviel Freiraum gelassen. Die ersten Kolonisten waren natürlich von unserer Art, doch als wir den Kontakt mit ihnen wieder aufnehmen konnten, waren sie schon vom ursprünglichen Weg abgewichen. Optheria sollte eine autonome Welt werden; sie sollte allerdings nicht aus lauter autonomen Gruppen bestehen.« Ampris' humorlose Worte und seine Gesten verrieten, wie man mit diesen Abweichlern umgesprungen war. »Wir werden herausfinden, wer sich diesen unerhörten Angriff auf Sie erlaubt hat, das kann ich Ihnen versichern, Gildenfrau Killashandra.«

»Daran habe ich keine Sekunde lang gezweifelt.«

Ampris betrachtete forschend ihr Gesicht. »Auf einem ordentlichen Planeten ist das Ungewöhnliche immer bemerkenswert.«

»Ampris, Sie dürfen unsere geehrte Besucherin nicht für sich allein beanspruchen«, sagte eine tiefe knirschende Stimme hinter ihnen. Killashandra drehte sich um und sah sich einem der anderen Ältesten gegenüber, der sie kritisch musterte. Er hatte die Augen eines Raubtieres. Glänzend und dunkel, durchdringend. Die schmale Hakennase verstärkte diesen Eindruck noch. Seine Haut sah beinahe lackiert aus, und wenn sein Gesicht durch eine Veränderung des Ausdrucks Falten bekam, schien die Haut zu funkeln. Sein Blick fiel für einen Moment auf ihre linke Schulter, als könnten seine Augen die Seide durchdringen und die heilende Wunde darunter begutachten.

»Monopole waren noch nie meine Leidenschaft, Torkes«, sagte Ampris. »Mein Kollege Torkes, der auf Optheria für die Kommunikation verantwortlich ist. Da unsere Disziplinen eng verwandt sind, arbeiten wir häufig zusammen. Er ist der Meinung, die Musik sei von der Kommunikation abhängig, während ich natürlich die Ansicht vertrete, Musik könne unabhängig und ohne Kommunikation existieren, wohingegen die Kommunikation ohne Musik gar nichts zu verbreiten hätte.«

»Aber natürlich!« Killashandra brachte ein breites albernes Lächeln zustande, das sie gerecht auf beide Männer verteilte. Ampris nahm ihr Manöver mit einem leichten Nicken zur Kenntnis, während Torkes sich verneigte, als hätte ihre ausweichende Antwort ihm einen

Vorteil verschafft. »Welche Kristalle benutzen Sie für die Kommunikation, Ältester Torkes?«

»Kristalle?« Torkes starrte sie beinahe beleidigt an. »Wir können unsere Mittel nicht auf so eine Technologie verschwenden. Kristalle sind ausschließlich Musikern vorbehalten.«

»Wirklich?« Killashandra bekam den Eindruck, daß Ampris recht zufrieden zuhörte. Torkes schien überhaupt nicht bemerkt zu haben, was seine Äußerung verriet. »Auch wenn Kristall äußerst natürliche ...«

»Kristalle sind für Optheria nicht natürlich. Sie sind hier auf diesem Planeten nicht zu finden. Und wir müssen uns an unsere Charta halten.«

»Wirklich? Aber verletzen Sie Ihre Charta nicht, wenn Sie außerplanetarische Instrumente verwenden?«

Torkes tat ihren Einwand mit einer unmutigen Handbewegung ab. »Musik ist eine Kunstform, die hauptsächlich in uns selbst, im Geist entsteht. Sie ist unfaßbar ...«

»Und was ist Kommunikation? Kann man sie anfassen? Schmecken? Riechen?«

Torkes machte ihr mit einem grimmigen Blick klar, daß es sich nicht gehörte, einen Ältesten zu unterbrechen und ihm zu widersprechen. Sie spürte Ampris' Belustigung und sah das Funkeln in seinen Augen, während Torkes sich mit der unangenehmen Erkenntnis abfinden mußte, daß eine Vertreterin der Heptitergilde, eine eingeladene Spezialistin, die auf seinem Planeten dringend gebraucht wurde, sich als Gleichgestellte betrachtete.

»Natürlich«, sagte Ampris, das lastende Schweigen durchbrechend, »die Orgel wurde von einem Optherianer entwickelt und hier eingesetzt; es gibt sie nur auf unserem Planeten.«

»Ja, ja so ist es«, murmelte Torkes. Ein leiser Glockenschlag beendete den Empfang.

Torkes empfahl sich aalglatt.

»Dann darf man hier den Ältesten nicht widersprechen?« fragte Killashandra, während er in der Menge verschwand.

»Das ist gut für uns, glauben Sie mir«, erwiderte Ampris kichernd. »Glücklicherweise ist Torkes flexibler, als seine Worte vermuten lassen, denn wenn er den Sitz wechselt, konzentriert er sich voll auf seine neue Aufgabe.« Als Killashandra ihn fragend anblickte, fügte er hinzu: »Wir Ältesten wechseln alle vier Jahre unsere Verantwortungsbereiche, damit wir nicht zu engstirnig werden und nicht den Überblick verlieren.«

»Ich verstehe.«

»Dann sind Sie klüger, als man Ihrem Alter nach vermuten könnte«, sagte Ampris, »denn ich kann nicht glauben, daß ein stocktauber Administrator die Musikabteilung erfolgreich leiten kann; ebensowenig sollte ein Ältester, der nicht zwischen verschiedenen Ansprüchen vermitteln kann, das Schatzamt übernehmen. Doch der Regierungsmechanismus ist so schwerfällig, daß vier Jahre Mißmanagement im allgemeinen kaum schlimmere Folgen haben als einige Rechenfehler und kleinere Patzer, die sich leicht ausbügeln lassen. Die Klugheit der Gründerväter Optherias tritt auch hier strahlend zutage.«

Thyrol tauchte auf und unterbrach sie mit einer höflichen Verbeugung.

»Ältester Ampris, Gildemeisterin Ree, wollen Sie mir bitte in den Speisesaal folgen?«

Die Schönheit des Saales, die elegant gedeckten Tische und die Bemerkung des Ältesten Ampris hatten in Killashandra die Hoffnung geweckt, dieses Gastmahl würde besser als das letzte. Die Speisen wurden sehr ansprechend serviert, doch konnten die winzigen Portionen ihren Heißhunger nicht stillen. Die Bröckchen waren viel zu klein, um den Geschmack identifizieren oder wirklich genießen zu können. Zu den Gängen wurden Getränke serviert, die so fade schmeckten, daß sie klares Wasser als stark gewürzt empfunden hätte — und keine einzige Biersorte war dabei. Der Älteste Pentrom, der rechts neben ihr saß, hörte ihr verzweifeltes Seufzen.

»Stimmt etwas nicht?« fragte er höflich und starrte auf ihren leeren Teller. Er hatte seinen Teller erst zur Hälfte geleert.

»Gibt es denn auf Optheria kein Bier oder einen guten Wein oder sonst ein Getränk mit mehr Geschmack als das hier, Ältester Pentrom?«

»Sie meinen *alkoholische* Getränke?« fragte er, als hätte sie eine äußerst obszöne Bemerkung gemacht.

Killashandra betrachtete ihn noch einmal gründlich und kam zu dem Schluß, daß angesichts seines verkniffenen Mundes, des scharf geschnittenen Kinns und der winzigen Augen auch keine andere Reaktion von ihm zu erwarten gewesen war.

»Ich meine in der Tat alkoholische Getränke.« Er öffnete den Mund, um zu protestieren, doch bevor er ein Wort herausbekam, fuhr sie fort: »Alkohol ist wichtig für das metabolische Gleichgewicht von uns Kristallsängern.«

»Das habe ich trotz meiner vielen Jahre als medizinischer Leiter dieses Planeten noch nie gehört.«

»Sind Sie denn im Lauf Ihrer Karriere schon vielen Kristallsängern begegnet?« Der zweite dogmatisch gefärbte Wortwechsel innerhalb so kurzer Zeit ging Killashandra entschieden auf die Nerven, und sie ließ jeden Anschein von Takt fallen. Diese Leute mußten zurechtgestutzt werden, und sie war in der beneidenswerten Position, es ungestraft tun zu können.

»Genaugenommen nein.«

»Wie können Sie dann meiner Aussage widersprechen? Wie können Sie meine Bedürfnisse in Frage stellen? Dieses«, — sie deutete verächtlich auf den Trinkpokal vor ihr auf dem Tisch —, »dieses *Zeug* ...«

»Dieses *Getränk* ist eine nahrhafte Flüssigkeit, sorgfältig ausgewogen, um den Tagesbedarf an Vitaminen und Mineralstoffen für einen Erwachsenen ...«

»Kein Wunder, daß es so widerlich schmeckt. Und ich möchte darauf hinweisen, daß jeder Braumeister, der seine Lizenz wert ist, die gleichen Vitamine und Mineralstoffe liefern kann, allerdings in einer Form, die den Geschmacksnerven ebenso guttut wie dem Stoffwechsel.«

Der medizinische Leiter schob seinen Stuhl zurück und warf die Serviette auf den Tisch, um sich für den Streit zu rüsten. Plötzlich waren alle Augen auf sie gerichtet. »Junge Frau ...«

»Verschonen Sie mich mit Ihrer Herablassung, Ältester!« erwiderte Killashandra, während sie bedächtig aufstand und zu ihm hinabblickte. Sie ließ einen vorwurfsvollen Blick über den Tisch schweifen. »Ich werde mich in mein Apartment zurückziehen, bis es Ihnen möglich ist, meine Ernährungswünsche zu befriedigen und mich mit genügend Essen zu versorgen«, — sie deutete verächtlich auf ihren leeren Teller —, »und bis es Ihnen gelingt, meinen Appetit und meinen Wunsch nach alkoholischen Getränken zufriedenzustellen, damit mein Stoffwechsel störungsfrei funktionieren kann. Guten Abend!«

Killashandra verließ die verblüffte Tafelrunde. Die Türen des Speisesaals waren zu groß und zu schwer, um sie einigermaßen wirkungsvoll zuschlagen zu können, doch sie wollte sich diesen Teil ihres Abgangs nicht verkneifen. Draußen im Flur fuhr sie die erstaunten Diener an, die an den Wänden lümmelten.

»Weiß jemand von euch, wo ich in diesem Mausoleum mein Zimmer finde?« fragte sie. Als alle die Hände hoben, deutete sie auf den nächsten. »Bring mich hin!« Als er zögerte und ängstlich zur Tür blickte, wiederholte sie den Befehl etwas lauter und energischer. Er hastete davon, denn anscheinend hatte er jetzt mehr Angst vor ihrem unmittelbaren Zorn als vor dem Mißfallen der abwesenden Vorgesetzten.

»Sagen Sie«, fragte sie ihn etwas freundlicher, als sie einen kleinen Aufzug betreten hatten, »gibt es auf Optheria immer genug zu essen?«

Er warf ihr einen nervösen Blick zu, und als sie ihn gewinnend anlächelte, entspannte er sich etwas; doch er rückte so weit von ihr ab, wie es die kleine Aufzugkabine erlauben wollte.

»Es gibt reichlich Essen auf Optheria. Viel zuviel. Dieses Jahr darf nur die Hälfte der Felder bebaut werden, und ich weiß, daß die ersten Früchte an den Pflanzen verfault sind.«

»Warum habe ich dann beim Essen nur drei Bissen bekommen?«

Der junge Mann verzog beinahe belustigt das Gesicht. »Die Ältesten sind eben alt; sie essen nicht mehr viel.«

»Hm! Das ist eine Erklärung. Aber ein gutes Bier oder ein schöner trockener Jahrgangswein wäre trotzdem nicht schlecht gewesen!«

Nun lächelte der junge Mann wirklich. »Aber der Älteste Pentrom war anwesend, und er ist ein erbitterter Feind aller alkoholischen Getränke. Er sagt, sie rauben den Jungen die Energie und verwirren den Alten die Köpfe.«

»Und er hat beim Essen neben mir gesessen!« Killashandras wütende Stimme hallte laut in der kleinen Kabine. »Volltreffer! Aber ich unterstehe nicht seiner Amtsgewalt, und wenn Optheria wirklich die Orgel repariert bekommen will, dann müssen die Ältesten mir um den Bart gehen und nicht ihm.« Der junge Mann war offensichtlich schockiert. »Sagen Sie«, fragte sie mit ihrer freundlichsten, schmeichelndsten Stimme, »Sie scheinen ein kluger Bursche zu sein. Welche Getränke werden denn auf diesem Planeten hergestellt?«

»Oh, es gibt Bier und Wein«, bestätigte er prompt und mit einigem Stolz, »und einige ziemlich starke hochprozentige Getränke, die in den Bergen und auf den Inseln hergestellt werden — aber dieses Zeug ist im Konservatorium nicht erlaubt.« Die Aufzugtüren glitten auf, und der Optherianer huschte hinaus.

»Das ist aber schade.« Killashandra folgte ihrem Führer den Flur hinunter. »Was trinken Sie? Nein, vergessen Sie die Frage!« Sie grinste, als sie seinen erschrockenen Blick bemerkte. »Was ist das beliebteste Getränk?«

»Das beliebteste Getränk auf diesem Kontinent ist ein Bier namens Bascum.«

»Ist Bascum eine Pflanze oder eine Person?«

»Eine Person.« Ihr Führer begeisterte sich für das Thema. Er winkte ihr, an der nächsten Kreuzung links abzubiegen.

»Er war einer der Gründerväter.«

»Deshalb darf wohl sein Gebräu trotz des Mißfallens des medizinischen Leiters weiter hergestellt werden, was?« Killashandra grinste, als er mit einem Nicken bejahte. »Ich schließe aus Ihren Bemerkungen, daß es noch andere beliebte Getränke gibt? Wein zum Beispiel?«

»O ja, auf dem westlichen Kontinent wird sehr guter Wein gekeltert, weißer und roter, und einige klare Schnäpse. Mit Wein kenne ich mich aber nicht aus.«

»Und diese Inseln, die Sie erwähnt haben — dort trinkt man hochprozentige Sachen?«

»Vom Brotbaum.«

»Vom Brotbaum?«

»Aus seinen fermentierten Früchten kann man einen Weinbrand herstellen, der angeblich stärker als alles andere im Universum sein soll. Der Brotbaum liefert Blätter als Schutzdach, fein gemasertes Holz für die Häuser, die Wurzeln geben gutes Feuerholz, aus der Rinde kann man Fasern gewinnen, aus denen die Inselbewohner Tuch weben, das Harz ist äußerst nahrhaft, und die großen Früchte sind köstlich und ebenso sättigend ...«

»Auch wenn sie nicht fermentiert sind ...«

»Exakt.«

»Und der Brotbaum wächst nur auf den Inseln?«

»Das ist richtig, und hier ist Ihr Zimmer, Gildenfrau.« Er hielt ihr die Tür auf.

»Gibt es denn hier kein Schloß?« Killashandra hatte diesen Mangel bei ihrer ersten flüchtigen Inspektion nicht bemerkt.

»Das ist hier im Complex nicht nötig.« Ihr Führer schien über ihre Reaktion überrascht. »Niemand würde es wagen, ohne Ihre ausdrückliche Erlaubnis einzutreten.«

»Gibt es denn keine Diebe auf Optheria?«

»Aber doch nicht im *Konservatorium!*«

Sie dankte ihm für die Begleitung und betrat ihr sakrosanktes Apartment. Sie schloß mit einem erleichterten Seufzen die Tür. Erst jetzt fiel ihr Blick auf den Tisch. Sie stieß einen entzückten Schrei aus, als sie die Flaschen in verschiedenen Größen und Formen sah, die Becher, Pokale und Weingläser, die ordentlich aufgereiht auf dem weißen Tuch bereitstanden. Auf einem zweiten Tablett standen verschiedene Leckereien, Nüsse und kleine Waffeln. In einem Schränkchen standen gekühlte Flaschen und zwei getöpferte Amphoren.

Diese Versammlung konnte auf keinen Fall nach ihrem stürmischen Abgang aus dem Speisesaal aufgebaut worden sein. Dann erinnerte sie sich an die Bemerkung, die jemand auf der Fahrt vom Raumhafen gemacht hatte. Nun, der Älteste Pentrom mochte ein zimperlicher, dogmatischer und enthaltsamer Mann sein, aber offenbar war ihr Wunsch den anderen Befehl.

Da ihr Führer Bascum erwähnt hatte, stand ihre Wahl unter den vielen Flaschen in der Kühltruhe schon von vornherein fest. Sie löste die Verschlußkappe und goß das braune Getränk langsam in einen passenden Becher. Der Malzgeruch, der ihr in die Nase stieg, verhieß Angenehmes.

»Das wurde aber auch Zeit«, sagte sie, während sie sich einige Knabbereien zusammensuchte und sich in den nächsten Sessel fallen ließ. »Auf meine abwesenden Freunde!« Sie hob den Becher und nahm den ersten Schluck.

Sie betrachtete das Gebräu anerkennend und begeistert. »Ob Bascum etwa aus Yarra stammte?« fragte sie sich. »Vielleicht ist dieser Auftrag doch nicht so übel!«

06

Als das allabendliche Schauspiel des raschen optherianischen Sonnenuntergangs vorbei war, hatte Killashandra neun Getränkesorten probiert. Sie wünschte, sie hätte jemand bei sich, mit dem sie diese Fülle teilen konnte; und dies ganz besonders, da Alkohol eigentlich verboten war. Sie dachte an Corish und seinen eigenartigen Onkel. Solange sie nicht wußte, wie aufmerksam sie von ihrem diskreten Quartett überwacht wurde — und wie leicht es ihr fiel, die vier zu überlisten —, wollte sie es nicht riskieren, sich mit ihm zu treffen. Ob ihre Bewacher mißtrauisch wurden, wenn sie bei der Piper Facility eine Nachricht hinterließ? Corish hatte ihre Neugierde geweckt, und sie hätte ihm gern gezeigt, daß sie ihn an der Nase herumgeführt hatte.

Jemand klopfte an die Zimmertür, und als Mirbethan auf ihren Ruf hin eintrat, glaubte Killashandra in den Bewegungen der Optherianerin eine Spur von Unsicherheit zu erkennen.

»Da Sie nicht von nörglerischen Alten begleitet werden, sind Sie willkommen. Bei dem armseligen Essen, das es sogar bei Staatsempfängen gibt, wundert es mich nicht, daß Sie dünn sind wie eine Bohnenstange.«

Mirbethan errötete. »Da der Älteste Pentrom freundlicherweise unsere Einladung annahm, waren wir gezwungen, auf seine Eßgewohnheiten Rücksicht zu nehmen. Hat der Älteste Ampris Ihnen dies nicht erklärt?«

»Das hat er leider nicht getan. Aber das hier«, — Killashandra machte eine ausladende Geste zu der Flaschenbatterie auf dem Tisch —, »macht dieses Versäumnis wieder wett; allerdings würde feste Nahrung meine Forschungen etwas erleichtern ...«

»Wir hatten leider noch keine Zeit, Ihnen die Versorgungsgeräte zu zeigen.« Mirbethan eilte zu einem der Wandschränke. Als sich die Tür geöffnet hatte, standen sie vor einer kompletten Versorgungseinheit. »Alkoholische Getränke gibt es hier nicht. Studenten haben ein beunruhigendes Geschick darin, gesperrte Codes zu knacken.« Killashandra glaubte beinahe eine Andeutung von nachsichtigem Humor in Mirbethans Stimme zu hören. »Deshalb haben wir Ihnen eine Sammlung aller verfügbaren Gifte gegeben.«

»Gegen den Willen des Ältesten Pentrom.«

Mirbethan schlug die Augen nieder.

»Sagen Sie, Mirbethan, wissen Sie zufällig, ob der Braumeister Bascum vom Planeten Yarra stammt?«

»Bascum?« Mirbethan blickte erschrocken und verwirrt auf. Als Killashandra auf die schon lange geleerte Flasche deutete, errötete sie. »Oh, dieser Bascum!« Sie ging zu einem zweiten verzierten Wandschrank, der eine Tastatur enthielt. Ein Ausschnitt der Wandvertäfelung glitt zur Seite und enthüllte einen großen Bildschirm. Während Mirbethan die Anfrage eintippte, schloß Killashandra insgeheim eine Wette ab. »Woher bei allen Sonnen haben Sie das gewußt?«

»Von diesem Planeten kommen die besten Braumeister der Galaxis. Ich habe noch nicht alles probiert«, fuhr Killashandra fort, »aber ich wäre Ihnen sehr dankbar, wenn Sie mich mit Bascums Bier versorgen könnten.«

»Wie Sie wünschen, Gildenfrau. Aber jetzt wird

gleich in der Roten Halle ein Konzert beginnen. Die Orgel hat nur ein Manual, aber der Künstler ist der Preisträger des letzten Jahres.«

Killashandra war in Versuchung, aber sie war auch hungriger und ausgetrockneter, als ihr lieb war. »Sind die Ältesten anwesend?« Als Mirbethan feierlich nickte, seufzte Killashandra schwer. »Dann übermitteln Sie ihnen mein Bedauern und meine Entschuldigung, daß ich von der Reise müde bin — und die Belastung der metabolischen Umstellung nach dem Angriff und der Verletzung machen mir zu schaffen.« Killashandra schob den Ärmel hoch und zeigte ihr die Wunde, die bereits zu einer dünnen roten Linie verheilt war.

Mirbethan riß erstaunt die Augen auf, dann verneigte sie sich förmlich.

»Ihre Entschuldigung soll übermittelt werden. Tippen Sie den Code MBT 14 ein, wenn Sie mich, Thyrol, Pirinio oder Polabod erreichen wollen.«

Killashandra wünschte ihr einen schönen Abend, und Mirbethan zog sich zurück. Sobald sich die Tür hinter der Frau geschlossen hatte, bearbeitete Killashandra energisch die Versorgungseinheit. Wieder hatte sie Schwierigkeiten mit den optherianischen Eigenarten, denn als sie die Speisekarte aufrief, gab es keine Auswahl von köstlichen appetitlichen Beilagen, sondern nur ein fertig zusammengestelltes Menü, bei dessen Hauptgang sie drei Wahlmöglichkeiten hatte. Sie bestellte alle drei, und sofort kam eine Rückfrage von der Versorgungseinheit. Sie wiederholte den Auftrag, und als die Anlage fragte, wie viele Menschen speisen wollten, gab sie ›drei‹ ein. Darauf wurde sie von der Versorgungsanlage informiert, daß ihr Zimmer mit einer Belegung von nur einer Person gemeldet sei. Sie erwiderte, daß sie Gäste habe. Sie sollte die Namen und Codes der Gäste eingeben. Sie tippte die Namen der Ältesten Pentrom und Ampris ein, Code unbekannt.

Das Essen wurde prompt geliefert: zwei jener mageren Portionen, die sie schon aus dem Speisesaal kannte. Glücklicherweise war die dritte groß genug, um der Versorgungsanlage den Tritt zu ersparen, zu dem Killashandra schon Anlauf genommen hatte.

Als sie eine solide Grundlage im Bauch hatte, setzte sie ihre Getränkeprobe fort. Dank ihres veränderten Ballybran-Kreislaufs wurde Killashandra nicht betrunken, doch sie wurde fröhlich und sang laut, als sie in die Hygieneräume wanderte und in das duftende Badewasser stieg. Als sie aufstand und ins Schlafzimmer hinüberging, wechselte sie zu einer lauten Ballade, die eigentlich von einem Tenor gesungen werden mußte. Von draußen drang ein weiches Licht herein, heller als die gedämpfte Beleuchtung. Sie wurde neugierig und ging zum Fenster. Sie sah drei von Optherias vier kleinen Monden. Einer war so nahe, daß sie die Krater und die weiten sterilen Ebenen deutlich sehen konnte. Killashandra brach die Ballade bezaubert ab und begann das mystische Liebesduett aus Baleefs exotischer Oper *Voyagers*, das besonders gut zu dieser Szenerie zu passen schien.

Als auf das richtige Stichwort eine Tenorstimme einfiel, zögerte sie für einen Moment. Doch dann fuhr sie fort, obwohl sie über diese Spontaneität in einer so rigide kontrollierten Gesellschaft staunte. *Voyagers* war ihre letzte Oper als Studentin auf Fuerte gewesen, und sie kannte sie gut genug, um einen Teil ihrer Aufmerksamkeit auf den Sänger zu richten. Er hatte eine volle, schöne, gut ausgebildete Stimme. Das *G* und das *A* in den letzten drei Takten klang etwas unsicher — sie fragte sich, ob er sich mit ihr zusammen auf das hohe *C* einlassen würde —, aber er hatte ein gutes Gespür für dynamischen Wechsel und sang mit großem Einfühlungsvermögen. Als der Tenor die Melodie aufnahm, sammelte sie sich für das hinreißende Finale und freute sich, daß ihre Singstimme immer noch geschmeidig genug war, um die Taktwechsel mitzumachen und das hohe *C* herauszubringen. Der Tenor entschied sich schließlich ohne Zögern für das *A*, aber es war ein gewaltiges hallendes *A*, und sie applaudierte seiner Entscheidung.

Sie hielt den Ton und wünschte sich etwas gehässig, daß ihm vor ihr die Luft ausging, doch sie brachen im gleichen Augenblick ab, als hätten sie tatsächlich die unzähligen Proben hinter sich, die ein so gut abgestimmter Gesang normalerweise erforderte.

»›Wann werden sich unsere Wege wieder kreuzen?‹« fragte sie, mit dem Rezitativ beginnend, das dem spektakulären Duett folgte.

»›Wenn die Monde Radomahs mit ihrem Freudentanz den Himmel beben lassen.‹« Der unsichtbare Tenor besaß auch eine prächtige Sprechstimme und schien außerdem den Scherz zu genießen, der in ihrer improvisierten Vorstellung lag; sie hörte seiner Stimme an, daß er lachte. Fand er die Worte dieser Oper im strengen optherianischen Complex ebenso komisch wie sie?

Plötzlich wurde der Hof unter ihr von Scheinwerfern erhellt. Gestalten stürzten aufs Pflaster hinaus und verlangten lautstark nach Ruhe. Bevor sie vom Fenster zurücktrat, erkannte Killashandra in einem Fenster direkt gegenüber, doch ein Stockwerk höher, eine undeutliche Gestalt, die in die schützende Dunkelheit zurücktrat. Sopran und Tenor verließen die Bühne, während die Komparsen eifrig und vergeblich nach den Verschwörern suchten. Killashandra schenkte sich ein Glas aus einer Flasche ein, die dem Etikett nach ein schwerer Wein sein mußte. Es war ein eigenartiges Musikzentrum, wenn die Leiter auf einen improvisierten Gesang mit einem Strafgericht reagierten.

Sie trank ihr Glas aus, löschte alle Lichter in ihrer Suite und floh im milchigen Licht der Monde in ihr Bett. Sie wollte schlafen, doch in ihrem Kopf drehten sich die Szenen der Baleefoper und die Nöte der durch Lichtjahre getrennten Liebenden. Sie durfte nicht vergessen, Mirbethan zu fragen, wer dieser Tenor war. Eine gute

Stimme! Viel besser als der picklige kleine Trottel, der bei der Vorstellung auf Fuerte ihr Partner gewesen war!

Das weiche, aber eindringliche Morgenläuten weckte sie. Sie drückte sich auf die Ellbogen hoch und stöhnte, als sie sah, daß es gerade erst dämmerte. Sie ließ sich wieder fallen und zog sich die Decke über den Kopf. Ein zweites lauteres Klingeln ertönte. Killashandra ging fluchend zur Konsole hinüber und tippte die Nummer ein, die Mirbethan ihr gegeben hatte. »Gibt es eine Möglichkeit, diese verdammten Klingeln in meinem Zimmer abzustellen? Ich habe keine Lust, mitten in der Nacht aufzustehen!«

»So ist es hier üblich, Gildenfrau, aber ich werde der Kontrolle Bescheid geben, daß Ihr Zimmer vom Weckläuten ausgeschlossen werden soll.«

»Und alle anderen bitte auch! Ich will nicht von Glokken, Trommeln, Pfeifen, Flöten oder anderen schrecklichen Sachen herumkommandiert werden. Wer war eigentlich dieser ausgezeichnete Tenor?«

Mirbethan sah Killashandra erschrocken an. »Wenn es Sie gestört hat ...«

»Nicht im mindesten. Aber wenn es auf Optheria solche Stimmwunder gibt, dann bin ich beeindruckt.«

»Das Zentrum bildet keine Sänger aus.« Mirbethans kühle Feststellung machte Killashandra sofort wütend.

»Wollen Sie etwa sagen, daß dieser Tenor von eurer Opernschule verstoßen wurde?«

»Sie mißverstehen die Situation, Gildenfrau. Die Lehranstalten Optherias beschränken sich auf Tasteninstrumente.«

»Sie meinen die Orgel?«

»Natürlich. Die Orgel ist das vollkommenste aller Instrumente, denn sie verbindet ...«

»Ersparen Sie mir die Blähungen, Mirbethan!« Killashandra empfand eine perverse Freude, als die Frau zusammenzuckte. Dann wurde sie freundlicher. »Oh, ich gestehe Ihnen zu, daß die optherianische Orgel ein hervorragendes Instrument ist, aber diese Tenorstimme war auch nicht schlecht.«

»Man hätte Sie nicht stören dürfen ...«

»Unfug! Es hat mir Spaß gemacht, mit ihm zu singen.«

Mirbethan riß die Augen auf und zuckte wieder zusammen. »Sie — Sie waren die Sängerin?«

»Allerdings.« *Alles, was Sie von nun an sagen ...* »Sagen Sie, Mirbethan, wenn immer nur ein paar der vielen Musiker, die in diesem Zentrum studieren, jemals das Können erwerben, um auf der optherianischen Orgel spielen zu dürfen, was passiert dann mit denen, die es nicht schaffen?«

»Nun, man findet etwas Passendes für sie.«

»In der Musik?« Mirbethan schüttelte den Kopf. »Ich könnte mir vorstellen, daß das Kristallsingen eine wunderbare Alternative wäre.«

»Optherianer verlassen ihren Planet nicht, auch wenn sie enttäuscht werden. Aber jetzt entschuldigen Sie mich, Gildenfrau ...« Mirbethan unterbrach die Verbindung.

Killashandra starrte den leeren Bildschirm noch für eine Weile an. Natürlich wußte weder Mirbethan noch ein anderer Angehöriger ihres Quartetts von ihrer musikalischen Ausbildung. Und natürlich konnte niemand von Killashandras Enttäuschung wissen und wie sie auf Mirbethans Erklärung reagieren würde. Wenn man die Orgelausbildung nicht schaffte, hatte man auf Optheria keine andere Möglichkeit? Killashandra konnte einfach nicht glauben, daß gescheiterte optherianische Musiker gern auf dem Planeten blieben, selbst wenn sie von Kindheit an darauf gedrillt worden waren.

Und der Tenor hatte das absolute Gehör gehabt. Es war eine Schande, diese Stimme verkommen zu lassen und ihn an die Orgel zu zwingen, so ›vollkommen‹ das Instrument auch war. So gefährlich der Beruf des Kristallsängers war, er war immer noch besser, als auf Optheria vor Langeweile einzugehen. Plötzlich fiel ihr etwas ein. Sie ging zum Terminal. Sie ließ sich mit der Bibliothek verbinden und rief den Eintrag über Ballybran ab. Ein stark zusammengestrichener Eintrag rollte vor ihren Augen ab, der mit einer Beschränkung nach Artikel Vier endete. Sie rief die politisch-wissenschaftliche Sektion auf und entdeckte auch hier faszinierende Lükken. Also gab es auf Optheria Zensur. Aber das half ihr nicht weiter. Zensur war kein Bruch der Charta, und die Gilde war nur gebeten worden, nachzuforschen, ob das planetarische Ausgangsverbot von der Bvölkerung akzeptiert wurde.

Nun, sie wußte jemand, den sie fragen konnte: den Tenor — falls er nicht nach der nächtlichen Jagd untergetaucht war. Killashandra grinste. Aber wie sie Heldentenöre kannte …

Sie frühstückte — wenigstens das Frühstück war reichhaltig — und war schon angekleidet, als Thyrol eintrat und sich erkundigte, ob sie gut geruht habe und — was noch wichtiger war — ob sie bald mit der Reparatur beginnen könne. Er deutete taktvoll auf ihren Arm.

»Haben Sie den Täter schon geschnappt?«

»Das ist nur eine Frage der Zeit.«

»Wie viele Studenten gibt es hier im Complex?« fragte sie liebenswürdig, während Thyrol sie durch den Gang zum Aufzug führte.

»Im Augenblick vierhundertdreißig.«

»Das sind aber eine Menge Verdächtige, die Sie verhören müssen.«

»Kein Student würde es wagen, einen geehrten Gast des Planeten anzugreifen.«

»Auf den meisten Planeten wären Studenten die Hauptverdächtigen.«

»Meine liebe Gildenfrau, der Auswahlprozeß, den die Studenten durchlaufen müssen, berücksichtigt alle Aspekte ihrer Herkunft, ihrer Ausbildung und ihrer Fähigkeiten. Hier wird eine alte Tradition fortgeführt.«

Killashandra murmelte eine passende Antwort. »Wie viele Stellen stehen denn den Studenten nach ihrer Ausbildung offen?«

»Das ist nicht der Punkt, Gildenfrau« sagte Thyrol mit milder Herablassung. »Die Anzahl der voll ausgebildeten Künstler, die Kompositionen für die optherianische Orgel erschaffen, wird nicht begrenzt ...«

»Aber es kann doch immer nur einer spielen.«

»Es gibt auf Optheria fünfundvierzig Orgeln.«

»So viele? Warum konnten Sie dann nicht einfach eine von denen nehmen?«

»Das Instrument hier im Complex ist das größte, das modernste und zudem absolut notwendig für den Ausbildungsstand, der beim Sommerfestival vorgeführt wird. Komponisten vom ganzen Planeten wetteifern um die Ehre und haben ihre Werke eigens auf das Potential des Hauptinstruments zugeschnitten. Sie zu bitten, auf einem kleineren Instrument zu spielen, widerspräche dem Sinn des Festivals.«

»Ich verstehe«, sagte Killashandra, obwohl sie überhaupt nichts verstand. Doch nachdem sie die Barrieren und Sicherheitsüberprüfungen hinter sich gelassen hatten, welche die beschädigte Orgel beschützten, begann sie die Unterscheidung zu verstehen, die Thyrol getroffen hatte.

Er hatte sie in die aus den Felsen geschlagenen Kellergeschosse des Complex geführt, und nun standen sie in einem beeindruckenden und unerwartet weitläufigen Amphitheater, das sich in die natürliche Senke zu beiden Seiten des Complex einfügte. Eine große Erdsenkung und der Zahn der Zeit hatten in der Bergflanke einen vollkommenen Halbkreis erzeugt. Die Optherianer hatten das Amphitheater mit Sitzreihen versehen, die der Empore mit der Orgelkonsole zugewandt waren. Die Orgel selbst war nur durch die Tür zugänglich, durch die Thyrol sie jetzt führte. Mit echter und angemessener Ehrfurcht sah Killashandra sich um und ärgerte sich zugleich darüber, daß sie Thyrols Wunsch erfüllte, die Gildenangehörige zu beeindrucken; und doch war sie nicht in der Lage, ihr Staunen zu unterdrücken. Sie räusperte sich, und so leise das Geräusch auch war, es hallte durch das ganze Amphitheater. »Eine phantastische Akkustik«, murmelte sie, und als Thyrol ihr tolerant zulächelte, hallten ihre Worte flüsternd zurück. Sie verdrehte die Augen und suchte nach einer Fluchtmöglichkeit von dieser phänomenalen Bühne.

Thyrol winkte sie zu einem Portal, das jenseits der Orgelkonsole aus dem Fels geschnitten worden war. Er zog drei kleine Stäbe aus der Gürteltasche. Mit diesen Stäben und seinem Daumenabdruck öffnete er die Tür. Das Geräusch hallte hohl durch das leere Amphitheater. Killashandra glitt als erste hinein. So vertraut sie auch mit Theatern aller Art war, irgend etwas hier beunruhigte sie. Die Sitzplätze erinnerten sie an die primitiven Diagnosestühle, auf denen die Patienten gefesselt werden konnten; und dennoch wußte sie, daß manche Leute die halbe Galaxis durchquerten, um am Festival teilzunehmen.

Bei ihrem Eintritt waren Lampen aufgeflammt, die nun eine große Kammer mit niedriger Decke beleuchteten. Vor den unscheinbaren Schränken, in denen die elektronischen Eingeweide der optherianischen Orgel untergebracht waren, standen die versiegelten Kisten mit den weißen Kristallen. Unter der Decke liefen vielfarbige Kabel unbekannten Bestimmungsorten entgegen.

Thyrol führte sie zu dem großen Kasten, in dem die zerschmetterten Überreste des Kristallmanuals lagen.

»Mein Gott, wie hat er das denn geschafft?« fragte Killashandra, nachdem sie den Schaden überblickt hatte. Einige kleinere Kristalle waren zu Splittern zerfallen. Sie nahm verwundert eine Handvoll Splitter in die Hand und ließ sie durch die Finger rieseln, Thyrols Warnschrei überhörend. Er packte ihre Handgelenke und zog sie zurück. Die winzigen Schnitte von den skalpellscharfen Kristallen bluteten einen Moment lang und schlossen sich sofort wieder. Thyrol sah entsetzt und fasziniert zu.

»Wie Sie sehen, ist dies die Zärtlichkeit der Kristalle.« Sie wand die Hände aus Thyrols unerwartet starkem Griff. »Und jetzt«, sagte sie etwas energischer, während sie das Durcheinander im unteren Teil des Gehäuses betrachtete, »brauche ich ein paar Werkzeuge, ein paar kräftige Burschen und noch kräftigere Körbe, um den Müll fortzuschaffen.«

»Einen Sauger?« schlug Thyrol vor.

»Es gibt keinen Sauger auf Ballybran oder irgendwo sonst, der von den Kristallsplittern nicht in Stücke gerissen würde. Nein, das hier muß auf die gute alte Art aufgeräumt werden — mit bloßer Hand.«

»Aber Sie ...«

Killashandra richtete sich auf. »Auch als Gildenfrau bin ich nicht abgeneigt, die *notwendigen* Verrichtungen selbst und mit eigenen Händen vorzunehmen.« Sie hielt inne, bis Thyrol die Anspielung begriffen hatte. Sie hatte auf Ballybran schon mehr Kristallsplitter zusammengelesen, als es hier auf Optheria überhaupt gab.

»Es ist nur, daß die Sicherheitsvorschriften ...«

»Ich würde mich natürlich über Ihre Unterstützung freuen, was die Sicherheitsmaßnahmen angeht.«

Thyrol begab sich hastig zu einer Kommunikationskonsole. »Was genau brauchen Sie, Gildenfrau?«

Sie schätzte die Menge der zerbrochenen Kristalle im Schrank ab. »Drei kräftige Männer mit spezialgehärteten Eimern, Fassungsvermögen etwa zehn Kilo, extrem dichte Gesichtsmasken, schwere Arbeitshandschuhe, feine Drahtbürsten und ein paar kleine Einwegsauger, wie sie von Archäologen benutzt werden. Wir müssen den Kristallstaub gründlich entfernen.«

Thyrol riß die Augen auf, da er ihre Wünsche offenbar etwas bizarr fand, doch er wiederholte ihre Anforderungen und zeigte sich sehr standhaft, als sein Gesprächspartner zurückfragte. »Selbstverständlich müssen sie vom Sicherheitsdienst überprüft werden, aber die Leute sollen möglichst schnell und richtig ausgerüstet hier antreten, um die Gildenfrau zu unterstützen.« Er unterbrach die Verbindung und wandte sich mit besorger Miene an Killashandra. »Da soviel auf dem Spiel steht, Gildenfrau, werden Sie sicher unseren Wunsch verstehen, Sie und die Orgel vor weiterer Zerstörung zu schützen. Wenn den Ersatzkristallen etwas passiert ...«

Killashandra zuckte die Achseln. Nach allem, was sie bisher von den Optherianern gesehen hatte, paßte das Bild vom gebrannten Kind recht gut auf sie. Sie legte die Hand auf ein Gerät und musterte neugierig die Anlage. »Die Orgel hier ist erheblich komplizierter, als ich glaubte.« Sie drehte sich um und sah Thyrol höflich und fragend an.

»Nun, äh, das ist ...«

»Hören Sie auf, Thyrol. Ich stehe wohl kaum mit subversiven Elementen in Verbindung.«

»Nein, natürlich nicht.«

Killashandra lenkte Thyrol sofort von der Tatsache ab, daß er indirekt die Existenz eines Untergrundes zugegeben hatte. Sie drehte sich zum vorderen Teil der Kammer um und deutete auf die Rückwand der Tastatur. »Hinter dieser Wand liegt die Tastatur, deshalb müssen in dem Kasten auf der rechten Seite die Taktgeber und Modulatoren sein. Und das da«, sie deutete auf das größte Gerät, »ist wahrscheinlich die CPU. Und der Induktionsmodulator und der Mischer müssen da auf der linken Seite sein.«

»Kennen Sie sich mit der Orgeltechnik aus?« Thyrol beäugte sie mißtrauisch. Zum zweiten Mal seit ihrer Ankunft nahm Killashandra die empathische Ausstrahlung eines Optherianers wahr: dieses Mal einen starken Eindruck von Vorsicht und Wachsamkeit.

»Weniger mit den Orgeln selbst, sondern eher mit

Schnittstellentechnik, sensorischen Simulatoren und Synthesizer-Modulatoren. Das Kristallsingen erfordert große Erfahrung mit komplizierten elektronischen Geräten.«

Anscheinend kannte er sich nicht aus, sonst hätte er nicht so bereitwillig genickt. Killashandra segnete ihre Voraussicht, denn sie hatte sich auf der *Athena* einige entsprechende Schlaflehrbänder zu Gemüte geführt. Ihre Antwort beruhigte Thyrol, und der Schatten seiner Furcht löste sich langsam auf.

»Natürlich existiert zwischen dem Programm und den Kompositons-Speicherbänken ein Doppel-Handshake«, sagte er, indem er auf einen schwarzen Kasten tippte. »Die Komposition«, — damit ging er zum nächsten Kasten und legte die Hand auf die Verkleidung —, »wird natürlich direkt in die Erregerschaltung geleitet, denn in deren Speichern sind die Symbole aller denkbaren Zuhörergruppen abgelegt, so daß eine Komposition in Begriffe übersetzt werden kann, die für die Zuhörer verständlich sind. Natürlich unterschiede sich die subjektive Erfahrung eines Programms für Optherianer gewaltig vom Erlebnis eines Nichtmenschen.«

»Natürlich«, murmelte Killashandra ermutigend. »Und wohin laufen die Informationen aus dem Kristallmanual?«

Thyrol nahm die Pose eines Lehrers ein und deutete auf verschiedene Geräte. »Dort in die Synapsenschnittstelle und in den Demodulator, die ihrerseits die Daten in den Mischer leiten, wo sie auf Sinneswahrnehmungen umgesetzt werden.« Er strahlte stolz und fuhr fort: »Die Kompositions-Speicherbänke programmieren in erster Linie den sensorischen Synthesizer, aber die Rückkopplungsschleife kontrolliert die sensorische Anpassung, um eine maximale Wirkung zu erzielen.«

»Ich verstehe. Vom Keyboard zur CPU, eine direkte Schnittstelle zum Manual und zur Synapsenschnittstelle, dazu ein Doppel-Handshake.« Killashandra verbarg ihr Erschrecken — dieser Gefühlsmanipulator ließ die Geräte auf Fuerte aussehen wie Kinderspielzeug. Wie wahr wurde hier das Wort von einem gebannten Publikum! Die optherianischen Konzertbesucher hatten keine Chance. Die optherianische Orgel konnte die Gefühle der Zuhörer völlig verbiegen und gezielte Reaktionen hervorrufen. Und der Querschnitt des Publikums konnte natürlich aus den Identifizierungsplaketten und demographischen Daten gewonnen werden. Killashandra wunderte sich, daß die FSP überhaupt ihren Bürgern erlaubte, diesen Planeten zu besuchen, ganz zu schweigen von der emotionalen Überladung beim Festival. »Ich verstehe, warum Sie viele Solokünstler brauchen. Sie müssen nach jeder Vorstellung völlig erschöpft sein.«

»Wir haben dieses Problem schon sehr früh erkannt — der Künstler wird von der vollen Wirkung der Orgel etwas abgeschirmt, damit er einen Teil seiner Objektivität bewahren kann. Und natürlich wird bei den Proben das Übersetzersystem überbrückt. Die Signale werden statt dessen in einen Analyseprozessor geschickt. Nur die besten Kompositionen werden mit dem vollen System gespielt.«

»Natürlich. Sagen Sie, sind auch die kleineren Orgeln auf diese Weise verstärkt?«

»Die Orgeln mit zwei Manualen schon. Davon haben wir fünf; die anderen haben alle nur ein Manual und relativ primitive Umsetzer und Wandler.«

»Beeindruckend. Wirklich beeindruckend.«

Thyrol nahm das Kompliment mit einem freundlichen Lächeln zur Kenntnis. Dann öffnete sich die Außentür, und die Arbeiter kamen herein. Ihnen folgten drei weitere Männer, die nach Haltung und Kleidung die Wachleute sein mußten. Die Arbeiter bauten sich an der Wand auf, während die Wachleute vor Thyrol und Killashandra, die gerade vor dem Feedback-Transponder standen, Haltung annahmen.

»Ältester Thyrol, Wachdienstleiter Blaz möchte wissen, welche Verfügungen Sie hinsichtlich des Abfalls getroffen haben.« Er salutierte und übersah Killashandra dabei völlig.

»Tief vergraben. Am besten in dauerhaftes Material eingeschlossen. Noch besser wäre es, den Abfall im Meer zu versenken«, antwortete Killashandra, doch der Wachdienstleiter achtete nicht auf sie und sah Thyrol fragend an. Killashandras Temperament ging mit ihr durch. Sie knallte dem Anführer die Hand auf die Schulter und zog ihn mit Gewalt zu sich herum. »Andererseits können Sie sich das Zeug auch in Ihre Analöffnung schieben«, sagte sie mit freundlicher und liebenswürdiger Stimme.

Sie ließ die verblüfft schnaufenden Männer stehen und ging hinaus.

07

ALS KILLASHANDRA ÜBER die Bühne ging und sich dem Complex näherte, bemerkte sie, daß dieses Gebäude der allerletzte Ort war, an dem sie in ihrer Verfassung sein wollte. Schließlich hatte Trag sie ausgewählt, weil sie diplomatischer sein konnte als Borella. Dabei hätte Borella diesen Trottel von Sicherheitsoffizier keineswegs taktvoller oder eleganter behandelt. Aber sie war mit den Optherianern geschlagen und die Optherianer mit ihr, und sie hatte einfach keine Lust mehr auf scheinheilige, selbstgerechte, eingebildete optherianische Gesichter.

Sie ging zum Rand der Bühne, blickte zum Boden hinab, der drei Meter unter ihr lag, betrachtete die schweren Türen an beiden Seiten und traf ihre Entscheidung. Sie packte die Kante, rollte sich hinüber, ließ die Beine einen Augenblick lang baumeln und ließ los.

Ihre Knie fingen den Aufprall mühelos ab, und sie lehnte sich gegen die Wand. In diesem Moment kamen die Männer aus dem Orgelraum.

»Sie ist bestimmt zum Complex zurückgegangen«, sagte Thyrol, atemlos vor Zorn. Er eilte über die Bühne, die anderen folgten ihm. »Simcon, wenn du die Gildenfrau beleidigt hast, dann hast du möglicherweise großen Schaden angerichtet ...« Die schwere Tür schnitt den Rest seines Tadels ab.

Etwas besänftigt durch Thyrols Worte und erfreut über ihr rechtzeitiges Entkommen, wischte Killashandra sich die Hände ab und ging zum Ausgang am Rand des Amphitheaters. Wegen der ausgezeichneten Akustik waren ihre leichten Schritte gut zu hören. Killashandra verzog das Gesicht und huschte so vorsichtig und leise wie möglich zum Ausgang. Die schwere Tür war von innen mit dem üblichen Riegel gesichert, den sie mit angehaltenem Atem zur Seite zog. Sie fürchtete, der Mechanismus würde von einer zentralen Kontrolle überwacht. Doch der Riegel öffnete sich mühelos. Sie zog die Tür gerade weit genug auf, um sich hinauszuschieben, und ließ sie mit einem lauten Knall hinter sich zufallen. Draußen gab es keine Türklinke und keinen Knopf, und ein Beschlag verhinderte, daß die Tür mit Gewalt geöffnet wurde — falls so etwas auf dem vollkommenen Optheria überhaupt denkbar war.

Killashandra stand nun auf einem breiten Sims, der zu einem jener Pfade führte, die sie gestern gesehen hatte. Dieser Weg hier lag allerdings hinter dem Complex. Aus dieser Höhe überblickte sie einen weniger eindrucksvollen Bezirk der Stadt: schmale Straßen und kleine, eng zusammengedrängte einstöckige Gebäude. Zwischen diesem Vorort und der Anhöhe, auf der sich der Complex befand, lag ein Streifen Ackerland. Die Felder waren mit wuchernden Kletterpflanzen und Zäunen voneinander abgetrennt, und die meisten waren ordentlich bestellt. Einige Arbeiter waren im frühen Morgenlicht mit Wässern und Hacken beschäftigt. Eine ländliche Szene, die Killashandras gereizte Nerven rasch beruhigte.

Sie stieg hinunter.

Als sie den Talboden erreichte, drang ihr der unverkennbare Geruch eines fermentierten Gebräus in die Nase. Killashandra folgte entzückt der Duftfahne, drängte sich an einem alten Schuppen vorbei und überquerte einen schmalen Pfad zwischen zwei Parzellen, während sie den Gärtnern, die in ihrer Arbeit innehielten und sie erstaunt ansahen, höflich zunickte. Sie war zwar durch ihre Kleidung eindeutig als Fremde zu erkennen, aber diese Leute mußten doch schon öfter Menschen von anderen Welten gesehen haben. Der Duft lockte sie weiter. Wenn das Zeug nur halb so gut schmeckte, wie es roch, dann wäre es sogar noch besser als das Bascum-Bier. Oder es *war* sogar Bascum. Die Brauereien lagen oft in Vororten, wo ihre Ausdünstungen die Asketen nicht stören konnten.

Sie erreichte einen ungepflasterten Weg, offenbar die Hauptstraße der kleinen Siedlung. Sie war zu dieser Morgenstunde völlig verlassen, abgesehen von einigen eigenartigen kleinen Tieren, die sich in der Sonne räkelten. Ihr war sehr bewußt, daß sie beobachtet wurde, doch das hatte sie nicht anders erwartet. Sie sah sich zwischen den unscheinbaren Gebäuden an der Straße um. Der kräftige Brauereigeruch schien von rechts zu kommen. Ihr gesunder Menschenverstand sagte ihr, daß das weitläufige graue Gebäue jenseits der Straße, etwas mehr als tausend Meter entfernt, wahrscheinlich die Quelle des Geruchs war. Sie ging darauf zu.

Als sie sich weiterbewegte, hörte sie, wie hinter ihr Türen und Fenster geöffnet wurden. Die Geräusche begleiteten sie auf dem ganzen Weg. Sie gestattete sich ein amüsiertes Lächeln. Die menschliche Natur war einfach unverbesserlich, und in einer Gesellschaft, die so langweilig und bedrückend war wie die optherianische, wurde alles Neue und Ungewöhnliche begeistert aufgenommen.

Der Brauereigeruch war fast überwältigend, als sie endlich vor dem grauen Gebäude stand. Ein Abluftventilator mit surrendem Motor stieß die Duftwolken aus. Killashandra ließ sich nicht dadurch abschrecken, daß kein Zeichen und kein Schriftzug auf den Zweck des Gebäudes hinwies. Die verschlossene Vordertür stellte allerdings ein Hindernis dar. Sie klopfte höflich, und sie wiederholte ihr Klopfen, als nicht sofort eine Antwort kam. Als sie fest vor die Tür schlug und immer noch nichts passierte, vergaß sie jede Höflichkeit und wurde energisch.

War das Bierbrauen in Optherias größter Stadt ganz und gar verboten, oder hatten die Braumeister keine Linzenz? Bascum stammte von Yarra; vielleicht wurde hier auch ein Monopol verletzt. Sie mußte gestehen, daß sie kaum auf die Pflanzen geachtet hatte, die auf den Feldern so sorgfältig gepflegt wurden. Eine Schwarzbrennerei? Ein Dorn im Auge der wachsamen und strengen Ältesten?

Sie umrundete rasch das Gebäude und hoffte, hinten ein Fenster zu finden. Sie sah gerade noch, wie ein Jugendlicher vor ihr floh; er stieß einen Warnschrei aus. Also rannte sie um die Ecke und fand die hinteren Türen geöffnet. Männer und Frauen waren eifrig damit beschäftigt, das Bier aus einem offenbar improvisierten Faß in Flaschen abzufüllen. Der junge Wächter warf ihr noch einen Blick zu und huschte rasch in die nächste Gasse.

»Darf ein durstiger Fremder von einem anderen Planeten um eine Probe Eures Gebräus bitten? Ich sehne mich nach einem anständigen Glas Bier.«

Wenn sie sich Mühe gab, konnte Killashandra ausgesprochen liebenswürdig und zuvorkommend sein. Sie hatte diese Rolle oft genug gespielt. Sie blickte von einem versteinerten Gesicht zum nächsten und behielt ihr Lächeln bei.

»Ich kann euch sagen, es war ein ziemlicher Schock, als ich entdeckte, daß dieser Planet keinen Branntwein und kein Bier importiert.«

»Das Shuttle ist gestern gekommen«, sagte jemand aus der Gruppe.

»Noch zu früh für Touristen.«

»Die Kleidung ist nicht von hier.«

»Von den Inseln auch nicht.«

»Ich bin keine Touristin«, unterbrach Killashandra die aufgeregten Kommentare. »Ich bin Musikerin.«

»Dann wollen Sie die Orgel reparieren, was?« Die Männerstimme verriet so viel Verachtung, Geringschätzung, zynische Skepsis und boshafte Belustigung, daß Killashandra sofort versuchte, ihn in der feindseligen Gruppe auszumachen.

»Wenn ich berücksichtige, wie man mich da oben aufgenommen hat, dann finde ich, daß ich mir ein Bier verdient habe.« Wieder legte sie allen Charme, den sie besaß, in ihr gewinnendes Lächeln. Und sie leckte sich die trockenen Lippen.

Als Killashandra später Zeit hatte, die Szene in Ruhe zu überdenken, kam sie darauf, daß ihr wahrscheinlich dieser unbewußte Zug zum Sieg verholfen hatte. Plötzlich wurde ihr eine geöffnete Flasche gereicht. Sie griff nach der Gürteltasche, um einige optherianische Münzen herauszusuchen, die sie auf der *Athena* umgetauscht hatte, aber man erklärte ihr knapp, daß sie nichts zu zahlen brauche. Dieses Getränk war nicht mit Geld zu bezahlen.

Einige hatten sich wieder an die Arbeit gemacht, doch die meisten beobachteten sie, während sie den ersten Schluck nahm. Trotz der primitiven Herstellung war es ein gutes Bier, angenehm kühl, sicherlich noch besser, wenn es stärker gekühlt war, und auf jeden Fall dem Bascum überlegen. Beinahe so gut wie Yarran-Bier.

»Ist euer Braumeister zufällig von Yarra?« fragte sie.

»Was wissen Sie von Yarra?« Wieder kam die Frage

aus der anonymen Menge, aber Killashandra glaubte, daß der Sprecher links von ihr in der Nähe des Fasses stand.

»Dort wird das beste Bier auf allen Federated Sentient Planets gebraut. Die yarranischen Braumeister sind die besten der Galaxis.«

Ihre Einschätzung wurde mit zustimmendem Gemurmel aufgenommen. Die Leute entspannten sich und machten sich rasch wieder an ihre Arbeit. Über dem Klirren der Flaschen und dem Rumpeln der herangekarrten Behälter hörte Killashandra rechts ein Fauchen auf der Straße, dann hielt ein schrottreifes Fahrzeug mit zerkratzten und verrosteten Seiten vor der offenen Tür.

Die Kästen wurden sofort eingeladen, und Killashandra half den Leuten, denn sie hatte ihre Flasche ausgetrunken und wollte sich noch eine zweite verdienen. Wenn sie ihren Durst ordentlich gelöscht hatte, würde es ihr sicher leichter fallen, mit den Vorwürfen Thyrols und der anderen zurechtzukommen. Als die Kästen eingeladen waren, fuhr das Fahrzeug ab, und ein zweites, ebenso kaputtes Fahrzeug nahm seinen Platz ein. Diese offensichtlich illegale Geschäftigkeit bewies Killashandra eindeutig, daß die Bevölkerung Optherias doch noch nicht völlig degeneriert war. Aber wie groß war der Anteil dieser Menschen? Und hatte irgend jemand von ihnen den Wunsch, Optheria zu verlassen? Manche Menschen trotzten ihren gewählten/etablierten/ernannten Regierungen eher aus einer perversen Lust am Widerspruch als aus Untreue oder Abscheu.

Als das dritte Transportfahrzeug beladen war, blieben einige Kästen übrig. Das Faß und die dazugehörenden Leitungen und Geräte waren zerlegt und zu völlig anderen Dingen umgebaut worden. Killashandra mußte den Einfallsreichtum der Bierbrauer bewundern.

»Erwartet ihr eine Durchsuchung?«

»O ja. Man kann die Brauerei nicht völlig verbergen«, sagte ein sonnengebräunter kleiner Mann mit blitzenden Augen. Er bot Killashandra eine zweite Flasche an und deutete, um seine Großzügigkeit zu erklären, auf den vollbeladenen Lieferwagen.

Als sie unwillkürlich in die gleiche Richtung blickte, bemerkte Killashandra, daß seine Arbeiter, jeder mit einem Kasten Bier beladen, über die Straße und zwischen den Gassen verschwanden. Irgendwo war eine eigenartige Sirene zu hören. Er legte den Kopf schief und grinste.

»Wenn ich an Ihrer Stelle wäre, würde ich verschwinden. Man wird nicht begeistert sein, Sie in so schlechter Gesellschaft anzutreffen.«

»Brauen Sie bald eine neue Ladung?« fragte Killashandra sehnsüchtig.

»Also, das kann ich wirklich nicht beantworten.« Er zwinkerte ihr zu. Die Sirene wurde eindringlicher und lauter. Er schloß die Tür.

»Welches ist der schnellste Weg in die Stadt?«

»Über die beiden Äcker da und dann nach links.« Er schloß den letzten Türflügel hinter sich, und sie hörte, wie ein Schloß einschnappte.

Das Fahrzeug mit der Sirene kam schnell näher, und Killashandra beeilte sich, in die Richtung zu fliehen, die der Braumeister ihr gezeigt hatte. Sie hatte gerade die nächste Parallelstraße erreicht, als sie das Geräusch von Luftdruckbremsen und aufgeregte Rufe hörte. Sie verschwand um eine Ecke und stand in einem anderen ebenfalls menschenleeren Stadtviertel. Als sie das Trampeln bestiefelter Füße hörte, erkannte sie, daß man ihr möglicherweise nicht einmal die Zeit lassen würde, den Besitz des illegal gebrauten Biers zu erklären, falls man sie mitten auf der Straße erwischte.

Die erste Tür, der sie sich näherte, war verschlossen, und auf ihr rasches Klopfen kam keine Reaktion. Die zweite Tür wurde gerade rechtzeitig aufgerissen, als sie davorstand. Sie brauchte keine Einladung, sondern trat sofort ein. Gerade rechtzeitig, denn die ersten Sucher kamen schon um die Ecke getrampelt und stürmten an der Tür vorbei.

»Das war aber ziemlich dumm, wenn Sie mich fragen«, sagte die Frau mit heiserer, vorwurfsvoller Stimme. »Es ist *denen* da nämlich völlig egal, ob Sie von diesem Planeten sind oder nicht.« Sie winkte Killashandra in den hinteren Teil des kleinen Hauses. »Sie müssen aber einen schönen Durst haben, wenn Sie sich in Gartertown herumtreiben, um ihn zu löschen. Es gibt schließlich Lokale, in denen ganz legal Getränke ausgeschenkt werden.«

»Das wußte ich nicht, aber wenn Sie mir sagen können ...«

»Nun, die Stunden, zu denen man trinken kann, sind nicht besonders angenehm, und außerdem ist unser Gebräu besser als das Bascum. Es liegt am Wasser. Hier entlang!«

Killashandra hielt inne, weil mitten im hinteren Zimmer eine Kiste des illegal gebrauten Bieres auf dem Boden stand. Zwei Bodenplatten fehlten.

»Helfen Sie mir. Wenn die besonders eifrig sind, machen sie vielleicht eine Hausdurchsuchung.«

Killashandra willigte sofort ein, und als der Kasten verstaut und das Brett wieder eingefügt war, konnte man das Versteck nicht mehr erkennen.

»Eigentlich muß man so einen Genuß etwas ausdehnen, aber ...«

Killashandra hätte die zweite Flasche lieber in Ruhe getrunken, aber sie leerte sie mit drei großen Zügen. Die Frau nahm ihr die leere Flasche ab und warf sie in den Müllschacht. Mit lautem Knirschen wurden die Beweismittel vernichtet. Killashandra wischte sich die Mundwinkel ab und rülpste herzhaft.

Die Frau stellte sich neben die Tür und lauschte, das Ohr ans Holz gedrückt. Sie sprang zurück, als die Tür aufschwang und ein kleiner Mann hereinkam.

»Sie wurden zurückbeordert«, sagte der Mann. »Und

in der Stadt ist irgendeine Suche im Gange ...« Er unterbrach sich, weil er Killashandra bemerkt hatte.

Sie erkannte ihn zu ihrer Überraschung an Haltung und Kleidung als den jungen Mann, der ihr auf dem Krankenhausflur begegnet war. Er faßte sich als erster wieder, während Killashandra noch überlegte, ob sie sich verstellen sollte.

»Sie machen es mir wirklich leicht«, sagte er geheimnisvoll, während er näher trat. Sie war völlig überrascht und sah seine Faust erst im letzten Augenblick. Dann wurde es dunkel.

Als sie erwachte, bemerkte sie dreierlei: stickige Luft, einen angeschlagenen Kiefer und gefesselte Hände und Füße. Sie stöhnte, und bevor sie die Augen öffnen konnte, spürte sie einen Druck am Arm. Abermals stürzte sie in die Schwärze der Bewußtlosigkeit.

Sie war immer noch gefesselt, als sie zum zweiten Mal aufwachte. Sie hatte einen schrecklichen Geschmack im Mund und den Geruch von Salz in der Nase. Sie hörte ganz in der Nähe heulenden Wind und das Platschen von Wellen. Vorsichtig öffnete sie die Augen einen Spalt. Also befand sie sich auf einem Boot, in der oberen Koje einer kleinen Kabine. Sie fühlte, daß noch jemand im Raum war, doch sie wagte noch nicht, sich durch ein Geräusch oder eine Bewegung zu verraten. Ihr Kiefer schmerzte immer noch, doch nicht mehr so stark wie bei ihrem ersten Erwachen. Die Drogen, die man ihr gegeben hatte, mußten wohl auch ein Entspannungsmittel für Muskeln enthalten, denn sie fühlte sich ausgesprochen schwach. Warum fesselte man sie dann?

Sie hörte Schritte und brachte ihren Atem unter Kontrolle, um einem etwaigen Beobachter die regelmäßigen flachen Atemzüge eines Schläfers vorzuspiegeln. Eine Luke wurde aufgerissen, und Gischt spritzte ihr ins Gesicht. Zum Glück war das Wasser warm, so daß sie nicht zusammenzuckte.

»Kein Zeichen?«

»Nichts. Sieh doch selbst! Sie hat sich nicht gerührt. Du hast ihr doch nicht zuviel gegeben? Diese Sänger haben einen eigenartigen Stoffwechsel.«

Der Frager schnaubte. »So anders ist er gar nicht, ganz egal, was sie über Toleranz gegenüber Alkohol erzählt hat.« Seine Stimme klang amüsiert, als er sich dem Bett näherte. Killashandra zwang sich, entspannt zu liegen, obwohl die Wut über diese Situation ihre medizinisch verordnete Ruhe vertrieb: Immerhin war sie, eine Angehörige der Heptitergilde, eine Kristallsängerin, entführt worden. Andererseits schien die Entführung darauf hinzuweisen, daß nicht alle auf Optheria bleiben wollten. Oder doch?

Kräftige Finger packten ihr Kinn, der Daumen drückte sich einen Augenblick schmerzhaft in die Prellung, dann glitten die Finger zu ihrer Halsschlagader. Sie entspannte bewußt die Halsmuskeln unter seinen Fingern. Wenn sie weiter die Bewußtlose spielte, konnte sie vielleicht einiges erfahren, was ihr sonst verborgen bleiben würde. Und sie mußte einiges wissen, bevor sie aktiv wurde.

»Das war ein Volltreffer, daß du sie geschnappt hast, Lars Dahl. Aber über die Prellung wird sie sich nicht freuen.«

»Die wird so viele Sorgen haben, daß sie darüber nicht nachdenken wird.«

»Bist du sicher, daß der Plan funktioniert?«

»Das ist unsere erste echte Chance, Prale. Die Ältesten können ohne Kristallsängerin die Orgel nicht reparieren. Und sie müssen sie reparieren. Also müssen sie sich noch einmal an die Heptitergilde wenden, um Ersatz zu bekommen, und dann müssen sie einiges erklären, und dann kommen Ermittler der FSP auf diesen Planeten. Und das ist *unsere* Chance, die Ungerechtigkeit bekanntzumachen.«

Und was ist mit der Ungerechtigkeit, die ihr mir angetan

habt? wollte Killashandra brüllen. Sie zuckte vor Wut. Und sie verriet sich.

»Sie kommt zu sich. Gib mir die Spritze!«

Killashandra öffnete die Augen und wollte über ihre Freiheit verhandeln, als sie einen Druck am Arm spürte, bei dem jedes Argument verschwendet war.

Als sie das nächste Mal erwachte, war es ganz anders, als sie erwartet hatte. Ein milder Wind strich ihr über den Körper. Ihre Hände waren nicht mehr gefesselt, und sie lag nicht mehr auf einer bequemen Koje. Ihr Mund schmeckte schlimmer denn je, und ihr Kopf schmerzte. Wieder kontrollierte sie sich und versuchte die Geräusche zu bestimmen, die ihr in die Ohren drangen. Seufzender Wind. Okay. Ein grollendes Geräusch? Große Wellen, die am Ufer brachen. Die Düfte, die ihr in die Nasenlöcher drangen, waren so unterschiedlich wie Wind und Wellen: feine, etwas muffige Blumendüfte, verfaulte Pflanzen, trockener Sand, Fisch und andere Gerüche, die sie später identifizieren würde. Aber kein Hinweis auf Menschen.

Sie öffnete die Augen einen Spalt; es war dunkel. Ermutigt öffnete sie die Augen ganz. Sie lag auf dem Rükken auf einer geflochtenen Matte. Sand war daraufgeweht und kratzte auf der nackten Haut und unter dem Kopf. Über ihr nickten Palmen, ein Wedel streifte leicht ihre Schulter. Sie richtete sich vorsichtig auf und stützte sich auf einem Ellbogen ab. Sie war höchstens zehn Meter vom Strand entfernt, aber nach dem Strandgut zu urteilen, das in einer Schlangenlinie im Sand lag, befand sie sich ein gutes Stück über der Hochwassermarke.

Inselbewohner? Was hatte Ampris über die Inselbewohner gesagt? Daß ihnen ihre Autononomiebestrebungen ausgetrieben werden müßten? Und der junge Mann im Flur, der sie angegriffen hatte. Er war sonnengebräunt gewesen. Deshalb hatte seine Haut im Gegensatz zu den anderen auch so dunkel gewirkt.

Killashandra sah sich nach einem Zeichen menschlicher Besiedlung um, doch sie wußte schon vorher, daß sie nichts finden würde. Man hatte sie auf der Insel ausgesetzt. Entführt und ausgesetzt. Sie stand auf und fegte abwesend den Sand von der Haut. Dann drehte sie sich einmal um sich selbst und versuchte, ihre widerstreitenden Gefühle in den Griff zu bekommen. Entführt und ausgesetzt! Soviel zum Ansehen der Heptitergilde auf diesem rückständigen Planeten. Soviel zu Lanzeckis Aufträgen auf anderen Welten!

Warum hatte sie auch Corish keine Nachricht hinterlassen?

08

Killashandra verzog das Gesicht, als sie eine weitere Woche am Stamm des gewaltigen Baumes ankreuzte, unter dem sie sich einen Unterschlupf errichtet hatte.

Sie steckte das Messer wieder in die Scheide und suchte unwillkürlich in allen Richtungen den Horizont ab, denn ihr Brotbaum stand auf der einzigen Erhebung der Insel. Wieder sah sie ferne Segel im Nordosten, orangefarbene Dreiecke vor dem Himmel.

»Mögen eure Masten im Wind brechen und eure Körper in der salzigen Tiefe verrotten!« murmelte sie und trat vor den dicken Baumstamm. »Könnt ihr nicht mal in *meiner* Lagune fischen?«

Morgens und abends warf sie ihre Angelschnur und ihren Haken aus und zog zuckende Fische aus dem Wasser. Sie hatte inzwischen gelernt, jene sofort zurückzuwerfen, deren Fleisch entweder ungenießbar zäh oder geschmacklos war. Die kleinen Gelbrücken waren die süßesten und schienen sich in selbstlosem Opfermut über ihren Haken herzumachen.

Der gebräunte junge Mann hatte sie nicht völlig schutzlos ausgesetzt. Als der Morgen jenes öden ersten Tages dämmerte, hatte sie ein Beil, ein Messer, Haken, Angelschnur, ein Netz und Notrationen in Vakuumverpackungen entdeckt, dazu eine illustrierte Broschüre über die Möglichkeiten, die der allgegenwärtige Brotbaum bot. Sie hatte die Broschüre verächtlich fortgeworfen, bis sie drei Tage später von der Langeweile gepackt wurde.

Denn jemand, der so aktiv wie Killashandra gelebt hatte, empfand die erzwungene Muße als schlimme Strafe. Um sich die Zeit zu vertreiben, hatte sie die Broschüre genommen und durchgelesen und versucht, etwas aus diesem Vielzweckbaum herauszuholen. Sie hatte schon bemerkt, daß viele Nebenstämme der Bäume gekappt waren. Das Handbuch verriet ihr, daß man sie wegen des weichen Kerns oder des weichen nahrhaften Marks schnitt. War diese Störung der ›Natur‹ durch die Inselbewohner ein Grund für die Disziplinierung durch die Bewohner des Festlandes?

Wie weit war das Festland überhaupt entfernt? Sie konnte nicht einmal raten, wie lange sie bewußtlos gewesen war. Auf jeden Fall länger als einen Tag. Sie wünschte, sie hätte die optherianische Geographie gründlicher studiert, denn sie hatte keine Ahnung, wo auf der Planetenoberfläche sich ihre Insel befand. In den ersten Tagen hatte sie mehrmals voller Unruhe die Insel umrundet, denn es gab Nachbarinseln, die, obwohl ebenso klein wie ihre, quälend nahe schienen. Auf ihrer Insel gab es wenigstens eine sprudelne Quelle, die auf der Erhebung aus den Felsen entsprang und in die Lagune mündete. Und wenn sie ihren Augen trauen konnte, war ihre Insel die größte in dieser Gruppe.

Bevor sie mit dem Studium des Brotbaums begonnen hatte, war sie zur nächstgelegenen Insel geschwommen. Jede Menge Brotbäume, aber kein Wasser. Und hinter dieser Insel waren noch weitere zahllose Inselchen im klaren blaugrünen Meer verstreut — einige gerade groß genug, um eine einzige Gruppe von Brotbäumen zu tragen. Also war sie zu ihrer Insel zurückgekehrt, die unter vielen schlechten immer noch die beste war.

Obwohl sie sich mit ihrer Hände Arbeit einen etwas ungewöhnlichen Speiseplan zusammenstellen mußte, blieb Killashandra genug Zeit, endlos über ihre Situation zu spekulieren. Sie war aus einem bestimmten Grund gekidnappt worden — um eine Überprüfung der restriktiven optherianischen Gesetze zu erzwingen. Die FSP, ganz zu schweigen von ihrer eigenen Gilde, würde ein solches Vergehen keinesfalls tolerieren. Wenn — und hier ließ sie ihr spärliches Wissen über die Optherianer im Stich — wenn die Optherianer der FSP und der Heptitergilde gegenüber zugaben, daß sie entführt worden war.

Dennoch, die Ältesten brauchten zum Sommerfestival eine funktionierende Orgel, und dazu benötigten sie einen Kristallsänger, der die Installation vornehmen konnte. Die Kristalle hatten sie jetzt, aber sie würden eine so komplizierte Arbeit sicher nicht selbst versuchen. Ach, so kompliziert war sie eigentlich nicht, wie Killashandra wußte, aber die Kristalle würden sich als schwieriges Material erweisen, wenn man sie nicht ordentlich behandelte. Angenommen also, die Optherianer suchten nach ihr — würden sie dann auch an die Inseln denken? Würden die Inselbewohner mit dem herrschenden Ältesten Kontakt aufnehmen und über die Bedingungen für ihre Freilassung verhandeln — und wenn ja, würde der Handel auch erfolgreich verlaufen?

Wahrscheinlich nicht, dachte Killashandra, solange die Ältesten noch Hoffnung hatten, sie innerhalb der nächsten zwei Monate zu finden. Natürlich würde das ihren Zeitplan durcheinanderbringen. Wenn sie ein anderes Gildenmitglied als Ersatz anforderten, würden mindestens drei Monate vergehen, bevor ihr Kollege

Optheria erreichte; selbst wenn die Optherianer zugaben, daß sie bereits ein Gildenmitglied verloren hatten. Was sie selbst anging, würde sie mit Sicherheit durchdrehen, wenn sie noch einige Monate auf der Insel verbringen mußte. Und wenn die Optherianer einen zweiten Sänger anforderten, der den verdammten weißen Kristall installieren konnte, dann würde man die Suche nach *ihr* aufgeben.

Nach vielem Überlegen, teils im stillen, teils laut, kam Killashandra darauf, daß es am klügsten war, wenn sie sich selbst um ihre Rettung kümmerte. Ihr Entführer hatte einige Details übersehen, und das wichtigste war wohl, daß sie eine ausgezeichnete Schwimmerin war, die durch das Singen in der Oper und das Kristallsingen gut entwickelte Lungen besaß. Körperlich war sie sehr gut in Form. Sie konnte von Insel zu Insel schwimmen, bis sie eine bewohnte fand, von der man sie abholen konnte. Es sei denn, alle Inselbewohner waren in diesen gemeinen Entführungsplan eingeweiht.

Sie mußte dabei nur zwei Gefahren bedenken: Wassermangel war die eine, aber sie glaubte, daß sie sich auch mit Hilfe der Brotbaumfrucht erfrischen konnte — der Baum gedieh auf allen Inseln, die sie sehen konnte. Zweitens stellten die größeren Bewohner des Meeres ein echtes Problem dar. Einige von ihnen, die jenseits der Lagune kreisten und sich genauso für die Gelbrükkenfische zu interessieren schienen wie Killashandra, wirkten äußerst gefährlich mit ihren zugespitzten zahnreichen Schnauzen oder den vielen drahtfeinen Tentakeln. Sie hatte lange genug Ausschau gehalten, um zu wissen, daß die Raubfische meist im Morgengrauen und in der Dämmerung auf Jagd gingen. Wenn sie also am hellen Tag von einer Insel zur nächsten schwamm, würden die Fische wahrscheinlich schlafen, so daß sie eine gute Chance hatte, nicht auf deren Speiseplan aufzutauchen.

Drei Wochen auf der Insel reichten wirklich! Sie hatte

noch einige Notrationen übrig, denen das Wasser nichts anhaben konnte.

Sie befolgte die Anweisungen in ihrer nützlichen kleinen Broschüre und machte sich aus den rauhen Fasern des Brotbaumes ein Seil, mit dem sie sich das Beil an den Körper binden konnte. Ihre Kleidung war inzwischen völlig zerfetzt; sie nähte sie mit Fasern zu einem Büstenhalter und einem Lendenschurz zusammen. Inzwischen war sie ebenso gebräunt wie ihr Entführer und mußte, um sich vor der Sonne zu schützen, ihre Haut mit Fischtran schützen. Sie würde sich vor jedem Sprung zur nächsten Insel einreiben.

Nachdem sie sich entschlossen hatte, begab Killashandra sich am nächsten Mittag auf die Reise und erreichte ihr erstes Ziel nach knapp einer Stunde. Sie ruhte aus und überlegte, welche der sieben sichtbaren Inseln sie als nächste ansteuern sollte. Ihre Augen wanderten immer wieder zu der nördlichsten. Nun, wenn sie dort war, konnte sie es sich immer noch anders überlegen, denn die anderen waren nicht weit entfernt.

Sie erreichte die Insel am Spätnachmittag und zog sich erschöpft aufs schmale Ufer. Dann entdeckte sie einen Schwachpunkt in ihren Plänen: Auf dieser Insel gab es nicht viele reife Brotbaumfrüchte, und die Fische wollten nicht anbeißen.

Da sie nicht genug Früchte gefunden hatte, war sie am nächsten Morgen ausgesprochen durstig und entschied sich nur aufgrund des starken Brotbaumbewuchses für die nächste Insel. Der Kanal zwischen den Inseln war mit dunklem tiefblauen Wasser gefüllt und zweimal erschrak sie, als sie undeutliche riesige Schatten unter sich sah. Beide Male ließ sie sich mit dem Gesicht nach unten treiben, ließ Arme und Beine reglos hängen, bis die Gefahr, die durch die rudernden Arme und Beine angelockt worden war, wieder verschwand.

Auf dieser vierten Insel verbrachte sie den Rest des Tages und den ganzen nächsten Tag. Sie mußte ihrem

Körper Flüssigkeit zuführen und versuchen, einen tranreichen Fisch zu fangen. Leider fing sie nur Gelbrücken. Doch nach einer Weile hatte sie genug, um die sonnenverbrannte Haut einzureiben. Auf der Reise zur fünften Insel, die recht groß war, erlebte sie den bisher schlimmsten Schrecken. Obwohl die Sonne zur Mittagszeit hoch am Himmel stand, befand sie sich plötzlich mitten in einer Schule winziger Fische, die von einigen riesigen Meeresbewohnern abgeerntet wurde. Irgendwann prallte sie sogar gegen die Flanke eines Tieres, das plötzlich unter ihr auftauchte. Sie war nicht sicher, ob sie mit aller Kraft zu der noch weit entfernten Insel schwimmen sollte oder ob sie sich reglos treiben lassen sollte, doch bevor sie sich entschieden hatte, hob der riesige Fisch den gewaltigen Schwanz in die Luft und tauchte unter. Killashandra wurde durch den Sog mitgezogen und schluckte erheblich mehr Wasser, als ihr lieb war, bevor sie wieder auftauchen konnte.

Als sie auf den Strand der fünften Insel kroch, marschierte sie sofort zur nächsten reifen Brotbaumfrucht und entdeckte, daß sie ihr Beil, die letzten Päckchen mit Notrationen und die Angelhaken verloren hatte. Sie löschte ihren Durst mit einer überreifen Brotbaumfrucht und versuchte nicht auf den fauligen Gestank zu achten, denn sie brauchte dringend Flüssigkeit. Nachdem sie dieses Bedürfnis gestillt hatte, sammelte sie trockene Wedel zum Zudecken und legte sich schlafen.

Irgendwann in der Nacht wachte sie auf, denn sie war durstig und wollte sich noch etwas von der überreifen Frucht zu Gemüte führen. Sie tappte im Dunkeln herum und fluchte, als sie über Steine stolperte und ins Gebüsch fiel. Sie taumelte noch eine Weile herum, bis sie erkannte, wie seltsam sie sich benahm. Sie war betrunken! Die unschuldige Brotbaumfrucht war fermentiert! Da sie an Ballybran angepaßt war, lag der Schluß nahe, daß sie den Rausch nur wegen ihrer Schwäche spürte. Sie legte sich kichernd hin, ohne auf Sand oder Bequemlichkeit zu achten, und schlief ihren Rausch aus.

Als Folge ihrer nächtlichen Exzesse wachte Killashandra mit schrecklichen Kopfschmerzen und brennendem Durst auf. Nummer fünf war die größte Insel, auf der sie bisher gelandet war, und sie war so auf ihrer Suche nach Süßwasser fixiert, daß sie beinahe das kleine Kanu übersehen hätte.

Es war nur ein winziges Ding, über die Hochwassermarke aufs Ufer gezogen. Im schmalen Bug lag ein Paddel. Zu einer anderen Zeit und in einer anderen Situation hätte Killashandra sich mit so einem winzigen Gefährt nicht aufs offene Meer gewagt. Aber irgend jemand mußte damit gekommen sein, und deshalb konnte sie auch damit wegfahren. Ihr Durst dämpfte allerdings ihre Freude über diese glückliche Entdeckung; Killashandra bestieg den nächsten Brotbaum, klammerte sich an den riesigen Stamm und schaffte es, mit der Klinge ihres kleinen Messers einige Früchte abzuschneiden.

Sie verschwendete jetzt keine Zeit mehr, sondern warf die Früchte in das kleine Boot, schob es in die sanfte Brandung und paddelte so schnell wie möglich die Küste entlang, denn sie hatte Angst, der Besitzer könnte zurückkehren und sein Kanu für sich beanspruchen.

Sie brauchte jetzt zwar nicht mehr bis zum Mittag zu warten, bevor sie zur nächsten Insel übersetzen konnte, doch der Schrecken des vergangenen Tages machte sie vorsichtig. Sie vermißte besonders ihr Beil. Doch das Glück blieb ihr treu, denn als sie um eine schmale Landzunge paddelte, bemerkte sie die unverkennbaren Spuren eines kleinen Flusses, der ins Meer mündete. Sie konnte sogar ein Stück stromaufwärts paddeln und mit der Hand etwas Süßwasser schöpfen, bevor sie aus dem Kanu sprang und es in die Büsche zog. Dann legte sie sich ans Ufer und trank, bis ihr Durst völlig gestillt war.

Am Abend, kurz bevor die Sonne mit der für tropische Breitengrade typischen Geschwindigkeit unterging, wanderte sie zur Landzunge und suchte unter den vielen Inseln jene heraus, zu der sie am nächsten Morgen übersetzen wollte. Die nächstgelegenen Inseln waren vergleichsweise groß, doch am Horizont lag ein langgestreckter grauer Schatten. Das Wasser leckte ihr verführerisch an den Zehen, und sie entschied, daß sie sich lange genug mit Kleinkram abgegeben hatte. Wenn sie früh genug mit dem Kanu aufbrach und reichlich Früchte einlud, konnte sie die große Insel erreichen, so entfernt sie auch schien.

Sie war vorausschauend genug, um sich einen Sonnenhut zu flechten, dessen breite Krempe auch ihren Nacken schützte, denn im Boot hatte sie kein kühlendes Wasser mehr auf der Haut. Allerdings kannte sie die Strömungen dieses Meeres nicht, und sie hatte auch nicht an plötzliche Windböen gedacht, die ihre Reise stören konnten. Mit den Winden machte sie auf halbem Wege zur großen Insel Bekanntschaft.

Sie war so eifrig damit beschäftigt, ihren Kurs zu korrigieren, während sie von der Strömung beständig nach Süden gezogen wurde, daß sie den Wind erst bemerkte, als er voll den sonnenverbrannten Rücken traf. Plötzlich saß sie bis zur Hüfte im Wasser. Sie hatte keine Ahnung, warum das Kanu nicht umgekippt war. Ihr blieb nichts anderes übrig, als das Wasser mit bloßen Händen aus dem Boot zu schöpfen. Dann bemerkte sie plötzlich, daß das Kanu unter ihr wegsank, und um nicht mit hinuntergezogen zu werden, schwamm sie voller Panik ein Stück weg. Nun hatte sie keine Möglichkeit mehr, dem gefährlichen Sog der Strömung zu entgehen.

Abermals kam Killashandra ihr störrischer Überlebensinstinkt zu Hilfe. Sie war so klug, nicht mehr gegen die Strömung zu kämpfen und ihr entgegenzuschwimmen, sondern sie konzentrierte sich nur darauf, den Kopf über Wasser zu halten. Plötzlich streiften ihre Beine über eine harte Oberfläche. Sie kroch aus dem Wasser und schleppte sich ein paar Meter an den Strand, um sich von der donnernden Brandung zu entfernen. Dann verlor sie das Bewußtsein.

Vertraute Geräusche und Gerüche weckten sie aus dem Schlaf, und sofort spürte sie brennenden Durst und beißenden Hunger. Sie wurde sich allmählich ihrer Umgebung bewußt. Irgendwo in der Nähe sprachen Menschen. Sie setzte sich auf und sah sich um. Sie saß an einem Ende einer unglaublich schönen weiten Bucht. In einem Hafen lagen zahlreiche Schiffe. Über dem Hafen erstreckte sich eine größere Stadt, Geschäftshäuser im Zentrum und Wohnhäuser weiter draußen. Eine breite Strandpromenade verschwand in einiger Entfernung in einer Brotbaumplantage.

Killashandra konnte lange Zeit nur dasitzen und die Szene anstarren und über ihr unglaubliches Glück den Kopf schütteln. Aber nun war sie nicht mehr sicher, was sie tun sollte. Sollte sie hinübergehen, den Leuten ihren Rang und ihren Titel nennen und verlangen, daß man sie zur Stadt zurückbeförderte? Wie viele Leute waren an ihrer Entführung beteiligt gewesen? Der erste Angriff auf sie war mit einer Waffe von den Inseln ausgeführt worden. Also mußte sie vorsichtig sein und sich ihrem Ziel auf Umwegen nähern.

Ja, das mußte sie wirklich sein, dachte sie, als sie aufstand und feststellte, daß sie keinen Fetzen Kleidung mehr am Körper hatte. Möglicherweise war man hier von Nacktheit nicht begeistert. Sie war noch zu weit entfernt, um zu erkennen, wieviel oder wie wenig Kleidung die fröhliche Gruppe am Wasser trug, die sie in einiger Entfernung sah. Also mußte sie näher heran, um es herauszufinden.

Sie schlich hinüber und entdeckte abgelegte Kleider, Hemden, lange weite Röcke aus bunt bedruckten Brotbaumfasern und schmucklose Unterwäsche. Sie bediente sich in mehreren Stapeln und wählte als letztes einen eher zurückhaltenden Rock. Dann durchsuchte sie mehrere Pakete nach Essen und verdarb damit jemandem sein Picknick, doch endlich war ihr Magen wieder gefüllt. Sie konnte keine Schuhe am Strand finden, also vermutete sie, daß sie mit nackten Füßen nicht auffallen werde. Außerdem waren ihre Fußsohlen inzwischen schwielig genug, um mühelos auftreten zu können. Die weiße Unterwäsche brachte ihre schöne Sonnenbräune zur Geltung.

Sie verstaute das Messer im Gürtel und wanderte über den gut ausgetretenen Pfad zur Siedlung hinüber.

09

WAS KILLASHANDRA AM dringendsten brauchte, war eine Quelle für Kredite. Sie mußte sich neue Kleidung besorgen — ein anständiges buntes Überkleid —, wenn sie sich unter die Inselbewohner mischen wollte. Außerdem brauchte sie eine Art Unterkunft und genug Kredite, um die Überfahrt zum Festland zu bezahlen — oder wo immer die Stadt auch lag.

Keines der Geschäftshäuser am Hafen schien einen Kreditautomaten zu haben, doch in den meisten gab es Einzahlungsgeräte. Irgendwo mußte es eine Kreditausgabe geben, und wenn nicht, dann war dieser Planet noch rückständiger, als sie bisher gedacht hatte. Auf allen zivilisierten Planeten wurden sehr ähnliche Kreditmaschinen benutzt.

Bei der ersten Begegnung hatte sie etwas Angst — sie sah sich selbst in einer spiegelnden Oberfläche. Die Sonne hatte die oberste Schicht ihres dunklen Haars fast blond gebrannt und die Augenbrauen so hell gebleicht, daß sie fast unsichtbar waren. Dies und die tiefe

Bräune ihrer Haut hatte ihre Erscheinung so verändert, daß sie sich beinahe selbst nicht erkannt hätte. Das Weiß und das leuchtende Grün ihrer Augen mit den filternden Linsen wurde durch die Bräune noch unterstrichen und beherrschten ihr Gesicht. Die Anstrengungen der letzten Tage hatten alles Fett, das sie auf der bequemen Reise angesetzt hatte, aus ihrer Haut getrieben. Sie war hager, als hätte sie die letzten Wochen in den Crystal Ranges verbracht. Sie fühlte sich auch so. Warum nur spürte sie, obwohl sie so müde war, immer noch die Kristallresonanz in den Knochen?

Am Wasser stand ein Gebäude, ein wenig von den anderen zurückgesetzt, das ziemlich wohlhabend wirkte. Der Wohnsitz eines Handelsvertreters? Sie ging darauf zu, da sie kaum eine andere Wahl hatte, und übersah die verstohlenen Blicke der wenigen Fußgänger. War die Gemeinde denn so klein, daß jeder Fremde sofort auffiel? Oder war sie nicht richtig gekleidet?

Sie erkannte die Funktion des Gebäudes, sobald sie die kurze Treppenflucht zur breiten Veranda, die das Haus auf allen vier Seiten umgab, hinaufgestiegen war. Der Geruch nach schalem Bier und Schnaps war nicht zu verkennen, und außerdem roch sie verbrannte Kräuter, stechend, aber alles andere als unangenehm. Es war immer gut zu wissen, wo Bier ausgeschenkt wurde.

Der Hauptraum der Schänke war leer und düster und roch trotz des frischen Seewindes, der hereinwehte, nach einem nächtlichen Trinkgelage. Die Stühle waren ordentlich auf die Tische gestellt, der Boden war gewischt und glänzte auf einer Seite noch feucht, wo ein Wischeimer und ein Schrubber in einer offenen Tür standen. Sie überblickte rasch den Raum, bis sie zu ihrer Erleichterung den Kasten einer Kreditausgabe entdeckte.

In der Hoffnung, ihre Transaktionen heimlich vornehmen zu können, huschte sie barfüßig über den Boden. Sie schob ihren Ausweis auf den Sichtschirm und tippte eine bescheidene Kreditanfrage ein. Das Surren und Klicken der Maschine klang im verlassenen Raum unnatürlich laut. Sie schnappte die Banknoten und rollte sie in der Hand rasch zusammen, während sie mit der anderen den Sicherheitscode eingab, der die Transaktion aus allen außer der zentralen Kreditmaschine dieses Planeten löschte.

»Wollen Sie was?« Ein unrasiertes Gesicht lugte durch die halbgeöffnete Tür.

»Ich hab's schon«, sagte Killashandra, senkte den Kopf und verschwand rasch aus dem Gebäude, bevor sie zurückgehalten werden konnte.

In dieser Inselstadt gab es zwar hauptsächlich Geschäfte, in denen die Fischer und Pflanzer ihre Waren einkauften, doch sie hatte auf der Suche nach einer Kreditmaschine auch einen Supermarkt bemerkt. Er war menschenleer und automatisiert, so daß sie nicht in die Verlegenheit kam, einem Verkäufer komplizierte Erklärungen geben zu müssen. Erst jetzt fiel ihr auf, daß sie in keinem einzigen Geschäft am Ufer Menschen gesehen hatte. Sie tat es als Eigenart der Inselbewohner ab. Sie kaufte zwei bunte und hübsch gemusterte Kleider und etwas Unterwäsche — die Sitten hier verlangten anscheinend von Frauen ein Übermaß an Unterwäsche —, Sandalen aus gepreßten Brotbaumfasern, einen passenden Gürtel mit Gürteltasche und einen Seesack aus dem gleichen Material. Außerdem kaufte sie einige Toilettenartikel und eine Tube Feuchtigkeitscreme für ihre trockene Haut.

Das kleine Geschäft hatte eine ziemlich altmodische Informationseinheit, eine Dienstleistung, die Killashandra fast so dringend brauchte wie Kredite. Sie wählte als erstes die Zimmervermittlung an und war etwas enttäuscht, als sie sah, daß alle aufgeführten Herbergen bis zur Hauptsaison geschlossen waren. Nun, sie hatte fast vier Wochen am Strand geschlafen, ohne daß es ihr geschadet hatte. Sie fragte nach Restaurants und stellte fest, daß auch diese bis zur Hauptsaison geschlossen waren. Sie wurde wütend, weil sie keine Lust hatte, in einer großen Siedlung um Essen zu betteln, und tippte eine Anfrage nach Transportmöglichkeiten ein.

Es gab eine Vielzahl von Schiffen, die zum Fischen, für Kreuzfahrten und für Tauchausflüge gechartert werden konnten, aber ›nur mit behördlicher Genehmigung. Reisedokumente für Fracht und Passagiere sind beim Hafenmeister erhältlich.‹

»Und genau dort kann ich nicht hin, solange ich nicht mehr über diesen Ort weiß«, murmelte Killashandra, als eine stattliche Frau eintrat. »Und solange ich nicht weiß, wie viele Leute hier mit meinen Entführern sympathisieren.«

»Haben Sie alles gefunden, was Sie brauchen?« fragte die Frau mit melodischer, voller Stimme, während sie Killashandra mit besorgten Augen musterte.

»O ja, danke«, sagte Killashandra. Sie war etwas nervös.

»Das freut mich. Wir haben hier leider nicht viel zu bieten. Es ist nichts los, die Leute versorgen sich selbst, und die Saison hat noch nicht begonnen.« Sie neigte den Kopf, und ihr langer dicker Zopf fiel ihr über die Schulter. Sie befingerte die Blüte, die am Ende des Zopfes eingeflochten war. Sie strahlte. »Sind Sie zum ersten Mal hier?« Die Frage wurde mit so sanfter Stimme gestellt, daß sie eher wie eine Feststellung klang und keineswegs wie ein Eindringen in Killashandras Privatsphäre.

»Ich bin gerade von einer der äußeren Inseln hereingekommen.«

»Da ist es sehr einsam.« Die Frau nickte freundlich.

»Ich hab mein Kanu in einer Bö verloren«, sagte Killashandra, die allmählich auftaute. »Ich bin mit nichts weiter als meinem Ausweis an Land gekommen.« Sie zeigte der Frau ihr linkes Handgelenk. Die Frau nickte verständnisvoll.

»Wenn Sie hungrig sind, kann ich Ihnen Fisch und Gemüse und Weißwurzeln anbieten. Das ist ein gutes Essen.«

»Ich weiß nicht«, begann Killashandra, obwohl ihr das Wasser im Mund zusammenlief. Doch als die Frau den Kopf wieder neigte und ein breites Lächeln das Gesicht erhellte, fuhr Killashandra fort: »Oder vielleicht doch. Vielen Dank.«

»Ich bin Keralaw. Mein Mann ist Maat auf der *Crescent Moon*. Er ist seit vier Wochen auf See, und ich sehne mich nach Gesellschaft.« Sie verdrehte die Augen, und ihr Lächeln wurde etwas schief. Killashandra verstand genau, was die Frau vermißte.

»Ich bin Carrigana.« Killashandra unterdrückte ihre Belustigung; die wirkliche Trägerin dieses Namens wäre wachsbleich geworden, wenn sie dies gehört hätte.

Keralaw führte sie durch einen Lagerraum zur Wohnung, die hinter dem Geschäft lag: eine kleine Versorgungseinheit, eine Toilette und ein großes Wohnzimmer, das nach drei Seiten offen war und durch Schirme vor aufdringlichen Insekten geschützt wurde. Das Mobiliar bestand aus niedrigen Tischen, zahlreichen Kissen und Hängematten, die mit Bolzen in der Decke befestigt waren. An modernen Geräten gab es nur einen kleinen toten Bildschirm und ein äußerst primitives Terminal, beide von einer dünnen Staubschicht bedeckt. An der einzigen massiven Wand hingen zahlreiche Speere mit zackigen Spitzen in verschiedenen Größen, ein kleines Saiteninstrument, eine Handtrommel, die anscheinend häufig benutzt wurde, vier Holzpfeifen von unterschiedlicher Länge und mit verschieden großen Köpfen und ein altes Tamburin, dessen Bänder vom Sonnenlicht stark ausgebleicht waren. Keralaw führte sie durch dieses Zimmer und durch die Fliegengitter hinaus zu einem Steinherd. Sie sah sich über die Schulter um, um die Stellung der Sonne einzuschätzen, und veränderte die Position eines Spiegels und einer glänzenden Metallplatte. Sie legte den Fisch und die Weißwurzeln auf der Metallplatte zurecht.

»Wird nicht mehr lange dauern, bis die Sonne richtig steht. Bier oder Saft?«

»Inselbier?«

»Es gibt kein besseres.« Keralaw lächelte stolz. Sie ging zu den dichten Büschen, die hinter dem Solarherd wuchsen, schob sie zur Seite und legte einen grauen Container frei, der etwa einen Meter hoch und einen halben Meter breit war. Sie hob den schweren isolierten Deckel und nahm zwei vor Tau glänzende Flaschen heraus.

»Ich bin richtig ausgetrocknet«, sagte Killashandra und nahm die gekühlte Flasche voller Vorfreude entgegen. Sie zog den Verschluß ab und nahm einen Schluck. »Hm, das ist gut!« Das war es wirklich — es konnte sich durchaus mit einem Yarran messen! Aber Killashandra konnte sich gerade noch beherrschen. Sie schwieg und lächelte Keralaw freundlich an.

Die Sonne kochte das Esen, und der köstliche Duft mischte sich mit dem Geschmack des kühlen Biers. Killashandra entspannte sich allmählich. Keralaw warf den Salat in eine Holzschale, stellte zwei Holzteller auf dem Herd bereit und teilte das inzwischen gargekochte Essen. Sie legte zweizinkige Gabeln und Messer mit kunstvoll geschnitzten Griffen bereit, welche die natürliche dunkle Maserung des Holzes betonten.

»Das ist genau das, was ich brauche«, sagte Killashandra. Sie schloß die Augen und freute sich auf das einfache, aber gute Essen. »Ich hab viel zu lange vom Brotbaum gelebt!«

Keralaw kicherte belustigt. »Haben Sie und Ihr Mann eine Farm? Oder sind Sie Fischer?«

Killashandra zögerte, denn sie war nicht sicher, welche Tarngeschichte ihr später noch peinlich werden konnte. Außerdem hatte sie seltsamerweise Skrupel, Keralaw hinters Licht zu führen.

Keralaw berührte Killashandras Unterarm. Es war eine sehr leichte Berührung, und ihr bewegliches Gesicht wurde plötzlich ausdruckslos.

»Sie brauchen mir nichts zu sagen, gute Frau. Ich war selbst draußen auf den Inseln und weiß, was da draußen mit Menschen passieren kann. Manchmal sind die Kredite, die man verdient, bei weitem nicht die Schmerzen wert. Ich will Sie nicht drängen.« Jetzt lächelte sie wieder. »Das ist auch gar nicht meine Art. Sie haben sich übrigens einen guten Tag für Ihre Landung auf Angel Island ausgesucht. Heute abend läuft ein Schoner ein!«

»Wirklich?« Killashandra griff das Stichwort auf und gab sich begeistert. Keralaw nickte und freute sich anscheinend, Killashandra überrascht zu haben. »Es gibt eine Strandparty und ein Faß Bier! Deshalb ist der Hafen auch so verlassen.« Sie kicherte wieder, es war ein volles kehliges Lachen. »Sogar die Kinder sind unterwegs und plündern alle Vorratskammern.«

»Dann steuert jeder einen Teil zur Grillparty bei?«

Keralaw nickte, und ihr freudiges Lächeln wurde noch breiter. »Wie gut können Sie Brotbaumfasern weben?« fragte sie und legte den Kopf schief. Als Killashandra stöhnte, nickte Keralaw mitfühlend. »Nun, dann sollen Sie schneiden, während ich webe. Zu zweit geht die Arbeit flott von der Hand.«

Sie nahm mit fließenden Bewegungen ein Beil herab, das unter der Dachtraufe hing, und holte eine große Tragetasche, die sie Killashandra gab. Mit einem Grinsen und einem Nicken wies sie ihr den Weg.

Die Expedition kam Killashandra in mehrfacher Hinsicht sehr gelegen: Keralaw konnte ihr weit mehr Informationen liefern als ein Terminal, so gut es auch programmiert war. Der kleine Apparat in ihrem Geschäft war ohnehin für Touristen gedacht und hatte nur eine beschränkte Speicherkapazität. Killashandra mußte herausfinden, wie eng sich der Hafenmeister an die Buchstaben des Gesetzes hielt, wenn es um Reisegenehmigungen ging. Es sah den Optherianern ähnlich, stets zu registrieren, wer wann wohin reiste. Allerdings verstand Killashandra nicht, warum man sich diese Mühe machte, da die Bürger den Planeten ohnehin nicht verlassen durften. Außerdem brauchte sie einige allgemeine Informationen über die Inselbewohner und ihre Sitten, wenn sie an diesem Abend als Einheimische durchgehen wollte.

Für ihre Absichten hätte die Grillparty zu keinem besseren Zeitpunkt kommen können; wenn alle mit vollem Bauch und nach reichlich Bier entspannt waren, konnte sie einiges über die Zustände auf den Inseln und möglicherweise auch etwas über ihre Entführung erfahren.

Als sie am Abend aus der Brotbaumplantage zurückkehrten, beide mit Tabletts und Körben beladen, die Keralaw mit flinken Fingern geflochten hatte, wußte Killashandra erheblich mehr über das Inselleben und hatte gewaltigen Respekt davor.

Die Leichtigkeit dieses Lebensstils war den kleinkrämerischen Leuten vom Festland ein Graus. In den Anfangstagen der Unterwerfung der Inselbewohner hatten die Festlandbewohner sogar versucht, den Gebrauch des Brotbaumes zu verhindern, getreu den Buchstaben ihrer Charta. Der Brotbaum selbst brachte diese Restriktion zu Fall, denn er wuchs so rasch und breitete sich so schnell aus, daß man gezwungen war, die Gehölze zurückzuschneiden. Die Gewohnheit der Inselbewohner, sich das zu schneiden, was sie zum Alltagsleben brauchten, verhinderte ein zu starkes Wuchern. Der widerstandsfähige Brotbaum konnte sogar auf einem Quadratmeter Boden wachsen, was seine Verbreitung auf den Inseln erklärte.

Killashandra hatte alle Hände voll zu tun gehabt, genug Brotbaumwedel abzuschneiden und zu zerkleinern, um mit Keralaw Schritt zu halten, aber die Kristallsängerin hatte schnell gelernt und auch selbst ein paar Körbe geflochten, um ihre Tarnidentität zu unterstützen. Die Herstellung, die auf den ersten Blick leicht erschien, erforderte erhebliches handwerkliches Geschick und einige Körperkraft, die Killashandra glücklicherweise besaß. Als sie sah, wie geschickt Keralaw ihre Matten und Körbe herstellte, prägte Killashandra sich die kleinen Tricks ein, die ihre lange Übung verrieten.

Als sie auf dem Rückweg an einem Süßwassersee vorbeikamen, ließ Keralaw plötzlich ihre Last fallen, streifte die Kleidung ab und sprang ins Wasser. Killashandra folgte ihr sofort. Also war Nacktheit doch kein Problem. Und das Wasser war nach der anstrengenden Tagesarbeit angenehm kühl.

Als sie sich Keralaws Haus näherten, wehte ihnen der lockende Duft von bratendem Fleisch entgegen. Sie verdrehten die Augen und leckten sich voller Vorfreude die Lippen.

»Mandoll übernimmt heute das Kochen«, sagte Keralaw zufrieden. »Seine Art zu würzen ist einfach unverwechselbar. Hoffentlich hat Porson ihm einen Thunfisch gefangen. Es geht nichts über Rindfleisch und Thunfisch. Oh, wir werden heute abend tafeln wie die Fürsten!« Sie verdrehte wieder erfreut die Augen. »Wir verstauen noch rasch unsere Sachen«, — sie deutete auf die zusammengebundenen Körbe —, »und dann machen wir uns schön. Eine Grillparty ist eine gute Nacht auf Angel Island!« Und damit blinzelte sie Killashandra, die verstand und lachte, verschlagen zu.

Am Strand hatte man zwei Feuerstellen zum Grillen vorbereitet. Auf einer drehte sich ein großes Tier langsam über den zischenden Holzkohlen. Vier Männer versuchten fröhlich, einen riesigen aufgespießten Fisch in die Gabeln zu heben, und munterten sich gegenseitig mit Rufen auf, während die zuschauenden Frauen sie wegen ihrer Schwäche neckten. Das Zentrum der Strandparty bildete ein langgestreckter niedriger Tisch, der mit Blumengirlanden geschmückt war. Körbe mit

Früchten und anderen Köstlichkeiten, die Killashandra nicht identifizieren konnte, standen bereit. Eine ungeheuer dicke Frau mit prächtigem vollen Haar, das ihr bis zu den Knien reichte, begrüßte Keralaw überschwenglich und begann sofort über die Zahl und Qualität der Körbe und Tabletts zu plaudern; doch dann verstummte sie, legte den Kopf schief und sah Killashandra fragend an.

»Das ist Carrigana, Ballala«, sagte Keralaw, während sie Killashandras Arm nahm. »Sie ist gerade von einer äußeren Insel angekommen. Sie hat mit mir geflochten.«

»Da hast du dir aber den richtigen Augenblick ausgesucht«, sagte Ballala zustimmend. »Es wird eine tolle Grillparty heute abend. Rindfleisch *und* Thunfisch!«

Plötzlich heulte eine Sirene los, und die Menschen reagierten mit lauten Rufen.

»Der Schoner läuft gerade ein. Er wird bald hier sein«, sagte Keralaw und rieb sich abwesend den Arm.

Killashandra sah sofort, daß ihr die Haare zu Berge standen. Sie rieb sich auch den eigenen Arm, um einem Kommentar zuvorzukommen. Doch Keralaw war anscheinend nicht mißtrauisch geworden.

»Komm, Carrigana, wir müssen uns schön machen!«

Sich schön machen bedeutete, die Haare mit den duftenden Blumen zu schmücken, die in den niedrigen Büschen unter alten Brotbäumen wuchsen. Anscheinend gab es auf Angel Island keinen Privatbesitz, denn Keralaw fiel in mehrere Gärten ein, um sich die Farben zu besorgen, die zu ihren langen Zöpfen paßten. Und sie hatte beschlossen, daß für Killashandras Kopf nur die winzigen cremefarbenen Blumen in Frage kamen, denn ihr Haar war für einen Zopf nicht lang genug. Keralaw erbot sich, die ausgetrockneten Spitzen nachzuschneiden, und brachte damit eine der vielen Kleinigkeiten wieder in Ordnung, die Killashandra auf ihrer einsamen Insel vernachlässigt hatte.

Dann meinte Keralaw, es sei an der Zeit, aus duftenden Blüten Kränze zu winden. Glücklicherweise konnte Killashandra lange genug herumtrödeln, bis sie sah, wie Keralaw ihren Kranz flocht, um sich dann zu ihr zu gesellen und schweigend einen zweiten Kranz zu flechten. Nach einiger Zeit hörten sie die Geräusche des beginnenden Festes und Jubelrufe.

»Der Schoner ist da!« Keralaw sprang mit einem Schrei auf, daß ihre mit Blumen geschmückten Zöpfe hüpften. Sie nahm Killashandras Hand und riß sie hoch. »Schnapp dir einen hübschen Burschen, Carrigana. Aber natürlich sind auf dem Schoner alle Matrosen hübsch«, kicherte sie fröhlich. »Und am nächsten Morgen sind sie wieder fort, und allen hat es Spaß gemacht.«

Killashandra folgte ihr bereitwillig, die Kränze in der Hand haltend und hoffend, daß ihr ungeschickt hergestelltes Kunstwerk im Gedränge nicht zerdrückt wurde.

Es konnte kaum einen beeindruckenderen Anblick geben als einen Schoner, der fast geräuschlos ins wundervoll azurblaue Wasser des Hafens einlief, unter einem Abendhimmel, dessen Wolken von der Sonne tiefgolden gefärbt wurden, während bunt gekleidete und blumengeschmückte Menschen am Kai und am Ufer warteten. Der Duft von köstlichem Essen hing in der Luft, und alle freuten sich auf die Vergnügungen des Abends — alle Arten von Vergnügungen. Killashandra hatte keineswegs die Absicht, sich dieses Vergnügen zu versagen, und deshalb rief sie genauso laut wie alle anderen Bewohner von Angel Island, als die Seeleute auf den Rahen die Segel refften, während der Schoner zum Kai glitt, wo die Hafenarbeiter schon mit Tauen warteten. Sie sprang herum, rief, so laut sie konnte, genau wie es alle anderen taten, und schwenkte ihre Kränze, wie es üblich zu sein schien.

Und dann fielen ihr in der Menge plötzlich zwei Männer auf, die über die begeisterten Menschen grinsten, ohne sich ihnen anzuschließen. Killashandra schnappte nach Luft und hielt sich unwillkürlich die Kränze vors Gesicht. Sie starrte die Männer ungläubig an.

Corish von Mittelstern im Beta Jungische System, angeblich auf der Suche nach seinem Onkel, stand direkt neben dem gebräunten jungen Mann, den sie zum ersten Mal auf einem Flur im Krankenhaus gesehen hatte und der sie später entführt und auf einer winzigen einsamen Insel ausgesetzt hatte!

Noch bevor sie auf diesen Anblick reagieren konnte, sah Corish sich in der Menge um. Und bevor sie sich ducken konnte, fiel sein Blick auf ihr Gesicht ... und wanderte weiter. Er hatte sie nicht erkannt.

10

Der Schreck nagelte Killashandra im Sand fest. Sie achtete nicht auf die Inselbewohner, die zum Kai strömten und den Seeleuten, die von Bord gingen, Kränze um den Hals legten. Empörung, weil Corish sie nicht erkannte, und Erleichterung, weil sie unbemerkt geblieben war, kämpften in ihr gegeneinander. Nach seiner tiefen Bräune zu urteilen, war Corish ebensolange auf den Inseln gewesen wie sie. Er schien sich in den kurzen Hosen und der ärmellosen kleinen Weste, die von den Männern auf den Inseln bevorzugt wurde, recht wohl zu fühlen. Seine Kleidung war nur bescheiden geschmückt, ganz im Gegensatz zur Aufmachung von Lars Dahl, dessen Jacke dick bestickt war.

Die Vernunft zügelte rasch ihre ersten heftigen Reaktionen. Sie hatte sich im Spiegel kaum selbst erkannt; warum sollten Corish oder Lars Dahl sie erkennen? Außerdem erwartete keiner der beiden, ausgerechnet Killashandra Ree am Strand von Angel Island zu treffen. Sie entspannte sich und bewegte sich langsam wieder.

»Nun komm doch, damit du einen guten erwischst!« rief Keralaw, während sie Killashandra am Ärmel zupfte. Sie hielt inne, als sie sah, wen Killashandra so gebannt anstarrte. »Lars Dahl ist sehr attraktiv, was? Aber er ist beim Musikkonservatorium verpflichtet — der erste von Angel Island, der dort zugelassen wurde.«

»Und der andere?« Killashandra stand immer noch wie angewurzelt, obwohl Keralaw sie heftig am Ärmel zupfte.

»Der? Der ist erst vor ein paar Wochen gekommen. Er sieht ganz nett aus, aber ...« Keralaw zuckte abfällig die Achseln. »Komm doch, Carrigana, ich will einen Lebendigen haben!«

Jetzt ließ Killashandra sich mitziehen. Sie hielt den Atem an, als Corish und Lars Dahl in ihre Richtung blickten. Doch da die beiden Männer sie immer noch nicht zu erkennen schienen, grinste Killashandra, winkte sie mit dem Finger herbei und hob einladend die Kränze. Lars Dahl erwiderte ihr Lächeln und lehnte ihr Angebot mit einer freundlichen Geste ab, bevor er seine Unterhaltung mit Corish wieder aufnahm.

Doch da Corish sich nicht abwandte, wackelte sie so gut wie möglich mit den Hüften wie eine geborene Verführerin und warf einen letzten sehnsüchtigen Blick über die Schulter zurück, bevor Keralaw sie durch die Menge zu den von Bord gehenden Matrosen schleppte.

Keralaw brachte ihren Kranz bei einem schlanken, tief gebräunten Mann unter. Sie warf Carrigana einen halb vorwurfsvollen und halb entschuldigenden Blick zu und wanderte mit ihm in der langsam dichter werdenden Dunkelheit zu einem entfernten Teil des Strandes. Einige andere Paare hatten die gleiche Idee, doch der größte Teil blieb im Picknickbereich und in der Nähe der Bierfässer, um auf einen der mit geflochtenen Brotbaumwedeln geschmückten Krüge zu warten, die gerade ausgeteilt wurden. Da sich inzwischen viele Paare gefunden hatten, kehrten nun auch die Alleingebliebenen zum Fest zurück, um sich dort ins Vergnügen zu stürzen.

»Kann ich eine Girlande bekommen?« sagte ihr eine Männerstimme ins Ohr.

Killashandra drehte sich zum Sprecher um und roch sofort seine Bierfahne. Sie entzog sich mit einem Kichern seinem Angebot und huschte hinter eine Gruppe von Frauen. Er blieb bei ihnen hängen, und eine weniger anspruchsvolle Frau bekränzte ihn. Killashandra drückte sich in die Schatten, die von den Brotbäumen am Ufer geworfen wurden. Die fröhliche Sinnlichkeit der Inselbewohner amüsierte und enttäuschte sie zugleich. Die Kristallresonanz ließ allmählich nach, und deshalb kehrten die normalen Gelüste ihres Körpers zurück.

Corish und Lars Dahl waren direkt am Ufer immer noch in ihr Gespräch vertieft. Sie war jetzt auf einer Höhe mit ihnen, wenn auch durch die Schatten vor ihnen verborgen, so daß sie unauffällig lauschen konnte. Sie setzte sich in den warmen Sand und hielt die unbenutzten duftenden Girlanden achtlos im Schoß. Sie achtete nicht auf das fröhliche Getümmel an den Grillfeuern und konzentrierte sich auf die beiden Männer.

Was konnte ihnen so wichtig sein, daß sie beinahe das Fest vergaßen? Ihr erster Eindruck von Corish war richtig gewesen: Er war tatsächlich ein FSP-Agent. Es sei denn, sie verrannte sich und seine Verbindung mit dem unverschämten Lars Dahl war reiner Zufall. Doch das bezweifelte sie sehr. Ob Corish wußte, daß Lars Dahl sie entführt hatte? Und warum? Hatte Corish sogar insgeheim bei der Entführung geholfen? Hatte Corish gewußt, wer sie war? Killashandra kicherte amüsiert über diese Möglichkeit, obwohl alles darauf hinwies, daß Corish ihr die Rolle als naive Studentin abgenommen hatte. Dann fiel ihr ein, wie ihre früheren Gefährten reagiert hatten, als sie erfuhren, daß sie Kristallsängerin war. Sie glaubte nicht, daß Corish ein Mann war, ganz besonders nicht in der entspannten Atmosphäre auf der *Athena,* der eine günstige Gelegenheit ausließ.

Keralaw hatte gesagt, Lars Dahl sei der erste Mensch von Angel Island, der beim Musikkonservatorium aufgenommen worden war. Das erklärte seine Gegenwart im Flur des Krankenhauses und seine unkonventionelle Kleidung, denn die Inselbewohner bevorzugten Braun- und Gelbtöne, die ihre sonnengebräunte Haut hervorhoben. Warum war er so unerwartet in Gartertown aufgetaucht? Jedenfalls hatte er die Chance genutzt. War die Unzufriedenheit mit Optheria auf diesen Inseln entstanden? Das erschien logisch, da sie nun die unterschiedlichen Lebensstile und Lebensstandards gesehen und die abfälligen Bemerkungen des Ältesten Ampris über die frühe Rebellion gegen die optherianische Vorherrschaft gehört hatte.

Am Rindfleischgrill rief jemand, und die Leute strömten mit Tellern in den Händen hinüber. Der Duft war sehr verlockend, und auch Killashandra stand auf. Ein voller Magen würde ihr Verständnis dieses Rätsels kaum verbessern, aber er würde ihre Gedanken auch nicht behindern. Corish und Lars Dahl hatten ebenfalls der Einladung Folge geleistet.

In diesem Augenblick entschied Killashandra sich, das Problem direkt anzugehen. Sie veränderte ihre Richtung und hielt die beiden Männer auf.

»Ihr habt geschwatzt«, begann sie, Keralaws kehlige langsame Sprechweise nachahmend, »und jetzt sollt ihr euch vergnügen. Angel Island ist eine gute Insel zum Feiern.« Sie legte Corish und Lars Dahl je eine Girlande um den Hals und lächelte so verführerisch wie möglich. Die beiden nahmen die Kränze nicht wieder ab, und bevor sie antworten konnten, hakte sie sich bei ihnen ein und zog sie zur Feuerstelle. Sie grinste die beiden Männer abwechselnd an und warnte sie damit, ja nicht zu kneifen.

Corish zuckte die Achseln, lächelte nachsichtig auf sie herab und nahm ihre Aufdringlichkeit hin. Doch Lars Dahl berührte ihre Hand, die auf seinem Arm lag, und in diesem Augenblick streiften ihre Schenkel aneinander vorbei. Ein elektrischer Schlag zuckte durch ihren Körper, und sie stürzte ihm förmlich entgegen. Sie blickte erschrocken zu ihm auf. Sein Gesicht wurde von den Grillfeuern beleuchtet, und sein lässiges Lächeln verriet, daß auch er diesen Schock gespürt hatte. Seine langen Finger legten sich fest und etwas besitzergreifend um ihre Hand. Seine blauen Augen funkelten, während er sie mit seinem Blick herausforderte. Und als Killashandra seinen Blick offen erwiderte, zog er sie fest an sich. Er machte plötzlich einen Schritt zur Seite und zog sie mit sich, so daß sie Corishs Arm loslassen mußte.

»Klar, ich habe genug geredet«, sagte er, und da sein Manöver erfolgreich gewesen war, grinste er noch breiter. »Corish soll sich ein anderes Mädchen suchen. Du gehörst jetzt mir, Sunny.«

Corish schnaubte etwas verächtlich, doch er ging weiter, während Lars Dahl stehenblieb und Killashandra fest umarmte. Seine Hände streichelten ihren Rücken, blieben auf ihren Hüften liegen und zogen sie fest an sich, während er den Kpf herunterneigte. Die Blumen wurden zwischen ihnen zerquetscht, der Duft stieg ihnen in die Nase. Killashandras Hände glitten unwillkürlich auf seine nackte warme Brust, ihre Finger streichelten seine samtene Haut, fühlten die kräftigen Brustmuskeln und seinen Halsansatz. Seine Lippen schmeckten salzig, aber fest, sie empfing ihn mit halb geöffnetem Mund, und abermals war der Schock ihres Kontaktes beinahe wie — wie Kristall. Killashandra gab sich hungrig dem begierigen Kuß hin und versuchte, so viel Haut wie möglich zu spüren. Sie legte wieder die Arme um ihn, streichelte die seidige Haut seines muskulösen Rükkens, und alle ihre Sinne waren an dieser einfachen Geste beteiligt.

Sie trennten sich ein wenig, er immer noch eine Hand auf die nackte Haut unter ihrem Hemd gelegt, sie sanft seine Schulter streichelnd, atemlos und unfähig, sich aus seinen Armen zu lösen. Selbst wenn seine Umarmung zu Anfang eher eine höfliche Geste gewesen war, jetzt war sie etwas anderes. Seine Hände verrieten seine Gefühle: Staunen, Verzauberung und Vorfreude.

»Ich muß deinen Namen wissen«, sagte er leise, während er ihr Kinn hob, um ihr in die Augen zu blicken.

»Carrigana«, fiel ihr im letzten Augenblick ein.

»Warum haben wir uns noch nie gesehen?«

»Aber wir haben uns doch gesehen«, sagte sie mit einem glucksenden, vielsagenden Kichern, amüsiert über ihre eigene Frechheit. »Nur daß du immer so sehr mit wichtigen Gedanken beschäftigt warst und mich nicht bemerkt hast.«

»Aber jetzt sehe ich dich — Carrigana.« Das leichte Zittern in seiner leisen Stimme vibrierte durch ihren Körper, während seine Hände sie wieder fester packten und sie aufforderten, sich wieder an ihn zu drücken.

Ein Teil in ihr erkannte die Aufrichtigkeit, mit der er sprach, während ein anderer Teil in ihr sich fragte, wie sie aus dieser Begegnung den größten Nutzen ziehen konnte. Und insgesamt war es ihr völlig gleichgültig, was sonst mit ihnen geschah, solange sie nur diesen Abend genießen konnte. Sie war so hungrig — es war Monate her, daß sie zum letzten Mal einen Mann geliebt hatte.

»Noch nicht, Sunny, noch nicht«, sagte er, während er sich entschlossen, aber sanft befreite. »Wir haben noch die ganze Nacht vor uns.« Seine leise Stimme gab ihr ein Versprechen. »Du weißt sicher, daß ich nicht so einfach verschwinden kann, und nach einer guten Mahlzeit sind wir beide kräftiger«, — er lachte heiser —, »für die Nachspeise.«

Sie ließ zu, daß er sie wieder an sich zog, ihr Arm wurde in seine Rippen gedrückt, seine warme Hand streichelte ihre Hand, während er sie zur Grillparty zurückführte. Ihr fiel keine Erwiderung auf seine energische Entscheidung ein. Sie murmelte zwar verständnisvoll, doch sie kochte innerlich, da ihre Leidenschaft so jäh unterbrochen worden war. So zwang sie sich, äußerlich liebenswürdig zu bleiben. Vielleicht war es gar nicht so schlecht, sagte sie sich, als sie an einem langen Tisch ihre Teller abholten und sich in die Schlange vor dem Grill stellten. Sie brauchte etwas Zeit, um sich zu erholen und sich gegen das Charisma dieses Mannes zu wappnen. Er hatte eine ebenso starke Ausstrahlung wie Lanzecki. Es war das erste Mal seit langer Zeit, daß sie wieder an den Gildemeister dachte!

Was hatte Lars damit gemeint, daß sie doch wüßte, daß er sich nicht so einfach verdrücken könnte? Spielte er denn in der Gesellschaft der Insel eine wichtige Rolle, abgesehen davon, daß er der erste war, der das Konservatorium besuchen durfte?

Und dann standen sie inmitten eifrig essender Menschen. Lars tauschte mit vielen kurze Bemerkungen aus und neckte Bekannte, und oft hob sich sein volles Lachen über den Lärm. Doch immer hielt er Killashandra fest im Arm, während sie versuchte, mit den überraschten Blicken der Frauen und der Neugierde der Männer zurechtzukommen. Wer war dieser Lars Dahl, wenn er nicht gerade Kristallsängerinnen entführte?

Als sie ihre dünnen saftigen Fleischscheiben abbekommen hatten, führte Lars Dahl sie zum Tisch zurück, wo sie sich in den Sand setzten. Er ließ seine linke Hand leicht auf ihrem Schenkel liegen, während er ihre Teller mit den Zutaten versorgte, die auf dem niedrigen Tisch bereitstanden: in Öl gebackene Fischfilets, dampfende Weißwurzeln, Rohkostsalat, große gelbe Knollen, in Brotbaumblättern gebacken und stark nach Gewürzen duftend. Als ein Krug herumgereicht wurde, füllte er ihre Becher und schenkte geschickt ein, ohne auch nur einen Tropfen zu vergeuden. Killashandra bemerkte immer wieder die verstohlenen Blicke, mit denen die Leute am Tisch Keralaws Partnerin betrachteten. Sie sah sich nach Keralaw um, doch ihre Freundin war nirgends zu entdecken. Sie fand das Interesse der Leute nicht feindselig. Neugierig waren sie allerdings, ja, und neidisch.

»Iß nur! Ich garantiere dir, du wirst deine ganze Kraft brauchen — Carrigana.«

Sie schenkte ihm ein strahlendes Lächeln, doch sie fragte sich, warum er vor dem Aussprechen ihres Namens etwas gezögert hatte, als wollte er ihn sich auf der Zunge zergehen lassen. Schwindelte er ihr etwas vor? Hatte er sie schon erkannt? Er wußte, daß sie vom Wurfstern verletzt worden war...

Sie wich ein wenig vor ihm zurück, denn plötzlich wußte sie, daß *er* dieses böse Instrument geworfen hatte. Sie schüttelte den Kopf und lächelte, um seinen fragenden Blick zu beantworten, und machte sich über ihren reich gefüllten Teller her. Seine Hand streichelte ihren Schenkel, seine Finger waren leicht und zärtlich.

Da hast du dir aber den Richtigen ausgesucht, Killashandra, dachte sie, zerrissen zwischen starken und widerstreitenden Gefühlen. Sie konnte es kaum erwarten, sich irgendwo in der warmen duftenden Plantage herumzurollen, während die Brandung im gleichen Takt schlug wie ihr Blut. Sie wollte die Rätsel lösen, die diesen Mann so geheimnisvoll machten, und sie war fest entschlossen, jede Lösung zu ihrem Vorteil zu nutzen — und sie war ausgesprochen wütend, daß er die Frau, die er zuerst verletzt und dann entführt hatte, nicht erkannte.

Sie saß höflich und aufmerksam neben ihm, lächelte und lachte über seine klugen Kommentare. Lars Dahl schien nichts in seiner Umgebung zu entgehen, während er kräftig zulangte. Ein strahlender dicker Mann mit einem halben Dutzend Girlanden reichte ein Tablett mit Thunfischfleisch herum und stieß Lars Dahl freundlich in die Rippen, als er vorbeikam. Er flüsterte ihm etwas ins Ohr, während Lars leicht ihren Schenkel massierte, dann blinzelte der dicke Mann sie freundlich an und legte ihr ein zweites Stück Fisch auf den Teller.

Sie war für die zweite Portion wirklich dankbar, denn der Thunfisch war saftig und schmeckte äußerst exotisch, überhaupt nicht ölig oder nach Fisch. Der fermentierte Brotbaumsaft war besser als die überreifen Früchte, die sie auf der Insel gegessen hatte. Lars füllte unermüdlich ihren Becher nach, und sie bemerkte, daß er an seinem Becher nur nippte, während er vorgab, mehr in sich hineinzuschütten, als dem Flüssigkeitsspiegel in seinem Becher entsprach.

Als sie gesättigt aufgeben mußte, suchte er sorgfältig eine große dunkle Melone aus und teilte sie mit dem Messer einhändig auf, während er sie erwartungsvoll ansah. Von der anderen Seite des Tisches rief jemand laut herüber, wo wohl seine zweite Hand war. Aus dem Augenwinkel hatte sie eine andere Frau gesehen, die aus ihrer halben Melone die Samenkörner gepickt hatte. Lachend tat sie es ihr nach und gab Lars seine Hälfte zurück, bevor sie sich über ihre eigene hermachte. Aber dann, bevor sie ihren Löffel heben konnte, schnitt er eine dünne Scheibe ab, die er ihr vor die Lippen hielt. Das Fleisch der Melone war das Süßeste, was sie je geschmeckt hatte, samtig und triefend vor Saft, sobald das Fleisch verletzt war. Er biß direkt neben ihr hinein, und seine gleichmäßigen starken Zähne hinterließen einen sauberen Halbkreis im Rand.

Es war nicht das erste Mal, daß sie ein Essen als Vorspiel zur Liebe erlebte, aber noch nie hatte sie es vor so vielen Augen getan, selbst wenn alle anderen sich dem gleichen Ritual hingaben. Oder knisterte die Luft gerade deshalb so vor Sinnlichkeit?

»Ein Lied, Lars! Sing, solange du noch auf den Füßen stehen kannst.«

Plötzlich wurden Trommeln und ein Tamburin geschlagen, die Leute klatschten, und ein halbes Dutzend

Saiteninstrumente wurde gestimmt, um den Höhepunkt der abendlichen Unterhaltung einzuleiten. Dann veränderte sich der Applaus zu einem rhythmischen Klatschen, und die Leute riefen.

»Lars Dahl, Lars Dahl, Lars Dahl!«

Er drückte noch einmal kräftig ihren Schenkel und stand auf. Er hob die Arme, um die Leute zum Schweigen zu bringen, nickte ihnen ergeben zu, und sofort hörte der Lärm auf. Respektvolles Schweigen senkte sich über die Menge.

Lars Dahl hob den Kopf, ein stolzes Lächeln auf den Lippen, um sein Publikum zu betrachten. Dann trat er einen Schritt zurück, hob die Arme und sang ein *A*, ein klares, wundervoll getragenes *A*. Killashandra starrte völlig verblüfft zu ihm auf, und ihr gerade aufkeimender Verdacht wurde bestätigt, als seine Stimme andere Töne probte. Es konnte nur eine Tenorstimme dieses Kalibers auf dem Planeten geben. Er war der unbekannte Tenor, mit dem sie ihr spontanes Duett gesungen hatte. Glücklicherweise faßte Lars Dahl ihren Gesichtsausdruck als Freude über seine Vorstellung auf. Er begann mit einer deftigen Seeräuberballade, so fröhlich und nonchalant wie er selbst, die schon bei den ersten Tönen vom Publikum erkannt und mit Beifall aufgenommen wurde.

Die Zuhörer stimmten in den Refrain ein und sangen mit, und auch Killashandra fiel hastig ein und bewegte stumm den Mund, bis sie den einfachen Refrain gelernt hatte. Sie gab sich Mühe, mit einer Altstimme zu singen, denn wenn sie seinen Tenor erkannte, dann erkannte er auch ihren Sopran. Und sie wollte ihm noch nicht ihre wahre Identität verraten — nicht vor dem nächsten Morgen. Jetzt entspannte sie sich, gab sich der Musik hin und sang etwas selbstbewußter und mit einer Freude, die sie seit ihrer Jugend auf Fuerte nicht mehr empfunden hatte. Plötzlich erinnerte sie sich an sommerliche Familienausflüge zu den Bergseen oder ans

Meer, wo sie das Singen geleitet hatte. War es das, was Antona mit bewahrenswerten Erinnerungen gemeint hatte? Nun, es gab selbst aus jener schönen Zeit Erinnerungen, die Killashandra nur zu gern sofort wieder vergessen hätte. Denn ihre älteren Brüder hatten sie immer geneckt, weil sie mit voller Kraft gekreischt und sich vor den Augen anderer zu sehr hervorgetan hätte.

Schon vor diesem Abend hatte Killashandra gewußt, daß einige Melodien anscheinend universell waren, entweder immer wieder neu geschaffen in der eigenen Musiktradition jedes Planeten oder von den ursprünglichen Siedlern mitgebracht und verändert, bis sie zur neuen Welt paßten. Die Worte wechselten, auch das Tempo und die Tonart, doch die Freude beim Singen in einer Gruppe veränderte sich nie: da wurden tiefe nostalgische Saiten angeschlagen. Trotz ihrer musikalischen Ansprüche, trotz ihres Vorsatzes, sich nicht zu verraten, konnte Killashandra nicht anders als mitsingen. Im Gegenteil, an dieser Singerei nicht teilzunehmen, hätte sie als Außenseiterin gebrandmarkt. Bei den Leuten auf Angel Island gehörte das Singen zum guten Ton.

Der Gesang war keineswegs primitiv, denn die Inselbewohner schmückten die Refrains und Lieder stark aus, sangen teilweise sechsstimmig und mit komplizierten Obertönen. Lars Dahl fungierte gleichzeitig als Bühnenmanager und Dirigent und deutete auf die Leute, die sich erheben oder auf ihren Instrumenten ein Solo spielen sollten. Alle zeigten großes musikalisches Geschick auf so unerwarteten Instrumenten wie einer Trompete, einem Holzblasinstrument, das aussah wie eine Kreuzung zwischen Oboe und einem alten französischen Horn, und einer Viola mit einem sanften warmen Klang, die schon mit den frühen Siedlern hergekommen sein mußte. Die Handtrommeln wurden mit großem Geschick und viel Aufhebens gespielt, denn die drei Trommler tanzten beim Spielen wild zu ihren komplizierten Rhythmen.

Auch wenn der größte Teil des Publikums sich nicht aktiv beteiligte, so war doch die Aufmerksamkeit der Leute gefesselt, und ihre Reaktion auf einen gelegentlichen Fehler kam sofort und sehr fachkundig. Es gab Lieder über Brotbaumpflanzer; eines wurde von zwei Frauen vorgetragen, die humorvoll erklärten, was alles getan werden mußte, damit eine Brotbaumpflanze die Dinge produzierte, die eine Familie brauchte. Ein anderes Lied, das von einem großen dünnen Mann mit tiefer Baßstimme gesungen wurde, erzählte vom schweren Schicksal eines Mannes, der sich darauf verlegt hatte, einen uralten riesengroßen Walfisch zu fangen, der einmal mit einem beiläufigen Zucken des riesigen Schwanzes sein kleines Fischerboot zerstört hatte. Eine Altistin und ein Bariton sangen eine traurige Ballade über die gefährliche Hochseefischerei.

»Du hast dich lange genug gedrückt, Lars. Jetzt mußt du mit Olav singen«, verlangte ein Mann, der tief in den Schatten saß. Lautes Klatschen und Rufen unterstützten seine Forderung.

Lars grinste liebenswürdig und nickte und winkte jemandem zu, der links neben Killashandra saß. Der Mann, der aufstand und zu Lars hinüberging, mußte mit ihm verwandt sein, denn die Gesichter waren einander ähnlich. Der zweite Mann war älter und hatte ein schmaleres, längeres Gesicht, doch Nase, Augen, die Form der Lippen und das feste Kinn waren dieselben. Keiner der beiden sah im herkömmlichen Sinne gut aus, doch beide strahlten eine Kraft, Entschlossenheit und Zuversicht aus, die sie von den anderen Menschen abhob.

Die Leute schwiegen respektvoll, und die Instrumente begannen mit dem Vorspiel. Killashandra hatte ein ausgezeichnetes musikalisches Gedächtnis. Wenn sie eine Komposition einmal gehört hatte, konnte sie sich nicht nur an das Thema erinnern, falls es eines gab, sondern an die gesamte Struktur des Werkes. Wenn sie das Werk etwas gründlicher studiert hatte, dann kannte sie auch den Komponisten und die bisherigen Inszenierungen, die verschiedenen Bühnen und Arrangements, die über die Jahre das Erscheinungsbild der Musik verändert hatten und wußte meist auch, welche Künstler wann und wo an den Vorstellungen teilgenommen hatten.

Sie erkannte die Musik, noch bevor die Männer zu singen begannen. Die Worte waren etwas verändert, aber sie paßten gut zu diesem Ort: die Suche nach der verlorenen vollkommenen Insel im Morgennebel, die wundervolle Frau, die dort gestrandet war und für deren Zuneigung die Männer ihr Leben aufs Spiel setzten. Lars' wundervoller Tenor paßte gut zum ausgebildeten Bariton des älteren Mannes. Ihre Stimmen harmonierten vollkommen miteinander und mit der lebhaften Begleitung.

Dennoch starrte Killashandra Lars erstaunt an, als sie geendet hatten. Das war eine Unverschämtheit ... Dann fiel ihr ein, daß die Leute ihn zum Singen aufgefordert hatten; allerdings beschrieb der Text sehr gut ihre Lage, und der unverschämte Lars Dahl hatte mit keiner Wimper gezuckt.

Und warum auch? Die Künstlerin in ihr stritt mit der persönlichen Wut. Die Musik war wunderschön und offensichtlich ein Lieblingsstück der Inselbewohner, denn nach dem letzten Ton schwiegen die Zuhörer andächtig.

Dann streckte der Bariton einen Arm aus, und ihm wurde ein zwölfsaitiges Instrument übergeben, das er an Lars Dahl weiterreichte.

»Auch wenn den Musikmeistern deine Komposition für das Sommerfestival nicht gefallen hat, Lars, wir wollen sie hören.«

Diese Bitte bereitete Lars Dahl offenbar einiges Unbehagen, denn sein Mund zuckte. Er senkte den Kopf, um den Blicken der Menschen auszuweichen. Dann holte er tief Luft und nahm widerstrebend das Instrument entgegen. Er preßte die Lippen zu einem dünnen Strich zusammen, während er einen Akkord anschlug, um die Stimmung zu prüfen. Lars blickte weder zu Olav, dessen Wunsch er nicht abschlagen konnte, noch zum Publikum. Mit leerem Gesicht atmete er tief ein und konzentrierte sich auf die Darbietung. Die schreckliche Enttäuschung, der Schmerz der Zurückweisung und das Gefühl des Versagens beim Konservatorium standen Lars deutlich im Gesicht geschrieben. Ihre bisher etwas zynische Einschätzung änderte sich schlagartig. Sie war möglicherweise die einzige im gesamten Publikum, die seine Gefühle verstehen konnte, die begriff, in welch tiefem, brennendem Konflikt er in diesem Augenblick war. Und sie lernte den professionellen Musiker in ihm schätzen, der ohne Widerstreben die Herausforderung annahm. Lars Dahl besaß das Zeug zu einem großen Künstler.

Trotz ihrer Nähe verpaßte sie beinahe die ersten flüsternden Akkorde, die seine kräftigen Finger den Saiten entlockten. Ein gespenstischer Akkord, der sich ausdehnte und zur Dominante wechselte, genau wie der Morgenwind im alten Brotbaum auf ihrer einsamen Insel. Weiches Grau und Rosa, während der Himmel heller wurde, dann die kräftige Sonne, die den über Nacht geschlossenen Blüten Wärme spendete und ihnen betörende Düfte entlockte. Der lauter werdende Gesang der Vögel, das leichte Murmeln der Wellen am Strand, der erwachende Geist, der sich auf den neuen Tag freut, auf die Pflichten des Tages: auf den Baum zu steigen, um reife Früchte zu ernten, auf die Landzunge gehen und angeln, die Sonne auf dem glitzernden Wasser, der aufkommende Wind, die Sommerfarben des Tages, der Duft von bratendem Fisch, die Schläfrigkeit des Mittags, wenn die Sonne die Menschen in die Hängematten und auf die Matten scheuchte ... Ein ganzer Tag im Leben eines Inselbewohners lag in dieser Musik, farbenfroh und duftend, und Killashandra begriff nicht, wie es ihm gelang, diese Fülle von Sinneseindrücken auf einem beschränkten zwölfsaitigen Instrument zu vermitteln. Sie war bereit, die nächsten schwarzen Kristalle, die sie fand, fortzugeben, nur um zu hören, wie diese Musik auf der optherianischen Orgel klang!

Und die Musikmeister hatten seine Komposition abgelehnt? Nun begann sie zu verstehen, warum er Lust hatte, sie zu ermorden und warum er sie entführt hatte: um die Reparatur der großen Orgel zu vereiteln und dadurch zu verhindern, daß weniger würdige Kompositionen von irgend jemand anders gespielt wurden. Und doch gab es in ihrer kurzen Bekanntschaft mit Lars Dahl, im Auftritt dieses Abends, nicht einmal in seinem widerstrebenden Fügen in die Forderungen der Inselbewohner, irgend etwas, das darauf hindeutete, daß der Mann eine so tiefe Rachsucht empfinden konnte.

Als der letzte Akkord, der den Aufgang des Mondes beschrieb, verklungen war, legte Lars Dahl das Instrument behutsam ab, drehte sich brüsk um und marschierte fort. Die Leute murmelten teilweise beifällig und teilweise bedauernd, einige Gesichter schienen sogar ärgerlich, und insgesamt schienen ihre Reaktionen besser zur Schönheit des Stücks zu passen als ein ungestümer Applaus. Dann begannen die Menschen leise in kleinen Gruppen zu reden, und einer der Gitarristen versuchte, eine täuschend einfache Melodiefolge aus Lars' Komposition zu wiederholen.

Killashandra sah sich um, um sich zu vergewissern, daß sie nicht beobachtet wurde, erhob sich vorsichtig und zog sich aus dem flackernden Fackelschein zurück. Als ihre Augen sich auf die Dunkelheit umgestellt hatten, sah sie rechts eine Bewegung und ging hinüber. Sie verrenkte sich in den Löchern, die Lars' wütende Füße in den Sand gestampft hatten, fast den Knöchel.

Sie sah seine Gestalt vor dem dunklen Himmel, eine düstere gespannte Silhouette.

»Lars ...« Sie wußte nicht genau, was sie sagen sollte,

um ihm die Spannung zu nehmen, aber er durfte nicht allein sein, er durfte nicht das Gefühl bekommen, daß man seine Musik nicht mochte, daß die Fülle des reichen Bildes, das er seinen Zuhörern geschenkt hatte, nicht verstanden worden war.

»Laß mich ...«, begann er mit bitterer Stimme, doch dann streckte er den Arm aus, nahm ihre Hand und zog sie heftig an sich. »Ich brauche eine Frau.«

»Ich bin da.«

Er hielt ihre Hand fest und zog sie einen Abhang hinauf. Dort führte er sie, dicht an sie gedrängt, im rechten Winkel zum Strand weiter in die dichten Schatten eines Brotbaumhaines auf einer Landzunge, ganz in der Nähe der Stelle, an der sie am Morgen gestrandet war. Als sie versuchte, ihn etwas zu bremsen, nahm er energisch ihren Ellbogen. Sein Griff jagte einen Stromstoß durch ihren Körper, seine Finger schienen ihr sein Drängen zu übermitteln, und die Vorfreude lief ihr wie ein Schock durch Brust und Bauch. Sie hatte keine Ahnung, wie sie es schafften, den Stämmen der Brotbäume auszuweichen und nicht über die dicken knotigen Wurzeln zu stolpern. Dann wurde er plötzlich langsamer und murmelte, sie solle vorsichtig weitergehen. Sie konnte sehen, wie er die Arme hob, um sich durch dichtes Unterholz zu drängen. Sie hörte einen Wasserlauf plätschern, roch die Feuchtigkeit in der Luft und ließ sich einen Augenblick vom überwältigenden Duft der cremefarbenen Blüten einhüllen, bevor sie ihm folgte und sich hinter ihm durch die Büsche drängte. Dann tappten ihre Füße über den rauhen Samt einer Art Moos, das die Ufer des Wasserlaufs überzog.

Seine Hände drängten sie, und die anfängliche physische Anziehungskraft, die sie für ihn empfunden hatte, verwandelte sich plötzlich in einen Energieaustausch. Er hielt sie auf Armeslänge vor sich, starrte ihr ins Gesicht, sah sie nicht als Mittel zum Zweck, das ihm physische Erleichterung verschaffen sollte, sondern als Frau, deren Weiblichkeit eine instinktive, überwältigende Reaktion in ihm auslöste.

»Wer bist du, Carrigana?« Er riß voller Staunen die Augen auf. »Was hast du mit mir angestellt?«

»Bisher noch gar nichts«, erwiderte sie belustigt. Noch nie hatte ein Mann solche Gefühle in ihr geweckt, nicht einmal Lanzecki. Und wenn Lars irgendwie den Kristallschock in ihr gespürt hatte, war es um so besser: Das würde ihre Vereinigung verstärken. Sie hatte viel zu lange enthaltsam gelebt, und das war teilweise seine Schuld gewesen; nun konnten sie beide die Konsequenzen genießen. »Worauf wartest du noch, Lars?«

11

Eine leichte, beinahe zärtliche Berührung an ihrer Schulter, an der Stelle, an welcher die Wurfscheibe ihre Haut aufgeschlitzt hatte, weckte Killashandra aus der samtenen Dunkelheit des tiefsten Schlafes, in den sie je gesunken war. Sie fühlte sich gewichtslos und entspannt. Obwohl sie sehr freizügig aufgewachsen war, empfand Killashandra nun eine eigenartige Schüchternheit und Scheu. Sie wollte Lars nicht ansehen, sie wollte ihm und der Welt nicht in die Augen sehen; noch nicht.

Dann hörte sie ihren Geliebten mit der Tenorstimme leise lachen.

»Ich wollte auch nicht aufwachen, Carrigana ...«

Sie haßte die Lügen, die zwischen ihnen standen, und sie hätte ihn beinahe korrigiert, doch sie schaffte es nicht, ihre Trägheit zu überwinden. Und eine Erklärung über ihren Namen würde zu vielen weiteren Erklärungen führen, und jede von ihnen konnte die Erinnerung an die vergangene Nacht trüben.

»Ich habe — noch nie …« Er unterbrach sich, fuhr mit den Fingern über andere Narben auf ihren Unterarmen (Kristallnarben — wie sollte sie die in diesem zauberhaften Augenblick nur erklären?) bis hinunter zu ihren Händen, wo sich seine kräftigen, schmalen Finger mit den ihren verflochten. »Ich weiß nicht, was du mit mir angestellt hast, Carrigana. Ich hatte — ich hatte noch nie eine Liebesnacht wie diese.« Er lachte wehmütig und etwas krächzend; es gelang ihm nicht, so leise zu lachen, daß der Laut zu seinem Flüstern paßte. »Ich weiß, daß Männer, wenn sie Sorgen haben, oft sexuelle Erleichterung bei einer Frau suchen — bei irgendeiner Frau. Aber du warst in der letzten Nacht nicht ›irgendeine‹ Frau, Carrigana. Du warst … Ich kann es kaum fassen. Öffne die Augen, damit ich sehe, daß du mir glaubst, was ich sage — weil es die Wahrheit ist!«

Killashandra konnte sich seiner Bitte nicht entziehen, nicht der Aufrichtigkeit und dem tiefen Ernst in seiner Stimme. Sie öffnete die Augen. Sein Gesicht war nur Zentimeter von ihrem entfernt, und sie wurde von einer überwältigenden Woge von Liebe, Zuneigung, Sinnlichkeit, Empathie und Leidenschaft für diesen unglaublichen und begabten jungen Mann erfaßt. Seine hellen blauen Augen schienen erleichtert: eine morgendliche Lagune, blau und glänzend unter einer aufgehenden Sonne, so lebendig, wie das Meer manchmal sein konnte. Erleichterung sah sie und plötzlich auch Tränen. Ein Schluchzen lief wie eine Welle durch seinen Körper, der so nahe neben ihr lag, und er ließ den Kopf auf ihre Schulter sinken, direkt über die Messerwunde. Wenn er ihr schließlich gestand, daß er ihr diese Wunde zugefügt hatte, würde sie ihm gern vergeben. Genausogern war sie bereit, ihm ihre Entführung zu verzeihen, so böse seine Gründe auch gewesen sein mochten. Wie konnte sie ihm nach der vergangenen Nacht noch etwas abschlagen? Vielleicht war die Vereinigung emotionaler Konflikte in der vergangenen Nacht auch so einzigartig gewesen, daß eine Wiederholung nicht möglich war. Diese Aussicht ließ sie lächeln.

Als könnte er ihre Reaktionen spüren — in der vergangenen Nacht hatte er sie ganz gewiß gespürt —, hob er den Kopf und betrachtete forschend und besorgt ihr Gesicht. Sie sah, daß auch er seinen Teil abbekommen hatte, denn seine Unterlippe war rot und geschwollen; er versuchte unbeholfen, ihr Lächeln nachzuahmen.

Dann kicherte sie verlegen und fuhr mit dem Finger über seinen Mund.

»Ich glaube, ich werde die vergangene Nacht nie vergessen, Lars Dahl.« Ob sie je die richtigen Worte finden würde, um dieses Erlebnis für ihre persönliche Akte auf Ballybran aufzuzeichnen? Sie streichelte sein Kinn. Sein Grinsen wurde etwas selbstbewußter, und er drückte leicht ihre Hand. »Da ist noch ein Problem ...« Sein Gesicht verdüsterte sich sorgenvoll. »Wie lange brauchen wir, um uns zu erholen, ehe wir es noch einmal versuchen können?«

Lars Dahl platzte laut heraus und rollte sich von ihr weg. »Du wirst mich noch umbringen, Carrigana.«

Wieder bereute Killashandra heftig, daß sie ihm diesen Namen genannt hatte. Sie sehnte sich danach, ihm alles zu gestehen und ihren wirklichen Namen aus seinem Mund zu hören, gesprochen mit seiner vollen sinnlichen Stimme.

»Genauso wie letzte Nacht?«

»Oh, du liebe Sunny«, erwiderte er, und seine Stimme klang sehr liebevoll und zärtlich, während er sich wieder zu ihr herumrollte und ihr sachte eine Hand auf den Kopf legte, um ihr Haar zu streicheln. »Dich zu verlassen, hat mir fast den Tod gebracht.«

Sie verwarf sofort den Gedanken, daß er einen Dichter dieses Planeten zitierte. Ihr Körper und ihr Bewußtsein begriffen sofort, welches Gefühl er meinte. Ihr erschöpfter Schlaf war über sie gekommen wie ein kleiner Tod.

Ihr Magen, der an Ästhetik nicht das geringste Interesse hatte, knurrte laut. Sie lachten leise und nahmen sich in die Arme.

»Komm, laß uns zum Meer hinuntergehen!« sagte Lars mit einem belustigten Funkeln in den Augen. »Laß uns schwimmen, damit wir etwas abkühlen.« Er sprang geschmeidig auf die Füße und bot ihr eine Hand.

Erst jetzt, als die leichte Decke von ihrem Körper glitt, bemerkte sie, daß sie zugedeckt gewesen war. Und sie bemerkte den kleinen Korb am Rand der Lichtung und den unverkennbaren Hals einer Weinflasche, der aus dem träge fließenden Bach lugte.

»Ich bin in der Morgendämmerung aufgewacht«, erklärte Lars, während er ihr die Hände auf die Schultern legte und sich vorbeugte, um zärtlich ihre Wange zu küssen. »Der Wind war etwas kühl. Deshalb habe ich uns einige Sachen besorgt. Können wir den Tag zusammen und allein verbringen?«

Killashandra lehnte sich einen Augenblick liebevoll gegen ihn. »Ich fühle mich bemerkenswert ungesellig.« Es gab nichts, was sie lieber wollte.

»Hoffentlich gilt das nicht für mich.« Lars lachte amüsiert.

Sie standen Arm in Arm und begannen sich sachte zu streicheln, doch dann trennten sie sich fast schuldbewußt. Lachend gaben sie sich die Hände und drängten sich durch die Büsche zum Strand.

Das Meer war ruhig, die Wellen nur kleine Erhebungen, die im letzten Augenblick auf dem glatten feuchten Sand brachen. Die Luft war angenehm kühl auf der Haut. Schließlich konnten sie ihren Hunger nicht mehr verdrängen und rannten zu ihrer geheimen Lichtung zurück, um sich gegenseitig abzutrocknen, wobei sie vorsichtig die wunden Stellen vermieden. Lars hatte frische Früchte, Brot, einen weichen saftigen Käse und den schmackhaften getrockneten Fisch besorgt, der eine Spezialität der Inseln war, und Wein, um alles hinunterzuspülen. Und Lars war so klug gewesen, von Mama Tullas Wäscheleine einen weiten bequemen Kaftan für sie und ein schenkellanges Hemd für sich selbst ›auszuborgen‹.

Sie waren beide hungrig genug, um sich auf das Essen zu konzentrieren, doch wann immer sich ihre Blicke trafen, was sehr oft geschah, mußten sie lächeln. Und wenn ihre Hände sich berührten, während sie im Korb nach Essen suchten, wurde auch diese Berührung zu einer zärtlichen Geste. Als sie alles aufgegessen hatten, entschuldigte Lars sich äußerst höflich und förmlich und verschwand im Gebüsch. Killashandra versuchte ein Kichern zu unterdrücken, und tat es ihm gleich. Doch als sie auf die Lichtung zurückkehrte, bereitete Lars schon ein Lager aus Brotbaumwedeln und süß duftenden Farnen. In schweigender Übereinstimmung legten sie sich nieder, zogen sich die leichte Decke über die müden Körper, nahmen sich bei den Händen und überließen sich dem Schlaf.

Abermals wurde Killashandra wach, weil leichte Finger ihre Kristallnarben streichelten.

»Du hattest viel Zeit, den Brotbaum kennenzulernen, was?« fragte er mit zärtlichem Spott.

Sie seufzte und wünschte, sie könnte irgendwie, ohne die Wahrheit allzusehr zu verbiegen, seinen neugierigen Fragen entgehen. Selbst in der Euphorie, die sie immer noch in ihrem Bann hielt, wagte sie es nicht, sich ganz zu offenbaren.

»Ich bin aus der Stadt gekommen. Ich habe nicht viel Erfahrung mit dem Leben auf den Inseln und im Umgang mit den Brotbäumen.«

»Mußt du wieder in die Stadt zurück?« Die Angst ließ seine Stimme rauh klingen, und seine Finger schlossen sich fast schmerzhaft um ihre Hand.

»Das läßt sich nicht vermeiden.« Sie legte das Gesicht an seinen Arm und wünschte, er wäre nackt und sie könnte die Haut dieser kräftigen Arme schmecken, die sie so liebevoll halten konnten und die sie noch einmal liebevoll halten mußten, am besten für eine lange, sehr lange Zeit. »Ich gehöre nicht hierher.«

»Das war mir sofort klar«, erwiderte er amüsiert, »als du deinen Keralaw-Akzent fallengelassen hast.« Sie ermahnte sich, etwas genauer auf ihre Worte zu achten. »Aber wohin gehörst du nun, Carrigana?«

»Abgesehen von deinen Armen?« Doch sie wollte aufrichtig sein. »Ich weiß es gar nicht genau, Lars.« Dieser Augenblick hatte nichts mit ihrem früheren Leben auf Fuerte oder Ballybran zu tun, und sie war hier nicht die Kristallsängerin Killashandra. Natürlich wußte sie genau, daß die Begeisterung nur zu schnell vorbei sein würde, doch sie verzehrte sich in dem Wunsch, sie zu verlängern. »Und was ist mir dir, Lars? Wohin gehörst du?«

»Die Inseln können mich nicht mehr halten. Das ist mir in den letzten Monaten klargeworden. Und ich glaube, auch meinem Vater ist das klargeworden. Oh, ich bin Teilhaber einer Charterfirma auf den Inseln, die recht gute Profite abwirft und die für die Inselbewohner sicher nützlich ist.« Er grinste. »Aber in den drei Jahren in der Stadt im Complex habe ich Disziplin, Ordnung und Zielstrebigkeit gelernt, und die leichtlebige Art der Inselbewohner stört mich. Andererseits kann ich mich aber auch nicht an das Leben in der Stadt gewöhnen …«

Killashandra drückte sich auf die Ellbogen hoch und blickte in sein Gesicht hinunter. Die Muskeln waren entspannt, doch Entschlossenheit und Charakterstärke beherrschten nach wie vor seine Gesichtszüge.

»Willst du nicht gegen die Entscheidung der Meister Einspruch einlegen?« Sie fuhr ihm mit den Fingern zärtlich über die linke Augenbraue.

»Gegen ihre Entscheidung kann man keinen Einspruch einlegen, Carrigana«, sagte er mit einem verächtlichen Schnauben. Dann zog er die Augenbrauen zusammen, und ihre Finger streichelten die Falten. »Sie hatten, mögen ihre Seelen auf ewig in Säure kochen, die unglaubliche Unverschämtheit, anzudeuten, daß ich in Betracht käme, wenn ich ihnen einen Gefallen erwiese. Und ich war so dumm, ihnen zu glauben.« Aufgestachelt von seinen Erinnerungen, setzte er sich heftig auf und zog die Knie vor die Brust. Sein Mund war eine verbitterte schmale Linie. »Ich war ein Dummkopf, aber ich wollte unbedingt, daß meine Komposition angenommen wurde — nicht so sehr wegen meines eigenen Rufes, sondern um zu beweisen, daß auch ein Inselbewohner im Complex Erfolg haben könne, und um die Unterstützung zu rechtfertigen, die mir diese Leute in all den Jahren gegeben haben.« Er drehte sich etwas herum und sah ihr ins Gesicht. »Du würdest im Leben nicht darauf kommen, worin dieser kleine Dienst bestand.«

»Wirklich nicht?« Killashandra war ziemlich sicher, was kommen würde.

»Ich sollte eine hochgestellte Persönlichkeit angreifen, die zu Besuch kam. Wahrscheinlich den wichtigsten Menschen, der je den Fuß auf diesen elenden Dreckklumpen gesetzt hat.«

»Angreifen? Auf Optheria? Wen denn? Welchen Würdenträger?« Killashandra staunte über den überraschten und besorgten Klang ihrer Stimme; doch die Reaktion paßte gut zu Lars' schockierender Behauptung.

»Du hast doch sicher gehört, daß Comgail gestorben ist und ein Manual der Festivalorgel zerstört hat.« Als sie schweigend nickte, fuhr er fort. »Du weißt aber vielleicht nicht, daß der Schaden absichtlich verursacht wurde.« Nun fiel es ihr überhaupt nicht mehr schwer, eine passende Reaktion zu zeigen, denn wenn jemand durch Kristallsplitter starb, dann war der Tod alles andere als schmerzlos. »Es gibt viele Leute, die glauben, daß sie — wir«, verbesserte er sich mit humorlosem

Grinsen und gab damit seine Komplizenschaft zu, »das unaufhebbare Recht haben, diesen Planeten zu verlassen, um uns musikalisch weiterzubilden. Und dieses Recht sollte nicht nur für enttäuschte Komponisten gelten, Carrigana. Aber die Restriktionen halten intelligente Menschen auf dem Planeten fest. Menschen mit großen Gaben, die auf diesem zurückgebliebenen *natürlichen* Dreckklumpen keinen Ausdruck finden.

Deshalb beschloß man, eine Situation herbeizuführen, in der ein offizieller Gesandter von einem anderen Planeten herkommen mußte. Ein unparteiischer, aber einflußreicher Mensch, dem wir uns nähern konnten, um der FSP unseren Protest zu übermitteln. Oh, es wurden einige Briefe hinausgeschmuggelt, aber Briefe sind wirkungslos. Wir sind nicht einmal sicher, ob sie überhaupt ihren Bestimmungsort erreichten. Was wir brauchten, war jemand, dem wir diese Erstarrung praktisch vor Augen führten konnten, jemand, der mit Leuten wie Theach, Nahia und Brassner sprechen und mit eigenen Augen sehen konnte, was sie trotz der Restriktionen der staatlichen Bürokratie entwickelt haben.«

Lars lachte wehmütig. »Es ist ziemlich deprimierend zu sehen, wie wenig Optheria verlangt. Die Gründerväter haben ihre Sache etwas zu gut gemacht. Wir sind in der Lage, mit den allergeringsten natürlichen Ressourcen auszukommen. Der gute alte Brotbaum!

Comgail meinte, wir müßten die Regierung zwingen, einen Techniker von einem anderen Planeten anzufordern. Dazu mußte ein Manual der Festivalorgel zerstört werden. Die Regierung wäre dann gezwungen, es noch vor dem Sommerfestival und vor dem großen Touristenstrom reparieren zu lassen.

Hast du eigentlich eine Ahnung, wie abhängig die Regierung vom Tourismus ist?« Seine Augen funkelten böse und zugleich belustigt. »Theach hat die Wirtschaft untersucht. Er kann ganz phänomenale Berechnungen im Kopf anstellen — deshalb gibt es keine schriftlichen

Beweise für seine Einwände gegen die optherianische Lebensart! Die Einnahmen aus dem Tourismus sind lebensnotwendig für uns, damit wir die High-Tech-Geräte kaufen können, die wir nicht selbst herstellen. Und ohne diese Geräte käme die Maschinerie der Regierung sofort zum Stehen. Sogar die Barriere am Raumhafen ist aus importierten Teilen hergestellt.

Vergiß nicht, Comgail hatte keine Lust, ein Märtyrer zu werden! Aber er schreckte auch nicht zurück, als das Los auf ihn fiel. So wurde die Regierung gezwungen, sich an die Heptitergilde zu wenden und ein komplettes und sehr teures neues Kristallmanual zu bestellen. Und an dieser Stelle wird Comgails Opfer sehr wichtig: Er war zugleich auch der einzige Techniker auf Optheria, der fähig gewesen wäre, das neue Manual zu installieren. Deshalb mußten sie gleichzeitig zumindest einen äußerst erfahrenen Techniker oder noch besser einen Kristallsänger anfordern, um die Reparatur auszuführen. Sobald der Kristallsänger auf Optheria eingetroffen wäre, wollten wir dafür sorgen, daß er von unserer verzweifelten Situation erfuhr, und darum bitten, daß er die Informationen an den FSP-Rat weitergibt. Ein Sänger hat ja Zugang zum Rat, wie du weißt.«

»Fahr fort, Lars ...« In Killashandras Kopf begann sich ein häßlicher Gedanke zu formen, denn sie erinnerte sich an Ampris' böse Bemerkungen über die Inselbewohner.

Er holte tief Luft, schloß für einen Moment die Augen, als unangenehme Erinnerungen kamen. »Die Kristallsängerin kam am Tag nach meiner Abschlußprüfung mit der *Athena*. Aber die Ältesten waren nicht sicher, ob sie die richtige war.«

»Die Identität eines Kristallsängers kann man leicht überprüfen, Lars.«

Er schnaubte verächtlich. »Ich weiß das, du weißt das, aber du weißt auch, wie vernagelt unsere Ältesten sind.« Wieder entlockten ihr seine Worte ein verständnisvolles Nicken. »Oh, man machte mir sehr nachdrücklich klar, wie dringend man diesen Gefallen von mir erwartete. Es ist bekannt, daß Kristallsänger gewaltige regenerative Kräfte besitzen. Ein kleiner Kratzer wäre für einen Kristallsänger nicht weiter tragisch, sondern würde ohne Folgen rasch wieder abheilen. Und da die Inselbewohner«, — seine Stimme triefte vor Sarkasmus —, »als primitive und gewalttätige Menschen bekannt sind und bekanntermaßen gefährliche Waffen besitzen, hielt man mich für außerordentlich geeignet, den Meistern diesen kleinen Dienst zu erweisen, worauf sie angeblich meine Komposition noch einmal begutachten würden.«

»Und sie versprachen dir auch Immunität vor einer Anklage?«

»Ganz so dumm bin ich nicht, Carrigana. Sie haben nicht von mir verlangt, offen vorzugehen. Deshalb habe ich mir ein Fenster im oberen Stockwerk ausgesucht, von dem aus ich die Ankunft der Kristallsängerin beobachten konnte. Seit mein Vater mir einen Wurfstern in die Hand drückte, habe ich damit alle Wettbewerbe gewonnen. Eine rasche Handbewegung, und die Klingen fliegen im richtigen Winkel los. Ich erwischte sie am Arm. Ich glaube, etwas höher, als ich beabsichtigt hatte, denn als der Wurfstern schon flog, bewegte sie sich plötzlich.« Er verzog etwas traurig das Gesicht und sah Killashandra halb entschuldigend an. »Oh, es ist ihr nichts weiter passiert, Carrigana. Ich bin hinten herum zur Krankenstation gelaufen, und da kam sie schon wieder ohne Verband heraus.« Er streichelte ihr beruhigend den Arm. »Bei Kristallsängern heilen alle Wunden mit unglaublicher Geschwindigkeit ab. Sie schien eher gereizt über ihre Begleitung als über den Zwischenfall.

Am nächsten Morgen erfuhr ich natürlich, daß die Meister bei ihrer ursprünglichen Entscheidung bleiben würden. Die allmächtigen, allwissenden Meister, die auf der Grundlage ihres gewaltigen umfassenden Wissens über alle Formen der Musik ihr Urteil sprachen, auf der

Grundlage ihres absoluten Verständnisses des Universums und der empfindlichen Beziehung zwischen Mensch und natürlicher Welt, sie waren nicht der Ansicht, daß die durch meine Musik repräsentierte Facette des optherianischen Lebens zu irgendeiner Zeit gewürdigt werden müsse, und schon gar nicht während des Sommerfestivals, wenn Menschen von anderen Welten möglicherweise etwas zu hören bekamen, was an eine optherianische Subkultur denken ließ und origineller war als Varianten immer derselben wiedergekäuten Einheitspampe, die von den ›etablierten‹ Komponisten abgesondert wird.«

»Dumme, beschränkte, phantasielose, aufgeblasene Idioten!« In Killashandras Empörung kam auch ihre Wut über die Hintergründe des ›unerhörten‹ Angriffs zum Ausdruck, und sie sagte sich, daß ihre Ahnungen über Ampris' Scheinheiligkeit richtig gewesen waren. »Die sind so alt, daß sie jede Energie und Begeisterungsfähigkeit verloren haben; die wissen überhaupt nicht mehr, was Phantasie bedeutet.«

Lars lächelte über ihre Heftigkeit. »So bekam ich trotz ihrer Versprechungen und Versicherungen als Belohnung für meinen kleinen Dienst die Rückfahrkarte nach Angel Island. Ich mußte mit der Nachtfähre die Stadt verlassen. Wächter sorgten dafür, daß ich auch wirklich an Bord ging. Aber vorher hatte ich noch unglaubliches Glück.«

Er drehte sich ganz zu ihr um, die Lippen leicht zusammengepreßt, als müßte er ein Lachen unterdrücken. Seine funkelnden Augen verrieten, daß er sie ganz ins Vertrauen ziehen wollte. Und sie war nicht sicher, ob sie sein Vertrauen wollte. Denn seine Aufrichtigkeit verlangte die gleiche Ehrlichkeit von ihr.

»Lars, ich will dir nicht den Spaß verderben, aber mir ist etwas eingefallen. Der Wurfstern ist doch eine Waffe von den Inseln, oder?«

»Ja ...« Er sah sie aufmerksam an.

»Und wenn die Kristallsängerin durch eine Waffe von den Inseln verletzt wurde — selbst wenn die Wunde rasch verheilte —, dann muß sie doch einige Vorbehalte haben und wird euch nicht ohne weiteres glauben.«

»Ein guter Einwand. Die Ältesten kennen eine Menge Tricks, aber dieser hier hätte nicht funktioniert. Nahia und Brassner wollten für uns sprechen.«

»*Wollten* sprechen?«

»Ja, ich sagte doch schon, daß ich unglaubliches Glück hatte«, und damit packte er fest ihre Hand, die klaren blauen Augen auf die Büsche gerichtet. »Nahia und Brassner haben jetzt sogar noch eine bessere Chance, unsere Situation zu erklären.« Seine Stimme klang so zuversichtlich, daß Killashandra einiges gegeben hätte, um ganz in seine Pläne eingeweiht zu werden. »Du wirst schon sehen.«

»Ich will ehrlich sein, Lars; es war vielleicht unklug, mir zu vertrauen. Du kennst mich nicht ...«

»Ich kenne dich nicht?« Lars warf den Kopf zurück und lachte laut. Er zog sie an sich und wiegte sie in den Armen, während er sich vor Lachen schüttelte. »Wenn ich dich nicht kenne, junge Frau, dann wird dich nie jemand kennen.«

»Du weißt, was ich meine. Mit wem hast du gestern abend am Strand gesprochen? Der Mann war nicht von den Inseln.«

»Oh, der? Corish von Mittel ... Was weiß ich! Nein, der ist nicht von den Inseln. Aber er könnte sehr nützlich sein ...« Lars hielt einen Augenblick lang nachdenklich inne, dann zuckte er mit den Achseln. »Er sucht seinen Onkel. Vater bat mich, ihm zu helfen und ihn auf meiner nächsten Rundreise durch die Inseln mitzunehmen. Offengestanden glaube ich nicht, daß sein Onkel bis hier heraus gekommen ist; der Beschreibung nach ist er kein Mann, der so leben will wie wir hier.«

»Bist du sicher, daß Corish der ist, für den er sich ausgibt?«

Lars beäugte sie neugierig. »Vater hat seine Identität überprüft. Wir sind hier auf den Inseln nicht so leichtgläubig, wie es den Anschein hat. Es sind schon öfter mal Schnüffler gekommen. Vater hat einen sechsten Sinn, was diese Typen angeht, aber Corish konnte seine Zweifel ausräumen. Er sagte, er sei mit der *Athena* gekommen, und wie es aussieht, stimmt das auch.« Dann wechselte sein Tonfall plötzlich. »Ich freue mich, daß du dir Sorgen um meine Sicherheit machst.«

Er strich ihr sonnengebleichtes Haar zurück, streichelte die Strähnen, spielte mit ihnen, und sein Gesicht wurde weicher, während er wieder in ihren Bann geriet. Dann entspannte er sich, legte sich auf den Rücken, verschränkte die Hände unter dem Kopf und sah sie aufmerksam an, während ihm ein zärtliches Lächeln um die Lippen spielte. »Nun, es gibt niemanden auf Angel Island, der über eine Einmischung der Behörden begeistert ist. Ich habe unter einem Meister der Ketzerei gelernt. Unter meinem Vater. Der zufällig der rechtmäßig ernannte Hafenmeister von Angel Island und der Vertreter der Regierung ist. Wenn du sie nicht prügeln kannst, dann schließ dich ihnen an.«

»Dein Vater ist der Hafenmeister?«

Lars starrte sie überrascht an. »Natürlich. Nun erzähl mir nicht, daß du das nicht gewußt hast.«

»Wirklich, ich habe es nicht gewußt.«

»Wenn du in die Stadt zurückwillst, dann mußt du sehr nett zu mir sein.« Er grinste sie an und streckte die Arme aus, um sie zu sich hinabzuziehen.

»Oh?«

»*Sehr* nett.«

»Kannst du denn schon wieder?«

Er zog sie in die Armbeuge, bis ihr Kopf auf seiner Schulter lag und ihre Haare seine Wange kitzelten.

»Wenn du bereit bist, Geliebte.« Dann gähnte er und schlief anscheinend zwischen einem Atemzug und dem nächsten ein. Killashandra hörte noch eine Weile dem

Rauschen ihres Blutes zu, doch sie war nicht enttäuscht. Sie machte es sich in Lars' Arm bequem und legte ihm den Kopf auf die Brust. Im Halbschlaf bemerkte sie, daß die feinen Haare seiner Brustmuskeln sich aufgerichtet hatten. Nun, die Haare hatten mehr Energie als er oder sie. Sie schloß die Augen und schlief bald ein.

Sie erwachten, als sie Rufe hörten: die fröhlichen Schreie und das Gelächter von Menschen, die am Strand angelten. Killashandra konnte nicht hören, was da so aufregend war, aber Lars lächelte.

»Sie haben eine Gelbrückenschule in die Bucht getrieben.« Er umarmte sie begeistert. »Wenn sie gefangen haben, was sie brauchen, dann können wir uns unser ...« Er schätzte mit zusammengekniffenen Augen den Stand der Sonne ab. »Unser Mittagessen besorgen. Hast du Hunger?«

»Genug, um sofort loszumarschieren ...« Sie machte Anstalten aufzustehen, denn sie hatte fast schmerzhaften Hunger.

Er zog sie zu sich zurück und erstickte ihren halbherzigen Protest mit Küssen. Er streichelte ihr die Wange.

»Liebes Mädchen, wenn man diese blauen Flecken bei dir entdeckt, werde ich vor das Inselgericht geschleppt und wegen Vergewaltigung verurteilt.«

»Und was ist mit deinen Verletzungen?«

»Du hast dich meinen Annäherungsversuchen widersetzt.«

»Die recht aufdringlich ausgefallen sein müssen.«

»Sag ich doch. Da ich also meinen guten Ruf zu wahren habe, werden wir uns zurückhalten.« Er verlieh seiner Entscheidung mit einem sanften Kuß den entsprechenden Nachdruck. Dann strich er ihr das Haar aus der Stirn, und seine Finger blieben im weichen goldenen Gestrüpp hängen. »Ich habe keine Lust, dich mit irgend jemandem zu teilen, nicht einmal deinen Anblick. Wenn ich an die alten Märchen über Hexen, Zauberei und

Bannsprüche glauben würde, dann würde ich dich ›Hexe‹ nennen. Aber das bist du nicht — obwohl ich völlig von dir verzaubert bin.« Seine Finger streichelten sie etwas nachdrücklicher, und sein Gesichtsausdruck wurde fordernd. »Glaubst du, du könntest mich — noch einmal ertragen, wenn ich sehr vorsichtig bin?«

Sie kicherte und verschränkte die Hände hinter seinem Kopf, um seine Lippen auf ihren Mund zu ziehen.

Die Fischer waren schon lange wieder fort, als sie endlich aufstanden, um sich ihren Anteil zu holen. Sie wateten in die sanfte Brandung hinaus.

»Bleib hier, Carrigana«, wies Lars sie an, »und mach aus deinem Hemd eine Tragetasche!«

Sie hielt das Tuch bereit, während Lars bis zu den Schenkeln im Wasser stehend wartete. Dann bückte er sich plötzlich, stieß mit beiden Händen ins Wasser und warf eine Handvoll Wasser mit zappelnden Fischen zu ihr herüber. Sie verpaßte die erste Ladung und lachte über ihre Ungeschicklichkeit, doch bei der zweiten Ladung fing sie zwei Fische. Nach drei weiteren Fängen mußte sie ihr Hemd schon recht hoch halten, damit die munteren Gelbrücken nicht heraussprangen. Lars kam zu ihr, um den Fang zu begutachten und grinste über seinen Erfolg und ihr erstauntes Gesicht.

»Der hier ist zu klein.« Er gab einen Fisch wieder frei. »Zwei, vier, sechs, sieben. Wie viele kannst du essen? Soll ich noch mehr fangen?«

Bevor sie antworten konnte, kehrte er zu seinem Jagdrevier zurück und spähte ins klare Wasser. Er stieß noch einmal zu und warf drei große Gelbrücken in ihre Richtung. Sie fing sie mit einem fröhlichen Ruf in ihrem Hemd auf, verschloß das improvisierte Netz und rannte ungeschickt durch die kleinen Wellen zum Strand, bevor die zappelnden Fische entkommen konnten.

Lars half ihr, das Bündel fest zusammenzubinden, dann gingen sie lachend durch die Büsche zu ihrer verschwiegenen Lichtung zurück.

»Du kannst sie vorbereiten, während ich Feuerholz besorge und sehe, was ich sonst noch zusammenkratzen kann«, sagte er. Er zog die Zweige zur Seite, damit sie hindurchtreten konnte.

Fische auszunehmen, war nicht gerade ihre Lieblingsbeschäftigung, aber sie hatte schon die Hälfte ihres Fanges geputzt und im kleinen Bach gewaschen, bevor sie es bemerkte. Lars kam zurück, als sie gerade den letzten Fisch aufschlitzte. Unter dem linken Arm hatte er ein Bündel zusammengedrehter Brotbaumwedel, die ein sehr heißes Feuer ergeben würden, und in der rechten Hand hielt er einen Korb. Er suchte Steine am Ufer des Baches, um eine Feuerstelle zu bauen, zog eine Bratpfanne aus dem Korb und stellte Öl, Gewürze, Brot, Früchte und eine frische Packung mit dem weichen Inselkäse bereit.

Die tropische Nacht kam rasch und legte sich schützend über die Lichtung, während sie ihr Abendmahl beendeten und sich den Saft von den Fingern leckten.

»Willst du jetzt nett zu mir sein?« fragte Lars mit lüsternem Grinsen.

»Vielleicht bleibe ich doch lieber auf der Insel.« Killashandra war über ihre Sehnsucht selbst überrascht. »Eigentlich habe ich hier alles, was ich brauche ...«

»Schließt das auch mich ein?«

Killashandra blickte zu ihm auf. Trotz seines belustigten Tonfalls klang die Frage ernst.

»Ich wäre ausgesprochen dumm, wenn ich dich für selbstverständlich nehmen würde.« Sie meinte es ernst, denn so leichtlebig der Mann auch schien, sie spürte genau, daß Lars eine unerschütterliche Lauterkeit besaß, die sie oder jede andere Frau, die mit ihm zu tun hatte, anerkennen und achten mußte.

»Wir könnten auf den Inseln bleiben, Carrigana, und die Charterfirma in Gang bringen.« Lars stand wie sie unter einem Bann, der ihrer beider Entschlossenheit gefährdete. »Das Segeln ist nie langweilig. Dafür sorgt schon das Wetter. Es könnte ein schönes Leben sein, und ich kann dir versprechen, daß du niemals Brotbäume hacken müßtest!« Er streichelte ihre Hände.

»Lars ...« Sie mußte einiges richtigstellen.

Er legte ihr die Hand auf die Lippen. »Nein, Liebste, dies ist nicht der Augenblick für weitreichende Entscheidungen. Dies ist der Augenblick für die Liebe. Lieb mich noch einmal!«

12

Das Idyll dauerte bis zum frühen Morgen des dritten Tages. Während dieser Zeit war Killashandra mehr als bereit, ihr Ansehen als Kristallsängerin einfach zu vergessen und Lars' Gefährtin zu bleiben. Eine absolut unmögliche und undurchführbare Idee. Aber sie war fest entschlossen, seine Gesellschaft so lange wie möglich zu genießen. Erinnerungen an Carrik suchten sie heim, und wie so oft bei solchen Traumata färbten und verstärkten die Erinnerungen ihre Reaktionen auf Lars.

Ein Wetterwechsel erzwang ihre Rückkehr in die Gesellschaft. Der Abfall des Luftdrucks weckte Killashandra kurz vor dem Morgengrauen. Sie lag hellwach in Lars' entspannten Armen, die Beine noch mit den seinen verschränkt, und fragte sich, was sie so jäh und nachhaltig geweckt hatte. Dann roch sie den Wetterwechsel in der Morgenbrise. Killashandra war noch nicht auf die Idee gekommen, daß ihr Ballybran-Symbiont durch das Wetter eines anderen Planeten beunruhigt werden könnte. Sie aktivierte ihr Gespür und prüfte, was der Wetterwechsel bringen mochte.

Sturm, entschied sie, als der symbiotische Instinkt den Umschwung identifiziert hatte. Ein schwerer Sturm. Auf diesen Inseln höchstwahrscheinlich sogar ein Hurrikan. Ein äußerst gefährliches Phänomen für eine relativ flache Landmasse. Aber nein, es gab Berge in der Gegend, die Lars als ›Kopf‹ bezeichnet hatte. Sie lächelte, denn gestern hatte er ihr zwischen anderen sinnlicheren Aktivitäten einen ausführlichen Vortrag über Geschichte, Geographie und Wirtschaft der Inseln gehalten.

»Diese Insel bekam ihren Namen, weil sie beinahe aussieht wie ein Engel«, erklärte er, während er den Umriß mit einer Muschel im feuchten Sand nachzeichnete. »Sie wurde von einer Forschungssonde entdeckt und bekam ihren Namen lange bevor die ersten Siedler hier landeten. Über dem Kopf gibt es sogar eine Art Heiligenschein aus vorgelagerten kleineren Inseln. Wir sind hier an der Flügelspitze. Die Siedlung liegt in der Krümmung des Flügels — hier. Die westlichen Höhenzüge sind die Flügel, die sogar richtige Querrippen haben. Diese Seite der Insel ist viel flacher als das Hauptland. Wir haben zwei gute Häfen, einen im Norden und einen im Süden, und die ausgestreckten Hände des Engels umschließen den kleineren tieferen Hafen. Dort liegt das Büro meines Vaters. Du kannst es von hier aus wegen der Rückenberge, die der Wirbelsäule entsprechen, nicht sehen, aber oben auf dem Kopf liegt ein recht beeindruckender alter Vulkan.« Er grinste boshaft und gab Killashandra einen Eindruck von dem Teufelsbraten, der er früher gewesen sein mußte. »Manche Lästermäuler sagen, daß dem Engel der Kopf rauchte, als er sah, wer diesen Planeten besetzte. Aber natürlich stimmt das nicht. Der Vulkan ist schon lange tot.«

Angel Island war nicht die größte der Inseln, aber Lars erklärte, daß Killashandra sie bald als die beste schätzen lernen würde. Das südliche Meer war mit unzähligen kleinen Inseln übersät: einige völlig kahl, andere mit aktiven Vulkanen, und alles, was groß genug war, um Brotbaumhaine oder andere nützliche Tropenpflanzen zu tragen, war überwuchert.

»Wir sind ein ganz anderer Menschenschlag als die Leute auf dem Festland, und wir sind so geblieben, Carrigana. *Die* hören nur auf das, was die Ältesten ihnen auftischen, und benebeln ihre Köpfe mit dem Schwachsinn, der da aufgeführt wird. Die Inselbewohner sind noch klar im Kopf. Vielleicht sind wir leichtlebig und sorglos, aber faul oder dumm sind wir nicht!«

Es machte ihr große Freude, Lars zuzuhören, denn sie erkannte, daß er zugleich sich selbst bestätigen und sie informieren wollte. Seine Stimme war angenehm moduliert und drückte seine Gefühle so offen aus, daß sie ihm noch Jahre hätte zuhören können. Er machte aus Kleinigkeiten große Ereignisse, denn zweifellos zielten die Festlandbewohner darauf ab, die Inselkultur zu unterdrücken und nach und nach durch die Lebensart des Festlandes zu ersetzen. Er war kein weltfremder Träumer, und seine Rebellion gegen die Autoritäten auf dem Festland war keineswegs der blinde Trotz des Enttäuschten.

»Das klingt, als wolltest du Optheria nicht verlassen, selbst wenn du deinen Freunden den Weg dazu eröffnest«, hatte Killashandra spät am zweiten Abend bemerkt, als sie ihr Abendessen aus gedünsteten Muscheln gegessen hatten.

»Ich fühle mich hier so wohl wie nirgendwo sonst in der Galaxis.«

»Aber deine Musik ...«

»Sie wurde komponiert, um auf der optherianischen Orgel gespielt zu werden, und ich bezweifle, daß irgendein anderer Planet die Benutzung dieser Orgeln erlauben würde, selbst wenn die Ältesten und Meister zulassen würden, daß sie kopiert werden.« Er hatte diesen Gedankengang mit einem Achselzucken abgetan.

»Wenn du so etwas komponieren kannst, dann bist du sehr begabt ...«

Lars hatte sie ausgelacht und ihr das Haar gezaust, das ihn zu begeistern schien.

»Geliebtes Sonnenmädchen, dazu gehört kein großes Talent, glaub mir! Und ich habe auch nicht die Nerven, still herumzusitzen und mir Musik auszudenken.«

»Ach, hör doch auf, Lars!«

»Nein, im Ernst, ich fühle mich am Ruder eines Schiffs viel wohler.«

»Und deine Stimme?«

Er zuckte die Achseln. »Ganz nett für ein Lied am Lagerfeuer auf den Inseln, aber wer interessiert sich auf dem Festland schon für Gesang?«

»Aber wenn du den anderen ermöglichst, den Planeten zu verlassen, warum willst du dann nicht auch selbst gehen? Es gibt eine Menge anderer Planeten, auf denen du im Handumdrehen ein Star wärst.«

»Woher willst du das denn wissen?«

»So muß es einfach sein!« Killashandra schrie ihn fast an, so enttäuscht war sie über die Beschränkungen, die ihr von ihrer Rolle auferlegt wurden. »Warum willst du sonst versuchen, die Restriktionen aufzuheben?«

»Das ist reine Uneigennützigkeit. Außerdem, Sunny, haben Theach und Brassner wirklich etwas zur ganzen Galaxis beizutragen. Und sobald man einmal Nahia gegenübergestanden hat, wird klar, daß sie freigelassen werden muß. Denk nur an die Dinge, die sie bewirken könnte!«

Killashandra murmelte etwas Zustimmendes, da es von ihr erwartet wurde. Sie fühlte stets einen Stich der Eifersucht, wenn sie hörte, wie ehrfürchtig und verehrungsvoll Lars von Nahia sprach. Lars empfand eine gesunde Verachtung für die Ältesten und Meister und alle Regierungsvertreter mit Ausnahme seines Vaters. Von diesem sprach er stets mit Zuneigung und Respekt, doch Nahia schien noch über ihm zu stehen. Einige Male hörte Killashandra sogar ein kaum wahrnehmbares Zögern in Lars' Worten, als müßte er eine geheimnisvolle Diskretion wahren. Er hatte genauso gezögert, als er beinahe zugegeben hätte, daß er die Kristallsängerin entführt hatte. Und nun, da sie seine Motive verstand, bewunderte sie seinen gescheiten Opportunismus. Wußten die anderen in seiner Untergrundgruppe, was er getan hatte? Hatten sie es gebilligt? Und wie würde der nächste Schritt aussehen? Sie konnte sich die Wut der Heptitergilde gut vorstellen! Oder mußte sie sich selbst retten? Aber das hatte sie ja schon getan.

Auch Lars war wetterfühlig, denn sie war gerade mit ihrer Analyse fertig, als auch er sich regte und wie sie auf einen Schlag hellwach war. Er streichelte liebevoll ihr Haar, lächelte sie an und stand sofort auf, um in der Brise zu schnüffeln, die inzwischen stark genug war, um seine Haare flattern zu lassen. Er drehte sich langsam um sich selbst und blieb stehen, in die gleiche Richtung blickend wie sie.

»Da zieht ein Sturm auf, Carrigana. Komm, wir haben noch viel zu tun!«

Allerdings nicht so viel, daß sie es versäumten, sich zu lieben, trotz der Kürze nicht im mindesten oberflächlich. Dann gingen sie rasch schwimmen. Lars beobachtete ständig die Lichtwechsel im Himmel.

»Der Sturm bildet sich im Süden, also wird er sehr heftig.« Er stand einen Augenblick ruhig in den hohen Wellen der Flut. Er blickte nach Südwesten, runzelte die Stirn und ging, mit seiner Erkenntnis alles andere als zufrieden, wieder an Land und nahm ihre Hand, als suche er Trost.

Sie dachte sich nichts dabei, daß er einen Augenblick verschwand, während sie das Lager aufräumte. Lars drängte sich in die Büsche und kam mit einem seltsamen Lächeln auf den Lippen zurück. Er brachte zwei Girlanden aus strahlend blauen und weißen Blumen mit. »Die sollten reichen«, sagte er, während er ihr einen Kranz um den Hals legte. Sie verstand nicht, was er damit meinte, doch die Blumen dufteten erotisch, und sie stellte sich auf die Zehenspitzen, um ihm mit einem Kuß zu danken. »Jetzt mußt du mir den Kranz umlegen.«

Sie gehorchte lächelnd, und er küßte sie und schnaufte erleichtert, als hätte er eine wichtige Prüfung überstanden.

»Komm jetzt!« bat er, als er ihr den Korb gab, sich die Decke und ihre Kleidung über die Schulter warf und ihre Hand nahm. Er führte sie durchs Unterholz.

Die Sonne war noch nicht über den Horizont gestiegen, doch als sie den Strand erreichten, waren dort schon viele Menschen unterwegs. Vor den Gebäuden am Ufer waren Feuer entzündet, und Menschen mit Fackeln eilten hin und her und schoben Handkarren. Die tanzenden Lichter im Hafen verrieten, daß dort Besatzungen zu ihren verankerten Schiffen unterwegs waren. Der Schoner war fort, aber Killashandra hatte auch nicht erwartet, das große Schiff noch einmal zu sehen.

»Wohin bringen sie die Boote?«

»Nach hinten in den Schutz der Landzunge. Laß uns nachsehen, wieviel Zeit uns bleibt, bevor der Wind kommt. Wir haben eine Menge zu tun, bevor wir die *Pearl Fisher* in den Schutzhafen bringen können.«

Killashandra sah sich im malerischen Hafen um und bemerkte erst jetzt, wie verletzlich die Anlagen waren. Die erste Gebäudereihe stand nur vierhundert Meter von der Hochwassermarke entfernt. Würden die Häuser nicht von den Flutwellen des Sturms einfach überspült?

»Das passiert tatsächlich oft«, erklärte Lars ihr, während sie sich mit langen Schritten der Siedlung näherten. »Aber das Holz schwimmt, und nach dem letzten großen Sturm konnte Morchal sein komplettes Dach retten. Es schwamm in der Bucht, und er brauchte es nur herauszufischen und trocknen zu lassen.«

»Ich sollte Keralaw helfen«, sagte Killashandra unsicher; im Grunde wollte sie nicht von ihm weichen, doch sie wußte nicht, was man in einer solchen Notlage auf den Inseln von ihr erwartete. Lars' Hand schloß sich fest um ihren Ellbogen.

»Wie ich Keralaw kenne, hat sie alles im Griff. Ich will nicht, daß du auch nur einen Augenblick von meiner Seite weichst, Carrigana. Ich dachte, das hätte ich deutlich genug gesagt.«

Killashandra sträubte ob dieses besitzergreifenden Tonfalls die Haare, aber nur ein Teil in ihr mochte diesen Chauvinismus auch. Sie hatte einen gesunden Respekt vor Stürmen und wollte nach Möglichkeit an dem sichersten Ort sitzen, den es in dieser Gegend gab. Die Vernunft sagte ihr, daß dies gleichbedeutend damit war, in Lars' Nähe zu bleiben.

Auch in der Gastwirtschaft war Betrieb. Lars und Killashandra betraten den Raum und fanden einen richtigen Kommandoposten vor. Von der Bar wurden Ausrüstungsgegenstände und Geräte ausgegeben, die Killashandra nicht identifizieren konnte. An der Rückwand lief ein großer Bildschirm, der ein Satellitenbild des von Süden heranrückenden Sturmes zeigte. Geschätzte Zeiten für die ersten schweren Windböen, für die Sturmflut, für das Auge des Wirbelsturms und die Gegenwinde waren in der linken oberen Ecke aufgeführt. Andere unverständliche Informationen liefen in einem Band oben über den Bildschirm; Killashandra verstand sie nicht, doch offenbar waren sie für die Leute in der Bar einschließlich Lars sehr wichtig.

»Lars, Olav will dich sprechen!« rief ein großer Mann hinter der Bar und wies mit dem Kopf auf eine Seitentür. Killashandra bemerkte, wie er ihr nachstarrte, während sie Lars ins Nebenzimmer folgte.

So rustikal die Schänke auch von außen wirkte, dieser Raum war mit komplizierten Geräten vollgestopft. Einige von ihnen dienten meteorologischen Zwecken, wenn die Anlagen auch nicht so kompliziert waren wie die Instrumente in der Wetterwarte der Heptitergilde. Drukker ratterten, die Bildschirme zeigten schnell wechselnde Informationen.

»Lars?« Ein junger Mann wandte sich von einem

Scanner ab und stürzte sich besorgt auf den Neuankömmling »Was sollen wir ...«

Lars hob eine Hand und unterbrach ihn, und der junge Mann bemerkte die Girlande. Sein Blick zuckte erschrocken zu Killashandra.

»Tanny, das ist Carrigana. Und gegen diesen Sturm, der da heraufzieht, können wir überhaupt nichts tun.« Lars musterte eine Kopie des Videobildes im Hauptraum, während er weitersprach. »Das Zentrum wird ein Stück östlich an uns vorbeiziehen. Mach dir keine Sorgen um Dinge, die du sowieso nicht ändern kannst!« Er klopfte Tanny auf die Schulter, doch der besorgte Gesichtsausdruck des jungen Mannes blieb.

Killashandra hielt das alberne freundliche Lächeln aufrecht, als Tanny sie mit einem knappen Nicken begrüßte. Sie wußte ganz genau, über was oder besser über wen sie verstohlen diskutierten. Über sie. Die, wie sie glaubten, immer noch auf der winzigen Insel festsaß.

»Tanny ist mein Partner, Carrigana, und er ist einer der besten Seeleute auf ganz Angel«, erklärte Lars etwas abwesend, weil seine Aufmerksamkeit hauptsächlich der wirbelnden Wolkenmasse galt.

»Was ist, wenn der Sturm die Richtung wechselt, Lars?« Tanny wollte sich einfach nicht beruhigen lassen. »Du weißt doch, wie diese Südstürme sind ...« Er hob hilflos die Arme und hätte fast einen vorbeikommenden Mann erwischt, der gerade noch ausweichen konnte.

»Tanny, wir können überhaupt nichts tun. Auf der Insel ist ein großer Brotbaum, der schon ganz andere Stürme und Fluten überlebt hat, lange bevor ein Mensch diese Insel betrat. Wir werden uns vergewissern, sobald der Sturm sich verzogen hat. Alles klar?«

Lars wartete Tannys Zustimmung nicht ab, sondern führte Killashandra in den Hauptraum zurück. Er blieb an der Theke stehen und wartete geduldig in der Schlange, bis er sein Handfunkgerät in Empfang nehmen konnte. »Ich brauche nur eine kleine, Bart«, sagte er, und Bart stellte eine kleine Antigravmaschine auf die Theke. »Das meiste, was mir gehört, ist entweder auf der *Pearl* oder gerade auf dem Rückweg aus der Stadt. Carrigana, schnapp dir ein paar von diesen Vorratspäckchen!« fügte er hinzu, als sie zur breiten Veranda hinausgingen, wo weitere Notrationen ausgegeben wurden. »Vielleicht brauchen wir sie nicht, aber sie werden uns nicht belasten, wenn wir in die Berge gehen.«

Als sie sich nach Westen wandten und sich von der Siedlung entfernten, sah sie noch einmal Tanny, der ihnen immer noch besorgt nachstarrte. Der Wind nahm zu, und das Hafenwasser wurde kabbelig. Lars sah sich um und schätzte die Situation ein.

»Hast du schon mal einen schlimmen Sturm erlebt?« fragte er sie. Er grinste etwas herablassend.

»O ja!« erwiderte Killashandra heftig. »Kein Erlebnis, das ich wiederholen möchte.« Wie konnte Lars auch wissen, daß ein optherianischer Hurrikan im Vergleich zu den Passsover-Stürmen auf Ballybran kaum mehr als ein laues Lüftchen war. Wieder spürte sie den Impuls, ihm ihre wahre Identität zu offenbaren. Es gab so viel, was sie mit Lars teilen wollte.

»Die Warterei ist das Schlimmste«, sagte Lars grinsend. »Aber diesmal werden wir keine Langeweile haben. Mein Vater sagt, daß Theach mit Hauness und Erutown gekommen ist. Ich frage mich, wie sie die Reisegenehmigung bekommen haben.« Er kicherte. »Wir werden erfahren, was die Meister jetzt planen.«

Es fiel Killashandra sehr schwer, sich eine Bemerkung zu verkneifen. Aber er hatte recht: Das Warten auf den Sturm konnte äußerst interessant werden. Vielleicht konnte sie ihre ursprüngliche Aufgabe auf Optheria nicht ausführen, aber sie gewann auf jeden Fall einige Erfahrungen mit Dissidenten.

Sein Haus lag auf einem Hügel über dem Hafen in einem Hain aus großen Brotbäumen. Die Einrichtung sprach von einem ordentlichen Menschen, der klare und ruhige Farben bevorzugte. Er nahm einige akkurat gestapelte Seesäcke aus einem Schrank, in die sie seine Kleider und einige wunderschön gearbeitete Festanzüge stopften. Er löschte alle gespeicherten Informationen aus seinem Terminal, und als Killashandra fragte, ob sie nicht den Bildschirm in Sicherheit bringen sollten, zuckte er die Achseln.

»Der gehört dem Staat. Ich bin einer der wenigen Inselbewohner, die das Ding überhaupt benutzen.« Er grinste verschlagen. »Wir sehen nicht einmal ihre Fernsehsendungen! Die verstehen einfach nicht, wie wir ohne diese Bildschirmabenteuer leben können!« Er deutete zum Meer. »Aber wir haben wirkliche Abenteuer als Ersatz!«

Kissen, Hängematten, Küchengeräte, Teppiche, Vorhänge, alles wurde zu leicht beweglichen Bündeln zusammengeschnürt, um welche Lars die Riemen des Antigravmotors legte. Sie hatten für die ganze Arbeit kaum mehr als fünfzehn Minuten gebraucht.

»Wir hängen das Zeug einfach an einen Zug, besorgen uns was zu essen und bringen uns auf der *Pearl* in Sicherheit.« Er gab seinem Besitz einen sanften Stoß, um ihn in die entsprechende Richtung zu bewegen.

Als sie zum Ufer zurückkehrten, erkannte Killashandra, was er mit einem Zug gemeint hatte. Der Hausrat zahlreicher Menschen, zusammengepackt und gewichtslos, wurde an einen großen Schweber gebunden, auf dem schon einige Familien mit kleinen Kindern hockten. Als er voll beladen war, lenkte der Fahrer ihn auf einer gewundenen Straße in Richtung der fernen Berge.

»Kann ich bei der nächsten Fuhre mit, Jorell?« rief Lars dem Mann zu, der eine Hafenbarkasse zu den verankerten Schiffen hinauslenkte.

»Alles klar, Lars!«

»Da ist Keralaw«, sagte Killashandra, auf die Frau deutend, die heiße Suppe aus einem riesigen Bottich austeilte.

»Auf ihre Fürsorge kann man immer zählen«, sagte Lars. Sie änderten ihren Kurs, um sie zu begrüßen.

»Carrigana!« Keralaw unterbrach ihre Arbeit und winkte energisch, um ihre Aufmerksamkeit zu erregen. »Ich hatte ja keine Ahnung, wo du ...« Sie unterbrach sich, und als sie die Girlande um Killashandras Hals und das Gegenstück an Lars' Hals sah, fielen ihr fast die Augen heraus. Dann lächelte sie. Sie tätschelte wohlwollend Killashandras Arm. »Also, ich hab deinen Seesack auf jeden Fall mit meinem zusammen auf den Zug in die Berge gegeben. Sehen wir uns da?« Sie wirkte etwas verlegen, als sie zwei Tassen aus einem Beutel zog und ihnen heiße Suppe einschenkte.

»Sobald wir die *Pearl* in den Schutzhafen gebracht haben«, sagte Lars leichthin; Killashandra glaubte, daß sein Gesichtsausdruck etwas verschlagen war, als freute er sich über Keralaws Verblüffung. Er pustete auf seine Suppe und schlürfte vorsichtig. »So gut wie immer, Keralaw. Du mußt mir unbedingt mal dein Rezept verraten. Ich weiß gar nicht, was Angel im Krisenfall ohne deine Unterstützung täte.« Keralaw stieß ein erfreutes Seufzen aus und versetzte ihm einen Stoß in die Rippen, bevor sie sich zu Killashandra beugte. »Du hast es am Strand besser erwischt als ich auf dem Schiff!« murmelte sie und gab auch ihr einen kumpelhaften Rippenstoß. »Und«, fügte sie hinzu, während sich ihr Gesichtsausdruck von schelmischer Freude zu feierlichem Ernst änderte, »du bist genau das, was er braucht.«

Bevor Killashandra auf diese geheimnisvolle Bemerkung reagieren konnte, bediente Keralaw schon die nächste Gruppe.

»Da Keralaw es nun weiß«, sagte Lars zwischen zwei Schlucken, »wird, ob Sturm oder nicht, in kürzester Zeit die ganze Insel informiert sein.«

»Daß wir zwei zusammen sind?« Killashandra starrte ihn lange an, denn so langsam wurde ihr klar, was diese blauweißen Girlanden auf den Inseln bedeuteten. Es war etwas voreilig von ihm gewesen, doch er hatte natürlich vorausgesetzt, daß sie die Bräuche der Inseln kannte. Aber insgeheim setzte sie einen neuen Posten auf ihre Abrechnung. »Ihr seid hier bemerkenswert gut organisiert …« Sie ließ den Satz in der Luft hängen und deutete damit an, daß sie schon an weniger gut organisierten Orten gewesen war.

»Angel Island wird nicht oft direkt von Stürmen getroffen, und auch dieser kann vorher noch abschwenken, aber auf Angel wartet man nicht bis zum allerletzten Augenblick. Vater duldet keine Pannen. Die kosten Menschenleben und Geld. Ah, Jorell ist zurück! Halt deine Tasse fest, wir brauchen sie später noch.«

Die Hafenbarkasse wartete im kabbeligen Wasser auf sie und weitere Passagiere. Lars bückte sich, um seine Tasse auszuspülen, und Killashandra folgte seinem Beispiel, bevor sie über die Reling des Wassertaxis stieg. Bereitwillige Hände zogen sie an Bord.

Auf allen Schiffen, die noch im Hafen lagen, war Betrieb, aber viele waren schon in die sichere geschützte Bucht aufgebrochen. Lars schwatzte liebenswürdig mit den anderen Passagieren und stellte Killashandra allen anderen vor. Der aufkommende Sturm machte die Menschen trotz ihrer Routine unruhig. Man glaubte, daß es eigentlich noch zu früh im Jahr für einen so schweren Sturm sei; man vermutete, daß er nach Westen abdrehen werde, wie es die Stürme häufig taten, und man zeigte sich erleichtert, daß keiner der beiden nächstgelegenen Monde voll war und damit die Flutwelle noch erhöhte. Die Pessimisten an Bord erklärten allerdings, daß dies der Beginn eines sehr stürmischen Winters sei, und Killashandra spitzte bei dieser Bemerkung neugierig die Ohren. Winter? Soweit sie wußte, war sie im Vorfrühling auf Optheria eingetroffen. Hatte sie irgendwie ein halbes Jahr verpaßt?

Dann zog das Taxi neben ein schlankes, fünfzehn Meter langes abgetakeltes Schiff, und Lars sagte ihr, sie solle die Strickleiter packen, die an seiner Seite pendelte. Sie kletterte hinauf und wäre beinahe über die Reling gefallen, die sie übersehen hatte. Dann war Lars neben ihr und bedankte sich mit einem fröhlichen Ruf bei Jorell, während er mit raschen Bewegungen die Strickleiter einzog und verstaute.

»Wir müssen die Kabine aufrüsten, bevor wir lossegeln«, sagte Lars, indem er in Richtung des Hecks nickte.

Killashandra wußte nicht viel über Schiffe dieser Größe, aber die Kabine kam ihr sehr aufgeräumt vor, für den Tag hergerichtet. Sie betrat die vordere Kabine, sah sich um und vermutete, daß sie in der oberen rechten Koje gelegen hatte. Dann drehte sie sich um und schätzte den Ausblick ein, den sie wahrscheinlich gehabt hatte, und nun war sie sicher, daß sie auf der *Pearl Fisher* auf die verdammte kleine Insel gebracht worden war.

»Gibt es Neuigkeiten?« fragte Lars ins Handfunkgerät, während er die Treppe herunterkam. Er lauschte und inspizierte gleichzeitig einige Schränke, um sich schließlich lächelnd an sie zu wenden. »Gebt mir sofort Bescheid, wenn sich etwas verändert. Ende.«

Er legte das Funkgerät fort und zog sie völlig überraschend fest an sich. Seine strahlend blauen Augen funkelten wenige Zentimeter vor ihrem Gesicht. Er nahm den Ausdruck eines sexbesessenen Unholds an, riß in übertriebener Wildheit die Augen auf, beugte sich stürmisch über sie und streichelte sie heftig. »Endlich allein, Mädchen, und wer weiß, wann wir das nächste Mal in einer Situation sind, die ich schamlos ausnutzen kann!«

»Oh, Herr, so laßt mich doch!« Killashandra klimperte mit den Wimpern und keuchte entsetzt. »Wie könnt Ihr in dieser Stunde des Unglücks ein unschuldiges Mädchen entehren?«

»Irgendwie scheint es genau das richtige«, sagte Lars in einem völlig anderen Ton und gab sie so plötzlich frei, daß sie sich am Tisch festhalten mußte. »Zügle deine

Triebe noch einen Augenblick, damit ich das Bett machen kann, in das du gleich gelegt wirst.« Er klappte den Tisch zur Seite und winkte ihr, das andere Ende der Sitzbank zu heben, die sich zu einem Bett aufklappen ließ.

Sie sanken ins Bett, und Lars nutzte ihre Bereitschaft hemmungslos aus.

Das Summen des Funkgeräts holte sie in die Realität zurück, die sie vorübergehend vergessen hatten. Lars mußte sich in dem rüttelnden Schiff festhalten, um das Funkgerät zu erreichen. Er hörte stirnrunzelnd zu.

»Nun, Geliebte, ich hoffe, du bist eine gute Matrosin, denn es wird draußen am Flügel ziemlich rauh werden. Der Sturm kommt tatsächlich zu uns. Er schwenkt nicht ab und wird nicht langsamer! Nimm das Ölzeug da aus dem Schrank! Die Temperatur sinkt, und der Regen wird kalt.«

Glücklicherweise gab Lars seiner Helferin klare Anweisungen, und Killashandra kam mit ihren Aufgaben gut genug zurecht, um mit einem erfreuten Nicken belohnt zu werden. Die *Pearl Fisher* war im Grunde ein Einhandsegler, denn alle Einrichtungen konnten von der Brücke aus fernbedient werden. Lars winkte Killashandra zu sich ins Heck, als der Anker mit Motorkraft gelichtet wurde. Ein weiterer Motor zog das Hauptsegel am Mast auf, und Lars' Wimpel flatterte an der Mastspitze im Wind, als das Segel einrastete.

Der Wind blähte das Segel und trieb das Schiff aus der weiten Mündung des Hafens; anscheinend waren sie die letzten. Und anscheinend hatte auch niemand ihre Verspätung bemerkt. Am Strand war kein Mensch mehr zu sehen, die vernagelten Geschäfte und Häuser wirkten völlig verlassen. Die Flutwellen leckten bereits an den Grillplätzen, und Killashandra fragte sich, wieviel noch von der Strandpromenade übrig sein würde, wenn sie zum Flügelhafen zurückkehrten.

Killashandra fand die Geschwindigkeit, mit der die *Pearl Fisher* segelte, sehr aufregend. Lars hatte, nach seinem verzückten Gesicht zu urteilen, ganz ähnliche Gefühle. Der kräftige Wind trieb sie quer durch den Hafen bis vor die Einfahrt, wo Lars den Kurs wechselte, um parallel zum Land weiterzusegeln. Die *Pearl* lag schräg im Wasser und wurde vom Südwind am Flügel des Engels entlanggetrieben.

Es schien endlos lange zu dauern, es hatte etwas Irreales, aber es war ganz anders als das Kristallschneiden, bei dem für Killashandra auch manchmal die Zeit stehenblieb. Dies hier war eine andere Art von Zeit, eine Zeit, die *mit* jemand verbracht wurde, mit jemand, dessen Nähe einfach hinreißend war. Sie berührten sich mit Schultern, Hüften, Schenkeln, Knien und Beinen, weil das schief im Wasser liegende Schiff sie immer wieder gegeneinander warf. Es war keine Reise, erkannte sie traurig, die ewig dauern würde, sondern ein kurzes Zwischenspiel, an das sie sich hoffentlich später erinnern würde. Es gibt Augenblicke, das hatte sich Killashandra oft gesagt, die man bewahren mußte.

Die Sonne hatte etwa im Zenit gestanden, als sie den Flügelhafen verlassen hatten. Sie senkte sich im Westen herab, als sie um die Flügelspitze segelten, wo die Niederungen den gewaltigen Basaltklippen wichen, die sich lotrecht aus der krachenden See erhoben und eine Bastion gegen den rasch aufziehenden Sturm bildeten. Im Südhimmel hingen dunkle drohende Wolken. Im Schutz der Klippen segelten sie erheblich gemütlicher. Sie bekamen Hunger, und Killashandra ging nach unten, um die Vorräte durchzusehen. Wegen der rauhen See konnte sie nur einige Hitzepacks öffnen, die sie zusammen auf der Brücke verspeisten. Killashandra hielt es für besser, eine Woge unangebrachter Lust zu verdrängen, als Lars beim Versuch, das Ruder festzuhalten, gegen sie gedrückt wurde.

Dann hatten sie die Klippen umrundet und näherten sich dem schon stark besetzten Schutzhafen, in dem die Flotte Zuflucht gesucht hatte. Lars feuerte eine Leuchtkugel ab, um eine Barkasse anzufordern, dann schickte er Killashandra mit einem Bootshaken zum Bug, wo sie die strahlend orangefarbene Boje 82 abfing. Er holte mit der Fernsteuerung das Segel ein und bremste die *Pearl* mit dem Motor ab, um nicht über die Boje hinauszuschießen.

Boje 82 war in der zweiten Reihe zwischen zwei kleinen Fischerbooten, und Killashandra war recht erfreut, daß sie die Boje beim ersten Versuch eingefangen hatte. Als Lars das Schiff verankert hatte, so daß es wohlbehalten den Sturm überstehen konnte, war das kleine Hafentaxi schon bei ihnen; der Bootsführer machte wegen der rauhen See ein ziemlich mürrisches Gesicht.

»Warum hast du so lange gebraucht, Lars?«

»Querwinde und eine rauhe Überfahrt«, sagte Lars und log so fröhlich, daß Killashandra sich genötigt sah, ihm einen Rippenstoß zu versetzen. Er legte den Arm um sie, um weiteren Angriffen zuvorzukommen. Sie mußten sich an der Reling festhalten, denn das kleine Boot tanzte und hüpfte im Wind.

Einen Augenblick lang glaubte Killashandra, der Bootsführer würde mit ihnen direkt in die Klippe hineinfahren. Dann bemerkte sie das Licht in der Höhle. Als hätte der überhängende Fels für die Vorherrschaft der See eine Grenze gezogen, befand sich das Boot plötzlich in ruhigerem Wasser und fuhr im Innern der Höhle zum sandigen Ufer. Killashandra warf die Leine den am Ufer wartenden Helfern zu. Das kleine Boot wurde an Land gezogen, wo es vor Sturm und Meer in Sicherheit war.

»Wieder mal als letzter, Lars?« wurde er geneckt, als sie die lange Treppenflucht hinaufgingen, die aus dem Basalt geschnitten war. Es war ein ermüdender Weg für Killashandra, die an Treppen nicht gewöhnt war. Ihr

Stolz verbot es ihr, um eine kurze Pause zu bitten, doch als sie die Treppe hinter sich hatten und auf eine windumtoste Terrasse traten, war sie völlig erschöpft. Sie war erleichtert, als sie einen wartenden Schweber bemerkte, denn das Gebirge erhob sich riesengroß über ihnen, und sie glaubte nicht, daß sie noch einmal eine Treppe hinaufsteigen konnte.

Brotbäume und andere Pflanzen säumten den Höhenzug und boten dem Schweber, der an der Höhenlinie entlangschoß, einen Windschutz. Sie landeten vor einem richtiggehenden Stationsgebäude. Killashandra hatte sich durch die kurze Ruhe etwas erholt und folgte dem energisch ausschreitenden Lars in die Haupthalle der Gebirgsstation.

»Lars!« rief ein Mann am Eingang. »Olav ist in der Zentrale. Kannst du zu ihm kommen?«

Lars winkte zustimmend und führte Killashandra zu einer ansteigenden Rampe und an einem riesigen Saal vorbei, in dem sich viele Menschen drängten. Dann kam eine weitläufige Garage, in der Hunderte von Paketen wie fremdartige außerirdische Lebewesen schwerelos in den Bändern hingen.

Die Luft war kalt und roch nach Sturm, und Killashandra bemerkte deutlich die Unruhe ihres Symbionten. Der Sturm würde jeden Augenblick ausbrechen.

»Die Zentrale ist gut abgeschirmt, Liebste«, sagte Lars, indem er ihre Hand nahm und beruhigend streichelte. »Dort wird der Sturm dir nichts anhaben können. Ich kann es auch selbst spüren«, fuhr er fort, als er ihre überraschte Reaktion bemerkte. »Wir sind wohl beide ziemlich wetterfühlig!« Diese Seelenverwandtschaft schien ihm zu gefallen.

Sie betraten die nächste Ebene, die nach den Zeichen an den Türen auf beiden Seiten des breiten Ganges hauptsächlich als Lager diente. Lars marschierte zielstrebig zum stabilen Portal am gegenüberliegenden Ende des Ganges und schob den Daumen ins Türschloß, woraufhin sich die Tür sofort öffnete. Killashandra zuckte unwillkürlich zusammen, als sie die sturmgepeitschten Bäume und völlig unerwartet im Norden und Süden die beiden Häfen sah. Lars drückte ihr beruhigend die Hand. Neben der Tür hingen Datenbildschirme, auf denen die Informationen abspulten, die von den Satelliten zu den Empfangsantennen auf der Insel gesendet wurden. Die anderen drei Seiten der Zentrale waren, abgesehen von der Wendeltreppe, die ins Stockwerk darunter führte, verglast.

Olav war emsig beschäftigt; er ging von einem Bildschirm zum nächsten und versuchte, aus der Flut der Daten einen Überblick zu gewinnen. Er bemerkte Killashandra und Lars und nahm mit gehobener Augenbraue die zerquetschten Girlanden zur Kenntnis. Er deutete auf die Wendeltreppe und machte eine Geste, die Killashandra als Versprechen verstand, sich später zu ihnen zu gesellen.

Sie durchquerten den Raum, und Lars blieb vor der Treppe stehen, um einige Anzeigen abzulesen. Dann gab er ein unbestimmtes Grunzen von sich und winkte ihr, ihm vorauszugehen. Deshalb betrat sie als erste den Raum und stellte dankbar fest, daß es hier nur im Norden und Süden große Fenster gab. In einem breiten Kamin in der Ostwand knackte ein Feuer. In der westlichen Wand waren vier Türen, eine war geöffnet, und dahinter lag eine kleine Küche. Doch Killashandras Aufmerksamkeit wurde sofort von den Menschen im Raum gefesselt: drei Männer und die schönste Frau, die Killashandra je gesehen hatte.

»Nahia! Wie kannst du dich so in Gefahr bringen?« rief Lars, unter seiner gebräunten Haut wachsbleich, als er sich an Killashandra vorbeischob. Sie war völlig verblüfft, als er vor der Frau auf die Knie fiel und ihr die Hand küßte.

13

Auch Nahia reagierte auf Lars' unterwürfige Geste mit äußerster Verblüffung. Sie warf Killashandra einen raschen Blick zu, der ihre Verlegenheit verriet, während sie Lars wieder hochzog.

»Mein Freund, so geht es nicht«, sagte sie freundlich, aber entschieden. »Denk nur, welche Wirkung eine solche Geste auf einen Ältesten oder Meister hätte — doch ich weiß sehr wohl, was du von diesen Würdenträgern hältst. Aber solche dramatischen Gesten können unser Ziel gefährden.«

Lars war wieder aufgestanden, und sie entzog sich mit einem raschen Tätscheln seiner Hand und einer beiläufigen Entschuldigung für die peinliche Szene seiner Umarmung und näherte sich Killashandra. »Wen hast du da mitgebracht?« fragte sie, während sie zögernd lächelte und Killashandra die schlanke Hand bot. »Wer trägt deine Girlande?«

»Carrigana, bis vor kurzem noch Brotbaumpflanzerin«, erwiderte Lars. Er trat neben Killashandra und nahm fest ihre Hand.

Er wollte sich natürlich entschuldigen, weil er eine andere Frau so überschwenglich begrüßt hatte, doch erst Nahia löste Killashandras zunehmende Feindseligkeit endgültig auf. Die Berührung ihrer Hand hatte eine beruhigende Wirkung; es war kein Schock und es gab keinen Ruck, sondern war wie eine unaufdringliche Besänftigung. Nahia betrachtete Killashandra mit besorgten Augen, ihre Mundwinkel zogen sich zu einem leichten Lächeln nach oben, das zu einem breiten Lachen aufblühte, als sie spürte, wie Killashandras Widerstand sich auflöste. Dann runzelte sie leicht die Stirn, als sie die immer noch aktive Kristallresonanz in Killashandra spürte. Nun war es an der Kristallsängerin, beruhigend zu lächeln und Nahia als das anzuerkennen, was sie war: eine Empathin.

Killashandra hatte von solchen Menschen gehört, doch sie war noch nie einem von ihnen begegnet. Die Enzyklopädie hatte keinen Hinweis darauf enthalten, daß es auf Optheria auch parapsychologische Fähigkeiten gab. In den meisten Fällen entwickelte sich dieses Talent spontan und unkontrolliert. Doch bei Nahia war es mit unerwarteter Schönheit, Unbestechlichkeit und einer Aufrichtigkeit kombiniert, die nur wenige derart begabte Bewohner der Federated Sentient Planets für sich in Anspruch nehmen konnten. Lars hatte mit seiner Behauptung, Nahias ganz besondere Talente seien ein Gewinn für die ganze Galaxis, durchaus recht gehabt. Sie war eine menschgewordene Göttin.

Nahia blickte Killashandra fragend an und versuchte den flüchtigen Kontakt mit dem Kristall zu identifizieren. Killashandra lächelte, drückte noch einmal Nahias feingliedrige Hand, ließ sie los und lehnte sich leicht bei Lars an.

In diesem Augenblick traten die anderen Männer vor, um die Neuankömmlinge zu begrüßen.

»Ich bin Hauness, Nahias Begleiter«, sagte der größte der drei, ein attraktiver Mann, den Killashandra auf Mitte Dreißig schätzte. Sein Handschlag war kräftig, aber nicht übertrieben fest, und auch er besaß einen Charme und eine Ausstrahlung, mit denen er in jeder Gruppe von Menschen sofort aufgefallen wäre — zumindest in jeder Gruppe, in der nicht gleichzeitig Nahia war. Oder Lars. »Glaub mir, Lars, wir wußten nicht, daß es einen Sturm geben würde, als wir die Reise antraten. Aber ...«

»Es gab Dinge, die wir mit euch besprechen mußten, ganz egal, wie hoch das Risiko war.« Erutown war der älteste und der direkteste. Sein Verhalten deutete an, daß er meist die Rolle eines humorlosen Pessimisten einnahm. Er drückte Killashandra kurz die Hand und ließ sie sofort wieder los. »Aber es war gar nicht gefährlich — ich meine das Wetter —, als wir aufbrachen.« Er hielt inne, den Oberkörper etwas von Killashandra abgewandt, als wolle er Lars von ihr absondern und so schnell wie möglich mit den Dingen beginnen, die besprochen werden mußten.

»Theach«, sagte der dritte Mann, der Killashandra mit einem knappen, zurückhaltenden Nicken begrüßte.

Er war einer jener unauffälligen Menschen mit bescheidenem Auftreten und durchschnittlichen Gesichtszügen, die man in fast jeder Gruppe von Menschen trifft und sofort wieder vergißt. Nur weil sie von Lars über seine mathematischen Fähigkeiten informiert worden war, betrachtete Killashandra Theach etwas gründlicher und bemerkte, daß seine Augen vor Klugheit strahlten: Er nahm an, daß sie ihn sofort wieder vergessen würde, hatte sogar darauf gehofft und schien bereit, die Zurücksetzung zu akzeptieren, an die er offenbar gewöhnt war.

Deshalb blinzelte Killashandra ihm freundlich zu. Sie erwartete schon, daß er sich verwirrt zurückzog, wie es schüchterne Menschen tun, doch er zwinkerte lächelnd zurück.

Erutown räusperte sich und deutete damit an, daß nun, nachdem die Vorstellungen erledigt waren, die Besprechung beginnen sollte, derentwegen sie gekommen waren.

»Ich weiß nicht, wie es dir geht, Lars, aber ich bin am Verhungern«, sagte Killashandra und deutete zur Küche. »Soll ich nachsehen, was es gibt?« Sie wandte sich an die anderen. »Soll ich uns etwas zu essen bereiten?«

Lars drückte ihr dankbar die Hand, bevor er sie freigab. Er sagte ihr, sie solle aussuchen, was sie mochte, und er würde dasselbe essen, doch die anderen lehnten ab und deuteten zu einem niedrigen Tisch, auf dem noch die Reste einer Mahlzeit standen.

Die vier Verschwörer wußten nicht, daß Killashandras Gehör durch den Symbionten extrem verstärkt war. Trotz der Distanz hätte sie ihre Unterhaltung belauschen können, selbst wenn sie geflüstert hätten.

»Vor zwei Tagen kam endlich die Nachricht, Lars.« Erutowns Baritonstimme war trotz des Lärms, den Killashandra in der Küche machte, deutlich zu hören.

»Hat auch lange genug gedauert«, sagte Lars mit leisem Knurren.

»Sie mußten suchen. Und sie waren gründlich und haben eine ganze Anzahl kleinerer Verbrechen und Vergehen aufgedeckt, die sie natürlich aufgehalten haben.« Hauness schien amüsiert.

»Wurde einer von uns erwischt?«

»Keiner von uns«, erwiderte Hauness.

»Damit sind wir ein paar sehr dumme Leute losgeworden«, sagte Erutown.

»Sie ist doch sicher, Lars?« fragte Nahia etwas besorgt und deutete anmutig zum dunkler werdenden südlichen Horizont.

»Sie müßte in Sicherheit sein, ja. Sie braucht eigentlich nur Verstand genug, um auf den Brotbaum zu klettern.«

»Du hättest Kontakt mit uns aufnehmen sollen, bevor du so impulsiv handeltest, Lars.«

»Das konnte er doch gar nicht, Erutown«, warf Nahia ein und nahm Lars in Schutz. Dann kicherte sie leise. »Impulsiv, aber es hat sich als ausgesprochen wirkungsvoller Schachzug erwiesen. Die Ältesten waren gezwungen, sich noch einmal an die Heptitergilde zu wenden.«

»Haben sie denn zugegeben, daß die Kristallsängerin entführt wurde?«

»Wie können sie, da sich bisher noch niemand zu einem so schrecklichen Verbrechen bekannt hat?« fragte Hauness sachlich, doch seine Stimme verriet seine Belustigung. »Der Älteste Torkes hat düstere Kommentare über den Angriff eines Inselbewohners abgegeben ...«

Lars platzte mit einem gehässigen Lachen heraus, doch Erutown knurrte warnend und blickte über die Schulter zur Küche, wo Killashandra für sie unsichtbar beschäftigt war.

»Lars, du weißt ja nicht«, fuhr Hauness fort, »daß die Kristallsängerin eine Auseinandersetzung mit dem Leiter des Sicherheitsdienstes Blaz hatte und hinausmarschierte, ohne irgend etwas repariert zu haben.«

Lars stieß einen leisen erfreuten Pfiff aus. »Ist sie deshalb in Gartertown herumgewandert? Ich habe mich schon gewundert!«

»Erutown mag es nicht billigen, und einige andere hat dein Eingreifen sogar erschreckt, Lars, aber zweifellos wird es peinliche Fragen geben, wenn der zweite Kristallsänger eintrifft«, wies Hauness Erutowns mißmutiges Murmeln zurück.

»Wollen wir hoffen, daß die Angelegenheit dem Rat vorgelegt wird«, sagte Lars. »Aber was hat euch so unerwartet hergeführt?«

»Wie ich schon sagte, offenbarte die Suche nach der Kristallsängerin einige unvermutete Unzulänglichkeiten in unserer Organisation. Theach und Erutown müssen untertauchen. Kennst du denn noch eine passende Insel?«

Lars schwieg für eine Weile und starrte erst Hauness und dann die anderen an. Erutown wandte stirnrunzelnd den Blick ab, doch Theach sah Lars lächelnd in die Augen.

»Einige meiner Aufzeichnungen wurden entdeckt, und da mir sowieso schon die Rehabilitation drohte ...« Theach hob vielsagend die Schultern.

Als Lars Erutown fragend ansah, wich der Mann seinem Blick aus.

»Erutown wurde als Werber für unsere Organisation denunziert«, sagte Hauness. »Es war nicht seine Schuld.«

»Es war meine Schuld, wenn ich dumm genug war,

solche ängstlichen Leute zu rekrutieren«, widersprach Erutown.

Lars grinste. »Ich könnte dich ja zur Kristallsängerin bringen.« Irgendwie schien er über diesen Einfall äußerst belustigt und auch Hauness grinste, während Nahia ihre Schadenfreude auf Erutowns Kosten zu zügeln versuchte. »Die Insel ist groß genug, und inzwischen ist sie für die Gesellschaft vielleicht sogar dankbar.«

»Ich könnte ruhiger schlafen, wenn ich wüßte, daß Erutown und Theach bei ihr wären«, sagte Nahia. »Der Sturm muß sie ziemlich erschreckt haben.«

»Mir gefällt die Idee nicht«, sagte Erutown.

»Wenn sie aber denkt, daß man dich auch gekidnappt hat ...«, schlug Hauness vor, doch dann, als Erutown den Kopf schüttelte, verwarf er seine eigene Idee mit einer abfälligen Handbewegung.

»Ich hätte keine Einwände«, sagte Theach. »Wir wissen nicht viel über Kristallsänger, außer daß ihre Wunden sehr schnell verheilen und daß sie einen ungewöhnlichen Beruf ausüben.«

»Du?« Erutown schnaubte verächtlich. »Du würdest wahrscheinlich an deinen eigenen Theorien ersticken.«

»Wenn ich theoretische Überlegungen anzustellen habe, bin ich immer vorsichtig genug, mich an einen sicheren und abgeschiedenen Ort zurückzuziehen«, erwiderte Theach liebenswürdig. »Eine Insel käme mir tatsächlich sehr gelegen.«

»Du würdest verhungern.«

»Auf einer Brotbauminsel kann man nicht verhungern.« Theach wandte sich, um Bestätigung heischend, an Lars, der sofort nickte.

»Allerdings mußt du für dein Essen arbeiten«, räumte Lars ein. »Wenigstens für ein paar Stunden am Tag.«

»Da anscheinend völlig falsche Vorstellungen über meine geistigen Ausflüge im Umlauf sind, muß ich euch sagen, daß intensives Nachdenken durchaus einen großen Appetit erzeugt. Und da das Essen sowohl den Kör-

Zwischendurch: [redacted] „Abgeschiedenheit, Essen und Trinken und die Garantie, daß ich nicht gestört werde…“ [redacted]

[redacted] Diese Vorstellung kann auch dem Leser behagen – denn er braucht ein bißchen Ruhe, um sich ganz der spannenden Lektüre hingeben zu können. Für die kleine Mahlzeit zwischendurch sorgt dann die… [redacted]

per als auch die Gedanken auf Touren hält, unterbreche ich hin und wieder meine Meditationen, um zu essen. Wenn ich das Essen selbst beschaffen muß, dann unterziehe ich mich auch dieser Ertüchtigung. Ja, Lars«, und damit lächelte Theach den Inselbewohner an, »ich beginne so langsam wirklich zu glauben, daß mir eine Insel alles bieten könnte, was ich brauche: Abgeschiedenheit, Essen und Trinken und die Garantie, daß ich nicht gestört werde.« Er lehnte sich zurück und strahlte den Kreis seiner Freunde an.

»Wie viele wissen, daß ihr zu den Inseln herausgekommen seid?« fragte Lars ernst.

»Nahia hat in der letzten Zeit sehr viel gearbeitet, Lars«, erwiderte Hauness. »Ihr wurde ein Urlaub genehmigt. Ich habe meinen Jahresurlaub beantragt und erklärt, daß wir vor der Küste eine Kreuzfahrt machen wollen. Freunde von uns werden jeden Eid ablegen, daß wir das auch getan haben. Außerdem — wer käme schon auf die Idee, daß wir freiwillig in einen Hurrikan fahren?«

»Wir sind heimlich an Bord eines Düsenbootes gegangen«, fügte Erutown hinzu. »Welcher Älteste würde schon vermuten, daß Nahia etwas mit den Abtrünnigen zu tun hat?«

»Wenn sie nur ein Fünkchen Verstand besitzen«, sagte Nahia trocken, und Killashandra staunte über die unterdrückte Wut in ihrer Stimme, »dann sollten sie eigentlich wissen, daß ich Unterdrückung, Enttäuschung und Verzweiflung einfach fühlen *muß* und auch nicht anders kann als Mitleid empfinden! Niemand mit meiner Begabung kann Ungerechtigkeit einfach hinnehmen.«

Die Gruppe schwieg für einen Augenblick.

»Kann man deiner Frau trauen, Lars?« fragte Hauness leise.

Killashandra unterdrückte die Schuldgefühle wegen ihrer Doppelrolle und beschloß, daß es an der Zeit sei, sich wieder zu der Gruppe zu gesellen, bevor Lars einen Meineid schwor.

»Hier, das müßte reichen, Lars«, sagte sie. Sie stellte einen großen Teller mit Sandwiches und heißen Leckereien ab, die sie im Vorratslager gefunden hatte. »Soll ich euch wirklich nichts bringen?« fragte sie die anderen, während sie die benutzten Teller und Tassen abräumte.

Erutown sah sie mißmutig an, dann wandte er sich ab und betrachtete die rollenden Wolkenformationen des heraufziehenden Sturms. Theach lächelte abwesend. Hauness schüttelte den Kopf und machte es sich neben Nahia bequem, die sich mit geschlossenen Augen und entspanntem Gesicht auf der Couch zurückgelehnt hatte.

Als Killashandra mit ihrer eigenen Portion zurückkehrte, waren Lars und Hauness in ein Satellitenfoto des aufziehenden Hurrikans vertieft, das auf einem Bildschirm dargestellt war. Killashandra mußte zugeben, daß es ein ganz ordentlicher Sturm werden würde, aber kaum mit dem zu vergleichen, was ihre Heimat Ballybran ausbrüten konnte.

Einen Sturm zu beobachten, konnte geradezu hypnotisierend sein. Theach war der erste, der die Faszination durchbrach. Er setzte sich vor ein kleines Terminal und rief Gleichungen auf den winzigen Bildschirm. Sein Rücken schien gespannt. Nur das gelegentliche Klappern der Tastatur zeigte, daß er noch bei Bewußtsein war, doch während der nächsten Stunden gab es in der Ecke, in der er saß, immer wieder ausgedehntes tiefes Schweigen.

»Es wird nicht mehr lange dauern, wenn er sich mit dieser Geschwindigkeit weiterbewegt«, bemerkte Lars, als sie ihre Teller geleert hatten. »Das Auge des Sturms wird heute nacht über uns wegziehen.«

»Wird er bis zum Festland kommen?«

»Nein, das ist ja schließlich achttausend Kilometer

entfernt. Er wird sich wie gewöhnlich über dem Meer totlaufen. Die Stürme, die es da oben gibt, sind auch dort entstanden. Sie kommen nicht hier aus dem Süden.«

Soso, dachte Killashandra, also befand sie sich auf der südlichen Hemisphäre Optherias, was den Wechsel der Jahreszeiten erklärte. Und es erklärte, warum sich diese Gruppe vor der Einmischung des Festlandes und vor Nachforschungen sicher fühlte. Selbst mit den primitiven Düsenbooten konnte eine riesige Distanz in relativ kurzer Zeit überwunden werden.

Killashandra fiel ein, daß auch die Ältesten, genau wie Nahia, Hauness und die anderen, die Reise machen konnten, wenn sie sich die Inselbewohner vornehmen wollten. Oder war das nur Gerede? Wenn Torkes wirklich Lars veranlaßt hatte, Killashandra zu verletzen, um ihre Identität zu überprüfen, und nun diesen Angriff benutzte, um die Inselbewohner zu belasten? War dann nicht zu erwarten, daß Vertreter vom Festland offizielle Nachforschungen auf den Inseln anstellten? Und wenn auch nur, um ihrer Unterstellung Nachdruck zu verleihen?

Killashandra hielt trotzdem den Mund, da sie ihre Schlußfolgerungen aus einem heimlich belauschten Gespräch gewonnen hatte. Nun, sie würde schon einen Weg finden, Lars zu warnen, denn sie hatte plötzlich eine Ahnung, daß diese Warnung notwendig war. Soweit sie die Ältesten kannte, mußte es für diese Bürokraten erniedrigend und demütigend sein, wenn sie sich nochmals an die Gilde wenden mußten. Es sei denn — Killashandra lächelte bei diesem Gedanken in sich hinein —, sie verlegten sich auf die Behauptung, Killashandra Ree sei nicht wie geplant eingetroffen. Es mochte möglich sein, daß die Ältesten jede Spur ihres ehrenvollen Empfanges beseitigen konnten, doch Lanzecki wußte, daß sie aufgebrochen war, und er wußte auch, daß sie sich nicht vor der Verantwortung drücken würde, die sie übernommen hatte. Und es gab Computeraufzeichnungen über ihre Ankunft, und selbst den Ältesten würde es schwerfallen, diese Spuren zu vernichten. Ganz zu schweigen davon, daß die Benutzung ihrer Kreditkarte auf Angel Island aufgezeichnet worden war. Die Sache versprach interessant zu werden.

Sie mußte eingenickt sein, denn die Couch war bequem, die ungewohnte körperliche Bewegung war anstrengend gewesen, und auch das Wetter wirkte ermüdend. Das Nachlassen der Sturmgeräusche weckte sie. Sie fühlte das eigenartige Singen in den Knochen, mit dem der Symbiont auf drastische Wetterwechsel reagierte. Ein rascher Blick auf den Bildschirm zeigte ihr, daß das Auge des Sturms genau über Angel Island lag. Sie rieb sich die Arme und Beine, denn sie glaubte, daß die Schwingungen, die sie selbst spürte, auch für andere wahrnehmbar waren. Doch Nahia hatte sich an einem Ende der langen Couch zusammengerollt, und auch Hauness war, einen Arm um ihre Schultern gelegt und den Kopf in die Kissen zurückgelehnt, fest eingeschlafen. Theach tippte auf der Tastatur herum, und Erutown und Lars waren nicht zu sehen.

Sie hörte Schritte und Stimmen auf der Wendeltreppe und eilte zur Toilette. Sie hörte Lars' auffälliges Lachen, die tiefe Baßstimme seines Vaters, ein Grunzen, das von Erutown stammen konnte, und einige andere Stimmen. Bis das Auge des Sturms vorbeigezogen war und ihr Symbiont sich wieder beruhigt hatte, wollte Killashandra allen anderen Menschen und ganz besonders Lars aus dem Weg gehen.

»Carrigana?« rief Lars. Dann hörte sie, wie er zur Toilette kam und an die Tür klopfte. »Carrigana? Könntest du einigen hungrigen Sturmwächtern noch ein paar deiner ausgezeichneten Sandwiches zubereiten?«

Unter anderen Umständen hätte Killashandra ihm eine passende Antwort gegeben, doch die Arbeit in der Küche löste gleichzeitig ihr eigenes Problem.

»Sofort.« Sie spritzte sich etwas Wasser ins Gesicht, strich sich das Haar glatt und betrachtete den Blütenkranz um den Hals. Seltsam, daß sie noch nicht verwelkt waren. Die Blüten schienen, obwohl sie zerquetscht waren, noch ganz frisch. Der Duft blieb an ihren Fingern hängen, als sie die zerdrückten Blüten ordnete und wieder ausbreitete.

Als sie die Tür öffnete, kamen Nahia und Hauness in die Küche.

»Die reden immer nur über das Wetter«, erklärte Nahia lächelnd. »Wir helfen dir.«

Die anderen sprachen tatsächlich über das Wetter, doch sie unterhielten sich auch über den Stand der Dinge auf den anderen Inseln, überprüften, ob es durch den Sturm Beschädigungen und Verletzte gegeben hatte, und vergewisserten sich, welche Güter gebraucht wurden und welche Insel sie am besten beliefern konnte. Die drei Küchenarbeiter servierten Suppe, einen einfachen Eintopf und nahrhafte Biskuits. In der Gesellschaft von Nahe und Hauness war die Arbeit angenehmer, als Killashandra geglaubt hatte. Sie hatte noch nie solche Menschen gesehen und glaubte, daß die Begegnung ein einmaliges Erlebnis bleiben würde.

Die Ruhe im Auge des Sturms war viel zu kurz, und bald erwachte der Sturm mit neuer, noch grimmigerer Kraft wieder zum Leben. Obwohl er im Vergleich zu Ballybrans Stürmen ein milder Frühlingswind war, mußte Killashandra anerkennen, daß es ein beachtlicher Sturm war. Sie verschlief die restliche Zeit, bis er vorbeigezogen war.

Eine Berührung an der Schulter weckte sie, eine ganz leichte Berührung, die wiederholt wurde. Dann hielt ihr jemand die Schulter fest. Es reichte, um Killashandra ganz aufwachen zu lassen, und als sie aufblickte, sah sie Nahias verwirrtes Gesicht. Killashandra lächelte beruhigend und versuchte, die Sturmresonanz zu überspielen, die immer noch in ihrem Körper zitterte. Da Lars an sie gelehnt schlief, zog sie sich vorsichtig zurück und richtete sich auf, um mit einem stillen Dank eine dampfende Tasse von Nahia in Empfang zu nehmen. Killashandra fragte sich, wie Lars neben ihrem stark aufgeladenen Körper hatte einschlafen können.

Auch die anderen Sturmwächter hatten sich im Zimmer niedergelegt, um den Sturm zu verschlafen. Draußen peitschte ein schwerer Regen gegen die Fenster, und der heftige Wind zerrte in den Bäumen, doch der Wind war nur noch ein Schatten des Hurrikans.

»Wir hatten Befehl, alle zu wecken, sobald die Windstärke auf fünf fiel«, sagte Nahia und reichte Killashandra eine zweite heiße Tasse, die sie an Lars weitergeben sollte.

»Hat es große Schäden gegeben? Viele Verletzte?«

»Einige. Der Hurrikan kam unerwartet früh für diese Jahreszeit und traf einige unvorbereitete Orte. Olav stellt gerade einen Katastrophenplan für uns auf.«

»Für uns?« Killashandra starrte Nahia überrascht an. »Du willst doch wohl nicht riskieren, hier gesehen und identifiziert zu werden?«

»Dies hier ist mein Volk, Carrigana. Auf den Inseln bin ich absolut sicher.« Sie schien heiter und zuversichtlich und kehrte in die Küche zurück.

Lars war während des kurzen Wortwechsels erwacht, doch er hatte sich noch nicht bewegt. Seine hellblauen Augen beobachteten sie genau, doch sie verrieten nichts über seine Stimmung. Er streichelte träge ihr Bein. Er lächelte. Was er hätte sagen können, welche Gedanken sich hinter diesen scharfen Augen bildeten, verriet er ihr jedoch nicht. Dann berührte er die Girlande, die sie immer noch trug, und faltete behutsam eine zerdrückte Blüte auf. »Willst du wieder meine Matrosin sein? Wir werden auf dem Weg nach Süden nicht viel Zeit füreinander haben. Tanny, Theach und Erutown segeln mit uns, und wir müssen auf verschiedenen Inseln Vorräte abliefern …«

»Natürlich komme ich mit«, erwiderte Killashandra eifrig. Sie wollte um keinen Preis der Welt diese Fahrt verpassen. Nur — wie würde Lars ihre Täuschung aufnehmen? Würde sie ihn verlieren? Nun, sie brauchte nicht unbedingt zuzugeben, daß sie die Kristallsängerin war, die sie auf der Insel eingesperrt hatten.

Die Winde im Sturmhafen waren scharf genug, um den Booten noch gefährlich zu werden, doch die gut beladene *Pearl* war ein ausgezeichnetes Schiff und lag ruhig im Wasser. Erutown, die einzige Landratte unter ihnen, legte sich in eine Koje in der vorderen Kabine, bis die Medikamente gegen Seekrankheit wirkten. Theach hatte sein kleines Terminal mitgenommen und lächelte seine Gefährten abwesend und etwas belustigt an, um sich sofort wieder auf seine Programmierarbeit zu stürzen.

Nun, da Tanny endlich unterwegs war, war er der fröhlichste Gefährte, den man sich wünschen konnte. Er zeigte mit Killashandra als unerfahrener Matrosin keine Ungeduld. Sie setzten die Segel, sobald der Wind sich bis zur Stärke drei gelegt hatte, und verließen als erstes größeres Boot den Hafen. Die anderen Schiffe wurden noch beladen und für die Hilfsexpeditionen bemannt. Nach der erzwungenen Ruhe des Sturms tat die Bewegung gut. Das nasse Wetter und das Zerren des Windes störten Killashandra nicht, als sie in regelmäßigen Abständen zusammen mit Tanny die auf Deck verzurrte Fracht inspizierte.

Beim ersten Halt wurden Süßwasser und Lebensmittel abgeladen, dazu einige wichtige Medikamente. Die *Pearl* war mit Motorkraft vorsichtig an den Trümmern vorbeigefahren, die im kleinen Hafen trieben: Dächer und Wände, unzählige Brotbäume, Früchte, die wie kahle Köpfe im Wasser tanzten. Killashandra erschrak bei diesem Anblick und hätte Tanny beinahe verraten, daß ihr dieses Phänomem der Inseln unbekannt war. Die Bewohner hatten auf der einzigen Erhebung der

Insel Zuflucht gesucht, doch sie sammelten bereits alle noch brauchbaren Gegenstände an der Hochwassermarke und im Wasser zusammen. Sie begrüßten die *Pearl* mit lauten Rufen, und einige wateten sogar ins Wasser, um die dringend benötigten Vorräte in Empfang zu nehmen. Sie waren bald fertig, und die *Pearl* konnte wenden und wieder Kurs auf die offene See nehmen.

Genauso lief es bei einem halben Dutzend kleinerer Inseln ab. Killashandra bekam Gelegenheit, in aller Ruhe die Karten und den Kompaß zu betrachten; sie folgten einem langen gekrümmten Kurs, und ›ihre‹ Insel war die letzte auf diesem Halbkreis, der sich nach Südwesten zog.

Das Wasser war besprenkelt mit Inseln in allen Größen, und auf allen waren die Verwüstungen des Sturms zu sehen. Auf den meisten waren die Brotbäume noch vom Sturm verbogen, und auf einigen kleinen Inseln waren sie sogar entwurzelt. Da niemand diese Zerstörung kommentierte, konnte Killashandra kaum fragen, wie schnell sich die Brotbäume wieder erholen würden.

Als sie einen schwachen Notruf auffingen, segelten sie eilig zum Hafen einer mittelgroßen Insel. Die Insel hatte ihre Sendemasten verloren und deshalb nicht mit Angel Island Kontakt aufnehmen können. Lars und Tanny gingen an Land, Killashandra blieb unauffällig außer Sicht, während Erutown und Theach sich ganz unter Deck hielten. Einige der am dringendsten benötigten Gegenstände konnten aus den Reserven des Schiffs geliefert werden, und Killashandra funkte Angel Island an, damit der Rest nachgeschickt wurde.

Als sie schließlich den Anker lichteten und weitersegelten, bemerkte Killashandra Tannys wachsende Erregung. Sie bemerkte nichts Besonderes, doch wenn sie sich tatsächlich der Insel näherten, auf der sie ausgesetzt worden war, dann war sie von der Hilfe, die sie ganz in der Nähe hätte finden können, *fort*geschwommen. Als sie sich ihrem nächsten Ankerplatz näherten, brauchte sie Tannys Erleichterungsruf gar nicht mehr zu hören, um zu wissen, daß sie ›ihre‹ Insel erreicht hatten; der riesige Brotbaum im Zentrum war nicht zu übersehen. Nicht nur der Brotbaum und seine Schößlinge hatten den Sturm überlebt, sondern auch die kleine Hütte, die Killashandra im Schutz der Bäume errichtet hatte. Lars mußte Tanny zurückhalten, der sich sofort in die Brecher stürzen und ans Ufer schwimmen wollte.

»Ich kann niemand sehen!« rief Tanny, als die *Pearl* mit Motorkraft zum Strand fuhr. »Sie muß doch den Motor gehört haben!«

»Und hier willst du uns absetzen?« knurrte Erutown, der mißtrauisch einige entwurzelte Brotbäume und die Trümmer auf dem weißen Sandstrand betrachtete.

»Oh, ich kann dir versichern, daß du im Luxus schwelgen wirst«, sagte Lars. Killashandra wußte inzwischen, daß Lars und Erutown in vielen wichtigen Dingen nicht übereinstimmten. Lars war froh, den Mann eine Weile loszuwerden. »Wir haben Sonnenkollektoren für Theachs Computer, alle möglichen Campinggeräte und reichlich Lebensmittel, falls du das Zeug, das Insel und Meer bieten, nicht mehr willst.«

»Und ein Beil, ein Messer und ein Handbuch?« fragte Killashandra. Sie konnte es sich nicht verkneifen, ein wenig zu sticheln.

»Da spricht die Brotbaumpflanzerin.« Lars legte grinsend den Schalter um, um den Anker auszuwerfen, stellte den Motor ab und winkte Tanny, der sofort über Bord sprang. Er hatte die Anhöhe zur Schutzhütte schon halb erklommen, bevor die anderen überhaupt den Strand betreten hatten.

»Hier ist niemand, Lars. Mein Gott, was sollen wir tun? Hier ist niemand!« schrie Tanny.

Lars verzog entsetzt das Gesicht und rannte den Strand hinauf. Killashandra folgte ihm etwas gemütlicher und fragte sich, ob sie den Leuten ihre Befürchtungen nehmen sollte. Ein Blick in Tannys erschrecktes und hoffnungsloses Gesicht und ein zweiter in Lars' Gesicht trieb ihr jeden Gedanken an Rache aus. Erutown und Theach waren außer Hörweite am Strand.

»Du weißt nicht viel über Kristallsänger, Lars ...«

Er fuhr herum und starrte sie an und versuchte ihre Worte zu begreifen. Tanny kam zuerst auf den naheliegenden Schluß und setzte sich schwer zwischen die sturmzerzausten Brotwedel und starrte sie mit ungläubigem Gesicht an.

»... wenn du geglaubt hast, daß ich einfach hier herumsitze und warte, bis es dir paßt, mich wieder abzuholen.«

14

JEDE DISKUSSION *darüber* mußte verschoben werden. Theach und Erutown erreichten den Gipfel des kleinen Hügels und sahen sich nach der Exilierten um. Tanny, der Killashandras Blicken auswich, beobachtete Lars, der eine Nachricht von ihr erfand: Ein Passagierschiff habe sie von der Insel gerettet. Er schwenkte sogar ein Stück Papier, während er Freude darüber vorspiegelte, daß sie nun in Sicherheit sei.

»Wir sind erledigt«, sagte Erutown düster. »Wir werden große Schwierigkeiten bekommen.«

»Das bezweifle ich. Ein sehr guter Freund von uns hat dieses Schiff geführt«, erwiderte Lars ungerührt. »Sie kann nirgends hin, ohne daß ich es erfahre.« Tanny stieß einen erstickten Laut aus, und Killashandra grinste. Auch sie mußte ihr Lachen unterdrücken. »Du kannst nichts tun, ohne dich zu gefährden, Erutown. Aber wir können in Verbindung bleiben.« Lars gab dem Mann ein kleines, aber sendestarkes Funkgerät. »Die Frequenz ist 103.4 Megahertz. Alles klar? Du kannst jeden anderen Kanal abhören, aber die Sendefrequenz ist 103.4.«

Erutown nahm das Ding widerstrebend entgegen und wog es zweifelnd in der Hand. Mit einem schrägen Grinsen in Killashandras Richtung reichte Lars ihm Beil, Messer und Handbuch hinterher.

»So, jetzt bist du vollständig ausgerüstet«, sagte Killashandra. »Du wirst sehen, daß die Brotbauminsel sehr ruhig ist.« Sie blickte boshaft zu Tanny und Lars. »Du hast alles, was du brauchst: Brotbaum zum Essen, Fische in der Lagune zum Sport oder zur Abwechslung des Speiseplans und ein prächtiges Riff, das gefräßige Fische davon abhält, dich zu verspeisen. Dir geht es hier erheblich besser als mir auf meiner Brotbauminsel, das kann ich dir sagen.« Tanny wand sich. Anscheinend fühlte er sich nicht ganz wohl in seiner Haut.

»Oh, wir werden schon zurechtkommen, Carrigana.« Theach packte grinsend die Sonnenkollektoren aus.

Lars kicherte und nahm sie am Arm. Er zog sie den Abhang zum Strand hinunter.

»Komm schon, Tanny, ich will vor Sonnenuntergang auf Bar Island sein.«

Sie waren vollauf damit beschäftigt, den Anker zu lichten und die *Pearl* durch die einzige Lücke im Riff zu manövrieren, und fanden erst wieder Zeit für Diskussionen, als sie alle Segel gesetzt und Kurs nach Norden auf Bar Island genommen hatten.

»Tanny, du solltest besser nach unten gehen«, begann Lars und winkte Killashandra zu sich auf die Brücke. »Was du nicht weißt, macht dich auch nicht heiß ...«

»Wie war das?« knurrte Tanny.

»Mach uns doch was zu essen, ja? Ich habe von dieser ganzen Aufregung großen Hunger bekommen. So.« Und sobald Tanny die Tür zugeknallt hatte, wandte Lars sich erwartungsvoll an Killashandra. »Könnte ich jetzt einige Erklärungen bekommen?«

»Ich glaube eher, daß du *mir* etwas zu erklären hast.«

Lars hob eine Augenbraue und grinste sie hämisch an. »Nicht, nachdem du dir die meisten Antworten schon zusammengereimt hast, da du doch angeblich so klug bist.« Lars fuhr ihr mit einem Finger über die Narbe auf dem Arm, dann faßte er ihre Hand und hob sie ihr vors Gesicht. Er rieb mit dem Daumen über die Kristallnarben. »›Ich bin aus der Stadt gekommen.‹ Also wirklich!«

»Nun, das stimmt doch auch …«, sagte sie täuschend zaghaft.

»Deine gerissenste Bemerkung, du Hexe, war die, daß du keine andere Wahl hattest, als auf die Insel zu kommen.« Lars konnte sich einfach nicht mehr zurückhalten. Er warf den Kopf zurück und brüllte vor Lachen heraus.

»Ich an deiner Stelle würde nicht so laut lachen, Lars Dahl. Du nimmst auf der Liste meiner Feinde eine wenig schmeichelhafte Stellung ein.« Sie versuchte, ernst zu sprechen, aber es gelang ihr nicht.

Seine Augen funkelten immer noch belustigt, doch seine Stimmung änderte sich plötzlich. Er berührte den Blütenkranz. »Ja, das bin ich wohl. Und ausgerechnet auf Angel Island. Denn der Inseltradition entsprechend bedeutet dies, daß wir für ein Jahr und einen Tag aneinandergebunden sind.«

»Ich hatte schon so eine Ahnung, daß die Blumen mehr bedeuten als nur einen Schmuck für meinen Leib.« Ihre Worte klangen ironischer, als sie es beabsichtigt hatte, denn in Wirklichkeit tat es ihr leid. Lars' klare blaue Augen fingen ihren Blick ein, und er sah sie lange an. Er wartete auf eine Erklärung.

»Ich bin mehr als bereit, fortzusetzen, was wir begonnen haben, aber ich kann nicht ein Jahr und einen Tag hierbleiben, Lars Dahl.« Die Worte kamen ihr zögernd und widerstrebend über die Lippen. »Als Kristallsängerin bin ich verpflichtet, nach Ballybran zurückzukehren. Hätte ich gestern morgen schon gewußt, was diese

Blüten bedeuten, dann hätte ich sie nicht angenommen. So wird der Spender durch Unwissenheit verletzt. Ich fühle mich — sehr zu dir hingezogen, Lars Dahl. Und im Lichte dessen, was ich gehört und belauscht habe«, — sie lächelte ihn leicht an —, »kann ich dir sogar die idiotische Entführung verzeihen. Es wäre erniedrigender für mich gewesen, wenn ich bei der Razzia in der Schwarzbrennerei erwischt worden wäre. Was du nicht wissen kannst: Ich wurde nicht nur nach Optheria geschickt, um die Orgel zu reparieren — ich bin als unparteiische Zeugin gekommen und soll herausfinden, ob die Restriktionen auf diesem Planeten von der Bevölkerung akzeptiert werden.«

»Von der Bevölkerung akzeptiert?« Lars hob sich empört von seinem Sitz. »Welch eine Ausdrucksweise! Das ist eindeutig die verhaßteste, unterdrückerischste und enttäuschendste Stimmung in der optherianischen Charta. Weißt du, wie hoch unsere Selbstmordrate ist? Ich könnte dir eine Statistik zeigen. Wir haben die Vorfälle untersucht und Kopien der Abschiedsbriefe der Toten gesammelt. In neun von zehn Briefen steht, daß die Leute hoffnungslos und verzweifelt waren, weil sie nicht wußten wohin und nicht wußten was tun. Wenn du das Glück hast, auf Optheria arbeitslos zu werden, bekommst du natürlich Essen, eine Unterkunft, Kleidung und karitative Aufgaben, damit du etwas zu tun hast. Karitative Aufgaben! Dornenhecken schneiden, müllübersäte Hügel aufräumen, Felsblöcke an den Straßen abstauben, Behördengebäude anstreichen und wieder anstreichen, hinfällige Menschen füttern und waschen. Wahrhaft erfüllende und befriedigende Beschäftigungen für die intelligenten und gut ausgebildeten Versager, die dieser Planet auf dem Altar der Orgel opfert!«

Er hatte seine Empörung mit Faustschlägen auf die Konsole unterstrichen, doch nun nahm Killashandra seine Hand.

»Ist überhaupt eine Nachricht von uns durchgekommen? Wir hatten immer das Gefühl, wir würfen Flaschen ins Meer und hätten kaum Hoffnung, daß je eine auf dem Festland ankommt.«

»Die Beschwerde wurde vom Executive Council der Federated Artists Association vorgebracht. Es wurde behauptet, das Selbstbestimmungsrecht der Menschen werde beschnitten. Ein Künstler brachte die Beschuldigung vor; ich erfuhr allerdings nicht, wer es war. Seine Hauptsorge galt natürlich den Schwierigkeiten von Komponisten und Künstlern.« Sie lächelte ihn spröde an.

Lars hob überrscht eine Augenbraue. »Die Beschwerde stammt nicht von mir.« Dann schien er sich ein Herz zu fassen, und sein Gesicht hellte sich auf, da er wieder Hoffnung schöpfte. »Wenn eine Beschwerde durchgekommen ist, dann sind vielleicht auch andere durchgekommen, und es gibt eine ganze Menge Leute, die uns helfen wollen — und du? Wirst du uns helfen?«

»Lars, ich soll als Unparteiische ...«

»Es fiele mir nicht im Traum ein, dich beeinflussen zu wollen ...« Er zwinkerte ihr zu und zog sie an sich, um an ihrem Ohrläppchen zu knabbern.

»Lars, du zerquetschst mich. Du sollst dieses Schiff steuern ... Ich muß mir jetzt überlegen, wie es weitergehen soll. Um ehrlich zu sein, ich habe kaum mehr als dein Wort, daß es eine weitverbreitete Unzufriedenheit gibt und nicht nur ein paar Querköpfe, die einen persönlichen Groll hegen.«

»Weißt du, wie lange wir schon versuchen, den Federated Council zu erreichen?« Lars fuchtelte aufgeregt herum. »Weißt du, was es den anderen bedeutet, wenn ich ihnen erzähle, daß wirklich eine Nachricht durchgekommen ist? Daß wirklich jemand die Nachforschungen aufgenommen hat?«

»Darüber müssen wir auch reden, Lars. Ist es klug, es ihnen zu sagen, oder wäre es nicht besser, wenn ich weiter getarnt bleibe?« Sein Triumph verflog, und er dachte über ihre Frage nach. »Ich glaube, die Aufzeichnungen über die Selbstmorde könnten als gültiger Beweis durchgehen. Wurde die Beschränkung der persönlichen Freiheitsrechte schon einmal zur Abstimmung gestellt?«

»Eine Abstimmung auf Optheria?« Er lachte verbittert. »Du hast diese abscheuliche Charta noch nicht gelesen, was?«

»Ich habe sie überflogen. Ein sehr langweiliges Dokument, und die ganz offiziellen Redewendungen haben mir den Magen umgedreht.« Vor Killashandras Augen entstand das Bild einer verzerrten Architektur, die sich ›natürlichen Gegebenheiten‹ anpassen wollte, um die ›natürliche Welt nicht zu vergewaltigen‹.

»Dann ist in der Charta also kein Mitbestimmungsrecht der Bevölkerung vorgesehen?«

»Nein, die Ältesten führen diesen Planeten, und wenn einer von ihnen umkippt und nicht wiederbelebt werden kann, dann wird er ersetzt — sein Nachfolger wird von den noch verbliebenen funktionsfähigen Ältesten bestimmt.«

»Also gibt es keine Beförderungen aufgrund von Verdiensten?«

»Nur im Konservatorium und auch da nur für besonders bedeutende Kompositionen und außergewöhnliche künstlerische Fähigkeiten. Unter diesen Umständen könnte man, auch wenn es sehr unwahrscheinlich ist, möglicherweise hoffen, den erhabenen Rang eines Meisters zu erreichen. Und einmal in einem Jahrhundert könnte ein Meister möglicherweise in den Kreis der Ältesten aufgenommen weren.«

»Und das ist auch dein Ziel?«

Lars grinste sie traurig an. »Ich hab's versucht. Ich war sogar bereit, dich zu verletzen, um ihre Gunst zu gewinnen und ihnen zu zeigen, welch braver, nützlicher Junge ich war.«

Er schnaubte verächtlich über seine Leichtgläubigkeit.

»Ich muß natürlich zugeben, daß ich noch keine offiziell gebilligte Komposition auf der Sinnesorgel gehört habe«, erklärte Killashandra beiläufig, »aber ich war von deiner Vorstellung neulich am Lagerfeuer sehr beeindruckt. Ich meinte die musikalische Vorstellung.«

»Die Zeit, der Ort, das Ambiente ...«

»Nicht so schnell, Lars Dahl! Ich habe Musik studiert, bevor ich Kristallsängerin wurde. Ich kann eine sehr kritische Zuhörerin sein ... Und als ich deine Musik hörte, kannte ich dich noch nicht so gut wie jetzt, und deshalb ist mein Urteil unparteiisch. Wenn der Künstler, der die Beschwerde bei der Artists' Association vorbrachte, dabei zufällig an dich dachte, dann kann ich ihn nur unterstützen.«

Lars sah sie mit echter Überraschung an. »Wirklich? Welche musikalische Ausbildung hast du denn?«

»Ich habe am Fuerte Music Center zehn Jahre Gesang studiert.«

Lars wäre beinahe vom Pilotensitz gefallen, und bevor er das Ruder wieder packen konnte, wurde die *Pearl* schon von schweren Brechern durchgeschüttelt. Killashandra wurde gegen ihn geworfen. »*Du* warst die Sopranistin in dieser Nacht?«

»Ja.« Sie grinste. »Ich habe deinen Tenor bei der Grillparty erkannt. Wo hast du Baleefs *Voyagers* gelernt? Und das Duett aus *Pearl Fishers?* Bestimmt nicht auf dem Konservatorium.«

»Von meinem Vater. Er hat einen Teil seiner Mikrobibliothek mitgebracht, als er nach Optheria kam.«

»Dein Vater ist ein Einwanderer?«

»O ja! Genau wie du ist er nicht freiwillig auf die Inseln gekommen. Wenn wir deine wirkliche Identität niemand sonst enthüllen — wie lautet eigentlich dein richtiger Name? Oder verraten Kristallsängerinnen ihren Namen nicht?«

»Du meinst, du kanntest nicht einmal den Namen der Frau, die du angegriffen und dann entführt hast?« Killashandra tat empört.

Lars schüttelte den Kopf und grinste sie mit beinahe jungenhafter Bosheit an.

»Killashandra Ree.«

Er wiederholte die Silben langsam, dann lächelte er. »Das gefällt mir viel besser als Carrigana. Carrigana klingt so hart, das kann man kaum liebevoll sagen. Aber die *L's* und das *S* sind süßer.«

»Wahrscheinlich das einzig Süße an mir. Ich warne dich, Lars.«

Er überhörte die Bemerkung demonstrativ. »Mein Vater muß erfahren, wer du bist, Killashandra. Dann wird er neuen Mut fassen, denn ich sage dir offen, daß er mehr als entmutigt war, als bei der Suche der Ältesten so viele Gefährten festgenommen wurden. Und außerdem«, — er hielt inne und schien erst jetzt zu bemerken, daß im Cockpit schon das Wasser an ihren Zehen leckte —, »will ich Nahia nicht gern hintergehen. Sie verdient es nicht.«

»Nein, wirklich nicht. Allerdings habe ich das Gefühl, daß sie bereits eine klare Vorstellung davon hat, daß ich keineswegs das Mädchen von den Inseln bin, das ich spielen wollte.«

»Oh? Hat sie am Empfang im Konservatorium teilgenommen?«

»Nein, aber sie hat die Kristallresonanz gespürt!« Killashandra streichelte zur Erklärung ihren Arm. Lars liebkoste sie.

»Du meinst, das ist der Energiestoß, den ich bei jeder Berührung mit dir spüre?«

Killashandra lächelte ihn beruhigend an. »Nicht ganz, Liebster. Ein Teil ist ganz einfach spontane Verbrennung.«

Lars wieherte und nahm sie wieder in den Arm.

»Sollte ich nicht Wasser schöpfen?« fragte sie, auf das

kalte Meerwasser deutend, das ihre Füße umspielte. Er hielt sie weiter fest.

»Noch nicht.« Er runzelte die Stirn und blickte nach Backbord, um nach der Lage einiger Inseln, die kaum zu erkennen waren, ihren Kurs um ein paar Grad nach Osten zu korrigieren. »Aber wenn wir meinem Vater und Nahia erzählen, wer du bist ...«

»Hauness auch?«

»Was Nahia weiß, erfährt auch Hauness, und das Wissen ist bei beiden gut aufgehoben. Aber was soll dann werden? Paperkopien der Selbstmordaufzeichnungen sind kaum zu bekommen. Ich will dafür sorgen, daß du dich mit anderen Gruppen treffen kannst, damit du einen unwiderlegbaren Beweis für die schlimmen Restriktionen bekommst, die auf Optheria keineswegs von der Bevölkerung hingenommen werden.«

»Ich bin froh, daß du mir diese Möglichkeit geben willst.«

»Du mußt dabei unbedingt den Ältesten aus dem Weg gehen. Sie wären gar nicht entzückt, wenn sie sähen, daß du gesund und munter in Ironwood oder auf Maitland herumwanderst.«

»Du hast ihnen nicht gesagt, daß du mich entführt hast — es macht doch nichts, wenn ich mich etwas umsehe.«

»Du wirst inzwischen seit fünf Wochen vermißt. Wie würdest du deinen Ausflug erklären, ganz zu schweigen davon, daß du die kostbare Festivalorgel noch nicht repariert hast?«

»Ich hätte es getan, wenn dieser elende Wachoffizier sich nicht so aufgeblasen hätte! Und meine Abwesenheit kann ich leicht erklären. Nämlich gar nicht.« Sie zuckte verächtlich die Achseln.

Lars kicherte. »Du weißt gar nicht, wie unangenehm unsere Ältesten Geheimnisse finden.«

»Du hast gesehen, wie ich ein schlichtes Inselmädchen gespielt habe, Lars. Versuch mal, mich als hochnäsige aristokratische Angehörige der Heptitergilde zu sehen.« Während sie gesprochen hatte, war ihre Stimme kalt und verächtlich geworden, und sie hatte sich aufgerichtet und hielt sich sehr gerade. Lars wollte unwillkürlich den Arm von ihren Schultern nehmen. Die Veränderung tat ihre Wirkung. »Ich bin Ampris oder Torkes mehr als gewachsen. Und sie brauchen mich so dringend, daß sie sich hüten werden, mich noch einmal zu beleidigen.«

»Ich muß aber erwähnen, daß sie Ersatz angefordert haben.«

»Weiß ich.«

»Woher weißt du das denn?«

Killashandra grinste ihn an. »Kristallsänger haben ein äußerst scharfes Gehör. Du und deine kleine Verschwörerbande, ihr wart nur ein paar Meter entfernt. Ich habe jedes Wort gehört.«

Lars ließ wieder für einen Augenblick das Ruder los, doch Killashandra packte es sofort und stabilisierte das Schiff.

»Je nachdem, wer kommt, wäre ein zweiter Kristallsänger gar nicht schlecht. Aber wir haben reichlich Zeit — es dauert fast zehn Wochen, um den zweiten Sänger herzuschaffen. Ich brauche aber zufällig das Honorar, und deshalb werde ich auch die verdammte Orgel reparieren. Vielleicht bekomme ich jetzt endlich die Hilfe, die ich dabei brauche.« Plötzlich fiel Killashandra etwas ein. »Meine Güte, ich brauche dich!« Sie zielte mit dem Zeigefinger auf Lars' Brust.

Lars schnaubte verächtlich. »Ich bin der letzte, der im Konservatorium willkommen wäre!«

»Ah, und wie du willkommen sein wirst — als Mann, der die arme ausgesetzte Kristallsängerin aus ihrer Notlage rettete!«

»Wie bitte?«

»Nun, damit würden wir zugleich die Frage meiner Abwesenheit klären. Ich habe natürlich meinen Entführer nie gesehen, so daß ich ihn nicht beschreiben kann.« Killashandra ließ in gespieltem Entsetzen die Augenlider flattern. »Da machte ich doch ganz unschuldig einen Spaziergang, um mich nach der schrecklichen Konfrontation mit dem Wachoffizier wieder zu sammeln und — *peng!* — bekomme ich einen Schlag auf den Kopf und wache ganz allein auf einer einsamen Insel wieder auf, der Himmel weiß wo!« Killashandra stürzte sich voller Elan auf ihre neue Rolle. »Und da sitze ich nun, mutterseelenallein und verloren! Wer weiß, wer diese Hunde sind — der Plural wird andeuten, daß es eine ganze Gruppe von Verschwörern gibt —, und dann bist du gekommen ...« Killashandra legte Lars eine Hand auf den Arm. Seine Augen funkelten amüsiert, und er mußte die Lippen zusammenpressen, um nicht laut herauszuplatzen. »Treu trotz deiner schrecklichen Enttäuschung«, — Killashandra legte eine Hand auf die Brust und keuchte schwer —, »hast du mich gerettet und höchstpersönlich wohlbehalten in die Stadt zurückgebracht, damit ich das Kristallmanual installieren kann, so daß die unersetzliche Orgel für das Sommerfestival bereit ist. Das wird dir die Gunst der Mächtigen einbringen, was angesichts deiner sonstigen subversiven Tätigkeit keine schlechte Idee ist, und ihnen außerdem die Kosten für einen zweiten Kristallsänger ersparen. Wir sind nämlich nicht billig. Und ich habe den Eindruck, daß die Ältesten ziemlich knauserig sind.«

Lars kicherte und rieb sich das Kinn, als könnte er diesen Triumph schon vor dem inneren Auge sehen.

»Wenn ich dir vertrauen kann, daß du nicht übertreibst«, — er duckte sich, als sie drohend eine Faust hob —, »weißt du, dann könnte es sogar klappen.«

»Natürlich wird es klappen! Ich kann die Reaktionen meines Publikums ganz genau steuern, das habe ich gelernt. Und ich werde dir nicht nur eine wohlverdiente Revanche für ihre Gemeinheit und ihre Schikanen dir gegenüber ermöglichen; ich werde so tun, als hätte ich große Angst vor einer Wiederholung des Anschlags und der Entführung und wollte dich *ständig* bei mir haben.«

»Ich glaube«, sagte Lars langsam und nachdenklich, »Vater und den anderen wird dieser Plan gefallen.«

»Oh?«

Lars schnaubte belustigt. »Ich habe einiges zu hören bekommen, weil ich dich auf eigene Faust entführt habe. Mein Vater ist sonst eigentlich ein sehr warmherziger Mann.«

»Dann wollen wir ihm — ihnen auf jeden Fall von unserem Plan erzählen. Und übrigens, da wir von warmherzigen Männern sprechen: Was weißt du über Corish von Mittelstern?«

»Der Mann, der seinen Onkel sucht?«

»Genau der.«

»Nun, der ist jedenfalls kein optherianischer Agent, falls du dir deshalb Sorgen machst. Wir haben ihn auf Spurenelemente untersucht.«

»Worauf untersucht?«

»Erinnerst du dich an den Lichtbogen im Raumhafen? Der soll verhindern, daß Optherianer den Planeten verlassen. Der Bogen reagiert auf mineralische Spurenelemente, die sich in unserem Knochenmark befinden. Mit den Wächtern am Raumhafen kann man nicht streiten. Sie schießen einfach, wenn du hineinwillst.«

»Und das Ding wird von jedem Optherianer ausgelöst, der in die Nähe der Sensoren kommt?«

»Sogar von Besuchern, die lange genug geblieben sind, um die Spurenelemente aufzunehmen.« Lars verzog böse das Gesicht. »Wie mein Vater zum Beispiel.«

Killashandra hörte nur mit halbem Ohr zu, denn sie dachte an ihre Ankunft im Raumhafen. Thyrol war direkt neben ihr gegangen, doch der Alarm war stumm geblieben; allerdings hatte er auf die anderen Optherianer reagiert.

»Das ist seltsam«, sagte sie halb zu sich selbst. »Nein, Corish ist kein Optherianer. Er ist mit mir auf der *Athe-*

na gekommen. Aber ich habe einigen Grund zu der Annahme, daß er eine Art FSP-Agent ist. Ich meine, was nützt ein einziger unparteiischer Beobachter, wenn es darum geht, die Zustände auf einem ganzen Planeten zu verändern? Das schafft nicht mal eine Kristallsängerin.«

»Hat Corish dich erkannt?«

»Nein.« Killashandra kicherte. »Für den Bürger von Mittelstern war ich eine unerfahrene, impulsive Musikstudentin, die auf möglichst billige Art zum Sommerfestival reisen wollte.« Als Lars sie verwundert ansah, mußte sie lachen. »Eine Kristallsängerin zu sein, bringt einige recht seltsame Nachteile mit sich, die im Augenblick aber keine große Rolle spielen sollen.«

»Ich weiß nicht viel über Kristallsänger.«

»Was du nicht weißt, macht dich nicht heiß«, sagte sie und wackelte mit einem Finger unter seiner Nase. »Aber ich erführe gern mehr über Corish und ob es wirklich einen vermißten Onkel gibt.«

»Warum hat Corish dich am Strand nicht erkannt?«

»Aus dem gleichen Grund wie du. Und er kannte mich nicht so gut wie du«, fuhr sie fort, ein wenig über Lars' Reaktion amüsiert. »Er hat, das war für mich völlig klar, die Gesellschaft einer unauffälligen, albernen jungen Musikstudentin ausgenutzt. Aber ein oder zwei Unstimmigkeiten haben mich mißtrauisch gemacht.«

»Hätte ich genauer hingesehen ...«, knurrte Lars.

»Ich habe das Beste aus meinem Wesen gemacht.«

Lars zog sie so eng an sich, wie es das Ruder zuließ. »Eigentlich waren deine einzigen Fehler die Bemerkungen über das Singen. *Alle* auf den Inseln singen. Aber die Stimme ist kein Instrument für wirkliche Musik — zumindest in den Augen der Meister.«

Killashandra schnaubte empört. »Das allein beweist schon, wie dumm die sind!«

Lars lachte erfreut über ihre Reaktion und zog die Füße ein. Das Wasser reichte ihm schon bis zu den Waden.

»Tanny!« brüllte er. »Alles auf Deck, aber fix!«

Die Luke öffnete sich so schnell, daß Killashandra sich fragte, wie lange der junge Mann schon gelauscht haben mochte.

»Hast du uns was zu essen bereitet? Es wird so langsam Zeit.« Tanny hob zwei große Suppenschalen. »Gib her und fang an zu schöpfen.«

15

Killashandra musste einige Überzeugungskraft aufbieten, um Tanny klarzumachen, daß sie keineswegs die Absicht hatte, wegen seines vergleichsweise geringen Anteils an ihrer Entführung Vergeltungsmaßnahmen zu ergreifen. Lars erklärte, er habe sie mit Hilfe eines Freundes an Bord seines Schiffes geschafft. Diesen Freund hatte er im Glauben gelassen, Killashandra sei seine Freundin, die nur einen über den Durst getrunken habe.

»Du bist mir aber ein schöner Weiberheld«, sagte Killashandra ironisch.

Lars nickte und betrachtete ihre Girlande. »Aus und vorbei, Sunny! Ich habe eine ehrbare Frau aus dir gemacht!«

Der Wortwechsel beruhigte Tanny mehr, als jedes Argument Killashandras es vermocht hätte. Das und die Tatsache, daß sie sofort bereit war, beim Ausschöpfen des Führerhauses zu helfen.

Als sie Bar Island kurz vor Sonnenuntergang erreichten, hatten sie gerade noch Zeit, die Notvorräte abzuladen. Bar Island hatte direkt auf dem Weg des Hurrikans gelegen und mehr abbekommen als die anderen Inseln. Zwei Männer, eine Frau und ein kleines Kind hatten innere Verletzungen, die mit den medizinischen Einrichtungen der kleinen Siedlung auf dieser Insel nicht vernünftig behandelt werden konnten. Lars bot ihnen sofort an, sie auf der *Pearl Fisher* mitzunehmen. Als er diesen Vorschlag machte, grinste er Killashandra verstohlen und bedauernd an. Auch an diesem Abend hatten sie keine Gelegenheit, allein zu sein. Alle halfen, behelfsmäßige Schutzhütten zu errichten, und Killashandra mußte wieder einmal Brotbaumwedel flechten. Sie war froh, daß sie mit ihrer inzwischen erworbenen Geschicklichkeit unter den Leuten nicht auffiel. Als die Arbeit um Mitternacht eingestellt wurde, war Killashandra viel zu müde, um mehr zu tun, als sich dankbar neben Lars im Sand zusammenzurollen, den Kopf auf seinen Arm zu legen und rasch einzuschlafen.

Im ersten Morgenlicht wurden die Verletzten mit Flößen zur *Pearl* übergesetzt, vorsichtig an Bord gehoben und sicher in den Kojen der Kabinen untergebracht. Killashandra bekam Anweisungen, mit welchen Medikamenten und welcher Pflege die Kranken vorerst versorgt werden mußten. Die Patienten waren für die Reise unter Schlafmittel gesetzt worden; also waren keine Probleme zu erwarten.

Sobald wie möglich ging Killashandra an Deck. Die Pflege der Kranken und Verletzten war für sie ein notwendiges Übel, und vom schwachen Geruch der Desinfektionsmittel und Medikamente wurde ihr fast schlecht. Sie sagte nichts über ihren Widerwillen, denn sie wollte sich ganz untypischerweise Lars' gute Meinung über sich selbst erhalten. Er stand über den Kartenschirm des kleinen Navigationsterminals gebeugt und suchte den besten Kurs zum Nordhafen von Angel Island, wo das Hauptkrankenhaus lag.

»Gezeiten und Wind sind heute morgen auf unserer Seite, Killashandra«, sagte er, während er ihr einen Arm um die Hüfte legte und sie an sich zog, ohne jedoch die Augen vom Bildschirm zu nehmen. Er tippte einen Entwurf der Route ein, für die er sich entschieden hatte, und sie sah, wie geschickt er dabei die schnellen Strömungen in den Kanälen zwischen den Inseln während der Morgenflut benutzte. »Wir werden im Norden sein, ehe wir's uns versehen.« Er nahm eine letzte Korrektur vor und bestätigte den Kurs. Die Anzeige wurde gelöscht und zeigte ihm den Kompaß und die kleine Korrektur, die nötig war, um das Schiff kurz vor dem westlichen Riff von Bar Island in die Strömung zu bekommen. »Ist der Spinnaker schon gesetzt, Tanny?«

»Aye, aye, Skipper!« rief der junge Mann aus dem Bug herüber. Das große, orangerote Segel flatterte für einen Augenblick über dem Bugspriet, bevor der Wind es blähte.

Es war ein Vergnügen, das schnelle schlanke Schiff mit dem Wind im Rücken und einer zusätzlichen Strömung unter dem Kiel zu segeln. Die *Pearl* glitt mühelos durchs Wasser, wie ein Kind auf einer Rutschbahn. Das Meer war ruhig und metallisch grüngrau, in einem etwas anderen Ton als das Grau des Himmels.

»Gut, daß wir endlich unterwegs sind«, sagte Killashandra, während sie es sich neben Lars im Cockpit bequem machte. Er hatte die Ruderpinne blockiert, so daß er im Augenblick beide Hände frei hatte.

»Sind alle in der Kabine gut untergebracht?«

»Ja, und sie schlafen. Ich sehe jede halbe Stunde nach.«

Sie saßen beisammen und genossen den Wind, das Meer und das Segeln, während Tanny Seile wickelte und das Schiff in Ordnung hielt. Schließlich gesellte er sich zu ihnen im Cockpit und wahrte wie sie das behagliche Schweigen.

Kurz vor Mittag, als sie in der Weströmung segelten, die Killashandra beinahe fortgetrieben hätte, umrundeten sie den Fuß des Engels und wandten sich nach Osten, um zum großen Nordhafen unter der Achsel des Engels hinaufzusegeln. Als Lars den Zeitpunkt ihrer

Ankunft abschätzen konnte, setzte er einen Funkspruch ab, damit sich Pfleger mit Schwebern bereithalten konnten. Killashandra, die wie versprochen jede halbe Stunde nach den Verletzten sah, hatte mit ihren Patienten keine Probleme; doch es war eine ungeheure Erleichterung, sie endlich ausgebildeten Medizinern übergeben zu können.

»Vater will mit uns reden«, hauchte Lars Killashandra ins Ohr, während sie ihren Patienten nachsahen, die gerade davongerollt wurden. »Tanny, kannst du bitte die *Pearl* an der Boje 27 verankern? Und halte das Schiff bereit. Ich weiß nicht, wohin wir als nächstes müssen. Bleib am Funkgerät, okay?«

Tanny nickte und machte ein beschäftigtes Gesicht, als sei er ganz froh, allein auf der *Pearl* zurückzubleiben, um sich in Ruhe seinen Aufgaben widmen zu können.

Wenn der Wing Harbor auf der Südseite von Angel Island in Killashandras Augen primitiv und gemütlich erschienen war, dann war der North Harbor das genaue Gegenteil — jedenfalls, soweit es die Charta zuließ, welche die Mißhandlung einer ›natürlichen Welt‹ verbot. Die modernen farbenprächtigen Gebäude über dem Hafen hinter den stabilen Wellenbrechern waren aus hartem Plastik und einer ganzen Menge Plexiglas gebaut, so daß den Bewohnern nichts verborgen blieb. Auch wenn der Architektur Wärme oder Schönheit fehlte, so war sie doch sehr praktisch für ein Gebiet, in dem der Wind aus jedem Brotbaumast ein gefährliches Geschoß machen konnte.

Lars führte Killashandra eine Rampe hinauf, die zum Bergipfel auf dem Ellbogen führte. Von einem Aussichtsturm konnten sie den Haupthafen und die kleine Bucht überblicken, die von dem alten Vulkan auf dem Kopf des Engels beherrscht wurde. Ein kleines Segelboot manövrierte behutsam durch die Riffe vor den Fingern am Ende der Hand. An den unterschiedlichen Farben des Wassers konnte Killashandra den sicheren tiefen

Kanal erkennen, doch sie wäre bestimmt nicht bereit gewesen, ein Schiff von der Größe der *Pearl* hindurchzusteuern.

Zu ihrer Überraschung war Nahia die erste Person, die sie sahen, als sie das Büro des Hafenmeisters betraten. Sie hatte am Terminal gearbeitet, und als die beiden eintraten, richtete sie sich halb auf und wartete begierig auf Lars' Bericht über die ausgesetzte Kristallsängerin.

»Wir brauchen uns für eine Weile keine Sorgen um unsere Gefangene zu machen, Nahia.« Lars ging zur Empathin und küßte ihr die Hand, bevor sie protestieren konnte.

»Lars, du mußt wirklich damit aufhören«, schimpfte Nahia. Sie warf Killashandra einen besorgten Blick zu.

»Warum denn? Ich erweise dir nur die Höflichkeit, die du verdienst.«

Würde Lars bei Nahia Trost finden, wenn sie Optheria verlassen hatte?

»Also geht es der Frau gut, Carrigana?« Nahia war durch Lars' eigenartigen Kommentar alles andere als beruhigt.

»Es ist ihr noch nie besser gegangen«, antwortete Killashandra hinterhältig. Sie fragte sich, warum Lars das Spiel noch weitertrieb, nachdem er ausdrücklich gesagt hatte, daß er Nahia nicht täuschen wollte. Sie warf ihm einen scharfen Blick zu.

»Wo ist Vater?«

»Ich bin hier, Lars, und ich bringe Ärger mit«, sagte der Hafenmeister, der gerade aus dem vorderen Büro eintrat. »Ich bin froh, daß der Sturm aufgekommen ist, denn er hat die Regierungsbeamten etwas aufgehalten. Die Inseln werden gründlich abgesucht. Torkes leitet die Suchaktion, und es wäre ausgesprochen dumm, wenn wir protestieren oder ihn behindern würden.«

»Dann ist es ja ein Glück, daß die Kristallsängerin gerettet wurde«, sagte Killashandra.

»Wirklich?« Olav Dahl sah sich erstaunt um und

wollte sogar draußen nachsehen, um die Frau zu suchen.

Doch Nahia hatte begriffen und drehte sich mit aufgerissenen Augen zu Killashandra um.

»Und zwar, Olav Dahl, von deinem mutigen Sohn, der sie ausgesetzt auf einer Insel fand, während er nach dem Sturm auf einer Rettungsmission war.«

»Junge Frau, ich …«, begann Olav Dahl, der angesichts ihres amüsierten Tonfalls die Stirn runzelte.

»Du bist Killashandra Ree?« fragte Nahia, die wunderschönen Augen fest auf Killashandras Gesicht gerichtet.

»Wirklich, ich bin es. Und ich bin dem tapferen, mutigen opthierianischen Bürger Lars Dahl so dankbar, daß ich mißhandelte Kristallsängerin mich nur in seiner Gegenwart wirklich sicher fühle.« Killashandra starrte Lars einfältig an.

Nahia legte eine schlanke Hand vor den Mund, um das Lachen zu unterdrücken.

»Ist es richtig, daß es zu deinen Amtspflichten gehört, auf der Stelle das Behördenboot von dieser guten Neuigkeit zu unterrichten?« fragte Killashandra Olav Dahl und lächelte ihn liebenswürdig an, um ihm den Wind aus den Segeln zu nehmen.

Olav Dahl betrachtete Killashandra, und sein Gesichtsausdruck wurde immer ernster, so als könne er nicht glauben, was er gehört hatte. Er wollte ihre muntere Stimmung nicht auf sich überspringen lassen, und höchstwahrscheinlich würde er auch ihre Hilfe nicht annehmen. Er setzte sich auf die Schreibtischkante und starrte sie erstaunt an. Killashandra wunderte sich schon, wie dieser Mann Lars' Vater sein konnte, doch plötzlich erhellte ein belustigtes und ausgesprochen boshaftes Grinsen sein Gesicht. Er stand wieder auf und streckte ihr eine Hand entgegen. Er schien wirklich erleichtert.

»Meine liebe Gildenfrau, darf ich Ihnen sagen, wie erfreut ich darüber bin, daß Sie aus Ihrer Notlage errettet wurden? Haben Sie eine Vorstellung, wer sich diese Schandtat an einem Mitglied der respektiertesten Gilde der ganzen Galaxis zuschulden kommen ließ?«

»Nicht die geringste«, gab Killashandra zurück und spielte die unschuldige Entführte. »Ich verließ etwas überstürzt die Orgelkammer, nachdem ich einen sehr unangenehmen Zusammenstoß mit einem Sicherheitsbeamten hatte. Ich hoffte, ein Spaziergang an der frischen Luft könnte meinen aufgeregten Geist beruhigen. Aber dann auf einmal ...« Sie schlug sich entsetzt die Hände vors Gesicht. »Ich glaube, man hat mich lange Zeit mit Drogen betäubt. Als ich schließlich wieder zu mir kam, befand ich mich auf einer Insel, von welcher mich Ihr Sohn heute morgen so tapfer gerettet hat!« Killashandra drehte sich um und starrte Lars in gespielter Dankbarkeit mit flatternden Augenlidern an.

»Ich finde das wirklich faszinierend, Killashandra Ree«, sagte ein völlig unerwarteter Neuankömmling. Lars fuhr herum. In der Tür stand Corish von Mittelstern. »Anscheinend bekleideten Sie einen höheren Rang, als auf den ersten Blick zu sehen war. Sie sind also die Kristallsängerin, die angefordert wurde?«

»O ja! Und Sie? Haben Sie Ihren lieben Onkel gefunden?«

»Habe ich, habe ich.« Corish lächelte amüsiert und deutete auf Olav Dahl. Lars war nicht der einzige, der seinen Vater anstarrte. Nahia lachte silberhell.

»Ihre Begegnung war wirklich ein Schauspiel, Lars«, erklärte Nahia kichernd. »Sie sind wie zwei Kampfhähne um die Wahrheit herumstolziert. Ich mußte mir wirklich Mühe geben, nicht herauszuplatzen, denn Hauness und ich kannten Olavs Geschichte natürlich. Ich brauchte nicht lange, um mitzubekommen, daß Corish nicht nach dem Mann auf dem Hologramm suchte.«

»Ich konnte kaum Dahls wirkliches Bild vorzeigen, denn das hätte ihn gefährden können. Ich hatte mir sein Gesicht eingeprägt und war sicher, ihn zu erkennen, sobald ich ihn sah.« Dann wandte Corish sich an Killashandra. »Er hat sich nicht so sehr verändert wie Sie. Ich habe Sie überhaupt nicht erkannt, nachdem Ihr Haar und Ihre Augenbrauen gebleicht sind und Sie ein paar Kilo verloren haben. Falls meine Meinung eine Rolle spielt«, — Corish deutete auf die Girlanden —, »ich halte dies gegenüber der unerfahrenen Mustikstudentin für eine erhebliche Verbesserung.«

»Dann kommen Sie vom Rat?« Killashandra warf Lars einen triumphierenden Blick zu. »Olav ist genausowenig Ihr Onkel wie ich. Die Geschichte mit dem Erbe war etwas dünn.«

»Für Sie vielleicht.« Corish verneigte sich vor ihr und schien etwas pikiert über ihre Kritik zu sein. »Aber Sie wären überrascht, wenn Sie wüßten, wie gut sie mir bei anderen geholfen hat.« Corish machte mit Daumen und Zeigefinger eine altmodische Geste. »Da die ganze Post, die den Planeten verläßt, zensiert wird und nicht immer den Empfänger erreicht, ist eine Geschichte wie die meine auf Optheria äußerst glaubhaft.«

»Ich ziehe meinen Kommentar zurück«, sagte Killashandra mit einem freundlichen Nicken. Sie setzte sich auf einen Stuhl. »Darf ich dann annehmen, daß Olav ein gescheiterter Agent ist?«

»Ich wurde hier festgenagelt«, erwiderte Olav selbst, indem er Corish zunickte. »Meine Vorbereitung war lükkenhaft; eine Sache, die niemand in unserem Hauptquartier bedacht hatte. Es waren die mineralischen Spurenelemente, die mich hier festhielten. Sie geben den Optherianern eine sehr einfache Möglichkeit, jeden am Verlassen dieses Planeten zu hindern. Allerdings habe ich aus meinem Exil auch einen Gewinn gezogen«, sagte er mit einem warmen Lächeln zu seinem Sohn, »wenn ich auch meine Zeit nicht mit Dingen verbrachte, die der Rat der Ältesten von ganzem Herzen gebilligt hätte. ›Wenn du sie nicht reinlegen kannst, dann schließ dich ihnen an.‹« Er blinzte Killashandra zu, die herzhaft lachte. »Ich wundere mich allerdings, daß du die Entführung durch meinen Sohn so gelassen hinnimmst.«

Killashandra lachte. »Oh, schließlich hat sie mir die Möglichkeit eröffnet, einer Beschwerde nachzugehen.«

»Was?« Olav wechselte mit Corish einen Blick.

»Die Beschwerde eines Künstlers der Federated Artists Association.«

»Wirklich?« Nahia klatschte erfreut in die Hände und grinste Lars triumphierend an. »Ich hab dir doch gesagt, daß sie eine gute Wahl waren.«

Corish richtete sich auf. »Du — du solltest auch nachforschen?«

»Oh, klar, aber die Reparatur der Orgel war natürlich die Hauptursache!« Sie warf Lars einen strengen Blick zu.

»Darüber können wir später noch reden«, sagte Olav. Er brachte die anderen mit erhobener Hand zum Schweigen. »Wir haben ein viel dringenderes Problem, nämlich die unmittelbar bevorstehende Ankunft des offiziellen Suchkommandos.«

»Ich habe doch schon angedeutet, wie wir damit umgehen können, oder?« sagte Killashandra.

»Wozu soll das gut sein?« fragte Olav. »Obwohl ich natürlich dankbar bin, daß du meinem mißratenen Sohn so schnell verziehen hast ...«

»Zuerst muß Lars aus der Schußlinie kommen, Olav Dahl«, erwiderte Killashandra mit einem grimmigen Grinsen. »Ich weiß nicht, welcher Älteste auf diesem Planeten für den Sicherheitsdienst verantwortlich ist, aber nach allem, was ich gesehen habe, steht dein Sohn wahrscheinlich auf der Liste der Verdächtigen ganz oben, ob sie nun Beweise gegen ihn haben oder nicht.«

»Oh, natürlich, Olav«, sagte Nahia.

»Wird dir der Sicherheitsdienst denn deine Erklärung abkaufen?« fragte Corish skeptisch.

»Wie bitte?« Killashandra erhob sich mit einer fließenden Bewegung zu ihrer vollen Größe und bot ein

Bild hoheitsvoller Arroganz. »Die Aussage einer Kristallsängerin anzweifeln, einer Angehörigen der Heptitergilde, einer Handwerkerin, deren Dienst unersetzlich für die so wichtige Touristensaison ist? Du machst Witze! Wie, unter welchem Namen, der ihnen heilig sein mag, können sie bezweifeln, was ich sage? Außerdem«, sagte sie, sich wieder entspannend und ein freundliches Grinsen aufsetzend, »vertraue ich sehr auf Lars' Fähigkeit, meinem Bericht zusätzliche Glaubwürdigkeit zu verleihen. Ihr nicht?«

»Ich muß schon sagen, wenn du diese Pose einnimmst, Killashandra, dann würde ich kaum wagen, dir zu widersprechen.« Corish stand auf. »Aber ich glaube, ich gehe lieber mit Nahia zu Hauness und bereite unsere Abfahrt vor. Wenn sie Killashandras Erklärung akzeptieren, dann werden sie sicher nicht mehr rund um die Uhr das Radar besetzen, und dann haben wir ein Problem weniger, wenn wir fahren.«

Nahia war zur Konsole zurückgekehrt und zog eine Kopie aus dem Drucker. »Olav, ich habe hier die Karten, die wir brauchen. Vielen Dank für deine Anregungen. Aber vorsichtshalber sollten wir den weiteren Weg durch die Inseln nehmen und erst später nach Norden abschwenken. Lars, Olver hat die Fahndung überstanden; du kannst über ihn mit uns Verbindung aufnehmen.« Corish nahm ihren Arm und zog sie zum Hinterausgang. »Darf ich hoffen, dich noch einmal zu sehen, Killashandra?«

»Wenn das irgendwie offiziell möglich ist, natürlich, und ich freue mich schon darauf.« Killashandra ging ihr höfliches Gerede selbst auf die Nerven. Sie trat einige Schritte vor, umarmte Nahia und küßte sie auf beide Wangen. Dann trat sie wieder zurück, über ihre eigene Überschwenglichkeit etwas überrascht, doch Nahias strahlende Augen und ihr Lächelm zeigten, daß die Frau sich freute.

»Oh, du bist so freundlich!«

»Mach keine Witze!« erwiderte Killashandra heftig. Dann lächelte sie verlegen. Lars nahm ihren Ellbogen und drückte ihn leicht.

»Falls ich Kontakt mit dir aufnehmen will, Killashandra«, fügte Corish noch hinzu, während er schon die Tür öffnete und Nahia hinausschob, »dann hinterlasse ich eine Nachricht bei der Piper Facility. Das habe ich übrigens schon einmal getan.« Die Tür knallte laut hinter ihnen zu.

»Kommt!« sagte Olav. Er ging in sein Hauptbüro zurück. »Wir werden das Schiff rufen. Die Rückkehr der *Pearl* wurde ins Logbuch des Hafens eingetragen, und wir müssen ihnen jetzt die gute Nachricht übermitteln.« Olav blieb vor einem riesigen Terminal stehen und sah Killashandra stirnrunzelnd an. »Bist du sicher, daß du diese Sache durchziehen willst? Es kann gefährlich werden!«

»Für die gefährlicher als für mich«, sagte Killashandra wutschnaubend. »Daß die mich überhaupt in eine solche Situation gebracht haben!« Dann lachte sie. »Stell dir nur vor, Olav, wie die in der Klemme sitzen, wenn Lars gesteht, daß Torkes und Ampris ihn beauftragten, mich zu verletzen.«

»Diesen Aspekt hatte ich noch gar nicht bedacht.« Er drehte sich zum Terminal um und setzte die Nachricht ab.

Der Kreuzer antwortete sofort und bat um Sichtkontakt, den Olav herstellte.

»Mach ein erfreutes, aber demütiges Gesicht, Lars!« murmelte Killashandra, bevor sie sich zum Bildschirm umwandte, abermals ganz die hoheitsvolle und arrogante Kristallsängerin.

»Ältester Torkes, ich muß doch sehr protestieren! Mehr als fünf Wochen sind vergangen, seit ich aus der Stadt entführt wurde — aus einer Stadt, in welcher ich, wie ich hinzufügen möchte, schon einmal angegriffen wurde, obwohl man mir eine Lobeshymne darüber vorgesungen hatte, wie sicher dieser Planet sei, wo jeder wisse, wo er hingehöre und wo jedes Verbrechen streng verfolgt werde.« Killashandra sprach so sarkastisch wie möglich und genoß die Verlegenheit des Ältesten. »Und dennoch war es möglich, daß mich ein untergeordneter Idiot beleidigte und daß ich entführt wurde! Ich hätte auf dieser schrecklichen Welt den Tod finden können. Und Sie — Sie haben wirklich sehr lange gebraucht, um bis zu diesen Inseln vorzudringen, die nach Ihren eigenen Worten von einer Dissidentengruppe bewohnt werden. Dissidenten mögen sie sein, aber es sind ausgesprochen höfliche Menschen, und ich fühle mich auf diesen Inseln erheblich wohler als damals bei Ihrem pompösen Empfang, bei dem ich fast verhungert wäre. Falls Sie noch nichts von meiner Gilde gehört haben, dann will ich diese Gelegenheit nutzen, um Ihnen zu erklären, daß wir diese Angelegenheit sehr ernst nehmen. Es ist nicht ausgeschlossen, daß wir eine Entschädigung verlangen. Was haben Sie nun zu sagen?«

»Geehrte Gildenfrau, ich kann Ihnen gar nicht beschreiben, wie entsetzt und besorgt wir auf dieses Verbrechen reagiert haben.« Sie sahen genau, wie sehr sich der Älteste Torkes bemühen mußte, seine Wut zu zügeln. »Ich weiß gar nicht, wie der Ältestenrat das an Ihnen begangene Unrecht wiedergutmachen kann. Was immer wir tun können ...«

»Ich schlage vor, daß Sie damit anfangen, diesem jungen Mann, der mich nach dem schrecklichen Sturm rettete, Ihre Dankbarkeit zeigen. Ich hatte wirklich Angst, in dieser Nacht von der Insel geweht zu werden und im Meer zu ertrinken. Hier ist er.« Sie zog Lars neben sich. Torkes' Gesicht verriet nicht, was er dachte, als er fast unmerklich nickte. »Er ist der Kapitän der ... Wie war noch der Name Ihres Bootes, Kapitän Dahl?«

»Die *Pearl Fisher*, Gildenfrau.«

»Ich möchte noch hinzufügen, daß er sich selbst und sein Schiff in große Gefahr brachte, als er die Insel ansteuerte. Die Ungeheuer in der Lagune und vor der Insel waren zu dieser Zeit außer Rand und Band. Er erklärte mir, daß der Sturm daran schuld sei. Aber ich war so erleichtert, nach dieser langen Zeit endlich wieder einen Menschen zu sehen ... Schauen Sie mich an! Wie ich nur aussehe! Mein Haar und mein Teint! Ich bin nur noch Haut und Knochen!«

»Wir werden etwa um 18.30 Uhr eintreffen, Gildenfrau. Bis zu dieser Zeit soll der Hafenmeister Sie mit seinen beschränkten Möglichkeiten versorgen.« Torkes gewann seine übliche herrische Art zurück und sah Olav Dahl scharf an.

»Ich bitte um Nachsicht, Ältester Torkes, aber die Gildenfrau bestand darauf, daß wir mit Ihnen Kontakt aufnehmen, bevor wir uns um ihre persönlichen Bedürfnisse kümmern. Wir stehen ihr bis zu Ihrer Ankunft zur Verfügung.«

Die Verbindung wurde unterbrochen. Als der Schirm leer war, nahm Lars Killashandra in die Arme und tanzte mit ihr durch den Funkraum. Er brüllte vor Lachen.

»Sein Gesicht! Hast du gesehen, wie er an sich halten mußte, Killa?«

»Brich mir nicht die Rippen, Lars — laß mich los! Aber du hast ja gesehen, wie leicht es ist ...«

»Mit einer der angesehensten Gilden im FSP im Rükken«, sagte Olav, doch er grinste über die Konfrontation ebenso breit und befriedigt wie Lars.

»Du bist doch selbst im Auftrag der FSP ...«

»Aber nicht offiziell«, erinnerte Olav sie und hob warnend eine Hand. »Meine Mission hier war geheim. Der Rat mischt sich nicht in planetarische Politik ein, solange kein anderer Planet betroffen ist. Wir konnten Optheria nicht offiziell angehen. Die FSP hatte die Charta ratifiziert.«

»Aber wenn du erklärst, daß die Bevölkerung nicht mit den Restriktionen einverstanden ist, dann ...«

»Meine liebe Killashandra Ree, die Situation auf Optheria läßt sich nicht allein durch die Aussage eines einzigen Mannes verändern, besonders nicht eines Mannes, der nach den planetarischen Gesetzen, denen er jetzt untersteht, wegen Hochverrats verurteilt werden könnte.«

»Oh!« Killashandras Freude verschwand so rasch, wie sie gekommen war.

»Aber mach dir darüber keine Sorgen — wir wollen uns lieber freuen«, sagte Olav, während er sie an der Schulter faßte. »Ich bin dir sehr dankbar dafür, was du bisher schon erreicht hast.« Er nahm Lars in den anderen Arm und lächelte seinen Sohn liebevoll an. »Seit ich den Kreuzer der Behörden auf dem Bildschirm sah, habe ich mir das Gehirn zermartert, wie ich Lars vor den Verhören von Torkes schützen könnte. Du hast es im Handumdrehen geschafft, aber glaube nicht, daß es so mühelos weitergehen wird.«

»Es war eine ausgezeichnete Vorstellung, Killa! Wenn ich das den anderen ...«

»Immer mit der Ruhe, Lars!« mahnte Olav. »Torkes hat schon genug zu schlucken gehabt. Provozier ihn nicht, denn das könnte gefährlich für dich selbst sein. Und nun, Killashandra, müssen wir dich mit ausgesuchter Höflichkeit behandeln, dir angemessene Geschenke machen und dich bedienen ...«

»Teradia natürlich, Vater. Ich will sie über die neuen Besucher und ihre Vorlieben informieren.« Lars verzog mißmutig das Gesicht.

»Ja. Ich sage ihr Bescheid, daß du sie aufsuchst, und dann werde ich das fällige Fest organisieren.«

»Eine Grillparty ist bei Torkes verschwendete Liebesmühe. Der ißt doch nichts«, sagte Killashandra spöttisch.

»Aber du, Killashandra, und wir feiern *deine* Rückkehr in die Zivilisation!« Lars drückte sie an sich.

»Eine Sache noch, Lars«, sagte Olav, indem er seinen Sohn festhielt. Er nahm ihm die Girlande ab. »Es tut mir leid, aber dieser Schmuck würde zu äußerst unbequemen Fragen führen.« Er wollte auch Killashandra die Girlande abnehmen. Sie zögerte, bevor sie ihm die Blumen gab.

»Mir tut es auch leid.« Sie ging hinaus, und Lars folgte ihr leise.

16

Teradias Haus lag, mit Blick auf den Nordhafen, am Hang. Als sie die im Zickzack angelegte Treppe hinaufstiegen, mit denen die Terrassen verbunden waren, sah Killashandra, daß ein großer Teil des vom Sturm aufgetürmten Schutts schon weggeräumt war. Junge Männer stellten gemächlich die Brotbäume wieder senkrecht und pflanzten für die Bäume, die ganz entwurzelt waren, neue junge Triebe ein. Andere schnitten Büsche oder säuberten Beete.

»Gibt es in diesem Paradies eigentlich auch Schlangen?« fragte Killashandra, als sie auf der ersten Terrasse anhielten, um zu verschnaufen.

»Schlangen? Was ist das denn?« fragte Lars neugierig.

»Normalerweise lange, schlanke, beinlose Reptilien — aber ich meinte Menschen mit unangenehmen Charakterzügen.« Sie machte eine wedelnde, schlängelnde Handbewegung und grinste boshaft. »Die Ältesten setzen doch bestimmt Spitzel und Spione ein.«

»O ja, das tun sie. Die meisten melden sich bei uns und geben den Ältesten genau die Informationen, die wir ihnen geben wollen.« Lars grinste und streichelte ihren Arm. »Wir sind nicht naiv; wir Inselleute halten zusammen. Die Ältesten können uns nur wenig von dem geben, was uns fehlt — abgesehen von der Freiheit, den Planeten zu verlassen. Übrigens würden gar nicht viele von uns gehen; wichtig ist allein die Möglichkeit, es tun zu können. Mein Vater hat einen kleinen Detektor, mit dem er Leute, die sich als Touristen ausgeben, schnell entlarven kann. Vater hat eine Theorie, daß nur ein gewisser Typ von Menschen sich zu einer gemeinen Beschäftigung hingezogen fühlt, und oft verraten sie sich selbst. Seltsamerweise dadurch, daß sie nicht mitsingen!« Er sah sie schalkhaft an. »Ich war erleichtert, daß du bei der Grillparty ganz munter gesungen hast.«

»Beinahe hätte ich nicht gesungen, denn wenn ich deinen Tenor erkennen konnte, dann konntest du mich auch als die mitternächtliche Sopranstimme identifizieren. Deshalb habe ich in der Altlage gesungen. Aber Lars, war es nicht gefährlich für Nahia, herzukommen? Wenn nun jemand erwähnt, daß sie hier war?«

Lars nahm sie am Ellbogen und zog sie an sich. Er streichelte beruhigend ihr Haar. »Geliebte Sunny, Nahia wäre auch dann sicher, aber wie es aussieht, wissen nur mein Vater, du und die Leute, mit denen sie angekommen ist, daß sie während des Hurrikans auf der Insel war. Das Boot ist in einer Höhle versteckt, niemand kann es entdecken. Es steht dort bereit und wird erst wieder auftauchen, wenn wir eine Chance haben, die Überwachungsgeräte des Kreuzers zu täuschen. Nahia und Hauness werden die Insel als Deckung benutzen, wenn der Kreuzer dich — na gut, mich auch — zum Festland zurückbringt. Zufrieden? Ich hab dir doch gesagt, daß mein Vater an alles denkt. Und heute abend wird niemand aus Wing Harbor hier sein, der sich an das Mädchen erinnern könnte, das Lars Dahls Partnerin war.«

»Aber ...«

»Niemand in Wing wird sich zurückgesetzt fühlen: man ist vollauf mit der Beseitigung der Sturmschäden beschäftigt. Am Ufer sind alle Häuser zusammengebrochen, und die Leute aus Wing meiden die Ältesten wie der Teufel das Weihwasser.«

Killashandra fühlte sich nach seinen Erklärungen erleichtert. Und sie war erfreut, als sie noch einmal über ihre Konfrontation mit Torkes nachdachte. Aber sie mußte sich vornehmen, in Gegenwart der Ältesten äußerst vorsichtig zu sein. Torkes würde ihr diese Demütigung nie vergeben, und sie wußte, daß er alles tun würde, um die anderen gegen sie aufzubringen, wenn es zu einer zweiten Konfrontation kommen sollte. Dennoch war sie froh, daß ihr Frontalangriff gegen diesen elenden Tyrannen erfolgreich verlaufen war.

»Wir dürfen nichts dem Zufall überlassen, Sunny«, fuhr Lars fort, als sie zur letzten Terrasse hinaufstiegen. »Wenn sonnengebleichtes Haar und helle Augenbrauen dein Äußeres weit genug verändern, um einen FSP-Agenten zu täuschen ...«

»Corish hat nicht erwartet, mir an diesem Strand zu begegnen, ebensowenig wie du.«

»Teradia muß deine alte Schönheit wiederherstellen. Mit teuren Kleidern und deiner hoheitsvollen Art wirst du vom Scheitel bis zur Sohle ganz Kristallsängerin sein.« Lars hielt inne und nahm sie wieder in die Arme. Niemand war in der Nähe. »Wird die berückend schöne Kristallsängerin noch ihren Geliebten von den Inseln haben wollen?« Er lächelte sie an, doch seine grauen Augen verrieten seine Unsicherheit.

»Du willst mir doch nicht erzählen — der du Hurrikans, Ältesten und Meistern getrotzt hast —, daß du bei meinem Ausbruch Angst bekommen hast?« Sie streichelte die Falten aus seinen Augenwinkeln. »Ich habe eine Rolle gespielt, Lars Dahl, eine Rolle wie aus einer Oper. Bei dir spiele ich keine Rolle, ganz egal unter welchen Umständen. Glaub mir! Wir wollen keinen Augenblick von dem verlieren, was wir zusammen erlebt haben!«

Sie stellte sich auf die Zehenspitzen, um ihn zu küssen, und die Leidenschaft ließ beide erzittern.

»Wie sollen wir nur die Fahrt auf dem Kreuzer überstehen, Killa? Und was wird später auf dem Festland?«

»Oh, Bürger!« Killashandra legte affektiert eine Hand auf die Brust und ließ die Wimpern klimpern, um die Tränen zurückzuhalten und um ihrer Rolle Nachdruck zu verleihen.

»Wenn ich meine Sicherheit in deine Hände lege, wo sollst du dann wohl sein, wenn nicht bei mir, wohin ich auch gehe? Sogar in meinem Schafzimmer? Und hast du nicht gesehen, wie ich im Konservatorium untergebracht war? Du wirst schon sehen, Lars, es wird so arrangiert werden, wie *ich* es will!«

Sie näherten sich einem Geschäft, vor dem auf einer kleinen Tafel der Name ›Teradia‹ in geschwungenen Buchstaben stand. Teradia begrüßte sie selbst; die Frau war so groß wie Lars und hatte einen zarten drahtigen Körperbau und dichtes, zu wunderschönen Zöpfen geflochtenes schwarzes Haar. Ihre Haut war tiefbraun und glatt, und die hellgrünen Pupillen ihrer Augen strahlten. Die selbstbewußte Herrin eines großen Hauses.

»Olav Dahl will nur das Beste für dich, Killashandra Ree, und ich will selbst dafür sorgen, daß du alles bekommst, was du brauchst.«

»Ich kümmere mich schon darum«, unterbrach Lars. »Wir müssen die gebleichten Haare ...«

Teradia legte Lars eine Hand auf die Brust und schob ihn ein Stück zurück. Sie sah ihn etwas empört an. »Mein lieber Junge, so erfahren du auch darin bist, einer Frau zu schmeicheln, dies ist *meine* Kunst ...« Sie zog Killashandra mit sich. »Und du wirst mir sicher erlauben, sie auszuüben. Komm schon, Gildenfrau, hier entlang!«

»Teradia, das ist nicht nett.« Lars folgte den beiden Frauen durch die Tür. »Ich bin Killashandras Leibwächter ...«

»Hier bin ich ihre Wächterin, aber wenn ich ihre Haut und ihre Haare sehe, dann hast du versagt — von der Sonne gebleicht, die Haut ausgetrocknet und viel zu lange dem Salzwasser ausgesetzt.«

»Teradia!«

Teradia war die erste, die es geschafft hatte, ihren Geliebten aus der Fassung zu bringen; sie bewunderte diese Frau. Teradia zwinkerte ihr allerdings zu, wenn sie sich auch nicht beirren ließ.

»Jedenfalls, wenn die Gildenfrau es wünscht ...«

»Wie schaffst du das, Teradia?«

»Was denn?«

»Ihm das Maul zu stopfen.«

Teradia zuckte amüsiert die Achseln. »Kein Problem. Er wurde dazu erzogen, seine Ahnen zu achten.«

»Wie bitte?« Killashandra sah Teradia überrascht an.

»Sie ist meine Großmutter«, knurrte Lars.

»Meine Hochachtung, Bürgerin«, erwiderte Killashandra. Sie versuchte, Lars wegen seines Unbehagens nicht auszulachen. »Ich werde deine Künste liebend gern in Anspruch nehmen.«

»Und ich auch!« rief Lars begeistert.

So wurde Killashandra unter Lars' wachsamen Augen eingeseift, gebadet, massiert und eingeölt, und nachdem Haar und Nägel geschnitten waren, schlief Killashandra während der Massage ein. Später jedoch schlief Lars ein, während Teradia Killashandras Haare und Augenbrauen dunkel färbte.

»So, jetzt siehst du schon ganz anders aus«, sagte Teradia, während sie ihr Werk begutachtete. »Ich bin aber nicht ganz sicher, was dir besser steht«, fuhr sie nachdenklich fort. »Du bist so oder so eine schöne Frau. Und jetzt«, fügte sie so energisch hinzu, daß Killashandra gar nicht zum Widersprechen kam, »wollen wir sehen, wie wir dich einkleiden können. Wir haben noch nicht alles aus dem Sturmlager zurückgeholt, aber ich weiß genau, wo ich einige schöne Kleider finden kann, die deinem Stil und deinem Rang entsprechen. Komm mit ins Ankleidezimmer!«

Killashandra sah über die Schulter zum schlafenden Lars zurück.

»Wenn er in deiner Gegenwart einschläft, dann ist er erheblich müder, als er je zugeben würde, Killashandra Ree. Wir lassen ihn einfach liegen, bis er gebraucht wird, um dich zu Olav Dahl zurückzubringen.«

Als Teradia Killashandra zu ihrer Zufriedenheit eingekleidet hatte, ohne auf Killashandras Geschmack Rücksicht zu nehmen, war Lars wieder erwacht. Er ließ sich Zeit, um die Erscheinung vor ihm zu begutachten und zeigte den angemessenen verblüfften Gesichtsausdruck, bevor er grinste und beifällig nickte.

»Los!« rief Teradia, während sie mit den Fingern schnippte und ihn in ein zweites Ankleidezimmer wies, das neben dem Geschäft lag. »Wir können uns keinen schäbigen Begleiter erlauben, auch wenn dich niemand bemerken wird.«

Killashandra runzelte die Stirn, doch die Frau blinzelte ihr wieder zu und lächelte. »Der Bursche ist zu selbstbewußt.«

»Er wird's brauchen können«, sagte Killashandra traurig.

»Oh?«

Doch bevor Killashandra noch etwas sagen konnte, stürmte der entkleidete Lars ins Zimmer zurück und schwenkte ein reich besticktes feines blaues Hemd und eine leichte blaue Hose.

»Wenn du glaubst, ich ließe mich aufzäumen wie ein preisgekrönter Hengst, dann hast du dich geschnitten! Muß ich denn wirklich herumlaufen ...«

Mit einem langen Schritt durchmaß Teradia den Raum und hob eine blaue Unterhose auf, die ihm heruntergefallen war. Sie hielt ihm das Kleidungsstück unter die Nase und schob ihn ins Nebenzimmer zurück.

»Ach so ...«

Killashandra unterdrückte ein Kichern.

»Du stehst doch immer gern im Mittelpunkt ...«

Er steckte den Kopf um die Ecke. »Aber nicht, wenn Torkes in der Nähe ist.« Er zog den Kopf wieder zurück. »Wahrscheinlich hat er auf seinem Kreuzer einen Haufen Jungs mitgebracht, deshalb bin ich hier sicherer als in der Stadt.«

»Und was wird aus meinem Leibwächter?«

»Sollen wir einen Vertrag auf Gegenseitigkeit schließen? Ich habe gelesen, daß das früher so üblich war.«

»Abgemacht.«

Lars knallte die Tür zu, kam durch den Raum und nahm sie in die Arme. Er strahlte sie an.

»Wenn du ihr Kleid oder ihr Make-up zerquetschst ...« Teradias gespielter Ärger verflog sofort, als sie die Atmosphäre zwischen den beiden bemerkte.

Lars sehnte sich nach ihr, und auch sie wollte seine Lippen spüren. Er seufzte schwer und ließ sie wieder los. »Du siehst aus wie eine Königin, Killashandra! Aber ich glaube, am Strand von Wing hast du mir noch besser gefallen! Da hast du nämlich allein mir gehört!« Er sprach leise, seine Worte waren nur für sie bestimmt, und er ließ sich durch die Gegenwart seiner Großmutter nicht aus der Ruhe bringen. »Du hast dich selbst übertroffen, Teradia.« Er zog die Frau an sich und küßte sie auf die Wange.

Killashandra war erleichtert, daß es noch einen anderen gesunden und ausgeglichenen Menschen gab, der Lars helfen konnte, nachdem sie nach Ballybran zurückgekehrt war.

»Jetzt müssen wir aber gehen, Killashandra. Der Kreuzer hat bestimmt schon angelegt!«

Killashandra bedankte sich warm bei Teradia, doch die Frau winkte ab und ging über ihre aufrichtige Dankbarkeit hinweg.

Als sie die Treppe zum Haus des Hafenmeisters hinunterstiegen, bemerkte Killashandra sofort die veränderte Atmosphäre. Der gedrungene Kreuzer trug einen großen Teil zu dieser Veränderung bei; er lag groß und klotzig und drohend im Hafen. Neben dem einförmigen Schiff wirkten die zierlichen Fischerboote winzig. Die schrägen Deckaufbauten, die kleinen Waffenkuppeln und die Borsten seiner Sende- und Überwachungsantennen verstärkten den drohenden Eindruck noch.

Killashandra drängte sich unwillkürlich an Lars. »Die Maschine da sieht aber gefährlich aus. Haben sie viele davon?«

»Genug!«

»Können Nahia und Hauness diesem Ding denn entkommen?«

Lars kicherte, was zugleich seine und ihre Spannung minderte. »Die *Yellowback* ist kleiner und schneller, läßt sich sehr leicht manövrieren und kann durch Riffe fahren, in denen dieser Kreuzer auflaufen würde. Sobald sie ein Stück fort sind, sind sie in Sicherheit.«

Killashandra sah das Kommen und Gehen auf der Rampe vor Olavs Büro: Leute trugen Tische, Stühle, Sitzkissen, Körbe, Schalen und Krüge mit Früchten. Einige Männer taumelten fast unter der Last des Essens. Killashandra hatte eine zweite informelle Grillparty am Strand erwartet. Ihr war gar nicht eingefallen, daß es hier in North Harbor keinen Strand gab und daß außerdem die Ältesten an der lockeren Atmosphäre, die sie auf Wing genossen hatte, nicht viel Spaß hatten. Sie stöhnte.

Lars drückte ihr die Hand. »Was ist los?«

Sie seufzte schwer. »Ein Staatsempfang! Diese Formalitäten! Diener machen, lächeln und grauenhafte Langeweile.«

Lars lachte. »Du wirst überrascht sein. Angenehm überrascht.«

»Und wie wird dein Vater damit durchkommen?«

Lars grinste sie an. »Wart's ab!«

Als erstes sah sie eine ganze Reihe von Wächtern, die

in regelmäßigen Abständen zu beiden Seiten der Straße zwischen dem Hafen und der Residenz aufgestellt waren. Die Männer waren bewaffnet. Sie hatte in ihrem Leben noch nicht viele Betäubungsgewehre gesehen, doch sie erkannte sie sofort.

»Was erwarten die? Einen Bürgerkrieg?«

»Die Ältesten reisen gewöhnlich unter starkem Begleitschutz. Besonders auf den Inseln. Du mußt wissen, wir sind sehr aggressiv.« Lars' Stimme klang sarkastisch, und sie schnaufte besorgt. »Keine Angst, Killa, ich werde mich zurückhalten! Du wirst mich nicht einmal mehr als deinen leidenschaftlichen Geliebten wiedererkennen.«

Sie hob zweifelnd eine Augenbraue. »Aber als Belohnung für diesen Abend mit Torkes erwarte ich einen ausgeruhten Geliebten. Warum überhaupt Torkes? Ich dachte, er sei für die Kommunikation zuständig.«

Lars stieß ein ersticktes Lachen aus, denn sie hatten sich dem ersten Wachposten genähert. »Der Älteste Pedder wird leider seekrank.«

Der Wachposten, der ihr Näherkommen aus den Augenwinkeln beobachtet hatte, drehte sich plötzlich zu ihnen herum, hob sein Gewehr und starrte sie ausgesprochen feindselig an. »Identifizierung?«

»Ich bin die Kristallsängerin, du Idiot«, erwiderte Killashandra laut und entrüstet. »Und das ist mein Leibwächter Lars Dahl.« Killashandra wollte weitergehen, doch sie wurde von der Waffe aufgehalten. »Wie kannst du es wagen?« Sie stürmte los, packte die Waffe an der Mündung und warf sie mit einer energischen Bewegung zu Boden. Der überraschte junge Matrose erbleichte und hob die Waffe wieder auf. »Wie kannst du es wagen, eine Kristallsängerin zu bedrohen? Wie kannst du es wagen, *mich* zu bedrohen?«

Angesichts der hohlköpfigen Militaristen brauchte Killashandra ihre Wut nicht zu spielen. Sie hörte nicht, daß Lars versuchte, sie zu beruhigen; sie stürmte an zwei weiteren Wachposten vorbei, die ihrem Gefährten helfen wollten, und sie hätte beinahe auch den Offizier überrannt, der mit drei weiteren Soldaten die Rampe heraufstürmte. Doch dann hielt sie vor diesem neuen Hindernis inne. Der Offizier hatte entweder schon öfter mit wütenden Ältesten zu tun gehabt, oder er wußte, was eine Naturgewalt war. Er bellte einen Befehl, und die Soldaten verwandelten sich plötzlich in eine brave Eskorte, die hinter dem Offizier und Lars hermarschierte. Sie hatten Mühe, mit Killashandra Schritt zu halten, als die zornige Kristallsängerin zur Residenz stürmte und den Verantwortlichen für diese neue Beleidigung suchte.

Dort übernahm Lars die Führung und wies ihr höflich den Weg. Sie hörte mehrere aufgeregte Rufe. Im Vorbeifliegen sah sie, daß zahlreiche Wächter salutierten, und zwei weitere öffneten hastig eine mit Schnitzereien verzierte Holztür — die sie trotz ihrer Wut als wundervoll bearbeitetes Brotbaumholz erkannte. Dann stand sie im offiziellen Empfangssaal der Residenz. Sie stürmte sofort weiter zu der breiten Treppe, die zur Hauptebene hinunterführte. Olav kam ihr mit besorgem Gesicht auf halbem Wege entgegen. Hinter ihm saß der Älteste Torkes auf einem hohen Holzstuhl, während seine Stabsmitglieder im Raum herumstanden und mit verschiedenen Inselbewohnern sprachen.

Killashandra sah sich rasch um, bevor sie direkt auf Torkes losging. »Habe ich Wochen auf einer einsamen Insel verbracht, nur um von einem *bewaffneten* Idioten aufgehalten und befragt zu werden? Der mir eine Waffe vor das Gesicht hielt, als ob ich einen Krieg beginnen wollte? Ich ...« Killashandra brach sich fast die Knöchel, als sie mit dem Finger auf ihre Brust tippte. »Ich bin diejenige, die angegriffen und entführt wurde. Ich bin diejenige, die in Gefahr war, während Sie«, — und nun deutete sie anklagend auf Torkes, der sie schockiert ansah —, »während Sie in Sicherheit waren! In Sicherheit!«

Später sagte Lars ihr, daß sie einfach hinreißend war. Ihre Augen hätten nur so gesprüht, und ihr Auftritt sei so beeindruckend gewesen, daß selbst er vor Erstaunen nicht zu atmen gewagt habe. Er fragte, welche Opernrolle sie in diesem Augenblick gespielt habe.

»Gar keine«, erklärte sie ihm grinsend, denn ihr wirkungsvoller dramatischer Auftritt hatte ihrem Zorn ein passendes Ventil verschafft. »Ich war noch nie im Leben so wütend. Stell dir nur vor, man hat mich mit einer Waffe bedroht.«

Torkes erhob sich, und sein Gesicht verriet deutlich, daß er nicht wußte, wie er mit dieser unbekannten und gefährlichen Naturgewalt umgehen sollte. »Meine liebe Kristallsängerin ...«

»Keine plumpe Vertraulichkeit!«

»Ihre Erlebnisse haben Sie aus dem Gleichgewicht gebracht, Gildenfrau Ree. Niemand hatte die Absicht, Sie zu beleidigen. Es war nur ...«

»Es war nur Ihr verdammtes Protokoll und Ihre Lust an einer völlig unangebrachten Machtdemonstration. Ich muß Sie warnen«, sagte sie, indem sie ihm mit dem Finger drohte, »ich muß Sie warnen, daß Sie möglicherweise dafür büßen müssen.« Sie hielt sich gerade noch zurück; in ihrer Wut hätte sie dem Ältesten Torkes beinahe zuviel verraten. »Denn meine Gilde wird eine Wiedergutmachung für die unverschämte und demütigende Behandlung verlangen, die ich erdulden mußte.«

Torkes starrte ihren Finger an, als wäre er eine tödliche Waffe. Bevor er sich eine passende Antwort zurechtlegen konnte, stand Olav neben Killashandra und bot ihr ein Glas einer bernsteinfarbenen Flüssigkeit an. »Gildenfrau, ich möchte Ihnen das hier anbieten ...« Seine Baritonstimme, so sanft und verbindlich, dämpfte ihre Wut. Sie kippte das Getränk und war einen Augenblick lang sprachlos. Der starke Schnaps hatte sie wirkungsvoll zum Schweigen gebracht. »Sie sind verständlicherweise sehr aufgeregt, aber die Aufregung ist unnötig, denn ich kann Ihnen versichern, daß Sie hier gut aufgehoben sind. Der Älteste Torkes hat bereits eine gründliche Untersuchung dieser Schandtat angeordnet und wird sich persönlich um Ihre Sicherheit hier auf Angel Island kümmern.«

Olavs taktvolle Beruhigung gab ihr die Zeit, ihre Kehle und ihre Stimmbänder wieder unter Kontrolle zu bringen. Der Hals brannte ihr, der Magen pochte, und die Augen wurden wäßrig. Das war ein gutes Stichwort. Sie ließ die Tränen fließen und griff schwach nach Olavs Hand, der sie sofort stützte. Lars nahm ihren rechten Arm, und die beiden Männer führten sie zu dem zweiten prächtigen Stuhl im Zimmer und setzten sie ab, als wäre sie sehr gebrechlich.

»Ich bin wirklich überdreht. Nach allem, was ich erlebt habe, ist das auch kein Wunder«, sagte Killashandra und nutzte ihr Schluchzen, um die Nachwehen ihrer Wut zu unterdrücken. Sie war der Meinung, daß sie sich lange genug ausgetobt hatte. »Ganz allein auf dieser verdammten Insel, ich wußte nicht, wo ich war und ob ich überhaupt gerettet werden würde. Und dann der Sturm …«

Man brachte ihr ein zweites Glas. Als sie Olav anstarrte, zwinkerte er ihr zu. Dennoch trank sie vorsichtig. Es war Brotbaumwein.

»Verzeihen Sie mir, Ältester Torkes, aber diese lächerliche Waffe brachte das Faß zum Überlaufen.« Sie unterbrach sich, doch es gelang ihr, ihrer Stimme einen aufrichtig betrübten Klang zu geben. Dann lächelte sie den völlig verwirrten Ältesten zaghaft an und ließ die Augenlider flattern. Seine Untergebenen standen herum wie Ölgötzen. Killashandra war äußerst zufrieden, daß es ihr gelungen war, eine komplette optherianische Militärabteilung aus der Fassung zu bringen. Sie hatten eine solche Lektion bitter nötig gehabt. Killashandra entspannte sich und lehnte sich bequem im Stuhl zurück.

»Es gibt auf allen Inseln dieses Archipels keinen einzigen Menschen, der Ihnen etwas zuleide täte, Gildenfrau«, fuhr Olav fort, während er ihr ein kunstvoll besticktes Taschentuch anbot. »Erst recht nicht, seit bekannt wurde, wie hingebungsvoll Sie sich um die Verletzten von Bar Island gekümmert haben. Wenn ich bedenke, wie selbstlos Sie sich eingesetzt haben, nachdem Sie gerade erst eine Stunde gerettet waren, muß ich sagen, daß wir alle tief in Ihrer Schuld stehen.«

Sie verbarg das Gesicht hinter dem Taschentuch und schielte zu Olav hinauf. Sie tupfte sich die letzten Tränen ab, die sie mit Mühe herausgequetscht hatte. Sie hatte seine Botschaft verstanden. Sie schniefte noch einmal und seufzte laut.

»Was sollte ich tun? Ihre Not war viel größer als meine, denn mir war ja körperlich nichts geschehen. Es war sogar eine ausgezeichnete Therapie«, sagte sie und schniefte noch einmal, »jene zu pflegen, die weniger glücklich waren als ich. Und ich fühle mich bei Ihnen, Hafenmeister, und bei Kapitän Dahl tatsächlich gut aufgehoben.« Sie berührte beide Männer am Arm und schenkte ihnen ein schüchternes Lächeln. Lars zwickte sie heimlich in die Schulter, um ihr anzudeuten, daß sie nicht übertreiben solle. »Ich hoffe, Sie blieben auf dem Weg hierher von diesem schrecklichen Sturm verschont, Ältester Torkes?«

»Aber natürlich, Gildenfrau.« Torkes räusperte sich nervös. »Wir sind erst aufgebrochen, als der Sturm abgeflaut war. Ich hätte auf Mirbethan hören sollen, Kapitän.« Er wandte sich zu einem älteren Offizier hinter ihm um. »Sie hat sich erboten, uns zu begleiten, Gildenfrau, weil sie glaubte, daß wir Sie möglicherweise hier entdecken würden.«

»Das ist aber freundlich von ihr.«

»Sie wäre die ideale Gefährtin gewesen, um Ihre Nerven zu beruhigen, Gildenfrau.«

»Ja, sie war sehr aufmerksam, aber so sehr ich ihren

guten Willen schätze, ich muß darauf bestehen, daß mich jemand begleitet, der auch mit den schwierigsten Situationen fertig wird.« Sie machte eine unbestimmte Geste in Lars' Richtung. »Ich hatte Gelegenheit, Kapitän Dahl zu beobachten, als er versuchte, sein Schiff nahe genug an die Insel zu manövrieren, um mich zu retten, und wie er mit schwerer See und verletzten Menschen umgegangen ist.« Damit war der Vorschlag erledigt. War Mirbethan von selbst darauf gekommen, oder steckte Ampris dahinter? Egal. Es spielte keine Rolle.

»Wenn ich einen Vorschlag machen darf, Gildenfrau? Haben Sie sich inzwischen gut genug erholt, um etwas zu essen?« fragte Olav, geschickt das Thema wechselnd. »Oder soll Kapitän Dahl Sie zunächst in das Quartier begleiten, das für Sie hier in der Residenz vorbereitet wurde?«

»Oh, aber ja«, sagte Killashandra, während sie Lars eine Hand gab und Olav wohlwollend anlächelte, »es ist gut möglich, daß Hunger die Ursache meiner schlechten Laune war. Normalerweise lasse ich mich nicht so leicht aus der Ruhe bringen, Bürger.« Nun, da ihr Auftritt erfolgreich abgeschlossen war, spürte sie ihren Hunger. Sie hoffte, Olavs Gastfreundschaft entsprach ihren Ansprüchen, und sie wurde nicht enttäuscht. Sie bekam an dem wundervoll geschmückten Tisch den Ehrenplatz rechts neben Olav. Torkes saß ihr gegenüber, Teradia rechts neben ihm. Offenbar hatte sie nicht mehr getan, als ein anderes Kleid überzustreifen. Killashandra wunderte sich, wie sie es geschafft hatte, pünktlich einzutreffen. Andere gutgekleidete Damen begleiteten die Offiziere von Torkes Gefolge, und aus einer Ecke drang einschmeichelnde Tafelmusik.

Das Essen war köstlich, erst recht angesichts der Tatsache, daß die Insel vor so kurzer Zeit von einem Sturm heimgesucht worden war — ein wahres Fest. Killashandra kostete alles, was ihr vorgesetzt wurde, und bemerkte bald, daß es nur wenige Bestandteile waren, die jedoch auf immer neue Weise zubereitet worden waren. Brotbaum — Früchte, das Mark und Herz — bildete die Grundlage der neun Gänge. Die größten Gelbrücken, die sie je gesehen hatte, wurden leicht angebraten mit gehackten Nüssen gereicht. Dann gab es saftigen gegrillten Tintenfisch, grünen Salat und einen gemischten Salat aus Gemüse, Früchten und Fisch.

Nach der Art zu urteilen, wie Torkes' Offiziere ihre Teller füllten und sich Nachschläge nahmen, als beladene Tabletts hereingetragen wurden, mußten sie halbverhungert sein. Torkes schien dagegen wie ein Asket, wenn er auch gegenüber dem Ältesten Pentrom immer noch ein Vielfraß war. Er ließ sich sogar ein Glas Wein einschenken.

Als der erste Hunger gestillt war, wandte Torkes sich an Lars. Sein harter Gesichtsausdruck paßte überhaupt nicht zu seiner liebenswürdigen Stimme.

»Wo haben Sie die Gildenfrau eigentlich entdeckt, Kapitän Dahl?«

»Auf einer Brotbauminsel ein Stück östlich von Bar Island. Normalerweise hätte ich diesen Weg nicht gewählt, denn die Insel liegt abseits der normalen Handelsrouten, aber da gerade Flut war, drohte mir von dem Riff vor der Insel keine Gefahr, und ich ergriff die Gelegenheit, eine Abkürzung nach Bar Island zu benutzen, da ich unbedingt vor Sonnenuntergang dort eintreffen wollte.«

»Haben Sie die Insel auf Ihren Karten markiert?«

»Selbstverständlich, Ältester Torkes. Ich kann sie Ihnen gleich nach dem Essen zeigen.« Lars ließ eine Hand unter dem Tisch verschwinden und drückte beruhigend ihren Schenkel. Hatte sein Vater ihn ebenso gewarnt wie sie? »Und ich kann Ihnen den Eintrag in meinem Logbuch zeigen, in dem ebenfalls die Position aufgezeichnet wurde.«

»Sie führen ein Logbuch?«

»Aber selbstverständlich, Ältester Torkes! Der Hafenmeister achtet streng auf solche Einzelheiten, die meiner Ansicht nach tatsächlich ein wesentlicher Bestandteil verantwortlicher Seefahrt sind.«

Ein Stück weiter unten am Tisch nickte ein Offizier zustimmend. Torkes machte sich wieder über seinen Teller her. »Was ist das für ein köstlicher Fisch, Hafenmeister?« fragte Killashandra, während sie auf das Walfilet deutete.

»Ah, das ist eine Delikatesse unserer Inseln, Gildenfrau.« Olav gab eine äußerst amüsante Beschreibung der Lebensgewohnheiten dieser großen Fische und der Gefahren bei ihrem Fang. In seiner Geschichte ließ er die Kraft und die Tapferkeit der Walfänger nicht unerwähnt und lobte ihre Bereitschaft, sich dieser wenig beneidenswerten Aufgabe zu stellen. Ein großer Teil des Fangs ging zum Festland.

Unter solch beiläufigem Geplauder ging das Mahl zu Ende. Der Älteste Torkes stand sofort auf und bat Lars Dahl, ihm die Insel zu zeigen.

»Wir können die Informationen auch hier abrufen«, wandte Olav ein. Er ging zur kostbaren Anrichte des Speisesaals. Ein Teil der ebenen Oberfläche barg eine Tastatur, und das Bild mit der Insellandschaft darüber glitt zur Seite und gab einen großen Bildschirm frei.

Killashandra, die Torkes heimlich beobachtete, sah, wie dieser sich versteifte, bis Olav seinen Sohn heranwinkte, der die Eintragungen abrufen sollte. Wenige Augenblicke später war eine große Landkarte der ganzen Inselgruppe auf dem Bildschirm zu sehen. Lars tippte einige Befehle ein, und die Karte löste sich auf. Der Maßstab vergrößerte sich, und das Bild wanderte über Angel Island hinweg nach links, bis Bar Island auftauchte, dann etwas nach oben, und nach einer weiteren Umstellung tauchte die kleine Insel stark vergrößert auf, und sogar die schützenden Riffe, die sie von anderen Brotbauminseln isolierten, waren deutlich zu erkennen.

»Hier, Ältester Torkes, genau hier entdeckte ich die

Gildenfrau. Glücklicherweise gab es auf der Insel eine Süßwasserquelle.« Er vergrößerte das Bild weiter, bis alle Einzelheiten der Insel zu erkennen waren.

»Ich fand auf dem Hügel etwas Schutz«, warf Killashandra ein.

»Hier«, sagte Lars und deutete auf die Hütte.

»Und glücklicherweise war ich dort hoch genug, um außer Reichweite der Sturmflut zu sein — gerade eben. Ich habe in der Lagune geangelt und bin dort auch geschwommen, weil die größeren Fische nicht über das Riff herankommen konnten. Aber wie Sie sehen können, meine Herren, wäre es mir keinesfalls gelungen, aus eigener Kraft zu einer bewohnten Insel zu schwimmen.«

Einer von Torkes Offizieren notierte die Länge und Breite der Insel.

»Ich rege mich schon auf, wenn ich nur daran denke.« Killashandra wandte sich an Olav. »Großartig, daß Sie so kurz nach dem Hurrikan ein solches Mahl servieren konnten, Hafenmeister. Und es war wirklich eine Freude, für mich ganz besonders.« Sie machte eine anmutige Geste. »Es hat mir gutgetan, unter einer solchen Vielfalt von Köstlichkeiten auswählen zu können. Und jetzt zöge ich mich gern zurück.«

»Gildenfrau, wir haben noch viel zu besprechen ...«

»Das können wir auch morgen früh tun, Ältester Torkes. Es war ein langer und anstrengender Tag für mich, vergessen Sie das nicht. Wir haben Bar Island heute morgen mit den Verletzten verlassen, und jetzt ist es fast Mitternacht.« Sie wandte sich wieder an Olav. »Werde ich heute abend in der Residenz untergebracht?«

»Hier entlang, bitte!« Olav und Lars eskortierten sie zu einer Tür, die sich als Aufzugtür entpuppte. »Ich kann Ihnen versichern, daß dies der einzige Zugang zum Wohnbereich der Residenz ist. Der Ausgang wird heute nacht gut bewacht werden.« Er winkte einen

Soldaten heran, der sich sofort neben der Tür aufbaute.

»Ältester Torkes, dies ist das erst Mal, daß wir das Privileg haben, Mitglieder des Rates zu beherbergen«, sagte Teradia, und ihre tiefe Stimme verriet ihre Ehrfurcht, während sie Torkes am Arm nahm und ihn in den Empfangssaal zurückführte.

Olav beugte sich höflich über Killashandras Hand, kam lächelnd wieder hoch und deutete auf den Lift. Die Tür schloß sich hinter Killashandra und Lars. Killashandra lehnte sich mit einem erleichterten Seufzen an ihn. Er machte eine rasche Handbewegung und starrte demonstrativ die Decke der Aufzugkabine an.

»Ich bin völlig erschöpft, Kapitän Dahl.« Also ließ Torkes die Räume überwachen. Das machte es Lars und ihr nicht leichter.

Der Lift fuhr beinahe geräuschlos, und als sich die Tür wieder öffnete, sah sie eine Szenerie, die ihr den Atem raubte. Aus dem breiten Fenster überblickte sie den ganzen mondbeschienenen Hafen. Durch einen zweiten Mond, der hinter dem alten Vulkan aufging, bekam der Berg einen Heiligenschein. Sie standen lange schweigend am Fenster und nahmen die Schönheit des Anblicks in sich auf.

Lars führte sie über einen kurzen Flur zu zwei Türen. Dort blieb er stehen und sah auf seine Armbanduhr. Killashandra hatte gerade noch Zeit, sich über sein Grinsen zu wundern, bevor alle Lichter erloschen. Im gleichen Augenblick sah sie drei blaue Blitze, zwei auf dem Flur und einen dritten vor der Eingangstür.

»Was …«, begann sie erschrocken, doch dann ging das Licht wieder an, und Lars nahm sie in die Arme.

»Jetzt sind wir sicher!«

»Habt ihr die Monitore durchschlagen lassen?«

»Und alle Systeme auf seinem Schiff. Vater kennt sich mit Elektronik gut aus, und …« Er zog sie fest an sich und schob sie zur ersten Tür, die automatisch aufglitt, als sie sich näherten. »Jetzt kann ich endlich ungestört über dich herfallen.«

Und das war natürlich genau das, was Killashandra gehofft hatte.

17

Teradia brachte am nächsten Morgen das Frühstück. Erst jetzt konnte Killashandra sich gründlich umsehen. Sie war in einem großen Zimmer, das vom Widerschein des sonnenbeschienenen Hafenwassers erhellt wurde. Killashandra hätte einiges dafür gegeben zu erfahren, wie es diese Frau schaffte, stets vollendet gekleidet und völlig ausgeglichen zu sein. Vielleicht hatte es mit der Gelassenheit und der Lebenserfahrung eines fortgeschrittenen Alters zu tun; der Begriff ›alt‹ in physiologischem Sinne schien auf Teradia allerdings überhaupt nicht zu passen.

»Und wieder kommt ein Tag, voller Freude und Entzücken«, zitierte Lars, während er in Killashandras Rükken einige Kissen aufbaute. »Olav hat gestern abend wirklich keinen Trick ausgelassen, was?«

»Er ist schon wieder am Werk.« Teradia lächelte leicht. »Darf ich dir zu deiner gestrigen Vorstellung gratulieren, Killashandra? Du warst wirklich beeindrukkend. Ich glaube, so etwas haben Torkes' Leute noch nie gesehen.«

»In gerechtem Zorn verzehrt' ich mich«, erwiderte Killashandra. »Stell dir vor, jemand hat mich mit einer Waffe bedroht! Mich, eine Kristallsängerin!«

Lars streichelte ihr beruhigend den Arm und schenkte ihr eine Tasse des belebenden Morgengetränks ein. »Was hat Olav denn heute morgen vor?«

Teradia setzte sich auf die Bettkante, faltete die Hände im Schoß und strahlte sie an. »Wie du schon angenommen hast, hat der Stromausfall tatsächlich den Kreuzer beschädigt, denn Olav hatte höflicherweise vorgeschlagen, die Energieversorgung des Kreuzers an die Generatoren an Land zu koppeln, um die Batterien des Schiffs zu schonen. Torkes war ziemlich aufgeregt, als alles auseinanderflog. Er hat sich Sorgen um dich gemacht, Killashandra, und geglaubt, es werde wieder ein Anschlag auf dein Leben verübt. Aber der Lift hat natürlich nicht funktioniert, und die Soldaten haben rasch bemerkt, daß man nicht einfach von außen heraufsteigen kann. Sie haben Wachen am Wasser aufgestellt. Deshalb konntet ihr so ruhig schlafen.« Sie schlug für einen Augenblick die Augen nieder. »Olav hat die ganze Nacht mit den Ingenieuren des Kreuzers zusammengearbeitet, um die Störung in den Generatoren zu beseitigen, die, wie ihr sicher schon vermutet habt, durch den Sturm einen bisher unbemerkt gebliebenen Schaden erlitten haben. Und jetzt ist alles wieder in Ordnung, abgesehen natürlich von den Geräten, die durchgeschlagen sind!« Sie deutete auf die verkohlten Flecken in einer Ecke des Zimmers. »Und es stellte sich natürlich heraus, daß die durchgeschlagenen Chips naß geworden waren. Dein Vater ist — was Elektronik angeht — wirklich ein Genie, aber ich glaube, ihr zwei solltet möglichst bald draußen erscheinen. Im Ankleidezimmer liegen Kleider für euch bereit, und man hat mich gebeten, dir alles auf den Kreuzer zu bringen, was du brauchst, Killashandra.«

Teradia erhob sich mit einer fließenden Bewegung, zögerte und kam zu Killashandras Bettseite herum. »Du hast ja keine Ahnung, wie ich den Anblick eines sprachlosen Ältesten genossen habe. Das war wirklich eine ausgezeichnete Strategie. Du hast sie aus dem Gleichgewicht gebracht, und jetzt zerbrechen sie sich den Kopf. Damit haben sie wenig Erfahrung!« Teradia drückte Killashandra an ihre weiche duftende Wange und war, bevor die Kristallsängerin reagieren konnte, schon aus dem Zimmer gegangen. Die Tür schloß sich hinter ihr.

»Du hast wirklich Eindruck gemacht«, sagte Lars. »Wenn ich dir von Teradias Erfahrungen mit dem Rat erzähle, wirst du verstehen, was sie meinte. Ich wäre nie auf die Idee gekommen, mich über diesen Wachposten zu beschweren«, sagte Lars mit einem belustigten Schnaufen, »aber andererseits bin ich daran gewöhnt. Es muß daran liegen …« Er suchte nach dem passenden Wort und zuckte die Achseln, als er es nicht fand. »Es kommt mir seltsam vor, keine Waffen oder Wächter zu brauchen. Ist das so auf Ballybran, und war es auch auf deiner Heimat Fuerte so?«

»Auf beiden Planeten. Auf Fuerte aus Mangel an Angreifern und auf Ballybran, weil alle viel zu sehr damit beschäftigt sind, in den Ranges Kristalle zu schneiden. Wir wissen, wo wir hingehören, und fühlen uns sicher«, imitierte sie Ampris' Tonfall. »Lars, wie wollen wir die Überwachungsanlagen im Konservatorium lahmlegen? Da gibt es nämlich auch welche.«

»Du könntest ja ein bißchen toben.«

»Nein, vielen Dank. Leidenschaft ist anstrengend.«

»Oh, bist du deshalb so müde?«

»Vom Vergnügen werde ich nie müde. Komm, laß uns essen und uns anziehen. Sonst kommen wir nie aus dem Bett.«

Ein paar Minuten später gelangten sie ohne weitere Verzögerungen in den Empfangssaal. Als sie eintrafen, sprang sofort ein Offizier auf und erkundigte sich stammelnd nach Killashandras Schlaf. Er entschuldigte sich wegen etwaiger Unbequemlichkeiten durch den Stromausfall und bat Killashandra und Kapitän Dahl unterwürfig, dem Hafenmeister und dem Ältesten Torkes im Funkraum Gesellschaft zu leisten.

Olav Dahl wirkte müde, doch seine Augen strahlten belustigt, als er fragte, ob alles zu Killashandras Zufriedenheit verlaufen sei. Sie bejahte, wandte sich an Torkes und gab sich angesichts seiner offensichtlichen Müdigkeit überrascht. Sie wünschte ihm höflich gute Besserung.

»Wenn die Gildenfrau einverstanden ist, möchte ich sofort aufbrechen«, erwiderte Torkes, als die Höflichkeiten ausgetauscht waren. Er beäugte sie, als erwarte er Einwände.

»Ich habe die Aufgabe, die mich nach Optheria brachte, noch nicht erledigt und noch nicht einmal in Angriff genommen«, erwiderte sie. »Ich brenne wirklich darauf, die Orgel zu reparieren und abzureisen. Ich bin sicher, daß wir alle erleichtert sein werden, wenn ich wohlbehalten in das Schiff steige, das mich nach Hause bringt.«

Und natürlich mußte der Älteste Torkes sich damit zufrieden geben, wenn er auch Killashandra skeptisch beobachtete, während er sich von Olav Dahl verabschiedete. Lars hielt sich zurück. Unterdessen hatten sich Matrosen in der Uniform des Rates vor der Tür zu einem Ehrenspalier aufgebaut, das sich von der Residenz bis zum Hafenkai erstreckte, wo ein Beiboot des Kreuzers auf die geehrten Passagiere wartete.

Als sie auf die Treppe hinaustraten, blieb Killashandra stehen und überblickte die Terrassen, die Brotbäume, die Häuser, den alten Vulkan auf dem Engelskopf und die gerade auslaufenden Fischerboote. Sie stellte fest, daß sie Angel Island nicht verlassen wollte. Jemand berührte ihren Arm; es war Olav, der zwei Girlanden in der Hand hielt.

»Erlauben Sie mir, Sie in einen Brauch dieser Inseln einzuführen, Gildenfrau.« Er legte ihr die duftenden Blüten um dem Hals. Killashandra erkannte den Kranz als jenen, den Lars ihr geflochten hatte. Olav gab den zweiten seinem Sohn. »Werde deiner Verantwortung als Wächter der Gildenfrau gerecht, mein Sohn, und kehr erst zu uns zurück, wenn du sie wohlbehalten zum Raumhafen gebracht hast!«

Bevor Killashandra sich äußern konnte, war Olav schon wieder zurückgetreten. So konnte sie diesen Vertrauensbeweis nur mit einem Lächeln erwidern und zum wartenden Boot weitergehen. Sie wischte sich ungeduldig die Tränen aus den Augen, bevor jemand anders sie bemerkte, und setzte sich in der Mitte des Bootes unter den Baldachin. Sie war nicht überrrascht, als Lars nicht zu ihr kam, denn sie konnte sich vorstellen, daß er von Olavs Abschiedsgeschenk ebenso überrascht worden war wie sie selbst.

Sie starrte den mächtigen Rumpf des Kreuzers an und mochte ihn immer weniger, je näher sie ihm kam. Und auf der dreitägigen Rückfahrt in die Stadt änderte sich ihre Meinung nicht. Der Kapitän, ein spröder Mann namens Festinel, erwartete sie an der Gangway und führte sie höchstpersönlich zu ihrer Kabine. Er erklärte, daß ihr Leibwächter in der Nachbarkabine in Hörweite untergebracht werde. Sie erhob keine Einwände, obwohl sie sah, daß diese Fahrt eine Wiederholung der Trundomoux-Reise würde. Nun, das hatte sie auch überlebt. Lars, der ihr dichtauf gefolgt war, wurde überschwenglich von Kapitän Festinel begrüßt.

Beim Abendessen wurde durch Festinels unterwürfiges Verhalten Lars gegenüber schnell klar, daß der Kapitän des Kreuzers vom seemännischen Können des Inselbewohners beeindruckt war, oder besser vom falschen Bericht über die Rettung Killashandras von der durch gefährliche Riffe abgeschirmten Insel. Killashandra sagte in der Offiziersmese kaum ein Wort, weil sie müde war. Sie spürte die gedämpfte Kristallresonanz in den Knochen, doch sie war nicht stark genug, um bei den Menschen in ihrer Nähe die Haare aufzustellen. Sie antwortete freundlich, doch zurückhaltend auf alle Fragen und beschränkte sich meist auf ein rätselhaftes Lächeln. Der Älteste Torkes warf ihr immer wieder besorgte Blicke zu, doch er bezog sie nicht in die Unterhaltung ein. Sie war es zufrieden. Sollte er sich weiter den Kopf zerbrechen und verzweifelt sein Gleichgewicht suchen. Aber wie konnte sie mit Lars eine einigermaßen normale Beziehung aufrechterhalten, wenn ihre Quartiere im Konservatorium überwacht wurden?

Auf dem überfüllten Kreuzer gab es ohnehin keine Möglichkeit, ungestört zu reden oder gar Zärtlichkeiten auszutauschen. Die Abstinenz nach der Fülle half nicht, ihr Temperament zu beruhigen. Derart beschäftigt, bemerkte sie das feine Wimmern erst am zweiten Abend; sie war während des ganzen Abendessens sehr unruhig und rieb sich immer wieder den Nacken und die Ohren. Irgend etwas stimmte nicht.

»Sie sind heute abend aber sehr unruhig, Gildenfrau«, sagte Lars schließlich, nachdem er ihr Gezappel eine Weile beobachtet hatte. Er sprach leise, nur für ihre Ohren, doch seine Worte waren am ganzen Tisch zu hören.

»Es sind nicht meine Nerven. Benutzt der Kreuzer einen Kristallantrieb?« Sie stellte die Frage in lautem anklagenden Tonfall und blickte Kapitän Festinel an.

»In der Tat, Gildenfrau, und ich muß Ihnen leider mitteilen, daß wir derzeit einige Schwierigkeiten mit dem Antrieb haben.«

»Er muß dringend überholt werden, sobald Sie im Hafen sind. So wie er jetzt klingt, wird er morgen früh Obertöne erzeugen.«

»Der Ingenieur hat eine ungleichmäßige Leistungsabgabe gemeldet, aber wir müßten wohlbehalten das Festland erreichen.«

»Haben Sie die Geschwindigkeit reduziert?«

»Natürlich, Kristallsängerin, sobald die Instrumente eine Resonanz aufzeichneten.«

»Was ist denn los mit dem Kreuzer?« fragte der Älteste Torkes, der erst jetzt bemerkte, worüber sich die anderen unterhielten.

»Nichts, worüber Sie sich Sorgen machen müßten«, sagte Killashandra knapp, ohne in seine Richtung zu blicken, denn sie rieb sich wieder den Hals. Sie spürte, wie Lars neben ihr erstarrte. Er schnaufte leise. »Das hoffe ich jedenfalls.« Sie stand auf. »Der Antrieb gibt ein fast unhörbares Wimmern von sich, das mich sehr stört. Guten Abend, meine Herren.«

Lars folgte ihr, und wie durch ein Wunder waren sie im Gang allein, als er sie zu ihrer engen Kabine begleitete.

»Wird sie überwacht?« fragte sie ihn leise. Er nickte.

»Brauchen Sie ein Schlafmittel, Gildenfrau?«

»Ja, es wäre schön, wenn Sie mir etwas Brotbaumwein besorgen könnten, Kapitän.«

»Der Steward wird einen Krug in Ihre Kabine bringen.«

Mit einer Flasche Wein im Bauch schlief Killashandra trotz der immer stärker werdenden Verzerrung. Am nächsten Morgen war der Lärm auch für normale Menschen fast hörbar. Selbst Lars schien etwas zu bemerken. Sie war erleichtert, als Kapitän Festinel sie auf die Brücke bat. Und sie war besorgt, als sie den Computerausdruck des Antriebs las. Festinel und sein leitender Ingenieur waren zu Recht beunruhigt.

»Wir wollten eigentlich die Werft ansteuern, als uns dieser Notfall dazwischenkam, Gildenfrau. Das Meer war unruhiger, als wir angenommen hatten, so daß unsere Kompensatoren und Stabilisatoren, besonders bei unserer Geschwindigkeit, stark belastet wurden.« Der Kapitän war schmeichelnd und unterwürfig, und Killashandra nahm seine Erklärungen stirnrunzelnd zur Kenntnis, während sie den Ausdruck las, als wüßte sie genau, was sie da sah. Glücklicherweise war die Brücke im Gegensatz zum Rest des Schiffes gegen die Kristallschwingungen abgeschirmt, so daß sie vor dem Lärm etwas Ruhe hatte. Bis sie die Hand auf ein Bullauge legte und die Schwingungen durchs Metall spürte.

»Der Antrieb verliert Kraft«, sagte Killashandra, die Worte benutzend, die Carrik auf dem Shuttlehafen von

Fuerte ausgesprochen hatte, und sie war seltsam stolz, daß ihr Gedächtnis eine so ferne Vergangenheit bewahrt hatte; eine Zeit, die mit ihrem augenblicklichen Leben überhaupt nichts mehr zu tun hatte.

»Offengestanden würde ich gern beidrehen und den Kristallantrieb gründlich inspizieren, aber wir haben Befehl, mit Höchstgeschwindigkeit zum Festland zu fahren.« Der Kapitän zuckte die Achseln und seufzte.

Killashandra beschloß, ihn nicht zu beruhigen. Der Antrieb war wirklich im Eimer: Sie brauchte keinen Ausdruck, um ihm das zu sagen. Aber sie hatte nur einmal mit einem Antrieb zu tun gehabt und wollte nicht mit einer unzutreffenden Behauptung ihren guten Ruf verspielen.

Der Kapitän Festinel fragte sie zögernd: »Können Sie die Kristallresonanz wirklich hören?«

Killashandra war sich des erwartungsvollen Schweigens auf der Brücke sehr bewußt, als jüngere und ältere Offiziere, ganz zu schweigen von Lars direkt neben ihr, auf ihre Antwort warteten.

»Ja. Es fühlt sich an wie ein dumpfer Schmerz, der von den Ohren bis zu meinen Fersen durch meinen ganzen Körper zieht. Wenn es noch lauter wird, muß ich Sie um ein Rettungsboot bitten!«

»Wir wissen so wenig über Ihren Beruf ...«

»Er ist im Grunde wie jeder andere, Kapitän. Er hat seine Gefahren und seine Belohnungen, man muß eine Lehrzeit durchlaufen und braucht dann immer noch mehrere Jahre, um seine Fähigkeiten zu vervollkommnen.« Killashandra war sich sehr bewußt, daß sie zu einem Ohrenpaar sprach, das viel schärfer hinhörte als alle anderen. Sie sah Lars jedoch nicht an. »Eine Facette meiner Ausbildung umfaßte die Neuabstimmung fehlerhafter Kristalle.« Sie verzog schmerzlich das Gesicht. »Aber es ist nicht gerade meine Lieblingsbeschäftigung.«

»Brauchen Sie für diesen Beruf irgendwelche Geräte?« fragte der ältere Ingenieur, während er vom Ausdruck aufblickte.

»Ein vollkommenes, absolutes Gehör ist eine Grundvoraussetzung.«

»Warum denn das?« fragte Lars, durch diese unerwartete Anforderung anscheinend verblüfft.

»Wir werden Kristallsänger genannt, weil wir unsere Sonarschneider auf den dominanten Ton des Kristalls einstimmen müssen, den wir aus den Bergen schneiden. Das ist eine gefährliche und anstrengende Arbeit.« Sie hob die Hände, damit die anderen die feinen weißen Narben sehen konnten.

»Man hat mir gesagt«, erklärte Lars in seinem Insel-Singsang, »daß Kristallsänger erstaunliche Regenerationskräfte besitzen.«

»Das ist wahr. Die Kristallresonanz verlangsamt anscheinend die Zerfallsprozesse und beschleunigt die Regenerationsprozesse des Körpers. Kristallsänger bewahren ihr jugendliches Aussehen bis ins dritte Lebensjahrhundert.«

»Wie alt sind Sie denn, Gildenfrau?« fragte ein unverschämter junger Kerl.

Der Kapitän wandte sich stirnrunzelnd um und suchte nach dem unverschämten Sprecher, doch Killashandra lachte. »Ich bin ein relativ junges Mitglied der Heptitergilde, ich bin erst im dritten Jahrzehnt.«

»Und Sie können überall hinreisen, wohin Sie wollen?« Hörte sie da nicht einen sehnsüchtigen Unterton?

»Alle Kristallsänger reisen«, sagte sie mit lobenswerter Zurückhaltung, doch dann bemerkte sie, daß diese Aussage auf Optheria kaum besonders höflich zu nennen war. Sie hatte das Taktgefühl, dessentwegen Trag sie ausgewählt hatte, bisher nur selten gezeigt. »Aber wir kehren immer nach Ballybran zurück«, fuhr sie fort und versuchte den Anschein zu erwecken, als sei das Heimkehren erheblich angenehmer als das Reisen. Es war sinnlos, auf Optheria Hoffnungen zu wecken, besonders in Gegenwart der älteren Offiziere des Kreuzers. »Einmal Kristallsänger, immer Kristallsänger!«

In diesem Augenblick spuckte der Drucker eine weitere Meldung vom Antrieb aus, und Killashandra spürte einen schweren Kristallschock, der ihr von den Fersen bis zu den Ohren hinauffuhr.

»Schalten Sie den Antrieb ab!« rief sie, während der Kapitän schon einen entsprechenden Befehl gab.

Atemlos von diesem unerwarteten Energieschub ließ Killashandra sich in Lars' Arme sinken. »Herzlichen Glückwunsch«, sagte sie und hoffte, der Sarkasmus werde ihren Schmerz überspielen. »Sie haben gerade einen Kristall verloren. Was für eine Sorte haben Sie? Blaue?«

»Grüne«, wiederholte der Kapitän mit einigem Stolz, »aber es sind immer noch die gleichen, seit der Kreuzer auf Kiel gelegt wurde.«

»Optheria spuckt für Orgelkristalle erheblich bereitwilliger Geld aus als für die dummen grünen Antriebskristalle, was?« Festinel nickte traurig. »Ingenieur, ich bitte um Erlaubnis, mit Ihnen zusammen den Kristallantrieb untersuchen zu dürfen. Meine Erfahrung im Stimmen von Kristallen könnte hier von Nutzen sein.«

»Selbstverständlich, Gildenfrau.« Er schaltete die Sprechanlage ein. »Schadensmeldung!«

»Sir«, drang eine körperlose Stimme aus den Eingeweiden des Kreuzers, »Verkleidung geborsten, Schaum eingesetzt, keine Verletzten.«

»Schwein gehabt.«

Ein beißender Gestank, zusammengesetzt aus den Gerüchen des stark erhitzten Kristallkastens und des Löschschaums, wehte immer noch aus den Ventilatoren, als Killashandra, der leitende Ingenieur Fernock und Lars den Maschinenraum betraten. Der Kapitän hatte sich unterdessen erboten, den Ältesten Torkes über die Verzögerung zu unterrichten. Killashandra zuckte zusammen, als sie die nachhallenden Echos der anderen

Antriebskristalle bemerkte. Vielleicht war sogar mehr als ein Element durchgeschlagen. So etwas kam vor.

Fernock wies seine Männer sofort an, den inzwischen verhärteten Schaum fortzuräumen und den Deckel abzunehmen. Das Hartmetall war durch die Explosion gesprungen und bröckelte in kleinen Stücken ab.

»Erkundigen Sie sich im Lager, ob wir Ersatz haben!« Fernocks Gesichtsausdruck verriet, daß er kaum daran glaubte. »Ich habe keine Lust, mit nicht abgeschirmten Kristallen durch die Gegend zu fahren.«

»Das wäre an sich kein Problem, solange die vorhandenen Klammern fest genug sind«, sagte Killashandra. Sie war sich ihrer Sache relativ sicher. Schließlich war auch schwarzer Kristall nicht abgeschirmt. Und der hatte erheblich mehr Energie als grüner.

Ein Matrose saugte den Schaum von den heilgebliebenen Kristallen ab, doch Killashandra und Fernock warnten ihn eindringlich, sich von dem zerstörten Kristall fernzuhalten.

»Hat sich die Klammer gelöst?« fragte Killashandra Fernock.

»Ja. Sehen Sie, hier?« Fernock deutete auf die verbogene Klammer am Ende des grünen Kristalls. »Aber wie ist das möglich?«

»Sie haben doch gesagt, daß Sie eine unruhige Fahrt hatten. Und daß Sie eigentlich die Werft hätten anlaufen müssen. Dort hätte man diesen Fehler zweifellos entdeckt und behoben. Es ist sicher nicht Ihre Schuld, Fernock.«

»Ich danke Ihnen.«

»Also gut ...« Killashandra hockte sich neben den Antrieb und griff nach dem zerstörten grünen Kristall.

»Was haben Sie da vor, Gildenfrau?« Fernock schnappte ihr Handgelenk, und auch Lars trat vor.

»Nun, wenn dieser Kristall nicht bewegt wird, dann können wir uns auch nicht bewegen.« Sie griff wieder nach dem Kristall.

»Aber Sie haben keine Handschuhe, und Kristall ...«

»Macht saubere Schnitte, die rasch heilen. Bei mir jedenfalls. Lassen Sie mich, Fernock!«

Der Mann protestierte weiter, doch er versuchte nicht mehr, sie aufzuhalten. Der erste Splitter schnitt sie nicht. Glücklicherweise machte es ihr die gebrochene Klammer leichter, die Stücke herauszuholen. Sie deutete auf einen Eimer mit Altöl, den ein Matrose sofort zu ihr trug, und legte den Splitter hinein. Den größten Teil konnte sie im Ganzen herausheben, doch der letzte Brocken wollte sich nicht lösen. Sie hob ihre blutende Hand.

»Und nun beobachten Sie ein Wunder: die unglaublichen Heilungskräfte der Kristallsänger. Einer der wenigen Vorteile meines Berufs.«

»Und was sind die anderen Vorteile?« fragte Lars.

»Die Bezahlung!« Sie griff nach dem Sauger. »Das Ding hier darf danach nicht mehr benutzt werden, und *niemand* darf es auf dem Weg zum Müllschlucker berühren.« Sie legte den Schalter um und saugte die restlichen Splitter aus dem Antrieb. »Ich überprüfe am besten alle Klammern, um sicherzugehen, daß keine lokker ist. Die meisten Probleme mit Kristallen entstehen durch lockere Klammern.«

Es war eine anstrengende Arbeit, aber sie diente ihrer eigenen und Lars' Sicherheit. Fernock und Lars reichten ihr die Werkzeuge an, und nacheinander löste sie alle Klammern und richtete die fünf gedrungenen Kristalle neu aus. Dann schlug sie sie nacheinander an, um den Ton abzunehmen. Sie waren natürlich alle auf *G* gestimmt, weil sie einen Antrieb speisten, und zu ihrer Erleichterung gaben alle einen klaren reinen Ton von sich. Sie blickte zu Lars auf, und er bestätigte mit einem Nikken, daß sie wirklich ein *G* gesungen hatte. Er war nicht der einzige, der diesen Vorgang fasziniert beobachtet hatte. Inzwischen hatte sich ein ständig wechselndes diskretes Publikum auf dem Gang über dem Maschinenraum gesammelt. Das war gut, denn damit würde das Ansehen der Kristallsängerin erheblich steigen. Und es würde möglicherweise verhindern, daß die Ältesten irgendwelchen Unfug mit ihr anstellten.

»Das war's, Mister Fernock«, sagte sie schließlich, indem sie den steifen Rücken streckte.

»Ich glaube, jetzt können wir weiterfahren. Ich nehme nicht an, daß noch eine Gefahr droht, wenn die Ladungen entsprechend verteilt werden. Auch mit fünf Kristallen müßte der Antrieb genug Kraft erzeugen, um uns zum Festland zu befördern.« Sie hob die Hand, die vor einer Stunde noch stark geblutet hatte. »Sehen Sie? Verheilt.«

»Gildenfrau, wissen Sie, wie lange meine Männer und ich für eine solche Reparatur gebraucht hätten?«

»Ich habe keine Ahnung, Mister Fernock, aber nun ist es ja erledigt.« Sie lächelte den verblüfften Offizier an und kehrte mit Lars im Gefolge zum Oberdeck zurück.

»Bürgerin, sie sind zuviel für diesen Inseljungen.«

»Ha! Ich habe wieder mal angegeben.« Sie drehte sich um und küßte ihn rasch. Sie trennte sich gerade rechtzeitig wieder von ihm, bevor Kapitän Festinel um die Ecke kam, der sich nach dem Stand der Reparaturarbeiten erkundigen wollte. »Sie waren ein sehr geschickter Helfer, Kapitän Dahl. Ich glaube, ich werde auch bei der Reparatur der Orgel Ihre Hilfe brauchen.«

Sie ging gemächlich weiter.

»Also, eine gute Singstimme ...«, begann Lars, als sie zur Offiziersmesse zurückkehrten.

»Rein und völlig klar.«

»Und wie Sie sagten, ist dies nicht die einzige Anforderung, die Ihr Beruf stellt?«

»Es ist die wichtigste. Ballybran ist ein Typ-IV-Planet ...«

»Was bedeutet das? Ich bin ein Inselbursche von einem zurückgebliebenen Planeten.« Lars' Stimme verriet seine Verachtung.

»Daß er gefährlich ist. Kristallsingen ist eine äußerst gefährliche Beschäftigung, die Typ IV bis Typ VIII-Menschen vorbehalten bleibt ...«

»Gibt es noch andere Arten?«

»Kommen denn keine fremden Lebensformen zum Festival? Die Reticulaner sind begeisterte Musikologen, wenn ich auch mit ihren eigenartigen Ansichten über Musik meist nicht übereinstimme.«

»Sind das die Wesen, die aussehen wie ein Bündel Reisig auf einem Ölfaß?« Die Offiziersmesse war leer. Lars ergriff die Gelegenheit. Er nahm sie in die Arme und küßte sie leidenschaftlich. Er streichelte sie und murmelte ihr Liebkosungen ins Ohr. Doch das Wissen, daß sie jederzeit gestört werden konnten, behinderte Killashandras Reaktionen, obwohl sie sich nach mehr sehnte. Sie hörten ein kratzendes Geräusch und trennten sich sofort wieder, und Killashandra ließ sich atemlos in den nächsten Stuhl fallen.

»Welch köstliche Beschreibung der Reticulaner! Das Faß ist hauptsächlich ein Luftsack, aber ich bin ihnen noch nicht nahe genug gekommen, um herauszufinden, welche der Pseudopodien die Pfeifen sind.«

Lars unterbrach sich, denn die Geräusche auf dem Gang draußen waren verstummt, und er streichelte sie weiter.

»Ein Kandidat für die Mitgliedschaft in der Gilde muß den körperlichen und psychologischen Eignungstest mit SG 1 bestehen — was dir nie gelingen wird, wenn du *damit* weitermachst, Lars — und muß den Bildungsstand 3 besitzen.«

»Ich bewerbe mich nicht um Aufnahme in die Gilde, sondern nur um ein Mitglied ...«

Diesmal verharrten die Schritte vor der Tür. Mister Fernock kam herein und strahlte, als er die beiden sah.

»Wir werden in zehn Minuten wieder Fahrt aufnehmen, Gildenfrau, und zwar dank Ihrer unschätzbaren Hilfe. Und wir werden auch mit fünf Kristallen schnell genug fahren können, um rechtzeitig unser Ziel zu erreichen.«

»Wundervoll«, seufzte Killashandra, aber das Wort beschrieb eher den Tumult, den Lars' Zärtlichkeiten in ihr ausgelöst hatten. Sie konnte es kaum erwarten, die Stadt und das Konservatorium zu erreichen.

18

GLÜCKLICHERWEISE WAR LARS duch den Mangel an Privatsphäre ebenso frustriert wie sie und machte keine weiteren Annäherungsversuche. Perverserweise vermißte Killashandra sie dennoch.

Der Kreuzer hatte Flaggen gesetzt, und eine Ehrenwache hatte sich anläßlich ihrer feierlichen, triumphierenden Rückkehr auf Deck aufgebaut. Killashandra machte sich auf einen neuen, protokollarisch strengen Empfang gefaßt. Sie überlegte, welche Rolle sie spielen mußte, um die ermüdende Angelegenheit abzukürzen, und rang noch mit sich, ob es nützlich wäre, einen Wutanfall zu inszenieren. Sie hatte einige Punkte gemacht, und deshalb beschloß sie, sich nicht mehr aufzuregen, solange sie keinen ausreichenden Grund fand. Vorübergehend jedenfalls. Aber es konnte nötig sein, etwas Krach zu schlagen, um in ihrer Suite die notwendige Abgeschiedenheit zu bekommen.

Denn sie war fest entschlossen, in der Zeit, die ihnen noch blieb, Lars ohne jede Überwachung zu genießen. Natürlich konnte sie die Reparatur der Orgel so lange hinauszögern, wie sie wollte. Sie konnte auch die Einweisung der Techniker verzögern. Sie konnte Lars in die Arbeiten einbinden. Er besaß das absolute Gehör und die richtige Stimme, um Kristalle zu stimmen, und er besaß die Körperkraft und die Geschicklichkeit, die dazu notwendig waren. Sie mußte alles tun, was in ihren Kräften stand, um ihn für die Ältesten unersetzlich zu machen, denn er mußte gut geschützt sein, nachdem sie abgereist war. Im übrigen schien er nicht besonders daran interessiert, Optheria zu verlassen — selbst wenn es ihm möglich gewesen wäre.

»Wir sind bald nahe genug, um einen prächtigen Blick auf den Stadthafen zu haben«, sagte Lars, ihre Gedanken unterbrechend.

»Ein ›natürlicher‹ Hafen?« fragte sie lächelnd.

»Völlig natürlich, wenn auch nicht halb so gut wie der natürliche Hafen auf Angel Island.«

»Natürlich.«

»Kapitän Festinel erwartet dich auf der Brücke.«

»Wie nett von ihm! Wo ist Torkes?«

»Er jagt einen Befehl nach dem anderen durch die Funkgeräte. Er war wütend, weil du dir am Antrieb eines armseligen Kreuzers die Hände aufgeschnitten hast.«

»Schätzt er seine eigene Haut nicht ebenso wie ich die meine?«

Sie wurde auf der Brücke mit Freudenrufen begrüßt, die Matrosen standen stramm, und Festinel lächelte sie freundlich an und gab ihr die Hand. Sie nahm höflich seinen überschwenglichen Dank entgegen und drehte sich dann demonstrativ um, um die rasch näherkommende Küstenlinie zu betrachten.

Im Stadthafen war viel Betrieb: Kleine Wassertaxis hüpften über die Wellen, größere Boote wiegten sich bedächtig, und Küstenfrachter warteten an den Kais auf die Hafenarbeiter, die mit Lademaschinen kamen, die alles ander als natürlich waren. Der Kreuzer hatte seine Geschwindigkeit stark gedrosselt, da der Verkehr sehr dicht war. Er näherte sich vorsichtig dem Regierungskai, wo schlanke Kurierschiffe neben zwei weiteren dickbauchigen Kreuzern festgemacht waren.

Killashandra hatte keine Schwierigkeiten, ihren Liegeplatz zu entdecken: Ein Begrüßungskomitee hatte sich dort versammelt. Eine Masse weißer oder dezenter heller Kleidung, verschwommene, zur See blickende Gesichter, die im Glanz der im Westen stehenden Sonne die Augen zusammenkniffen. Der Kreuzer drehte leicht nach Backbord und nahm den Antrieb weiter zurück, bis er allein durch die Schwungkraft dem Dock entgegentrieb. Die Greifhaken klapperten gegen die Schiffshülle und hielten das Schiff mit einem kaum wahrnehmbaren Ruck auf.

»Mein Kompliment für das elegante Anlegemanöver, Kapitän Festinel — und vielen Dank für die angenehme Reise.« Killashandra schloß die ganze Brückenbesatzung in ihr freundliches Winken ein und trat hinaus, um den Rest der ermüdenden Formalitäten über sich ergehen zu lassen.

»Ampris!« grunzte Lars, als sie die Reling erreichten. Unter ihnen wurde gerade die Gangway angelegt, über die sie die paar Meter zum Kai hinunterlaufen würden.

»Natürlich, und mein Quartett steht wie ein Trupp Zinnsoldaten bereit. Ich glaube, ich bekomme schreckliche Kopfschmerzen. Dieses Wimmern der Kristalle, weißt du.« Sie hob eine Hand an die Stirn.

»Mal sehen, worauf Ampris sich verlegt hat!« Lars' Gesicht war gefaßt, und seine Nasenlöcher flatterten leicht, als er sich zwang, ruhiger zu atmen.

Killashandra unterdrückte ihre verständliche Abscheu gegen den Mann, der den Angriff auf sie befohlen hatte, um ihr danach scheinheilig zu versichern, daß der Schuldige bestraft werden würde ... Wie konnte sie nun Ampris bestrafen? Die Methode, die sie bei Torkes angewendet hatte, würde nicht funktionieren; Ampris war aalglatt.

Die Gangway lag an ihrem Platz, das Ehrenspalier war aufgebaut, der Älteste Torkes erschien, das Begrüßungskomitee applaudierte, und Killashandra, ganz die anmutige Berühmtheit, schritt leichtfüßig die Gangway hinunter. Mirbethan trat einen Schritt vor und forschte aufgeregt in Killashandras Gesicht nach Anzeichen der ›schweren Prüfung‹. Thyrol, Pirinio und Polabod verbeugten sich tief, überließen es aber dem Ältesten Ampris, die Kristallsängerin zu begrüßen.

»Gildenfrau Ree, Sie können sich nicht vorstellen, wie erleichtert wir waren, als wir von Ihrer Rettung erfuhren.« Dann fiel Ampris' Blick auf Lars, den er mit Sicherheit nicht erwartet hatte.

»Das hier ist Kapitän Lars Dahl, der mich so tapfer gerettet hat und dabei sich selbst und sein Schiff in große Gefahr brachte. Kapitän Dahl, der Älteste Ampris.« Killashandra überspielte ihr Wissen darum, daß die beiden Männer einander bereits bekannt waren. »Ich stehe tief in der Schuld von Kapitän Dahl, und ich bin sicher, daß ihm auch der Dank des Ältestenrates gewiß ist, nachdem er mich von dieser elenden Insel errettete.«

Lars salutierte knapp und förmlich, während der Älteste Ampris ihn mit einem kaum merklichen Nicken begrüßte.

»Der Hafenmeister von Angel Island hat ihn von seinen sonstigen Pflichten entbunden, damit er mir hier als Leibwächter dienen kann.« Killashandra schaffte es, ängstlich zu schaudern. »Ohne seinen Schutz fühle ich mich einfach nicht sicher.«

»Das ist verständlich, Gildenfrau, doch ich glaube, daß Sie *unsere* Sicherheitsvorkehrungen ...«

»Ich fühlte mich im Konservatorium recht sicher, Ältester Ampris«, sagte Killashandra zaghaft. »Anscheinend gerate ich nur in Gefahr, wenn ich es verlasse. Ich kann Ihnen versichern, daß ich nicht den Wunsch habe, dies noch einmal zu tun.«

»Sicherheitsoffizier Blaz ...«

»Ich will diesen Trottel nicht mehr sehen, Ältester Ampris. Er ist der Grund dafür, daß ich überhaupt in Gefahr geriet. Der Mann besitzt weder Intelligenz noch

Taktgefühl. Ich traue ihm nicht einmal zu, daß er in die richtige Richtung spuckt, wenn es windig ist. Ich muß darauf bestehen, daß Kapitän Lars Dahl für meine persönliche Sicherheit verantwortlich ist. Habe ich mich deutlich genug ausgedrückt?«

Abermals schien der Älteste Ampris Anstalten zu machen, ihr zu widersprechen, doch er beherrschte sich. Er neigte den Kopf, zwang sich zu einem grimmigen Lächeln und deutete auf einen wartenden Wagen.

»Was soll dieser Menschenauflauf?« fragte Killashandra, während sie sich mit einem freundlichen Lächeln umsah.

»Das sind die Sieger des Komponistenwettbewerbs, die Künstler, die in diesem Jahr beim Festival auftreten werden, und einige Studenten aus dem letzten Jahr.«

»Und alle warten darauf, daß die Orgel repariert wird?«

Der Älteste Ampris räusperte sich. »So ist es.«

»Nun, dann will ich sie nicht länger als unbedingt nötig warten lassen. Besonders, da Kapitän Dahl sich bei der Reparatur des Kreuzerantriebs als so fachkundiger Helfer erwiesen hat.«

Ampris erstarrte mitten im Schritt und starrte zuerst sie und dann Lars ungläubig an. »Ja, wurden Sie denn nicht informiert, daß der Kreuzerantrieb heute morgen versagte? Einer der Kristalle ist zerbrochen. Ich habe immer noch leichte Kopfschmerzen von den Schwingungen. Natürlich konnte das Schiff ohne Notreparatur nicht weiterfahren. Im Grund ging es nur darum, die Kristallsplitter auszuräumen und die Klammern der unbeschädigten Kristalle nachzuziehen, aber diese Arbeit erfordert eine ruhige Hand, ein scharfes Auge und ein gutes Gehör. Kapitän Dahl erwies sich als erheblich fachkundiger als der Ingenieur des Kreuzers. Und er hat das absolute Gehör, das dafür unabdingbar ist. Ich glaube, er ist ein sehr wertvoller Assistent, auf den ich blind vertrauen kann. Ich bin sicher, daß Sie da meiner Meinung sind.« Sie standen inzwischen vor dem Wagen. »Sie zuerst, Kapitän Dahl. Der Älteste Ampris soll zu meiner Rechten sitzen.«

Lars gehorchte, bevor der Älteste protestieren konnte, und dann saß auch schon Killashandra selbst im Wagen und lächelte unschuldig zu Ampris hinaus, als hätte sie nicht bemerkt, daß sie schon wieder seine Planung über den Haufen geworfen hatte.

Das Quartett ließ sich auf den Sitzen hinter ihnen nieder, und das Fahrzeug verließ den Hafen.

Häfen sehen in der ganzen Galaxis ähnlich aus. Glücklicherweise kam die Natur den Bedürfnissen der Menschen sehr entgegen, so daß die Lagerhäuser, die Matrosenherbergen und die Handelshäuser nicht ganz so häßlich wirkten wie in anderen Häfen. Sie sah das auf einem Berg liegende Musikkonservatorium, sobald sie den Hafen verlassen hatten und offenes Ackerland durchfuhren. Von hier aus erblickte Killashandra auch die Arena neben dem Hauptgebäude und den schmalen Pfad, der zu jenem Vorort führte, den Lars Gartertown genannt hatte. Sie fragte sich, ob dort bald eine neue Ladung Bier gebraut würde. Vielleicht konnte Lars ihr ein paar Flaschen besorgen.

Im Wagen herrschte während der ganzen Fahrt gespanntes Schweigen. Ampris kochte neben ihr vor sich hin, und Lars wirkte wie versteinert. Die knisternde Atmosphäre ging ihr auf die Nerven, und sie fragte sich, ob sie Lars nicht zuviel zugemutet hatte. Aber wenn sie sich nicht so bemüht hätte, jeden Verdacht von ihm abzulenken, hätte ihm die Verfolgung durch die Behörden gedroht. War die Annahme falsch, er sei ebenso wie sie an einer Fortsetzung ihrer Beziehung interessiert? Olav hatte ihnen beiden die Girlanden um den Hals gehängt. Das mußte doch eine Bedeutung haben. Sie wollte so bald wie möglich mit Lars darüber reden.

Nach einer scheinbar sehr langen Zeit hielten sie vor dem beeindruckenden Eingang des Konservatoriums.

»Ich habe im Interesse Ihrer Sicherheit auf einen formellen und ermüdenden Empfang verzichtet, Gildenfrau.« Der Älteste Ampris stieg aus und drehte sich um, um ihr aus dem Wagen zu helfen.

»Ich habe keine Angst vor einem zweiten Angriff, Ältester Ampris«, sagte sie, als sie seine Hand nahm und ihn anstrahlte, »solange Kapitän Dahl bei mir ist. Und wissen Sie, nach der höflichen Aufnahme bei den Inselbewohnern glaube ich allmählich, daß der Angriff und meine Entführung den Inselbewohnern nur untergeschoben werden sollten. Ich kann mir einfach nicht vorstellen, daß die Inselbewohner in irgendeiner Weise auf das Festland eifersüchtig sind.«

Inzwischen war auch Lars mit immer noch ausdruckslosem Gesicht ausgestiegen. Ampris biß die Zähne zusammen und versuchte sich zu beherrschen. »Angesichts Ihres Bedürfnisses nach Ruhe, Gildenfrau, ziehen Sie es vielleicht vor, das Abendessen in Ihrer Suite einzunehmen.«

»Das ist sehr aufmerksam, Ältester Ampris. Einen Kristallantrieb neu abzustimmen, ist eine sehr ermüdende Arbeit. Es gibt da so viele Dinge, die eine exakte Koordination der Muskulatur und große Konzentration erfordern.« Sie seufzte müde und wandte sich mit einem entschuldigenden Lächeln an Mirbethan und die anderen. »Ich werde gleich morgen früh gut ausgeruht mit der Reparatur der Orgel beginnen. Oh, Thyrol? Da Kapitän Dahl mir helfen wird, brauche ich keine weiteren Mitarbeiter.«

Sie nahm Lars am Arm und führte ihn die flachen Stufen der Treppe zum Haupteingang hinauf. Sie spürte, wie er schauderte, doch ohne in sein Gesicht zu blikken, konnte sie nicht erkennen warum. Und sie wagte es nicht, sich zu ihm umzudrehen. »Kennen Sie den Weg zu meinem Quartier, Kapitän Dahl?«

»Wenn ich Sie führen darf«, schaltete Mirbethan sich ein und eilte voraus, um ihnen den Weg zu zeigen.

»Ich war noch nie in diesem Teil des Konservatoriums, Kristallsängerin«, sagte Lars, als sie die imposante Haupthalle betraten.

»Aber Sie waren schon einmal hier, Kapitän Dahl?« fragte Killashandra.

»Ja, Gildenfrau. Ich habe drei Jahre hier studiert.«

»Aber Kapitän, Sie haben ja erstaunlich viele Fähigkeiten. Dann sind Sie sicher Sänger?«

»Vokalmusik wird am Konservatorium nicht gelehrt — nur Orgel.«

»Oh, ich hätte doch gedacht, daß das wichtigste Konservatorium dieses Planeten alle musikalischen Richtungen anbietet. Wie seltsam!«

»Finden Sie, Gildenfrau?«

»In anderen Teilen der FSP werden Sänger sehr bewundert, und ein interstellarer Opernsänger genießt hohes Ansehen.«

»Optheria legt mehr Gewicht auf das schwierigste aller Instrumente.« Lars' Ton klang leicht vorwurfsvoll. »Die Sinnesorgel kombiniert Klang, Geruch und Tastempfinden und erschafft für die Zuschauer eine umfassende neue Realität.«

»Ist die Orgel eigentlich auf Optheria beschränkt? Ich habe auf allen meinen Reisen noch nie eine gesehen.«

»Es gibt sie nur auf Optheria.«

»Und dadurch kann der Besucher einmalige Erfahrungen machen.«

Mirbethans Schritt und ihr plötzlich sehr aufrechter Rücken verrieten, wie erschrocken sie auf dieses Gespräch reagierte.

»Aber warum, Kapitän Dahl, wenn Sie doch die Orgel studiert haben, segeln Sie draußen zwischen den Inseln herum?«

»Weil, Gildenfrau, meine Komposition, äh — von den Meistern, die über Bewerber wie mich zu urteilen haben, nicht angenommen wurde. Deshalb mußte ich in meinen ursprünglichen Beruf zurückkehren.«

»Ich kann Ihnen sagen, Kapitän, ich bin wirklich froh darüber — denn wer hätte mich gerettet, wenn nicht ausgerechnet Sie dahergekommen wären?« Killashandra seufzte schwer. Sie bogen in einen Seitengang ab, den sie wiedererkannte. »Mirbethan?«

Die Frau fuhr herum. Ihr Gesicht war gefaßt, obwohl sie schwer atmete.

»Könnte es sein — ich meine, ich war zwar eine Weile fort, aber ich hoffe doch, daß die Getränke ...«

»Ihre Versorgungsanlage wurde mit den Getränken Ihrer Wahl bestückt.«

»Und die Glocken wurden abgeschaltet?«

Mirbethan nickte.

»Und die Versorgungsanlage wurde so eingestellt, daß sie Essensportionen ausgibt, die für mich groß genug sind, ohne daß ich so tun muß, als hätte ich Gäste?«

»Selbstverständlich.«

»Vielen Dank. Ich bin am Verhungern. Die Seeluft — Sie wissen schon!« Mit einem letzten Lächeln fegte Killashandra durch die Tür, die Lars ihr aufhielt.

Noch bevor er sie ganz geschlossen hatte, hatte sie vier Überwachungsgeräte in der Decke des Hauptzimmers entdeckt. »Ich bin sehr müde, Kapitän.«

»Bei allem gebotenen Respekt, Gildenfrau, Sie haben gestern abend nicht viel zu sich genommen. Vielleicht ein leichtes Abendbrot ...«

»Die Auswahl der Versorgungsanlage scheint auf die Bedürfnisse von Studenten zugeschnitten ... Es sei denn, Sie können, da Sie einige Zeit hier gelebt haben, einen Vorschlag machen.«

»Mit Freuden, Gildenfrau.« Lars machte noch einige weitere Wanzen aus, als sie durch die Suite zu den beiden anschließenden Schlafzimmern gingen. Dann lugte er ins erste Badezimmer und grinst sie breit an. »Darf ich Ihnen ein Bad einlassen?«

»Eine hervorragende Idee.« Sie ging sofort in das anscheinend einzige Zimmer, das nicht überwacht wurde.

Lars drehte die Hähne voll auf, damit die Badewanne vollief.

Er griff unter seinen Umhang und zog eine unscheinbare Metallkugel hervor. »Vater nennt diesen Apparat einen Störer. Das Ding verzerrt Bilder und Töne — wir können uns frei bewegen, sobald es eingeschaltet ist. Und wenn wir die Suite verlassen«, — er grinste breit und steckte den Apparat in seine Tasche zurück —, »dann können sich hier die Techniker tummeln.«

»Werden die denn nicht bemerken, daß die Verzerrung nur wirkt, solange wir anwesend sind?«

»Ich schlage vor, daß du dich morgen darüber beschwerst, daß dein Schlafzimmer abgehört wird. Für den Augenblick müssen wir mit einem einzigen unbewachten Zimmer auskommen.« Er begann sie auszuziehen, und sein Gesichtsausdruck verriet seine Vorfreude.

»Zwei«, korrigierte Killashandra ihn mit einem schüchternen Lächeln, während der farbenfrohe elegante Overall, den Teradia ihr ausgesucht hatte, als regenbogenbunter Haufen vor ihren Füßen zusammenrutschte.

Natürlich wurde der Umhang naß vom überschwappenden Wasser, als Lars sie in die Badewanne hob.

Als ihre erste Gier befriedigt war, malte Killashandra nasse Kreise auf Lars' breiter Brust. »Ich glaube, ich habe dich mit den besten Absichten in eine unmögliche Situation gebracht.«

»Killashandra, als du behauptet hast, du hättest keine Angst, ›angegriffen zu werden, solange Kapitän Dahl in meiner Nähe ist‹«, sagte er, ihren Tonfall gekonnt imitierend, »wäre ich fast zusammengebrochen.«

»Ich habe dein Zittern gespürt, aber ich war nicht sicher, ob es Lachen oder Wut war.«

»Und dann deine Andeutung, jemand habe versucht, den Inselbewohnern den Angriff unterzuschieben — Killashandra, das hätte ich ums Leben nicht verpassen wollen. Du hast diesem Widerling wirklich einen Tiefschlag versetzt. Aber paß auf ihn auf, Killa! Er ist gefährlich. Wenn er und Torkes anfangen, ihre Erfahrungen auszutauschen …«

»Sie müssen immer noch dafür sorgen, daß die Orgel rechtzeitig repariert wird, damit die glücklichen Komponisten ihre Stücke aufführen können. Ich bin hier, und selbst wenn ein Ersatz kommt, ist da immer noch die Geschichte mit dem Spatz in der Hand.«

»Ja, und sie müssen jede Menge Konzerte auf dem Festland organisieren, um den Besuchern die richtige optherianische Einstellung zu zeigen.«

»Die richtige Einstellung? Konzerte auf dem Festland? Was meinst du damit?«

Lars hielt sie in der geräumigen Badewanne auf Armeslänge von sich und musterte ihre Augen und ihr Gesicht.

»Weißt du es wirklich nicht? Weißt du wirklich nicht, warum die Orgel für die Ältesten so wichtig ist?«

»Nun, ich weiß, daß diese Anlage den Zuhörern ein intensives Gefühlserlebnis verschafft. Es grenzt an illegale Manipulation.«

Lars lachte böse. »Es grenzt daran? Es *ist* eine. Aber du hast anscheinend nur die Sinneselemente gesehen. Die unterbewußten Anlagen befinden sich unsichtbar unterhalb der Orgel.«

»Unterbewußt?« Killashandra starrte ihn an.

»Natürlich, du Dummchen! Was glaubst du denn, wie die Ältesten dafür sorgen, daß die Leute auf Optheria nicht selbst die Wunder sehen wollen, von denen ihnen die Besucher immer erzählen? Weil sie unterbewußt konditioniert werden! Was glaubst du, warum die Leute, die lieber ihrem eigenen Stern folgen, draußen auf den Inseln leben? Die Orgeln können nämlich nicht so weit senden.«

»Aber unterbewußte Beeinflussung ist illegal! Selbst die sensorischen Feedback-Einrichtungen grenzen an illegale Manipulation! Lars, wenn ich dem FSP das erzähle …«

»Was glaubst du denn, warum mein Vater nach Optheria geschickt wurde? Die FSP wollte einen Beweis! Und das bedeutet, daß die illegalen Zusatzgeräte öffentlich gemacht werden müssen. Vaters Gruppe hat fast dreißig Jahre gebraucht, um ihnen einigermaßen nahe zu kommen.«

»Dann bist du nicht nur hergekommen, um zu lernen, auf diesem verdammten Ding zu spielen?«

»Auf dem verdammten Ding zu spielen, ist die einzige Möglichkeit, nahe genug heranzukommen, um diese aufs Unterbewußtsein wirkenden Geräte zu finden. Comgail ist herangekommen — und gestorben!«

»Willst du damit sagen, daß es gar kein Selbstmord war?«

Lars schüttelte langsam den Kopf. »Nahia machte während des Sturms eine Bemerkung, die meinen Verdacht bestätigte. Ich kannte Comgail. Er war mein Kompositionslehrer. Er war auf keinen Fall ein Märtyrertyp. Er hatte einen starken Lebenswillen; er war bereit, viel zu riskieren, aber bestimmt nicht sein Leben. Nahia erwähnte, daß er Hauness gebeten hatte, ihm Psychoblocks einzubauen. Ein guter Block — und Hauness ist der beste Fachmann, den es dafür gibt — hindert den betreffenden Menschen daran, beim Verhör alles auszuplaudern und seine Persönlichkeit zu verlieren. Comgail war die ganze Zeit, die er im Konservatorium verbrachte, so über jeden Verdacht erhaben, daß nicht einmal ein mißtrauischer Typ wie Pedder vermutet hätte, daß er mit den Dissidenten zusammenarbeitet. Aber nach der Zerstörung des Manuals mußte Comgail sich automatisch einer Befragung unterziehen. Und darauf wollte er sich vorbereiten. Er kam nicht durch einen Kristallsplitter ums Leben, Killa. Er wurde ermordet. Ich glaube, er wurde ermordet, weil er den Zugang zu den unterbewußten Einheiten gefunden hatte.«

»Unterbewußte Einheiten!« Killashandra kochte vor Wut, als sie sich vorstellte, wie man mit diesen Geräten die Menschen kontrollierte. »Hat er wirklich den Zugang gefunden? Wo ist er? Ich brauche nur einen Blick darauf zu werfen ...«

Lars sah sie ernst an. »Mehr wollen wir auch nicht — sobald wir ihn gefunden haben. Der Zugang muß irgendwo in der Orgelkammer sein.«

»Nun, dann«, — Killashandra umarmte ihn überschwenglich —, war es doch sehr klug von mir, darauf zu bestehen, daß wir zwei die Reparaturen allein ausführen.«

»Falls man uns das erlaubt!«

»Das ist der entscheidende Punkt.« Sie stieg aus der tiefen Badewanne, und Lars folgte ihr. »Sag mal, wenn dein Vater so geschickt mit elektronischen Geräten ist, warum hat er sich dann nicht was einfallen lassen, um das Spürgerät im Shuttle-Hafen zu umgehen?«

Lars kicherte, während sie ihn abtrocknete. Er wurde für einen Augenblick durch seine physische Reaktion auf sie abgelenkt.

»Er versucht es seit dreißig Jahren. Wir haben sogar einen Nachbau des Spürgerätes auf Angel. Aber wir haben keinen Weg gefunden, die Spurenelemente zu maskieren. Paß auf, meine Ohren!« Sie rubbelte kräftig sein Haar.

»Erwischt der Detektor immer die Einheimischen?«

»Unfehlbar sicher.«

»Und doch ...« Sie hüllte sein Haar ins Handtuch. Sie deutete auf das Störgerät, dann gingen sie zusammen in den Salon. Lars hob das Störgerät über den Kopf wie eine Fackel, und seine Augen funkelten diabolisch, während er es kurz vor jedes der Überwachunsgeräte hielt. »Aber als Thyrol mit mir hinausging, hat der Detektor nicht angesprochen. Er war direkt neben mir.«

»Was? Ganz egal, wie viele Leute vorbeigehen, das Ding erwischt jeden Einheimischen!«

»Hat es aber nicht! Ich frage mich, ob es etwas mit der Kristallresonanz zu tun hat.«

»Mit deiner Kristallresonanz, meinst du?«

»Hm, üben können wir es nicht. Wir können schlecht dauernd im Raumhafen herumwandern.«

»Kaum — und der zweite Raumhafen liegt auf dem anderen Kontinent.«

»Aber darüber können wir uns später Gedanken machen. Nachdem wir den Zugang gefunden und die verdammte Orgel repariert haben. Und jetzt«, — sie öffnete mit einer ausholenden Bewegung die Türen der Bar —, »was wollen wir zum Abendessen trinken?«

19

Killashandra erwachte vor dem Läuten, das in ihrer Suite abgestellt war, das aber dennoch aus den nahegelegenen Bereichen des Konservatoriums deutlich zu hören war. Sie wachte erfrischt und völlig entspannt auf und rückte vorsichtig ein Stück von Lars' schlankem Körper ab, um ihren schlafenden Geliebten in Ruhe zu betrachten. Sie spürte eine Art Beschützerinstinkt, als sie ihren Kopf auf eine Hand stützte und sein Profil genau betrachtete. So bemerkte sie, daß die Spitzen der langen Wimpern gebleicht und die Augenlider heller als die umgebende Haut waren. Lachfalten strahlten von den Augenwinkeln zur Schläfe aus. Der Nasenrücken war beinahe zu hoch und zu schmal, aber dennoch fein geschwungen. Die Wangen waren mit feinen Sommersprossen bestäubt, die sie bisher noch nicht bemerkt hatte. Und in den Augenbrauen waren einige dunkle Haare außer Kontrolle geraten: sie richteten sich über dem Nasenrücken trotzig auf und berührten sich beinahe, wenn er die Stirn runzelte.

Am besten gefielen ihr die vollen Lippen, die eher aristokratisch als sinnlich wirkten. Sie wußte genau, welchen Tumult sie in ihrem Körper auslösen konnten, und sie glaubte, daß diese Lippen fast das Beste an ihm waren. Selbst im Schaf waren die Mundwinkel leicht hochgezogen. Das Kinn war breiter, als man vermutete, wenn sein Gesicht in Bewegung war. Die kräftigen Kieferknochen schwangen sich zu wohlgeformten Ohren zurück, die ebenfalls gebräunt waren. Die Spitzen der Ohren waren leicht von der Sonne verbrannt, die Haut schälte sich ab.

Er hatte einen kräftigen Hals. Sie sah den Puls in seiner Kehle pochen. Sie wollte den Finger darauflegen, konnte sich aber gerade noch zurückhalten. Wenn er schlief, unberührt von allen Sorgen und entspannt, der Brustkorb nur leicht bewegt, dann gehörte er ganz und gar ihr.

Sie liebte seine Brust, die weiche Haut über den geschmeidigen Brustmuskeln, und wieder mußte sie den Impuls unterdrücken, mit der Hand über die Haut zu streichen und die leise knisternden Haare auf der Brust zu spüren. Die Behaarung war nicht stark, und auch das gefiel ihr; auf Armen und Beinen wuchs nur ein feiner Flaum blonder Haare.

Sie hatte schon schönere Männer gesehen, aber sein gleichmäßiges Gesicht gefiel ihr sehr. Lanzecki — sie dachte seit Tagen zum ersten Mal wieder an ihn — sah auf den ersten Blick besser aus, er war schwerer gebaut. Aber sie war sicher, daß Lars Dahl ihr besser gefiel.

Sie seufzte. Es war kein Problem, mit philosophischer Gelassenheit über Lanzecki nachzudenken. Hätte sie sich ebenso leicht in diesen Verlust ergeben, wenn sie Lars Dahl nicht kennengelernt hätte? Sie war um Lanzeckis willen aufgebrochen, aber sie hatte ihn nicht ›verloren‹, denn sie würde nach Ballybran zurückkehren. Nachdem sie Optheria verlassen hatte ...

Für einen Moment schwankten ihre Gefühle am Rande eines neuen Abgrundes aus Verzweiflung und Bedauern. Und zum ersten Mal im Leben dachte sie daran, von einem Mann ein Kind zu bekommen. Das war genauso unmöglich wie die Idee, einfach bei Lars zu bleiben, aber es unterstrich, wie weit sie sich auf ihn eingelassen hatte. Vielleicht war es gut, daß sie kein Kind bekommen konnte und daß ihr Verhältnis enden würde, wenn sie ihren Auftrag ausgeführt hatte. Sie wunderte sich. Kinder waren etwas für andere Leute. Dieses Bedürfnis zu haben, war schon bemerkenswert.

Auf Optheria drohten trotz des Konservativismus und der Sicherheitsmaßnahmen unerwartete Gefahren. Sie hatte einige kennengelernt. Sie konnte kaum Trag die Schuld geben oder auf die *Encyclopedia Galactica* schimpfen. Die Tatsachen waren bekannt gewesen. Was man nicht hatte voraussehen können, waren die erstaunlichen Abenteuer, in die sie geraten war. Und die faszinierenden Menschen, die sie getroffen hatte.

Sie erinnerte sich lebhaft und mit einer Spur Wehmut an ihr Toben und Wüten und an ihre Verzweiflung, als sie Ballybran verlassen hatte; ein Opfer, das der Gilde und Lanzeckis Wohlergehen diente. Nun, da sie über einen viel schmerzlicheren, nicht wiedergutzumachenden Verlust nachdachte, war sie ganz ruhig, resigniert, ergeben und sogar philosophisch. Wie eigenartig! Hatte der Verlust Lanzeckis sie auf weitere Verluste vorbereitet? Oder beurteilte sie ihre Gefühle für Lars Dahl nicht richtig? Nein! Sie würde sich auch ohne aufgespeicherte Daten ihr Leben lang an Lars Dahl erinnern.

Das zweite Läuten hallte schwach über den offenen Hof vor den Fenstern. Es war schwach, aber es reichte aus, um Lars zu wecken. Im Aufwachen war er beinahe so schön anzusehen wie im Schlaf. Er öffnete die Augen, seine rechte Hand tastete nach ihr, sein Kopf kam langsam herum, und er lächelte, als er sie sah. Dann räkelte er sich, reckte die Arme über den Kopf und bog sich rückwärts, während er die Beine ausstreckte, um sich plötzlich wieder zusammenzuziehen und sie an sich zu drücken, womit ein morgendliches Ritual ihrer Liebesbeziehung seinen Anfang nahm. Es schien, als entdeckten sie jedesmal etwas Neues an sich selbst und ihren Reaktionen. Besonders gefiel ihr Lars' Erfindungsreichtum, der auch bei ihr bislang ungeahnte Ideen auslöste. Wie üblich wurden sie nach einigen Variationen durch ihren Hunger aus dem Bett getrieben.

»Das Frühstück ist hier die reichhaltigste Mahlzeit«, erklärte Lars fröhlich, während er rasch zur Versorgungsanlage marschierte. »Es wird dir gefallen.«

Killashandra sah, daß er das Störgerät liegengelassen hatte, und sie folgte ihm sofort und hob das Gerät auf, damit seine Worte nicht zu verstehen waren.

Er lachte. »Ein bißchen müssen wir sie schon hören lassen. Eine kleine Diskussion beim Frühstück macht uns glaubwürdiger.«

Killashandra setzte sich auf einen Stuhl neben der Versorgungsanlage und starrte mißtrauisch das kleine Störgerät an. Wenn es nur einen Weg gäbe, die Spurenelemente in den optherianischen Knochen zu maskieren, damit der Detektor nicht ansprach.

»Wissen Sie«, sagte Killashandra beim Essen, als sie gemütlich in der eleganten Sitzgruppe saßen, »ich kann einfach nicht verstehen, warum man sich hier auf so ein einziges Instrument versteift — zugegebenermaßen ein ganz hervorragendes Instrument —, denn damit werden gleichzeitig neunundneunzig Prozent der musikalischen Traditionen und des Repertoires der FSP vernachlässigt, und ebenso bleiben Talente und Potentiale unentwickelt. Ich meine, Sie haben doch einen prächtigen Tenor!«

Lars zuckte die Achseln und warf ihr einen nachsichtigen Blick zu. »Jeder singt hier — wenigstens auf den Inseln.«

»Aber Sie können *wirklich* singen.«

Lars hob eine Augenbraue und nahm ihre überzogene Faszination von einer unbedeutenden Fähigkeit gelassen zur Kenntnis.

»Jeder Mensch kann singen.«

»Ich meine nicht einfach, den Mund zu öffnen und herumzubrüllen, Lars Dahl. Ich meine, wirklich eine Stimme aufbauen, sie durch richtige Atmung unterstützen, der Musik die richtige Betonung geben und den Takt halten.«

»Wann habe ich denn das alles getan?«

»Als wir unser improvisiertes Duett sangen. Als Sie am Strand sangen, als Sie dieses wundervolle Duett aus den *Pearl Fishers* vortrugen.«

»Ach, wirklich?«

»Aber natürlich. Ich habe zehn Jahre Gesang studiert. Ich ...« Sie unterbrach sich.

»Warum sind Sie dann Kristallsängerin und nicht eine dieser berühmten Sängerinnen?«

Eine Woge ohnmächtiger Wut, auf die tiefes Bedauern folgte und dann ein völlig unverständlicher Haß auf Lars, der sie so unvermittelt an das Gespräch mit Maestro Valdi erinnert hatte — an den Augenblick, der ihr Leben verändert hatte —, verschlug Killashandra die Sprache.

Lars beobachtete sie, und seine mäßige Neugierde verwandelte sich in Besorgnis, als er die in ihrem Gesicht und ihren Augen tobenden Gefühle bemerkte. Er legte ihr eine Hand auf den nackten Schenkel. »Habe ich Sie irgendwie verletzt?«

»Es waren nicht Ihre Worte, Lars.« Sie schob die Gedanken beiseite; es war vorbei und vergangen. »Ich hatte alle Voraussetzungen, um Sängerin zu werden, bis auf eine. Die Stimme.«

»Ah, ich verstehe.« Lars rümpfte die Nase.

»Wirklich, in meiner Stimme ist eine Unsauberkeit, eine hörbare und unangenehme Unsauberkeit, mit der ich mein Leben lang bei zweitrangigen Rollen hängengeblieben wäre.«

Lars lachte jetzt, und die weißen Zähne blitzten in dem gebräunten Gesicht. Er schaltete mit funkelnden Augen das Störgerät ein. »Und du, meine geliebte Sunny«, er küßte sie leicht, »würdest dich nie damit zufrieden geben, irgendwo eine Nebenrolle zu spielen! Bist du auch die beste Kristallsängerin?«

»Ich mache mich ganz gut. Ich habe schwarzen Kristall gesungen, der am schwierigsten zu finden und ordentlich zu schneiden ist. Auf jeden Fall gibt es unter Sängern keine Abstufungen. Wir schneiden Kristall, um genug Geld zu verdienen für die Dinge, die wir brauchen und wollen.« Warum war sie nicht ganz aufrichtig mit Lars? Warum gestand sie ihm nicht, daß das einzige Ziel der meisten Kristallsänger war, genug Geld zu verdienen, um nicht mehr singen zu müssen — um Ballybran für so lange Zeit wie eben möglich verlassen zu können?

»Ich hätte nicht gedacht, daß Kristallsänger uns Inselbewohnern so ähnlich sind«, sagte Lars zu ihrer Überraschung. »Nun, ihr schneidet Kristalle für die Sachen, die ihr wollt und braucht, und wir angeln und pflanzen Brotbäume, aber alles, was wir wirklich brauchen, steht uns zur Verfügung.«

»Das ist bei Kristallen etwas anders«, sagte Killashandra langsam. Nun war sie froh, daß sie nicht ganz ehrlich gewesen war. Warum sollte sie Lars die Illusion rauben? Auf so vielen Welten und in so vielen Köpfen gab es falsche Vorstellungen über Kristallsänger. Sie hatte vorher gar nicht gewußt, wie angenehm es war, eine unbeeinflußte Welt zu finden — unbeeinflußt wenigstens, was ihre Gilde anging.

»Kristalle zu schneiden, scheint gefährlicher zu sein als das Fischen.« Er streichelte ihre vernarbte Hand. »Oder als der Umgang mit Brotbäumen.«

»Bleib beim Fischen, Lars! Kristalle schaden deiner Gesundheit. So, und jetzt sollten wir uns am besten draußen zeigen, damit ich den Vertrag erfüllen kann, den meine Gilde mit diesen Idioten abgeschlossen hat. Vielleicht können wir sie etwas aus ihrer naturnahen Bahn werfen!«

Sie kleideten sich an, dann tippte Killashandra die Nummer ein, die Mirbethan ihr gegeben hatte. Die Frau schien ungeheuer erleichtert, als der Anruf kam, und sagte, daß Thyrol sie sofort aufsuchen wolle.

»Glaubst du, er hat in der Halle geschlafen?« murmelte Killashandra zu Lars, als es höflich und leise an der Tür klopfte. Lars schüttelte heftig den Kopf, dann hob er die Hand, deaktivierte das Störgerät und steckte es ein. »Guten Morgen, Thyrol. Immer herein.« Sie machte eine freundliche, einladende Geste und lächelte Thyrol an, doch dann bemerkte sie hinter ihm zwei kräftige Männer in den Uniformen der Wachmannschaften. »Die kann ich nicht gebrauchen!« sagte sie kalt.

»Ah — sie werden nicht stören, Gildenfrau.«

»Dafür werde ich schon selbst sorgen, Thyrol. Übrigens brauche ich Arbeitshandschuhe.«

»Alles, was Sie vor Ihrem unglücklichen Verschwinden angefordert haben, befindet sich bereits in der Orgelkammer.«

»Oh, dann ist es gut. Dort hat sich lange genug Staub angesetzt. Gehen Sie voraus!«

Wieder verspürte Killashandra den instinktiven Wunsch, auf Zehenspitzen zu gehen und sich völlig still zu halten, als sie auf die Bühne des Amphitheaters traten. Sie blickte zu Lars hinüber, um zu sehen, ob es ihm ähnlich ging. Er verzog ein wenig das Gesicht, und sie bemerkte, daß seine energischen Schritte ein wenig zögerten. Auch die verstohlene Art, in der er die abgedeckte Orgelkonsole betrachtete, entging ihr nicht. Sie überlegte, ob sie etwas tun konnte. Sie war von der Musik, die er auf dem zwölfsaitigen Instrument gespielt hatte, völlig hingerissen gewesen, und sie wollte seine Komposition unbedingt mit der Verstärkungswirkung der Orgel hören. Oder war ein solcher Wunsch zu grausam?

Während Thyrol die Orgelkammer aufschloß, fragte Killashandra sich, ob an seinem Schlüsselbund auch die waren, die den Zugang zu den unterbewußten Mechanismen öffneten. Alle drei Schlüssel an diesem Ring wurden anscheinend gebraucht, um die Tür der Kammer zu öffnen. Oder wußte jemand von Thyrols Rang gar nicht über die zusätzlichen Einrichtungen Bescheid? Sie nahm an, daß dieses Wissen auf die Ältesten und vielleicht ein oder zwei Meister beschränkt blieb. Natürlich brauchten sie einen wirklich phantasiebegabten Menschen, um unterbewußte Bilder zu erzeugen. Es sei denn, die unterbewußten Strahlen reflektierten die Unbeugsamkeit der Ältesten. Das schien nur logisch — und wenn sie sich selbst für vollkommene Vertreter ihrer Art hielten, brauchten sie keinen Übermittler.

Die erforderlichen Geräte waren tatsächlich schon in der Kammer, an einer Längswand sauber gestapelt. Lars gab sich unbeteiligt und gleichmütig, nachdem er den Raum rasch überblickt hatte. Killashandra bemerkte die Überwachungsgeräte, fing Lars' Blick ein und nickte ihm leicht zu. Sie wartete, bis seine Hand in der Tasche verschwunden war, dann beugte sie sich über die offene Konsole und die glitzernden Kristallsplitter.

»Lars Dahl, nehmen Sie sich eine Maske und ein Paar Handschuhe und holen Sie den Eimer. Und bringen Sie mir eine Maske und Handschuhe mit. Ich habe keine Lust, in diesem winzigen Raum Kristallstaub einzuatmen.« Dann sah sie die stämmigen Männer an, die ihrer Meinung nach in der engen Kammer viel zu viel Raum einnahmen. »Raus!« Sie schnippte mit den Fingern. »Raus, raus, raus! Ihr nehmt mir Platz und Luft weg!«

»Der Raum ist ausgezeichnet klimatisiert, Gildenfrau«, wandte Thyrol ein.

»Das ist nicht der Punkt. Es gefällt mir einfach nicht, wenn mir ständig Neugierige auf die Finger sehen. Sie werden hier nicht gebraucht. Hier kommt doch sowieso niemand herein oder hinaus. Sie können draußen vor der Tür stehen und die Neugierigen abhalten! Übrigens, Thyrol, ohne Ihnen nahetreten zu wollen, aber es wäre mir lieber, wenn Sie auch gingen.«

»Aber ...«

»Sie können mir doch nicht helfen. Außerdem bin ich sicher, daß wichtige Aufgaben auf Sie warten. Und Sie stören mich — oder sind Sie einer der Techniker, denen ich die Installation von Kristallen zeigen soll?«

Thyrol wich zurück, durch den Vorschlag anscheinend hinreichend beleidigt, und verließ ohne weiteren Protest die Kammer.

»Nun«, begann Killashandra, ohne ihm einen Blick nachzuwerfen, »müssen wir als erstes die Splitter ausräumen. Nimm die größeren Stücke, Lars Dahl. Bei mir heilen die Schnitte viel schneller als bei dir. Klapp den Deckel herum! Wir legen die Splitter darauf, bevor wir sie in den Eimer schütten. Kristall hat die unangenehme Eigenschaft, in tausend Stücke zu zerspringen, wenn er hart aufprallt ... Wir wollen keine Unfälle provozieren.«

»Warum wolltest du das Störgerät hier benutzen? Gildengeheimnisse?« Lars' Stimme drang gedämpft durch die Maske.

»Die sollen einfach begreifen, daß Überwachungsanlagen in meiner Gegenwart nicht funktionieren. Ich bin auf einem Planeten aufgewachsen, auf dem Privatsphäre respektiert wird, und ich werde nicht zulassen, daß die Optherianer dieses Menschenrecht verletzen. Nicht für alle Sinnesorgeln auf dieser elenden Welt. Außerdem können wir sonst nicht nach dem Zugang suchen. Es sähe viel komischer aus, wenn ihre Überwachungsgeräte plötzlich nicht mehr funktionieren, als wenn sie von Anfang an nicht arbeiten. Und jetzt laß uns an die Arbeit gehen!«

Sie kamen nur langsam voran, nachdem Lars die größeren Splitter beiseite geräumt hatte. Den Sauger konnten sie nur für die kleinsten Bruchstücke benutzen, denn nach einer Weile durchlöcherten die winzigen Splitter den Beutel. Aus diesem Grund mußten sie ihn immer wieder auswechseln und das Gerät reinigen.

»Es wäre einfacher, wenn wir zwei davon hätten, was?« Als Killashandra nickte, ging Lars zur Außentür, schob sie auf und rief die Anforderung hinaus. Killashandra hörte eine gemurmelte Antwort. »Jetzt sofort, sagte ich! Wir haben keine Zeit zu warten, bis die Anforderung eure Sicherheitshierarchie durchlaufen hat! Bei allen Vorvätern! Muß denn wirklich jede Kleinigkeit von Ampris genehmigt werden? Los! Bewegt euch!«

Killashandra grinste ihn an. Lars erwiderte ihr Grinsen äußerst zufrieden.

»Wenn du wüßtest, wie oft ich schon Lust hatte, einen Wachmann anzubrüllen!«

»Ich kann mir gar nicht vorstellen, wie du den Zaghaften spielst.«

»Du wärst überrascht, wenn du wüßtest, was ich zu einem guten Zweck alles tun kann.« Er warf ihr einen ausgesprochen verschlagenen Blick zu.

Eine halbe Stunde später wurden mehrere neue Sauger geliefert. Lars erzählte Killashandra später, daß der Offizier, der sie brachte, Blaz' Stellvertreter war, aber trotzdem kein schlechter Bursche. Castair hatte bei einigen Studentenunruhen freundlicherweise in eine andere Richtung geschaut, was Blaz nie getan hätte.

»Gildenfrau«, begann Castair, als Lars ihm den Behälter abnahm, »wir haben Probleme mit dem Überwachungssystem dieses Raumes.«

»Wirklich?« Killashandra richtete sich von der Konsole auf und sah sich staunend um.

Castair deutete auf die kleinen Geräte in den Ecken des Raumes.

»Nun, ich habe keine Lust, mich von der Reparatur ablenken zu lassen. Eure Monitore können warten. Wir werden hier schon nichts zerstören!«

»Nein, natürlich nicht, Gildenfrau.«

»Dann lassen Sie's gut sein.« Sie scheuchte ihn hinaus und machte sich wieder an die mühsame Reinigungsarbeit.

»Das absolute Gehör ist nicht das einzige Talent, das man zum Kristallsingen braucht.« Lars' Bemerkung traf Killashandra völlig unerwartet, als sie sich aufrichtete, um den steifen Rücken zu strecken.

»Oh?«

Sein Gesichtsausdruck verriet eine eigenartige Mischung aus Respekt und einem anderen, nicht zu erkennenden Gefühl. »Eine Kristallsängerin braucht absolute Konzentration und die Fähigkeit, normale menschliche Bedürfnisse zu vergessen — wie Hunger zum Beispiel!«

Killashandra hob die Hand und sah auf die Armbanduhr. Sie kicherte und lehnte sich gegen einen Schaltschrank. Es war schon Nachmittag. Sie hatten seit neun Uhr morgens ununterbrochen gearbeitet.

»Du hättest mich ruhig früher daran erinnern können.«

»Hätte ich tun sollen«, sagte Lars trocken. »Ich sage es erst jetzt, weil du inzwischen unter deiner Bräune etwas bleich wirkst. Hier!« Er warf ihr einen Hitzepack zu. »Da ich nicht so verbissen bin wie du, habe ich inzwischen etwas zu essen bringen lassen.«

»Ohne Genehmigung?« Killashandra brach das Siegel der Suppe und bemerkte, daß sie wirklich sehr hungrig war.

»Ich habe mir dein Verhalten zum Vorbild gemacht und bin davon ausgegangen, daß ihnen nichts übrig bleibt als zu gehorchen.« Er schüttelte den Kopf. »Sind alle Kristallsänger wie du?«

»Oh, ich bin ein sehr nachsichtiger Mensch«, sagte sie, während sie vorsichtig die heiße Suppe schlürfte. Lars gab ihr einen Teller mit kleinen Sandwiches und Gebäck. »Ich spiele nur die Zicke, wenn es die Umstände erfordern. Also bei diesen Idioten immer.« Sie kreiste mit einer Schulter, um die Rückenmuskeln zu entspannen. Lars kam zu ihr, zog sie herum und begann ihren Rücken zu massieren. Seine Finger fanden zielsicher den Knoten in den verspannten Muskeln, und sie murmelte dankbar. »Ich hasse diesen Teil der Kristallarbeit. Ich will so schnell wie möglich damit fertig werden.«

»Ist es denn wichtig, so gründlich aufzuräumen?«

Killashandra sang einen leisen Ton, und die Kristallsplitter reagierten mit einem nervenzerrenden Mißklang.

Lars schüttelte sich unter dem unangenehmen Geräusch, das lange nachhallte. »Mann!«

»Weißer Kristall ist sehr aktiv, er nimmt jedes Geräusch auf. Wenn nur der kleinste Splitter Kristallstaub drin bleibt, stört er das Manual und erzeugt alle möglichen Nebenschwingungen im Logikübersetzer. Es wäre wirklich einfacher, gleich ein ganz neues Manual einzubauen, aber die haben hier wohl nicht die nötigen Ersatzteile. Da fällt mir ein — die zehn Klammern, die ich ausgebaut habe, sind alle kaputt.« Sie nahm eine in die Hand und drehte sie im Licht, bis die Kratzer in den glatten Flächen deutlich zu sehen waren. »Wenn du in diese Klammern einen neuen Kristall einspannst, entstehen ungleichmäßige Belastungen auf der Längsachse des Kristalls, was zu ungewollten piezoelektrischen Effekten und wahrscheinlich in kürzester Zeit zu einer neuen Panne führt.«

Lars nahm ihr die Klammer ab und wog sie in der Hand. »Das ist kein Problem. Olver kann sie ersetzen.«

Killashandra blickte instinktiv zu den Monitoren hinauf, als Lars seinen Vertrauten erwähnte. Sie zupfte ihn am Ärmel und deutete auf die Überwachungsgeräte, um die plötzlich schwarze Ringe zu sehen waren. »Wie ist das denn passiert?«

Killashandra kicherte und deutete auf den weißen Kristall. »Eine Geheimwaffe für dich, wenn ich fort bin. Sobald du weiße Kristalle ansingst, schlagen alle Überwachungsgeräte im Raum durch.« Sie nahm eines der größeren Stücke, die Lars ausgeräumt hatte, und wog es nachdenklich in der Hand. »Wir werden einfach einen Teil davon für dich beiseite nehmen. Ich frage mich, ob unsere Forschungsabteilung diese Anwendung weißer Kristalle schon kennt.«

Plötzlich nahm Lars sie in die Arme, drückte das Gesicht in ihr Haar und küßte ihren Hals. Sie spürte seine Spannung und streichelte ihn sanft.

»Oh, Sunny, mußt du wirklich fort?« Sie lächelte ihn schief und traurig an und streichelte ihm mit sanften Fingern die Falten aus dem Gesicht. »Die Kristalle rufen mich zurück, Lars Dahl. Es ist ein Ruf, den ich nicht überhören kann.«

Er küßte sie begierig, doch sie fuhren sofort auseinander, als sie vor der Tür ein leichtes Geräusch hörten. Die Tür glitt auf.

»Ah, Ältester Ampris«, sagte Killashandra, »Sie kommen gerade recht. Zeigen Sie ihm die Klammer, Lars Dahl!« Als Ampris den Gegenstand erstaunt betrachtete, fuhr sie fort: »Fahren Sie mit dem Finger über den Rand der Klammer — vorsichtig —, und fühlen Sie, wie rauh er ist. Wir brauchen etwa zweihundert davon, denn ich habe keine Lust, neue Kristalle in alte Klammern zu setzen. Alles, was ich bisher ausgebaut habe, ist genauso zerkratzt wie diese Klammer. Können Sie sich um die Anforderung kümmern und dafür sorgen, daß sie vorrangig behandelt wird?«

Killashandra klappte sich die Maske wieder übers Gesicht und nahm die Bürste in die Hand. Dann fluchte sie.

»Ich könnte auch eine Taschenlampe oder so etwas gebrauchen. Dieses Zeug ist fein wie Puderzucker.«

Der Älteste Ampris lugte hinein, und sie hörte, wie er erstaunt schnaufte. Sie richtete sich auf und ging gleichmütig über seinen vorwurfsvollen Blick hinweg.

»Ich will Ihnen zeigen, Ältester Ampris, wie wichtig

äußerste Sorgfalt ist.« Sie summte, etwas lauter als zuvor, und freute sich über die Wirkung auf den Mann. »Entschuldigen Sie!« Sie nahm die Arbeit wieder auf.

»Ich bin gekommen, um mich zu erkundigen, Gildenfrau, wann die Reparaturen abgeschlossen sind.«

»Da sich der Idiot, der das Manual zerstört hat, große Mühe gegeben hat, wird es erheblich länger dauern, als ich für die Reparatur des einen zerstörten Kristalls auf dem Kreuzer brauchte — falls das die Zeitspanne ist, an die Sie dachten.« Killashandra seufzte und überblickte traurig die zertrümmerten Kristalle. »Es geht langsam vonstatten, weil dies hier andere Kristalle sind und weil, wie Sie bemerkt haben, jedes winzige Bröckchen beseitigt werden muß. Mehr haben wir heute noch nicht geschafft ...«

Der Älteste Ampris sah Lars mißmutig an. »Brauchen Sie weitere Helfer?«

Killashandra lachte ihn aus. »Besorgen Sie mir einen Staubsauger, der Kristallstaub aufnehmen kann, ohne kaputtzugehen, dann sind wir in einer Stunde fertig. Oder besorgen Sie mir einen neuen Behälter!« Sie gab dem alten Behälter einen mißmutigen Tritt. Die Kristalle summten, und Lars und Ampris zuckten zusammen. »Das geht auf die Nerven, was? Nun, Ältester Ampris, so sieht es aus. Und wenn Sie mich jetzt entschuldigen wollen. Die Arbeit erledigt sich nicht von selbst.« Sie nahm wieder ihre Bürste in die Hand, doch Ampris räusperte sich.

»Wir haben für heute abend zu Ihrer Unterhaltung ein Essen und ein Konzert geplant«, sagte er.

»Ich bedanke mich für die Aufmerksamkeit, Ältester Ampris, aber solange ich hier nicht fertig bin, habe ich wohl nicht das Recht, mich irgendwelchen Vergnügungen hinzugeben. Wenn Sie uns noch etwas zu essen schicken könnten ...«

»Gildenfrau«, schaltete Lars sich ein, »bei allem gebotenen Respekt, der Älteste Ampris ist nicht … Ich meine, er ist doch kaum dafür verantwortlich …«

»Was wollen Sie mir sagen, Kapitän?«

Ampris, dessen Augen zum ersten Mal, seit sie ihn kannte, belustigt funkelten, hob eine Hand und entband Lars von der Notwendigkeit, eine Erklärung zu geben.

»Wenn die Gildenfrau bereit ist, sich die Unterhaltung zu versagen, um sich ihrer Aufgabe zu widmen, dann will ich ihr gern als Bote zur Verfügung stehen.«

»Wie es aussieht, muß doch sowieso alles, was ich will, von Ihnen genehmigt werden. Es scheint mir eine Zeitverschwendung, alles über die Zwischenhändler laufen zu lassen.« Killashandra grinste Ampris etwas bedauernd an. »Könnten Sie nicht mit ihm da draußen oder mit Thyrol ein Wörtchen reden? Das könnte unsere Arbeit erheblich beschleunigen. Oh, und vergessen Sie bitte nicht, ich brauche zweihundert von diesen Klammern. Und die Taschenlampe. Lars, begleiten Sie ihn bitte und bringen Sie die Taschenlampe gleich mit. Sie muß klein genug sein, um mich nicht zu behindern, und sie muß einen scharf gebündelten Strahl haben.«

Sie gingen hinaus, und Killashandra machte sich wieder an die Arbeit. Als Lars mit mehreren Taschenlampen zurückkam, platzte er vor Lachen fast heraus.

»Deine Wünsche sind ihm Befehl, o allmächtige Gildemeisterin, o Gebieterin über alle weißen Kristallsplitter! Die Jungs hier draußen haben Befehl«, — er deutete mit dem Daumen über die Schulter zur geschlossenen Tür —, »sofort zu springen, wenn du etwas verlangst.«

»Hm. Halt mal eine Taschenlampe in die Ecke, Lars!« Sie fegte mit der Bürste einige winzige Splitter aus der Ecke. »Siehst du? Diese verdammten Dinger sind sehr gefährlich! Ich muß jedes Stückchen rausholen!«

Als einige Zeit später ein üppiges Essen hereingerollt wurde, knurrte sie, stellte die Arbeit jedoch widerwillig ein.

»Ist das Kristallsingen eine Art Krankheit?« fragte Lars beiläufig.

»Wennn du segelst, wirst du doch auch nicht mitten in einem Sturm anhalten, was? Oder mitten in einer Schule zu fischen aufhören?«

»Das ist nicht ganz dasselbe.«

»Für mich schon, Lars. Sei ein Kumpel! Das Klammern der neuen Kristalle ist eine relativ leichte Aufgabe, bei der du mir helfen kannst.«

Trotz ihrer Proteste trug Lars sie kurz vor Mitternacht aus der Orgelkammer. Als sie ihre Suite betraten, bestand sie darauf, ein ausgiebiges Bad zu nehmen, um sich den Kristallstaub von der Haut zu spülen. In der Badewanne mußte er ihr den Kopf festhalten, denn sie wäre beinahe eingeschlafen.

Sie brauchten fast vier Tage, um den Behälter von den letzten Resten des Kristallstaubs zu reinigen. Jedesmal, wenn sie am Morgen kamen, waren neue Monitore eingebaut. Auch Killashandra hatte sich eine Routine zugelegt. Jedesmal, wenn sie morgens die Orgelkammer betraten, summte sie ein fröhliches Lied, lud die weißen Kristallsplitter auf, bis sie ihre Pflicht taten und die empfindlichen Sensoren durchschlagen ließen.

Am dritten Tag wurden die neuen Klammern geliefert, und Killashandra setzte Lars Dahl darauf an, sie nacheinander mit einem Mikroskop zu untersuchen. Vierzehn wurden wegen kleiner Fehler zurückgeschickt. Nach dem Besuch des Ältesten Ampris waren keine weiteren Neugierigen gekommen. Thyrol führte sie jeden Morgen zu Kammer, schloß auf und erkundigte sich nach ihren Wünschen. Zur richtigen Tageszeit wurden ausgezeichnete Mahlzeiten geliefert. Und da sie, nachdem die Monitore außer Gefecht gesetzt waren, nicht gestört wurden, konnte Lars in aller Ruhe den Raum untersuchen und den Zugang zur unterbewußten Anlage suchen.

Als Thyrol sie am vierten Morgen über die Bühne

führte, bemerkte Killashandra eine eigenartige Diskrepanz. Die Orgelkammer nahm nicht die ganze Länge der Bühne hinter der Orgelkonsole ein. Sie zählte still ihre Schritte bis zur Tür ab. Als Thyrol die Tür geschlossen und Lars das Störgerät aktiviert hatte, maß sie mit ihren Schritten die Länge der Kammer ab.

»Interessant«, sagte sie, als sie mit der Nase vor der hinteren Wand stand. »Dieser Raum ist nur halb so lang wie die Bühne, Lars. Fällt dir dazu etwas ein?«

»Allerdings, aber auf der anderen Seite der Konsole ist keine zweite Tür.« Er untersuchte mit ihr zusammen die fugenlose Wand. »Die unterbewußten Einheiten müssen irgendwie mit der Hauptanlage verbunden sein. Ich frage mich ...«

Sie untersuchten den Verlauf der zahlreichen Kabel unter der Decke, bis sie wieder vor der Rückwand standen.

»Moment mal!« murmelte er. Er riß die Augen auf, denn er hatte anscheinend etwas entdeckt. Er schob einen Hocker unter die Kabel.

Er mußte den Hals verrenken und gekrümmt unter der Decke stehen, aber schließlich pfiff er leise und triumphierend. Als er herabsprang, nahm er Killashandra in die Arme und tanzte begeistert mit ihr herum.

»Die Wand läßt sich absenken — ich weiß nicht genau wie, aber oben, wo niemand danach suchen würde, ist eine kleine Lücke. Und drei dicke Kabel laufen durch die Wand weiter.«

Lars stellte den Hocker fort und untersuchte die Ecke des Raumes. Wieder pfiff er begeistert.

»Die ganze Wand muß beweglich sein, Killa — aber wie?«

»Wenn so eine große Masse in den Boden sinkt, entsteht ein ziemlicher Lärm.«

»Wenn wir wüßten, wo der Mechanismus ...« Er tastete in der Ecke entlang, dann auf dem Boden, drückte und klopfte hier und da.

»Das ist viel zu offensichtlich, Lars. Die sind dumm, aber sie verstehen etwas von Geheimhaltung. Der Schalter wird neben oder hinter einem Gerät hier sein, darunter oder im Innern …« Sie ließ die Finger an der hinteren Kante eines Geräts entlanggleiten, was ihr außer einem an einer scharfen Kante aufgerissenen Finger nichts einbrachte. »Verdammt, ich habe nicht die Geduld für diese Art von Unsinn! Mach du nur. Ich räume inzwischen weiter auf.«

Als ihr Essen gebracht wurde, war Lars immer noch nicht weiter. Sie hatten, ohne etwas zu finden, alles aufgeschraubt, was sich aufschrauben ließ. Lars kochte und grübelte während des Essens und war wütend über seine Unfähigkeit, das Problem zu lösen.

»Welche Form haben denn die Sicherheitsmaßnahmen allgemein auf Optheria? Bürokraten neigen dazu, einen zuverlässigen Mechanismus möglichst überall zu benutzen«, sagte Killashandra, die nur noch mit halber Kraft über das Problem nachdachte, da sie das Manual beinahe vollständig gereinigt hatte und sich auf den nächsten Teil ihrer Aufgabe vorbereiten mußte.

»Das kann ich herausfinden. Würde es dir etwas ausmachen, diesen Abend allein zu verbringen?« Er grinste sie an und streichelte ihr zärtlich den Arm. »Da, wo ich hingehen will, würdest du ziemlich auffallen.«

»Wo soll das denn sein?« fragte sie mit empört gehobenen Augenbrauen.

»Ich muß andere Kleidung besorgen«, sagte er und zupfte an seinem Hemd, das lange nicht so farbenprächtig war wie die Kleidung der meisten Inselbewohner, aber unter den eintönigen Farben der Stadtbewohner immer noch sehr auffiel. »Dann muß ich mit ein paar Leuten reden. Ein Glück für uns, daß wir uns der Zeit im Jahr nähern, wenn die unterbewußte Beeinflussung nachläßt und die normalen Gelüste der Studenten wiedererwachen. Es kann spät werden, Killa«, er verzog das Gesicht, »und wir haben nicht mehr viel Zeit …«

Sie küßte seinen Hals. »Du wirst schon irgendwann kommen. Das heißt«, — sie mußte ihren Sorgen einfach Luft machen —, »wenn die Wachen dich durchlassen.«

20

»UND?« DRÄNGTE KILLASHANDRA am nächsten Morgen beim Frühstück. Trotz ihres tapferen Versuchs, sich wachzuhalten, war sie direkt nach ihrer Rückkehr eingeschlafen, und am Morgen duschte er bereits, als sie vom fernen Läuten geweckt wurde.

»Also, ich hab die Kleidung gekriegt«, begann Lars seufzend. »Die Suche der Ältesten nach dir war viel ausgedehnter, als unsere Besucher uns versicherten«, sagte er, trotz des Störgeräts kein Risiko eingehend. »Vielleicht wußten sie es auch nicht besser. Jeder, selbst wenn er für einen Verkehrsverstoß als Fußgänger registriert war, wurde verhört. Ein halbes Dutzend Studenten wurde ohne Verhandlung zur Rehabilitation geschickt.«

»Olver?«

Lars fuhr sich mit den Fingern durchs Haar und kratzte sich heftig am Kopf, als wolle er seine Mutlosigkeit abstreifen. »Ich weiß nicht, wie er entkommen ist; wahrscheinlich weiß er das nicht einmal selbst. Wir haben kaum mehr als ein paar Gesten ausgetauscht.« Lars stand auf und schritt mit gesenktem Kopf im Zimmer umher. »Es ist gut möglich, daß die Ältesten ihn schon entdeckt haben und ihn ständig beobachten.«

»Sind Nahia und Hauness in Sicherheit?«

Lars registrierte ihre Sorge um seine Freunde mit dankbarem Lächeln. »Als du verschwunden bist, waren sie in Ironwood in ihrer Klinik«, sagte er, während er nach Norden deutete. »Die Stadt, Gartertown und der Hafen wurden gründlich abgesucht. Und der Sicherheitsdienst hat dein Verschwinden als Anlaß benutzt, um bereits bekannte Dissidenten in Haft zu nehmen.«

»Wie viele sind es?«

»In Haft? Meine liebe Gildenfrau, solche Zahlen werden nie veröffentlicht.«

»Kannst du es schätzen? Selbstmord ist ein Indikator für gesellschaftlichen Protest, und die Anzahl der politischen Häftlinge ist ein weiterer.«

Lars schüttelte den Kopf. »Hauness kann es vielleicht herausfinden.« Er schüttelte weiterhin den Kopf. »Aber ich möchte im Augenblick nicht das Risiko eingehen, mit ihm Verbindung aufzunehmen.«

Killashandra starrte Lars Dahl einen Moment an. Sie hatte ein Gefühl im Bauch, ganz ähnlich wie in einem Fahrstuhl, das nichts mit Hunger zu tun hatte.

»Und ich habe dich in die gleiche Gefahr gebracht wie jene, die schon in Haft sind, oder?«

Lars zuckte die Achseln und grinste. »Wenn du mich nicht als deinen Retter bezeichnet hättest, dann würde ich jetzt schon in einer Rehabilitationskammer sitzen und zusehen, wie mein Gehirn zerkrümelt.«

»Und wenn ich fort bin?«

Lars zuckte noch einmal die Achseln, dann zwinkerte er ihr unverfroren zu. »Alles, was ich brauche, ist ein halber Tag Vorsprung. Sobald ich auf den Inseln bin, werden die mich nie im Leben finden, wenn ich es nicht will.«

Er klang so selbstbewußt, daß Killashandra ihm einen Augenblick lang fast geglaubt hätte. Als spürte er ihren Zweifel, beugte er sich über sie, die Augen strahlender und blauer denn je, die Lippen zu einem aufreizenden schiefen Lächeln verzogen.

»Geliebte Sunny, wenn es nicht so albern klingen würde, würde ich sagen, daß die Begegnung mit dir der Höhepunkt meines bisherigen Lebens war. Und die Ältesten Torkes und Ampris so vor den Kopf geschlagen zu sehen, das war ein Erlebnis, das mir die dunkelsten Stunden erhellen kann.«

»Die du ohne weiteres in einer Rehabilitationszelle verbringen könntest!«

»Ich kenne das Risiko, aber es war die Sache wert, Killa!« Er küßte sie, und obwohl der Kuß nur ein Hauch war, begann ihr Blut zu singen, als hätte sie Kristall vor sich.

»Da wir gerade von den Ältesten sprechen«, begann sie und versuchte, ihre Sorgen abzuschütteln, »wir können heute damit anfangen, die Kristalle in die Klammern zu setzen.« Sie stand entschlossen auf, dann bemerkte sie seinen Gesichtsausdruck. »Also gut — ich will zugeben, daß du, wenn du Kristalle in Klammern setzen und stimmen kannst, nicht unbedingt in der Gunst der Ältesten steigst, aber diese Fähigkeiten sind in der ganzen FSP sehr begehrt.«

Lars lachte. »Ach, hätten wir Welten ohne Zahl und Zeit genug!«

Killashandra lachte wiehernd. »Sehr witzig!« Aber der Scherz half ihnen, ihren Tag nicht bedrückt, sondern relativ munter zu beginnen.

Lars zeigte sich mit seinen kräftigen Händen so lernbegierig und geschickt, wie Killashandra es vermutet hatte. Sie forderte bei Thyrol gepolsterte Hämmer zum Stimmen der Kristalle an. Sie hatte schon sechs Kristalle eingebaut, als der Älteste Ampris in der Kammer erschien; Thyrol lauerte neugierig hinter ihm in der offenen Tür. Killashandra bemerkte zuerst nur den Hauch reiner frischer Luft. Sie warf den Eindringlingen, die zögernd stehen geblieben waren, einen raschen Blick zu. Lars hielt seinen Kristall völlig ruhig.

»Wenn die Klammern fest genug sind, spürst du eine leichte Oberflächenspannung und ein schnelles, fast elektrisches Zittern in den Fingern. Sag mir Bescheid!«

Sie zog die Klammern fest und hielt dabei die kleinen

Finger unter den Kristall, um die Oberflächenspannung auch selbst zu spüren.

»Jetzt!« sagte Lars.

»Ja!« Sie schlug den Kristall mit dem Stimmhammer an, und ein tiefer voller Ton entstand, der durch die Tür hinausdrang und die beiden Wächter veranlaßte, um die Ecke zu lugen. Die abgedeckten Behälter mit den Kristallsplittern reagierten mit einem gedämpften Mißklang. Dann richtete sie sich auf und wandte sich an die Zuschauer. »So wird es gemacht, Ältester Ampris.«

Ampris' helle Augen funkelten, während er sich ein Lächeln abquälte, das sie als Billigung auffaßte.

»Aus irgendeinem Grund ist die untere Oktave immer einfacher einzubauen und zu stimmen«, fuhr Killashandra liebenswürdig fort. »Wir kommen sehr gut voran.«

»Und?«

Killashandra hörte in diesem einzigen Wort einen seltsamen Unterton. Der Älteste Ampris brannte darauf, die Installation beendet zu sehen, und der Grund konnte nicht nur der sein, daß die Künstler Zeit zum Üben brauchten. Außerdem zeigte er eine ganz uncharakteristische Nervosität: Er rieb aufgeregt mit dem Daumen über den Zeigefinger.

»Ich denke, daß wir bis morgen abend mit dem Manual fertig sind. Lars Dahl, setz doch die nächsten Klammern allein ein. Ich werde aufpassen.« Killashandra trat ein Stück zurück, bis sie neben dem Ältesten Ampris stand. »Er arbeitet schnell und geschickt, und sobald ich sicher bin, daß er es richtig macht, werden wir uns von beiden Enden zur Mitte vorarbeiten.«

Ampris warf ihr einen raschen Blick zu; anscheinend war ihm nicht entgangen, daß man diesen Satz auch völlig anders verstehen konnte. Sein steifes, aber erfreutes Lächeln warnte sie. »Dann werden Sie sicher froh sein, einen ausgebildeten Helfer zu bekommen.«

»Einen ausgebildeten Helfer?« Killashandra blickte

Lars an, der inzwischen ebenfalls seine Arbeit unterbrochen hatte. Auch er hatte den verschlagenen Unterton in Ampris' trockenen Worten bemerkt.

»Als wir Sie nirgends in der Stadt finden konnten, Gildenfrau, unterrichteten wir Ihre Gilde von Ihrem Verschwinden. Und wir forderten ...« Ampris' Lächeln wirkte jetzt fast entschuldigend. »Wir forderten Ersatz an. Ich bin sicher, daß Sie verstehen werden, wie dringend die Sache war.«

»Die Reise vom Scoria-System bis nach Optheria dauert beinahe zehn Wochen.«

»Nicht mit einem FSP-Kurierschiff.« Ampris nickte knapp. »Ihre Gilde hält große Stücke auf Sie, Killashandra Ree ...«

»Dann haben Sie inzwischen sicher auch die Nachricht von meiner Rettung weitergegeben?«

Ampris hob die Hände. »Aber selbstverständlich. Doch wir wußten da noch nicht, wie prompt die Heptitergilde reagieren würde. Das Kurierschiff hat den Orbit erreicht und landet in diesem Augenblick auf dem Raumhafen.«

»Trag!« Es gab für Killashandra keinen Zweifel, daß Trag geschickt worden war.

»Ich bitte um Verzeihung?«

»Lanzecki hat wahrscheinlich Trag geschickt.«

»Ist dieser Mann fähig?«

»Sehr. Aber je mehr wir jetzt schon schaffen, desto eher werden Trag und ich fertig. Wenn Sie mich entschuldigen wollen, Ältester Ampris?« Killashandra winkte Lars, sich wieder an die Arbeit zu machen. »Unsere letzte Bitte an Sie, Ampris«, fuhr sie fort, obwohl Ampris sich noch nicht gerührt hatte, »könnten Sie bitte diese Behälter mit den Kristallsplittern hinausbringen lassen? Trag oder ich werden den Leuten sagen, wo sie untergebracht werden sollen. Einige der größten Stücke können immer noch von Nutzen sein, aber hier drinnen erzeugen sie recht unangenehme Dissonanzen.«

»Ja, und außerdem müssen wir die Monitore in diesem Raum wieder in Ordnung bringen, Gildenfrau, da nun die Orgel fast repariert ist.« Ampris winkte Thyrol herein, der einen entsprechenden Befehl an die Wächter weitergab. Killashandra wagte nicht, in Lars' Richtung zu blicken.

»Seien Sie vorsichtig mit den Behältern!« warnte Killashandra, als die Wächter mit dem ersten Kasten hinausschlurften.

»So«, sagte Killashandra, als die Tür geschlossen wurde und sie wieder allein waren. »Jetzt haben wir Ruhe vor den Splittern. Und später können wir uns die schnappen, die wir haben wollen. Kannst du dir irgendwie einen kleinen Weichplastik-Beutel besorgen?«

»Ja. Wer ist dieser Trag?«

»Der beste, den sie überhaupt schicken konnten. Lanzeckis Verwaltungsleiter.« Killashandra kicherte. »Der ist mir lieber als eine ganze Armee und auf jeden Fall lieber als jeder andere Sänger, den sie hätten aussuchen können. Und sogar mit einem Kurierschiff. Ich bin geschmeichelt.«

»Irgendwie freut sich Ampris für meinen Geschmack ein bißchen zu sehr über diese Entwicklung.«

»Ja, und er ist sehr ungeduldig.« Killashandra ahmte seine Handbewegung nach, und Lars nickte grimmig. »Geht es ihm nur darum, daß die Orgel fertig wird, oder will er uns aus einem bestimmten Grund aus der Kammer bekommen?« Sie drehte sich etwas um, bis sie zur Wand blickte, die sie nicht hatten bewegen können. »Warum?« Sie biß sich auf die Lippen und versuchte, das Rätsel zu lösen. Dann stieß sie einen Schrei aus, streifte mit den Fingern über die Abdeckung des Manuals, hob den Deckel und untersuchte ihn genau.

»Was suchst du, Killa?«

»Blut! Hast du an den Splittern, die du herausgenommem hast, eine Verfärbung bemerkt?«

»Nein, nicht, daß ich wüßte.«

»Wenn Comgail wirklich von den Kristallsplittern getötet wurde«, — sie deutete auf die eingesetzten neuen Kristalle —, »dann müßte hier irgendwo Blut sein. Gab es nur die offizielle Version von Comgails Tod?«

»Nein. Ich hatte Gelegenheit, mit einer Krankenschwester zu sprechen. Sie sagte, er sei über und über mit Blut bedeckt gewesen, und Kristallsplitter hätten Augen, Gesicht und Brust durchschlagen.«

»Und dabei hat vielleicht jemand nachgeholfen. Aber bist du sicher, daß Comgail selbst das Manual zerstört hat?«

Lars nickte langsam. Die grauen Augen wurden leer, das Gesicht ausdruckslos.

»Und hat er früher schon einmal erwähnt, daß die unterbewußten Einheiten über die Orgelkammer zu erreichen wären?«

Wieder nickte Lars. Sie starrten jetzt beide die Wand an.

»Comgail hat die Festivalorgel gewartet?« Wieder nickte Lars und Killashandra rieb sich nachdenklich das Gesicht. »Hat Ampris eigentlich einmal komponiert oder ist er aufgetreten?« fragte sie wütend und etwas verzweifelt.

Lars' überraschtes Gesicht war ihr Antwort genug.

»Kein Wunder, daß er so oft hier herumspringt!« rief Lars. Er nahm Killashandra in die Arme und drückte sie begeistert. »Kein Wunder, daß er so darauf brennt, daß das Manual repariert wird. Er kommt nicht an die unterbewußten Einheiten heran, solange wir hier sind. Er kann die unterbewußten Einheiten für das diesjährige Konzert nicht verändern. Oh, Killa! Du hast es geschafft.«

»Nicht ganz«, erwiderte Killashandra lachend. »Ich habe nur die Hypothese aufgestellt, daß das Manual die Verriegelung lösen kann. Leider haben wir keine Ahnung, welche Art Musik er benutzen würde. Es könnte alles sein ...«

»Nein, nicht alles!« rief Lars. Er schüttelte heftig den Kopf und grinste, und seine Augen leuchteten wieder lebhaft und blau. »Ich würde mein Leben darauf verwetten, daß ich die Melodie kenne, die er als Code benutzt.«

»Würdest du dich bitte anders ausdrücken!« murmelte Killashandra.

Lars grinste sie beruhigend an und fuhr fort: »Erinnerst du dich, was du über die Bürokratie gesagt hast, die sich an einen funktionierenden Mechanismus hält, wenn sie ihn gefunden hat? Nun, Ampris' bisher einziger Beitrag zum Festival enthielt ein auffälliges, oft wiederholtes Thema.«

»Aber dann weiß doch der ganze Planet Bescheid.«

»Spielt das eine Rolle? Du mußt immer noch Zugang zu diesem Manual erhalten, oder?«

»Stimmt. Wie geht das Thema?«

»Es ist ein richtiger Gassenhauer«, sagte er und summte Killashandra zu deren Erstaunen die Töne vor.

»Das ist nicht nur ein Gassenhauer, das ist ein Plagiat. Ampris hat das Thema bei einem Komponisten aus dem achtzehnten Jahrhundert geklaut. Beethoven hieß er.«

»Wer war das?«

Killashandra hob verzweifelt die Hände. »Genug der Spekulationen, Lars! Wir müssen so schnell wie möglich mit der Orgel fertig werden.«

»Was ist mit Trag?«

Killashandra schüttelte den Kopf. »Trag ist keine Gefahr für uns. Und wenn wir das Baßregister fertigbekommen, dann haben wir schon etwas vorzuweisen. Ich hoffe es jedenfalls.« Sie drückte Lars ein paar Klammern in die Hand und nahm selbst einen zweiten Satz. »Du kennst nicht zufällig die Tonart von Ampris' Komposition?« Als Lars den Kopf schüttelte, fluchte sie kurz, dann kicherte sie los. »Wir versuchen einfach das Original.«

Da sie es jetzt sehr eilig hatten und vor Vorfreude und Hoffnung nervös wurden, schwitzten ihre Hände, und sie brauchten bei jedem der nächsten drei Kristalle drei oder vier Anläufe, bis er in den Klammern steckte. Lars murmelte halblaute Flüche vor sich hin, als Killashandra den dritten Kristall stimmte. Sie hatte ihn gerade angeschlagen, als die Tür geöffnet wurde und Trags stämmige Figur erschien.

»Trag, ein Glück, daß du kommst! Wir sind ziemlich damit beschäftigt, dieses Manual einzurichten. Ein weiterer Helfer und ein klarer Kopf werden Wunder wirken!«

Trag nickte und trat ein. Er warf Lars einen flüchtigen Blick zu, doch dann wurde seine Aufmerksamkeit völlig von der Anlage gebannt. Er sah sich kritisch um. Killashandra übersah Ampris, Torkes, Thyrol und Mirbethan, die Trag langsam in den Raum folgten. Trag nahm den Stimmhammer und schlug nacheinander die Kristalle an.

Er nickte nur. Lars wollte protestieren, aber Killashandra warnte ihn mit einem Blick. Die Tatsache, daß Trag überhaupt nichts sagte, war genau die Bestätigung, auf die sie gehofft hatte; sie kannte ihn gut genug, um zu wissen, daß er sie nicht lautstark preisen würde. Einen sehr kurzen Augenblick lang verspürte sie das völlig irrationale Verlangen, Trag die Arme um den Hals zu werfen, doch sie beherrschte sich gerade noch und verwandelte den Impuls in ein schiefes Grinsen.

Der Älteste Torkes, der einem Raubvogel ähnlicher sah denn je, wollte näher herankommen, doch dann überlegte er es sich anscheinend anders, als würde ihn Trags vierschrötige Gestalt einschüchtern.

»Sie sind gerade erst eingetroffen, Gildenmann, und da jetzt Mittagszeit ist, haben wir einige Erfrischungen für Sie vorbereitet«, sagte Torkes fast unhöflich knapp.

Trag lehnte mit einer nachlässigen Geste ab. »Sie gaben der Gilde zu verstehen, daß die Angelegenneit äußerst dringend sei.«

»Essen müssen wir trotzdem«, sagte Killashandra schnippisch. »Schicken Sie uns bitte das Essen hier herein!« Sie nahm einige Klammern in die Hand, während Trag den nächsten Kristall von den Plastikpolstern nahm. »Wir werden vielleicht sogar heute noch fertig, wenn wir ohne Störung arbeiten können.«

»Wahrscheinlich nicht ganz«, widersprach Trag. Er hob den Kristall vor die Deckenlampen, um ihn zu inspizieren. Zufrieden ließ er ihn wieder sinken, und sein Blick traf die faszinierten Zuschauer. »Bitte ...« Er deutete zur Tür.

Killashandra, die Lars' verblüfftes Gesicht sah, mußte mit sich kämpfen, um nicht laut über das Entsetzen, die Wut und den Schreck zu lachen, der den vier hochgestellten Optherianern anzusehen war. Aber nun schwitzten und zitterten ihre Hände nicht mehr, und da Lars gleichzeitig mit ihr die Klammer festziehen konnte, sobald Trag den Kristall einsetzte, ging die Arbeit erheblich schneller. Die Tür glitt mit einem zischenden Geräusch zu. Killashandra zog ihre Klammer fest, und Lars folgte auf der anderen Seite ihrem Beispiel. Trag nahm den Hammer in die Hand und schlug den Kristall an. Es war ein *D*, ein sanfter und klarer Ton, der die Stille im Raum durchbrach.

»Nur noch zwei, Trag, dann haben wir dir, glaube ich, etwas zu zeigen«, sagte Killashandra, während sie sich die nächsten Klammern schnappte. »Das hier ist übrigens Lars Dahl.«

»Ein Geliebter, der die Rolle eines Leibwächters spielt! Ein junger Mann von äußerst fragwürdiger Herkunft«, sagte Trag unverblümt und starrte Lars an.

Killashandra hob eine Hand, um Lars' zu erwartenden Ausbruch zu unterbinden, doch Lars lächelte nur und nahm die Beschreibung mit einem kurzen Nicken zur Kenntnis.

»Wer sagt das? Ampris oder Torkes?« fragte Killashandra und grinste Trag breit an.

Trag erwiderte ihren Blick. Hätte sie sich nicht so sicher und so sehr im Recht gefühlt, dann wäre es ihr schwergefallen, unter diesem starren Blick die Fassung zu wahren.

»Ich höre mir gern deine Erklärung an, aber ich muß dich warnen, Killashandra Ree. Die Gilde sieht es nicht gern, wenn ein Mitglied seine vertraglichen Pflichten vernachlässigt, um sich persönlichen Angelegenheiten zu widmen ...«

Killashandra starrte Trag ungläubig an.

»Ich hatte hier zwei Aufträge, Trag. Und zwar von dir ...«

»Der zweite Auftrag war lange nicht so wichtig wie der erste ...« Trag deutete mit seiner großen Hand auf das noch nicht vollständig reparierte Manual.

»Die beiden Aufträge stehen in viel engerer Verbindung, als du oder Lanzecki ahnen konntet, als die Gilde den Vertrag schloß. Wir glaubten damals noch nicht, daß ich auf dem so sicheren, konservativen und gut verwalteten Optheria entführt werden konnte. Stimmt's? Und im Bewußtsein meiner wichtigsten Aufgabe«, — Killashandra gab sich keine Mühe, ihre Wut zu verbergen —, »bin ich durch gefährliche Kanäle von einer Insel zur anderen geschwommen, um von der Insel zu entfliehen, auf der ich festsaß. Ich habe damit die Pläne der Entführer vereitelt und konnte mich wieder meinen vertraglichen Pflichten zuwenden.«

Trag hob nur die Augenbrauen.

»Sag mal, Trag, was hältst du von unbewußter Konditionierung?«

Trags Augen öffneten sich ein wenig weiter. »Der Rat der Federated Sentient Planets hat jede Art unterbewußter Projektion als moralisch verwerflich und kriminell beurteilt. Darauf steht der Ausschluß aus der Föderation.«

»Dann würde ich aber, wenn ich ein Ältester wäre«, sagte Lars leise und leicht amüsiert, »nicht so vorschnell jemandem vorwerfen, er sei von fragwürdiger Herkunft.«

»Wenn du uns hilfst, die nächsten beiden Kristalle zu installieren, Trag, dann können wir dir, glaube ich, unsere Vermutung beweisen«, sagte Killashandra.

»Wenn du diese Unterstellung nicht beweisen kannst, Killashandra Ree, dann mußt du mit disziplinarischen Maßnahmen rechnen.«

»Würde es dir nicht passen, wenn ich recht habe?«

»Trag, ich wurde einer unterbewußten Konditionierung unterzogen«, sagte Lars, als hätte er ihre winzige Unsicherheit gespürt. Trag richtete seinen durchdringenden Blick wieder auf den Inselbewohner.

»Das Hinterhältige bei der unterbewußten Konditionierung, Lars Dahl, ist, daß das Opfer die Konditionierung überhaupt nicht bemerkt.«

»Nur, wenn sie ihn unvorbereitet trifft, Gildenmann. Mein Vater, ein Agent des Federated Council, war in der Lage, mich und andere Freunde vor der unterbewußten Beeinflussung elektronisch zu schützen. Die, wie ich hinzufügen möchte, mit Hilfe der emotionalen Ausstrahlung der Sinnesorgel besonders leicht durchzuführen ist.«

»Ein Agent?« Killashandra glaubte zu erkennen, daß Trags Halsstarrigkeit etwas aufweichte.

»Er wurde hier durch die gleiche Beschränkung gefangen, die auch die eingeborenen Optherianer daran hindert, die Galaxis zu bereisen«, erwiderte Lars. »Der Kontakt mit dem Federated Council konnte nach beinahe dreißig Jahren erst vor kurzer Zeit wieder aufgenommen werden.«

Sie und Trag hörten das leise Geräusch im gleichen Augenblick und waren schon wieder über ihre Arbeit gebeugt, als die Tür aufglitt. Mirbethan begleitete den Wächter, der das Essen hereinrollte.

»Lassen Sie's einfach da stehen, Mirbethan!« verlangte Killashandra. Sie winkte mit den Klammern, die sie noch in der Hand hatte. Trag und Lars waren über einen schon eingebauten Kristall gebeugt. »Wir machen gleich eine Pause.«

»Aber kaum die Art von Pause, die sie erwarten«, murmelte Lars, als die Tür wieder verschlossen war. Trag warf ihm abermals einen durchdringenden Blick zu. Lars erwiderte den Blick gleichmütig und verneigte sich leicht in Richtung des Manuals. »Nach Ihnen, Gildenmann.«

»Warum noch drei Kristalle?« fragte Trag.

»Diese Kammer nimmt nur die halbe Länge der Bühne ein«, erklärte Lars. »Wir glauben, daß die Anlage zur unterbewußten Programmierung hinter dieser Wand versteckt ist, die sich mit Hilfe des Manuals durch einen musikalischen Schlüssel öffnen läßt. Wir haben Grund zu der Annahme, daß Comgail, der angeblich den Kristall zerstört hat«, — Trag hob fragend die Augenbrauen —, »getötet wurde, weil er diesen musikalischen Schlüssel entdeckte — und nicht etwa weil er durch Kristallsplitter verletzt wurde, als das Manual zersprang. Denn danach wäre er nur zur Rehabilitation gekommen.«

»Wer ist für die unterbewußte Programmierung verantwortlich?«

Lars grinste böse. »Mein Lieblingskandidat ist Ampris; er hat eine musikalische Ausbildung.«

»Man braucht nicht besonders musikalisch zu sein, um die Töne in der richtigen Reihenfolge anzuschlagen«, sagte Trag.

»Stimmt, aber er weiß mehr über die Orgel als jeder andere Künstler, und er wurde etwa zu der Zeit Leiter des Konservatoriums, als die unterbewußte Konditionierung begann. Das war kurz nach der Ankunft meines Vaters, der gekommen war, um wegen der ersten Meldungen über die Restriktionen auf diesem Planeten zu ermitteln. Außerdem hat Torkes sich immer für die propagandistische Kontrolle der Bevölkerung eingesetzt. Und was ein Ältester tut, wird unweigerlich von den anderen gedeckt. Die unterbewußte Konditionierung erhält ihre Macht.«

»Ich will Ihren Vater kennenlernen, Lars Dahl.«

Lars grinste. »Seine Herkunft ist ebenso fragwürdig wie die meine, Gildenmann. Ich glaube nicht, daß wir ihn jetzt erreichen können. Aber wir sind hier, und wir sind dem Beweis für unsere Vermutungen sehr nahe. Ein Spatz in der Hand ...«

»Spatz?« Killashandra spuckte das Wort förmlich aus, eine Folge ihrer Spannung und ihrer Überraschung und ihrer Achtung vor Lars' unbeeindruckter Haltung gegenüber Trags bohrendem Blick.

»Vielleicht trifft die Analogie nicht ganz«, gab Lars achselzuckend zu. »Nun, Gildenmann? Habe ich das erste Verhör überstanden?«

»Noch drei Kristalle?« Trags Verhalten verriet nicht, was er dachte.

»Wenn wir die Originaltonart spielen, nur noch zwei«, sagte Killashandra.

Trag gab ein kaum hörbares Grunzen von sich, dann hob er den nächsten Kristall und gab Lars zu verstehen, daß dieser die Klammer einsetzen sollte.

Killashandra konnte sich kaum auf ihre Aufgabe konzentrieren, denn plötzlich wurde ihr klar, wieviel von der Wahrheitsliebe der Dissidenten abhing. Sollte Lars nur ihr Urteil trüben? Und hatte der so angenehme erste Eindruck von Nahia, Hauness und den anderen ihr Denken beeinflussen sollen? Und doch, da waren Corish von Mittelstern und Olav Dahl. Oder gehörte auch das zu einem raffinierten Plan? Möglicherweise hatte sie sich selbst in eine sehr peinliche Lage gebracht, während sie vorsichtig die Klammer des zweiten Kristalls festzog. Sie wagte es nicht, Lars anzusehen, als sie sich wieder aufrichtete.

So gleichmütig wie immer drückte Trag Lars den Stimmhammer in die Hand. Lars grinste Killashandra breit und zuversichtlich an und klopfte die ersten Töne der Fünften Sinfonie von Beethoven. Einen schrecklichen Augenblick lang geschah überhaupt nichts, und Killashandra hatte das Gefühl, mit dem entmutigten Stöhnen, das sie nicht unterdrücken konnte, weiche auch der letzte Rest von Energie aus ihrem Körper. Doch auf ihr Stöhnen folgte ein gedämpfter Lärm, und der Boden begann leicht zu vibrieren. Lars und sie blickten erschrocken nach unten, doch Trag hatte den Blick fest auf die Decke gerichtet.

»Raffiniert!« kommentierte er den Anblick der langsam und zu ihrer ungeheuren Erleichterung lautlos herabsinkenden Wand. »Raffiniert und äußerst verabscheuungswürdig.« Als die sinkende Wand nur noch kniehoch war, stieg Trag darüber. Lars folgte ihm sofort. Für einen so schwer gebauten Mann bewegte Trag sich mit beachtlicher Geschwindigkeit und Leichtigkeit. Er ging einmal im Raum herum, nahm die Geräte in sich auf, identifizierte jeden Schaltkasten in diesem komplizierten und umfangreichen System, und das Terminal, mit dem die Anlage aktiviert wurde. Schließlich blieb er vor den drei dicken Kabeln stehen, welche die Verbindung zwischen den beiden Computeranlagen herstellten.

»Hier war eine Zeitlang niemand mehr«, sagte er schließlich, als er die dünne Staubschicht auf den Schränken bemerkte.

»Das war auch nicht nötig, Gildenmann.«

»Du kannst mich auch Trag nennen.«

Lars grinste Killashandra triumphierend an, die an der Tür stand und ein Ohr gegen das Holz preßte. In diesem kritischen Augenblick durften sie auf keinen Fall gestört werden.

»Trag. Die Jahresdosis für die Optherianer wird erst kurz vor der Festivalsaison verteilt, bevor die Touristen kommen. Alle Optherianer haben die ›Gelegenheit und das Privileg‹«, sagte Lars verächtlich, »›die Veranstaltungen zu besuchen, auf denen die Stücke für das Festival ausgewählt werden.‹ Die Leute vom Festland bekommen ihre Dosis, damit sie zufrieden bleiben, solange die Touristen da sind. Und dann bekommen die Touristen ihren Teil ab, und dieser Teil sorgt dafür, daß sie keine Botschaften annehmen, die unzufriedene Einheimische ihnen etwa mitgeben wollen. Es gibt nämlich einige, die nicht auf die so überlegene, sichere und natürliche optherianische Lebensart hereinfallen.«

Trag wandte den Blick von den Kabeln ab. »Wie viele Bürger entgehen denn der Konditionierung?«

»Auf dem Festland kaum einer; einige haben unabhängig voneinander die unterbewußte Beeinflussung bemerkt.« Lars wandte sich an Killashandra. »Nahia, Hauness, Brassner und Theach. Während der letzten zehn Jahre haben sie immer wieder alle gewarnt, denen sie vertrauen konnten.«

»Wissen die Ältesten, daß einige nicht beeinflußt werden?« fragte Killashandra.

»Bei den Konzerten gibt es eine strenge Überprüfung, die eng mit dem Register im Zentralcomputer zusammenarbeitet.«

»Aber die Inselbewohner besuchen die Konzerte doch gar nicht, oder?« fragte Killashandra kichernd. Es war gut, eine Gelegenheit zur Belustigung zu haben. Eine Weile hatte es sehr böse ausgesehen, da Trag den unnahbaren Gildenvertreter gespielt hatte.

»Ich glaube, es ist höchste Zeit, diese unverschämte Manipulation zu beenden«, sagte Trag. Er zog einen Kleincomputer, wie sie benutzt wurden, um Programmsysteme zu testen, aus der Brusttasche und legte ihn auf einen Schrank. »Es dürfte kein Problem sein, den Hauptmischer so umzuprogrammieren, daß er die unterbewußte Anlage übergeht. Das schaltet den unterbewußten Prozessor aus, ohne eine sichtbare Spur zu hinterlassen.« Aus der gleichen Tasche zog er ein schweres

Klappmesser, wie es von Kristallsängern in den Bergen benutzt wurde. Er klappte die größte Klinge auf, machte vorsichtig einen Schnitt in die Plastikisolierung, schälte sie ab und legte die bunten Kabel frei.

Dann setzte er den Systemprüfer auf die Kabel und nahm eine erste Messung vor. Während er über die Ergebnisse nachdachte, sah sie sich mißmutig in der Kammer um. Sie fand diese unterbewußten Anlagen so widerwärtig und so im Widerspruch zum Prinzip der individuellen Freiheit, die auf Fuerte ein Geburtsrecht war, daß ihr schon schlecht wurde, wenn sie die Geräte nur anschaute.

»Wenn der Strom eingeschaltet ist ...«, begann Lars, der warnend die Hand halb erhoben hatte.

»Ich habe reichlich Erfahrung mit dieser Art von Geräten, Lars Dahl.« Trag gab in seine tragbare Einheit Befehle ein, beobachtete die Anzeigen auf dem winzigen Bildschirm und verzog amüsiert das Gesicht. »Die Subroutine, durch welche die unterbewußte Beeinflussung eingeschaltet wird, soll auf Prüfroutinen normal reagieren und den Eindruck erwecken, daß sie funktioniert, aber in Wirklichkeit setze ich eine Sperre drauf.« Mit diesen Worten drückte er seinen Taschencomputer energisch gegen das dicke, rot ummantelte Kabel und legte den Hauptschalter um. »Ich habe leider nicht die notwendigen Geräte dabei, um ein Programm für propagandistische Entgiftung zu schreiben.«

»Das ist aber schade«, sagte Killashandra mit aufrichtiger Enttäuschung.

»So!« sagte Trag. »Und solange sie nicht genau wissen, was ich getan habe, um den unterbewußten Prozessor zu stören, ist die Veränderung nicht umkehrbar. Sollen die Optherianer doch alle Bilder einprogrammieren, die sie haben wollen; keins von ihnen wird das Bewußtsein der Leute erreichen, die manipuliert werden sollen!« Trag zerrte energisch an der Plastikhülle und legte sie wieder fest um die Drähte. Killashandra konnte nicht mehr erkennen, wo das Kabel aufgeschnitten worden war.

»Und du wirst vor dem Federated Council als Zeuge auftreten?« Lars wartete gespannt auf Trags Antwort.

»Wir werden alle vor dem Rat aussagen, junger Mann«, erwiderte Trag.

Lars lächelte traurig. »Man wird wohl hauptsächlich den Kristallsängern glauben, Gildenmann Trag, nicht einem Inselbewohner, dessen Motivationen zweifelhaft sind.«

»Selbst wenn er den Planeten verlassen könnte, Trag«, sagte Killashandra. »Erinnerst du dich an den Bogen am Raumhafen? Hat er nicht neulich geglüht, und standen nicht bewaffnete Wächter daneben?«

Trag nickte. »Nur bei mir ist nichts passiert.«

»Dieser Bogen erkennt die Spurenelemente in optherianischen Knochen«, erklärte Lars, »die sich bei jedem ablagern, der länger als sechs Monate auf dem Planeten bleibt. Und deshalb sitzt mein Vater auch hier fest.«

Trag verwarf diese Schwierigkeit mit einer verächtlichen Geste. »Ich habe einen Haftbefehl bei mir, mit dem ich den oder die verhaften kann, die für die Entführung der Gildenfrau verantwortlich sind, und damit kommst du leicht an diesen Mechanismen vorbei.«

»Du hast dich gut vorbereitet, Trag«, bemerkte Killashandra anerkennend. »Aber du bekommst es mit der ganzen Bevölkerung der Inselgruppe zu tun, wenn du Lars Dahl einen Entführer nennst.«

Als Trag sich fragend zu Lars umwandte, nickte dieser. »Ich hatte auch gar nicht die Absicht, Optheria zu verlassen«, sagte Lars mit einem etwas verlegenen Grinsen, »aber ich bin sicher, daß mein Vater gern mitkommt. Wenn du aber alle in Sicherheit bringen willst, die gefährdet sind, dann brauchst du einen mittleren Kreuzer. Die optherianischen Ältesten warten schon seit Jahren auf eine Gelegenheit, alle Erwachsenen auf den Inseln zu fangen und festzusetzen. Sie werden alle in die Rehabilitation kommen. Es sei denn, du hast gleichzeitig die Ermächtigung, alle Regierungsvertreter zu verhaften.«

Trag schwieg und betrachtete Lars nachdenklich. Dann atmete er langsam aus. »Ich erhielt weitreichende Vollmachten vom Federated Council, aber so weit reichen sie doch nicht.« Er schob das Kinn etwas vor. »Wenn wir das vorher vermutet hätten ...« Er unterbrach sich, und endlich zeigte sich eine Regung in seinem Gesicht: Verachtung. »Aber wir wollen unser Wissen nicht voreilig preisgeben.«

Sie beseitigten vorsichtig jede Spur ihres Eindringens. Sie hatten die Schränke und Regale nicht berührt, deshalb brauchten sie nicht lange, um ihre Spuren zu verwischen. Killashandra stand inzwischen wieder an der Tür und lauschte, ob jemand kam.

Trag untersuchte noch einmal die Kabel, die er aufgeschnitten hatte, und drehte sie herum, um sicherzugehen, daß der Einschnitt nur bei einer äußerst genauen Untersuchung zu entdecken war. Er warf einen letzten Blick in den Raum und sagte zu Killashandra und Lars: »So, jetzt macht wieder zu!«

Killashandra platzte verwirrt heraus, eher schrill als amüsiert.

»Wie denn?«

Lars nahm ihr kichernd den Hammer aus den nervösen Händen. »Mit einer Melodie, die er mag ...« Er klopfte wieder das Beethoven-Thema. Die Wand reagierte sofort und schloß sich langsam, bis sie mit einem leisen Rumpeln einrastete. Trag untersuchte ein letztes Mal die Kabelverbindung und wandte sich achselzukkend ab.

»Ich würde vorschlagen, daß du etwas ißt, Killashandra. Du bist ganz blaß. Wahrscheinlich wegen der Anstrengung, die dir durch die Verbindung der beiden Aufträge deiner Gilde zugemutet wurde. Lars Dahl, schnapp dir die nächste Klammer!«

21

Es war gut, daß sie ihre Nachforschungen beendet hatten, denn der Älteste Ampris kehrte noch zweimal zurück. Beim ersten Mal lud er sie zu einem stillen Abendessen mit einigen Ältesten ein, die darauf brannten, die Gildenmitglieder kennenzulernen.

»Das bedeutet, daß du etwas essen mußt, bevor du hingehst«, sagte Killashandra zu Trag, als Ampris wieder fort war. »Besonders wenn der Älteste Pentrom, ein medizinisch vorgebildeter Mann mit interessanten Ansichten über Ernährung, den Gastgeber spielt.« Sie machte mit Daumen und Zeigefinger einen winzigen Kreis, um die Größe der Portionen anzudeuten. »Trag, trinkst du?«

Trag sah sie überrascht an. »Warum?«

»Die geehrten Ältesten — und ganz besonders Pentrom — stehen im Augenblick unter dem Eindruck, die Angehörigen unserer Berufsgruppe müßten jeden Tag reichlich Alkohol zu sich nehmen, um ihren außergewöhnlichen Stoffwechsel in Gang zu halten.«

Trag richtete sich langsam auf. Er starrte sie ungläubig an. »Oh?«

»Die Ältesten von Optheria sind so hinfällig, daß ich ihnen nur ungern Kopfschmerzen bereiten würde. Jedenfalls jetzt noch nicht.«

Lars kommentierte ihre Rücksichtnahme mit einem abfälligen Schnauben. »Und außerdem willst du natürlich nicht als Lügnerin dastehen«, fügte er hinzu.

»Es kann gelegentlich ganz nützlich sein, einen Mythos über unseren Beruf in Umlauf zu bringen. Denn sonst müßten wir Wasser trinken, das trotz eines hohen Mineralgehalts nicht gereinigt wird, weil die Optherianer alles im natürlichen Zustand belassen. Es schmeckt, als stamme es noch aus dem Tank des allerersten Siedlerschiffs. Das Bier ist allerdings wirklich nicht übel.«

Trags sonst so undurchdringliches Gesicht zeigte Interesse. »Yarran-Bier?«

»Leider nicht.« Trags Vorliebe brachte ihm in ihren Augen einige weitere Pluspunkte ein. »Das Bascum ist genießbar, aber das wirklich gute Bier wird illegal gebraut.« Sie warf Lars einen wissenden Blick zu, der sie breit angrinste.

»So ist es meistens. Und dein Rat ist nicht schlecht, Killashandra«, sagte Trag. Dann schlug er ein *H* an.

Vierunddreißig Kristalle waren an ihrem Platz, als der Älteste Ampris spät am Nachmittag zum zweitenmal kam. Er strahlte sichtlich über ihre schnellen Fortschritte. Er zeigte die größte Aufregung, die sie je bei einem Ältesten gesehen hatten. Wollte er möglichst schnell die diesjährige unterbewußte Konditionierung vorbereiten?

»Wir werden morgen fertig«, erklärte Trag dem Ältesten Ampris, »und dann brauchen wir noch einen weiteren Tag, um das neue Manual auf das System abzustimmen. Außerdem müssen wir das Feedback der anderen drei Manuale prüfen. Es gibt eine Kleinigkeit, die auch Killashandra mir nicht sagen konnte: War die Orgel in Betrieb, als das Manual zerstört wurde?«

»Ich glaube schon«, erwiderte Ampris. Er senkte die Augenlider, um die braunen Augen zu verbergen. »Aber ich werde mich vergewissern. Nach dieser bedauernswerten Entweihung habe ich selbst die anderen Manuale überprüft, um sicher zu sein, daß sie nicht beschädigt waren.«

»Ältester Ampris, Killashandra Ree und ich würden gegen unsere Pflichten als Gildenmitglieder verstoßen, wenn wir uns nicht selbst vergewissern, daß Ihre Festivalorgel völlig intakt ist.«

»Natürlich«, sagte Ampris mit zusammengebissenen Zähnen. Dann änderte sich seine Haltung, und er lächelte verkniffen. »Das ist sehr aufmerksam von Ihnen.«

»Können wir die Hauptkonsole der Orgel von hier aus einschalten?« fragte Killashandra. Sie überlegte, was den Wandel in Ampris' Haltung verursacht hatte. »Ich muß zugeben, daß ich darauf brenne, die Orgel zu hören.«

Ampris sah sie lang an, dann entstand auf seinen Lippen ein wirkliches Lächeln.

»Um die Vielseitigkeit der Festivalorgel wirklich schätzen zu können, brauchen Sie einen Vergleichswert. Deshalb bin ich froh, daß Sie heute abend zu dem Konzert kommen werden, das auf der kleineren Orgel im Konservatorium gegeben wird.«

»Ja, natürlich.« Killashandra versuchte, ihm äußerst liebenswürdig zu antworten. »Wir sind ja mit der Installation fast fertig, und seit Trag da ist, weiß ich erst, unter welcher Spannung ich gestanden habe. Es ist immer einfacher, sich die Verantwortung zu teilen, nicht wahr, Ältester Ampris?« fügte sie fröhlich hinzu.

Er murmelte etwas und zog sich zurück. Trag sah sie erwartungsvoll an.

»Wenn man das Unausweichliche nicht mehr vermeiden kann, soll man es wenigstens anmutig hinnehmen.« Sie verzog das Gesicht. »Ich muß allerdings zugeben, daß ich Studentenkonzerte hasse.«

Lars grinste. »Oh, heute abend werden bestimmt keine Studenten spielen, Killa. Und da du mir gesagt hast, woher Ampris' Musikthema eigentlich stammt, bin ich auf deine Kritik wirklich gespannt. Seid ihr eigentlich alle musikalisch ausgebildet?« fragte er Trag.

»Die meisten.« Trag legte behutsam die Werkzeuge in die Hülle zurück und winkte Lars, den Kristallbehälter zu schließen. Killashandra deckte das Manual ab, riß sich ein Haar aus, feuchtete es an und legte es über eine Ecke des Deckels. Trag schnaubte, was sie als Zustimmung verstand.

»Haare auf den Zähnen, Haare auf dem Kopf«, sagte Lars trocken.

»Woher hast du nur diese Redensarten?« fragte Killashandra und verdrehte in übertriebenem Entsetzen die Augen. Dann deutete sie auf seine Hosentasche.

»Ich würde mir dieses Gerät gern mal ansehen«, sagte Trag. Lars zog das kleine Störgerät aus der Tasche.

»Trag, ich habe versucht, sie davon zu überzeugen, daß ich ihre Monitore störe.«

Trag überraschte Killashandra, indem er ihr eine Hand auf die Schulter legte. »Nicht schlecht; sonst hätten wir uns sehr unbeliebt gemacht. Sehr vernünftig von dir.«

»Wie viele Mythen um Kristallsänger sind eigentlich aus bloßen Vorsichtsmaßnahmen entstanden?« fragte sie Trag. »Oder aus unserem Überlebenswillen?« Trag zuckte gleichgültig die Achseln.

Lars deaktivierte das Gerät, als Killashandra die Tür öffnete. Als sie über die Bühne gingen, beobachtete Killashandra, ob die Akustik des Amphitheaters auch Trag beeindruckte. Er ging nicht langsamer, und er reagierte auch nicht auf die Echos, die seine energischen Schritte hervorbrachten. Die Wächter mußten sich beeilen, um mit ihnen Schritt zu halten.

Als sie in der Gästesuite waren, in der auch Trag untergebracht war, schaltete Lars das Störgerät ein, bevor er es Trag gab.

»Sie haben jeden Tag die Monitore in der Orgelkammer ersetzt, aber ein leiser Ton der Kristalle zerstört sie wieder«, erklärte Killashandra, als sie sich über die Hausbar hermachten. »Ein kaltes Glas Bascum, Trag?«

»Bitte!« Trag gab das Störgerät an Lars zurück. »Wie sieht der Detektor im Raumhafen aus?«

»Es ist ein Isotopenscanner«, sagte Lars und verzog verzweifelt das Gesicht. »Wir glauben, daß der Detektor von einem sehr seltenen Eisenisotop ausgelöst wird, das es nur auf Optheria gibt. Sobald sich genügend Isotope im Knochenmark gesammelt haben, spricht der Scanner an. Wir haben versucht, die Isotopen zu neutralisieren und den Scanner zu unterlaufen, aber bisher hatten wir keinen Erfolg.» Er runzelte die Stirn. »Die Wächter sind Rehabilitierte, und sie schießen genau. An ihnen vorbei zu wollen, ist eine sehr wirkungsvolle Form des Selbstmordes. Es gibt auch ein Betäubungsfeld, das sich einschaltet, falls mehrere Menschen gleichzeitig eindringen wollen.«

»Ich wurde von vier Optherianern abgeholt ...«, begann Trag.

»Die natürlich hineingekommen sein müssen. Oh, Leute mit einer entsprechenden Genehmigung gehen ein und aus, aber sie vergessen nie, sich bei den Wachen auszuweisen.«

Killashandra hatte inzwischen Sandwiches bestellt, die sie jetzt an die Männer austeilte.

»Wir haben nicht mehr viel Zeit vor dem Essen und dem Konzert, und ich brauche ein Bad«, verkündete sie mit vollem Mund.

»Ich auch.« Lars folgte Killashandra und nahm das Störgerät mit, nachdem er Trag entschuldigend zugenickt hatte. »Trag wird uns doch nicht gefährlich, oder?« murmelte Lars sarkastisch, sobald sie das nicht überwachte Bad betreten hatten.

Killashandra zuckte die Achseln und grinste schief. »Ich hätte nicht gedacht, daß er sich so steif geben würde, aber wir wußten ja nicht, welche Lügen sich die Ältesten ausgedacht hatten. Und die Gilde hat einen guten Ruf zu wahren. Ganz besonders, wenn ein Kreuzer von der FSP für eine schnelle Reise zu diesem Planeten in Anspruch genommen werden mußte. Aber«, fuhr sie recht erfreut fort, »das bedeutet auch, daß sie vorsichtig sind.«

»Ich hatte das Gefühl, gegen eine Wand zu reden, Killa.« Lars fuhr sich mit den Fingern durch das dichte Haar. »Was hättest du getan, wenn sich die Wand nicht geöffnet hätte?«

»Nun, sie hat sich geöffnet, und Trag ist überzeugt.

Jetzt brauchen wir nur noch deinem Vater Bescheid zu geben. Wie viele Leute müssen wir in Sicherheit bringen? Ich meine, wenn Trag einen Haftbefehl für mehrere Leute hat ...«

Lars nahm ihr Gesicht in die Hände und grinste sie an. »Ganz egal, wie viele Menschen der Haftbefehl umfassen darf, Killa, er würde nicht für alle ausreichen, die unseren Schutz brauchen. Nahia, Hauness, Theach, Brassner und Olver sind nur die wichtigsten. Warum ...«

»Könnten einige nicht einfach auf den Inseln verschwinden?«

Lars schüttelte den Kopf.

»Dann müssen wir irgendwie dichthalten, bis Trag die unbewußte Konditionierung beim Federated Council gemeldet hat. Danach landen dann die Marines, und die Ältesten kommen selbst in die Rehabilitation. Du bist sicher, solange ich hierbleibe — und jetzt hör auf, den Kopf zu schütteln. Paß auf: Trag kann heimfahren, sobald die Orgel repariert ist, und dann kann ich ...«

»Ist der Kreuzer noch da?«

»Oh, das glaube ich nicht.«

»Dann sitzt er auf Optheria fest, bis das nächste Linienschiff kommt; und das ist erst in zwei Wochen fällig.«

»Noch zwei Wochen!« Killashandra erkannte, daß sie viel zu selbstverständlich vorausgesetzt hatte, der Verkehr sei hier ebenso dicht wie auf der Shanganaugh Moon Base.

»Wie bitte? Hast du jetzt kein Interesse mehr an meiner charmanten, anregenden Gegenwart, da du einen zweiten Kristallsänger zur Verfügung hast?«

»Trag? Du glaubst — Trag und ich? Mach keine Witze! Hör mal, junger Mann, es gibt noch viele Dinge, die du nicht über Kristallsänger weißt!«

»Ich hätte gern die Zeit, es herauszufinden.« Seine Antwort klang traurig, doch der Kuß, den er ihr gab, sprach eine andere Sprache. Und ihre Reaktion auf seine Umarmung schob für den Augenblick alle weniger dringenden Angelegenheiten beiseite, sogar das Bad.

Glücklicherweise waren beide schon wieder angezogen, als Trag, für ihren Geschmack viel zu früh, an die Badezimmertür klopfte.

»Wir kommen schon«, antwortete Killashandra sofort und gab Lars einen letzten Kuß, bevor sie die Tür öffnete. Sie stürmte in den Salon, Lars einen Schritt hinter ihr, und freute sich, als sie Trag mit einem halb geleerten Glas Bier in der Hand in der Gesellschaft von Thyrol, Mirbethan und Pirinio sah. Sie fragte sich amüsiert, ob man Polabod an ein anderes Quartett ausgeliehen hatte. Dann begrüßte sie die Leute freundlich, gab ihrer Freude über das abendliche Konzert Ausdruck und darüber, daß sie endlich eine optherianische Orgel hören dürfe.

Das Abendessen wurde in dem Saal serviert, dessen Ausstrahlung Killashandra schon einmal bezaubert hatte. Der Zauber wurde dadurch verstärkt, daß der Älteste Pentrom nicht auf der Gästeliste stand. Trag wurde an einem Ende des Tisches von den Ältesten Ampris und Torkes in Anspruch genommen, die ihn in ernste Diskussionen zogen, während Mirbethan sich am anderen Ende nach Kräften bemühte, das Tischgespräch in Gang zu halten. Thyrol, Pirinio und zwei gebrechliche ältere Lehrerinnen bildeten zwischen den Ältesten und dem geehrten Gildenmann Trag eine Art Pufferzone.

»Ältester Torkes«, sagte Trag mit seiner vollen Stimme, die überall im Speisesaal deutlich zu hören war, »mit Rücksicht auf meinen Stoffwechsel muß ich jeden Tag eine gewisse Menge Alkohol zu mir nehmen. Was haben Sie anzubieten?« Er trank sein Glas leer.

Danach gab sich Killashandra keine Mühe mehr zu belauschen, welche Informationen oder Fehlinformationen ausgetauscht wurden. Glücklicherweise waren die Portionen, die ihnen serviert wurden, erheblich großzügiger als beim ersten Abendessen, wenn auch weniger aufregend für den Gaumen. Immerhin konnten sie ihren Hunger stillen.

Es gab keinen Grund, länger als nötig bei Tisch zu sitzen, und deshalb führte Mirbethan die Gäste sofort nach dem süßen Nachtisch zum Konzertsaal des Konservatoriums. Die bereits versammelten Zuhörer erhoben sich, als die geehrten Besucher eintraten.

»Wie Lämmer auf der Schlachtbank«, flüsterte ihr Lars ins Ohr.

»Quatsch!« flüsterte sie zurück und setzte eine wohlwollende Miene auf. Doch dann bemerkte sie die Sitzordnung.

Die Orgelkonsole beherrschte natürlich die blauweiß dekorierte Bühne. Goldene Vorhänge bildeten einen Rahmen, der in den sanften Schein indirekter Lichtquellen getaucht war. Sie stiegen eine kleine Rampe zur Orchesterebene hinauf, wo Mirbethan sich lächelnd umdrehte und ihnen ihre Stühle zeigte.

Wie die Inquisition, dachte Killashandra. Die Stühle waren mit blauem Samt gepolstert und äußerst bequem und tief. Sie hatten breite ausgekehlte Armlehnen, in die der Zuhörer Handgelenke und Hände legen konnte, um eine sensorische Verbindung herzustellen. Killashandra rechnete nicht mit einer angenehmen Mußestunde, denn über jedem Sitz war eine Art Haube, in der ohne Zweifel weitere sensorische Sender steckten. Lars hatte recht: Lämmer auf der Schlachtbank.

Dennoch und weil es zur Rolle paßte, die sie angenommen hatte, gab Killashandra ihrem Entzücken über ›die Ausstrahlung des Saals‹ Ausdruck, über die bezaubernde Dekoration und die ungewöhnliche Bestuhlung. Sie zählte fünfzehn Reihen, die sich hinter ihr im Schatten verloren. Der Saal war bis zum letzten Platz gefüllt. Sie zählte auf ihrer Seite fünfzehn Sitze, so daß insgesamt vierhundertfünfzig Leute, also alle Angehörigen des Konservatoriums, am Konzert teilnahmen.

Als sie saß, konnte sie wegen der Schrägstellung ihres Sessels und wegen der Armlehnen Lars nur noch mit dem Fuß berühren. Sie schob den Fuß zur Seite, bis sie seinen Fuß gefunden hatte. Er antwortete mit einem leichten Gegendruck, der sie viel stärker beruhigte, als sie es von einer so kleinen Geste erwartet hätte.

Das Licht wurde abgedunkelt, und Killashandra spürte eine Unruhe, die sie in diesem köstlichen, erwartungsvollen Augenblick vor einer Vorstellung noch nie erlebt hatte.

Eine Frau in langen flatternden Gewändern sprang auf die Bühne. Sie verneigte sich vor dem Publikum und nahm an der Orgelkonsole Platz. Ihre Schultern, um die sie Tücher gelegt hatte, wurden von einem Scheinwerfer angestrahlt. Killashandra sah noch, wie sie die Hände auf das untere Manual legte, und als der erste Akkord erklang, erloschen die Lichter ganz.

Killashandra hätte Lars beinahe einen Tritt versetzt, als sie die Musik erkannte. Jeder Musikliebhaber außerhalb Optherias hätte einen Mann namens Bach als den Komponisten anerkannt. Dann begannen die sensorischen Sender an ihr zu zerren. Es war gut gemacht: der Duft von frischem Gras und Fühlingslüften, zartes Grün, sanfte Farben, bukolische Gerüche und dann — Lars stieß ihren Fuß aufgeregt an, doch sie hatte schon das Bild des ›Schäfers‹ aufgenommen, eines glorifizierten Ampris, eines freundlichen, liebevollen und zärtlichen Hirten, der einen Moment lang milde die Mitglieder seiner ›Herde‹ anblickte.

Hatte Trag versagt? Enttäuschung und böse Vorahnungen durchzuckten Killashandra. Sie erinnerte sich an den Aufbau des Konzertsaals. Auch hinter dieser Orgelkonsole mußte es einen unterbewußten Generator geben. Wahrscheinlich war sogar jedes dieser hinterhältigen Instrumente mit derartigen Zuatzanlagen ausgerüstet. Wie konnten sie die alle ausschalten? Ein zweites Bild, das eines bekümmerten Ampris, der ob eines Fehlverhaltens seiner Herde traurig war — traurig, aber unendlich tolerant und nachsichtig —, trieb ihren Mißmut über die ganze Übung auf die Spitze.

Killashandra fing alle Bilder auf, die gesendet wurden, scharf und klar, als wäre ein dreidimensionales Hologramm auf einem Bildschirm erschienen. Die unterbewußte Beeinflussung ließ ihre Netzhaut schmerzen. Hatte das mit der instinktiven Abwehr ihres Symbionten gegen die Überlagerung zu tun?

Als die Lichter wieder aufflammten, beschloß Killashandra, die Beeindruckte zu spielen, wie man es von ihr erwartete.

»Gildenfrau?« fragte Mirbethan erwartungsvoll.

»Das war ganz entzückend. So beruhigend, eine so liebliche Szene. Ich muß sagen, ich konnte wirklich das frische Gras und die Frühlingsblumen riechen.« Lars versuchte ihr auf den Zeh zu treten. Sie kämpfte sich aus dem Sitz und sah ihn an. »Lars Dahl, das war wirklich genau so, wie Sie es mir beschrieben haben!« Er tippte zweimal. Er hatte verstanden.

Ein zweiter Künstler betrat die Bühne. Seine Bewegungen wirkten so zackig, daß Killashandra im stillen mit sich wettete: Entweder ein deutscher Komponist oder Prosno-Sevic von Altair, falls dessen bombastische Werke vor der Besiedlung dieses Planeten entstanden waren.

Die Musik war ein wenig phantasievoller Mischmasch zahlreicher martialischer Themen, die brutal über das gebannte Publikum hereinbrachen. Killashandra zuckte unter diesem musikalischen Anschlag zusammen und fragte sich, wie sie die unterbewußte Beeinflussung überstehen sollte. Sie überlegte, aber ihre Augäpfel schmerzten unter den Visionen von Torkes und dem unglaublich robusten Pentrom, die alle Gläubigen auf den Weg des Sieges und Ruhmes führten und das optherianische Credo bis zum Tod verteidigten.

Ein hörbares Seufzen — der Erleichterung? — ging

dem Applaus nach dieser Darbietung voraus. Auf diese Art wurde dem Publikum also Vertrauen eingeimpft, damit sie subversiven Philosophien widerstanden. Aber was jetzt? fragte sich Killashandra.

Ein erschreckend schmaler und ernster junger Mann, dessen Adamsapfel ängstlich hüpfte, als er die Bühne überquerte, war der nächste Künstler. Er wirkte eher wie ein Stelzvogel, nicht wie ein hervorragender Organist. Und als er sich setzte und die Hände hob, entfalteten sie sich zu einer unglaublichen Länge. Die ersten zarten Töne wirkten auf Killashandra eher lächerlich, besonders als sie die Musik als Werk eines französischen Pianisten erkannte. Ihr fiel der Name nicht ein, aber die erotische Musik war ihr sehr vertraut. Sie hielt den Atem an, als die Bilder kamen und mußte sich ein brüllendes Gelächter verkneifen, als ihr ein verführerischer Ampris aufgedrängt wurde, ganz in Rot und Orange gekleidet. Glücklicherweise war die Vorstellung, Ampris könnte sie oder sonst jemanden lieben, so bizarr, daß die erotische Ebene — obwohl durch Düfte und sensorische Erregung verstärkt — kaum wirkte. Lars tippte im Takt vor ihrem Fuß. Hatte ihn die Illusion überwältigt, oder versuchte er, sie von der übermächtigen Sinnlichkeit abzulenken? Die Berührung erinnerte sie daran, in welch gefährlicher Lage sie sich befanden.

Der Bolero! Der Name fiel ihr ein, als die Lichter wieder hochgedreht wurden. Und die Wut über diese unverschämte Manipulation ließ ihre Wangen erröten. Auch Mirbethan hatte Farbe bekommen, wenn auch aus anderen Gründen. Sie wandte sich atemlos an Killashandra und erkundigte sich, wie ihr das Konzert gefallen habe.

Die Sitze neigten sich nach vorn und entließen ihre Benutzer wieder in die grausame Realität.

»Ich habe Musik noch nie im Leben so allumfassend wahrgenommen, Mirbethan«, sagte Killashandra und versuchte, ihrer Stimme einen begeisterten Klang zu geben. Was sie wirklich empfand, entsprach überhaupt nicht dem, was die Vorstellung bezweckt hatte. »Eine sehr ausgewogene und professionelle Darbietung! Die Künstler waren ausgezeichnet. Ganz ausgezeichnete Adaptionen auf die optherianische Orgel.«

»Adaptionen? O nein, Gildenfrau, das war die Uraufführung dreier großartiger neuer Kompositionen«, sagte Mirbethan. Killashandra konnte sie nur anstarren.

»Uraufführungen? Von den Künstlern selbst komponiert?« Mirbethan verstand Killashandras Überraschung falsch und faßte sie als Ehrfurcht auf. Lars drückte warnend ihren Arm, und sie schaffte es, ihren Zorn im Zaum zu halten.

»Ein wahrhaft großartiges Konzert«, sagte Trag, der sich zu ihnen gesellte, als sich das Publikum verlief. »Ich hätte um keinen Preis der Welt dieses Erlebnis versäumen wollen.«

Killashandra, die noch nie soviel Wärme in Trags Stimme gehört hatte, sah ihn scharf an. Natürlich, wenn ihr Symbiont sie geschützt hatte — doch nun sah sie Trags gerötetes Gesicht, seine strahlenden Augen und sein entrücktes Lächeln. Killashandra packte Lars' Arm, bevor jemand anders ihr Entsetzen bemerkte, und zog ihn in die Menge, fort von Trag und den beiden Ältesten, die ihn eskortierten.

»Nur die Ruhe, Killa«, flüsterte Lars ihr ins Ohr. »Verrat uns nicht! Nicht jetzt!«

»Aber er ...«

Er drückte ihr fest die Hand und erinnert sie damit an die Gefahr, in der sie sich befanden.

»Das letzte Stück wird sie alle ins Bett schicken, wenn nötig auch allein«, fuhr Lars fort. Er brachte den Satz nur in kleinen Bruchstücken heraus, während er sie rasch aus dem Saal zerrte. »Man erwartet nicht, daß wir uns länger hier aufhalten. Nicht nach dieser Dosis Erotik.« Sie bogen um eine Ecke, und Killashandra folgte ihm willig. »Trag kommt.«

»Verstehst du nicht? Diese Musik wurde nicht hier komponiert. Sie ist gestohlen.«

»Ich weiß, ich weiß.«

»Deine Musik war nicht gestohlen. Sie war wirklich etwas Neues. Die einzige wirklich komponierte Musik, die ich bisher auf diesem verdammten Dreckball gehört habe.«

»Halt den Mund, Killa! Es ist nicht mehr weit. Wir sind gleich da, dann kanst du toben und wüten.«

»Ich will zuerst kalt duschen.«

»Was — und die Musik verschwenden?«

Sie wollte ihn treten, aber sie gingen so schnell, daß sie bei dem Versuch beinahe das Gleichgewicht verloren hätte.

»Ich will mich nicht manipulieren lassen ...« Die letzten Worte brüllte sie schon in der Abgeschiedenheit ihrer Suite. Sie riß sich den Kaftan aus Beluga-Spinnenseide vom Leib, stürmte ins Bad und stellte das kalte Wasser an. Sie blieb unter dem eiskalten Strom stehen, bis sie eine Gänsehaut bekam. Lars zog sie heraus, gab ihr ein Handtuch und stellte sich selbst unter die Dusche.

»Ich glaube, es ist eine Schande, die ganze harte Arbeit und ihre Anstrengungen zu verschwenden.«

»Willst du mit einem Abbild von Ampris ins Bett gehen?« rief sie.

»Oh, ich habe Mirbethan gesehen«, sagte Lars grinsend, während er sich abrieb.

»Mirbethan?«

»Ja, und weißt du, warum sie in unser Begrüßungskomitee aufgenommen wurde? Sie ist bi ...«

»Was?« kreischte Killashandra schrill.

»Beherrsch dich, Killashandra Ree!« ertönte die kühle Stimme Trags, der gerade den Raum betreten hatte. »Ihr zwei seid in größter Gefahr. Wir müssen reden.«

22

»Zuerst das da«, sagte Trag, als Killashandra und Lars zu ihm ins Wohnzimmer kamen. Er deutete auf die Monitore. Lars hob das Störgerät. »Sehr schön. Zweitens möchte ich einen Bericht über deine Abenteuer hier hören. Dann kann ich die Tatsachen von den Fiktionen unterscheiden, die Ampris und Torkes mir vorgesetzt haben. Die beiden sind gerissen.«

»Einen Drink, Killa?« fragte Lars mit einer Stimme, die vor Zorn oder Aufregung zitterte.

»Ich könnte etwas Stärkeres gebrauchen als dieses fade Bier, Lars Dahl«, sagte Trag.

»Gern, Trag.«

Killashandra spürte, wie die Spannung im Bauch nachließ, und sie schnaufte erleichtert, als Trags höfliche Bitte ihr klarmachte, daß er noch bei Sinnen war. Sie nahm einen Schluck vom Brotbaumlikör, den Lars ihr gab, bevor er sich auf die Couch setzte. Er berührte sie nicht, hatte aber einen Arm schützend auf die Lehne gelegt. Sie begann mit ihrer Ankunft auf der *Athena* und ihren Vermutungen über Corish. Ebenso offen berichtete sie von ihrer Empörung über die optherianische Bürokratie, die sie veranlaßt hatte, impulsiv das Konservatorium zu verlassen, worauf ihre Entführung, ihre Flucht und ihre zweite Begegnung mit dem jungen Inselbewohner gefolgt waren. Dann erzählte sie von Lars' Wirkung auf ihren Hormonhaushalt und von dem Eindruck, den Nahia, Hauness und Theach ihr gemacht hatten. Das Kristallsingen schälte unnötige Deckschichten und konditionierte Haltungen ab, von denen sie dank ihrer Erziehung auf Fuerte ohnehin nicht viele besaß.

Während ihres Berichts nippte Trag ruhig an seinem Drink und behielt seine Gdanken für sich. Als Killashandra ihren Bericht beendete, trank er den letzten

Schluck des Brotbaumlikörs aus, den Lars ihm serviert hatte. Er forderte Lars mit einer höflichen Geste auf, ihm nachzuschenken.

»Diese alten Männer sind gerissen, aber sie hatten noch nicht mit Kristallsängern zu tun«, sagte Trag. »Diesmal haben sie sich selbst ein Bein gestellt. Wen die Götter vernichten wollen, dem schicken sie zuerst den Wahnsinn.«

Killashandra blickte zuerst leicht erstaunt zu Trag und dann zu Lars hinüber und fragte sich, ob dessen Benehmen ansteckend war. Aber Trags Zitat schien sehr passend.

»Oder sie halten sich für unempfindlich gegenüber den Fallstricken und Wirrungen des Schicksals«, sagte Lars mit gehässigem Grinsen. Killashandra stöhnte protestierend.

»Ich werde mich morgen anbieten, das Instrument im Konservatorium neu zu stimmen«, sagte Trag. »Ich habe ein ganz klares Schwirren gehört — das erste Anzeichen eines spröden Kristalls.«

»Ob sie dir das erlauben werden?« fragte Killashandra.

»Sie sind gierig. Und sie haben keinen qualifizierten Stimmer, solange wir niemand ausgebildet haben. Ich habe bereits dafür gesorgt, daß ein Vertrag mit der Gilde geschlossen wird, damit wir die Kristalle nachliefern und die technischen Arbeiten übernehmen, ohne dabei festzulegen, wie viele Techniker jeweils geschickt werden. Deshalb müssen sie auch nichts zuzahlen. Bevor sie diese Zusage von mir bekamen, versuchten sie darauf abzuheben, daß du deinen Vertrag gebrochen habest.«

»Ich? Meinen Vertrag gebrochen? Nachdem sie mich in Gefahr brachten? Zuerst, indem sie einen Mörder anheuerten, der meine Identität überprüfen sollte? Und dann, indem sie mich an der Ausübung meines Berufes hinderten? Und dann, indem sie meine Kompetenz anzweifelten?« Killashandra schwankte zwischen Empörung und Belustigung. »Obwohl sie das Können, das wir gezeigt haben, nicht wirklich schätzen werden! Und ebensowenig die technischen Dreingaben, die sie von dir bekommen haben!« Sie grinste Trag an. »Welche anderen Probleme hast du noch beim Essen gelöst?«

»Deine Ergebenheit der Gilde gegenüber.«

»Was?« Killashandra wurde wieder wütend. »Bei allen ...«

Trag hob die Hand, und seine funkelnden Augen verrieten, daß er ihren Zorn genoß. Sie beherrschte sich mühsam. Es half auch nicht, daß sie aus den Augenwinkeln bemerkte, wie Lars sich bemühte, seine Belustigung zu unterdrücken.

»Da ich direkt aus dem Büro des Gildemeisters Lanzecki gekommen bin«, sagte Trag und unterbrach sich plötzlich, um Killashandra einen Blick zuzuwerfen, den sie nur als verschlagen verstehen konnte, »bin ich über jeden Vorwurf erhaben. Außerdem bin ich ein Mann. Anscheinend trauen die Ältesten Frauen nur traditionelle, untergeordnete Tätigkeiten zu. Ich habe ihnen versichert, daß du nicht nur die erste Wahl des Gildemeisters Lanzecki für eine so komplizierte und wichtige Installation warst, sondern daß dies auch meiner Meinung entspricht.«

Killashandra schnaubte und starrte ihn hart an, um ihn daran zu erinnern, warum Killashandra Ree Trags erste Wahl gewesen war.

»Dein Lobgesang, Gildenmann, wird nur noch durch deine Sorge um das Wohl der ganzen Gilde übertroffen«, sagte sie ergeben.

»Was den Ruf der Gilde angeht, bin ich tatsächlich völlig unbestechlich«, erwiderte Trag, ihren Vorstoß sauber parierend.

»Dann sollen Lars und ich morgen weiter an der Festivalorgel arbeiten?« Trag nickte. »Und du baust das zweite Instrument um?«

»Im Interesse der Leitsätze der Federates Sentient

Planets, ja. Das werde ich tun. Ansonsten kann ich dir versichern, daß diese Ältesten keinesfalls kostenlos die Dienste der Heptitergilde in Anspruch nehmen werden.«

»Bravo!« rief Lars.

»Ihre Gier macht sie blind«, sagte Trag. »Einem Beispiel aus der letzten Zeit folgend, werden wir die Gelegenheit ergreifen, die sich bietet«, fuhr er fort und nickte Lars zu, der ebenfalls nickte. »Im Grunde haben sie nur drei Dinge im Sinn: Sicherheit, Stolz und Sex! Stellt euch vor! Dem Publikum heute abend so eine Lüsternheit vorzusetzen.«

Killashandra starrte Trag erstaunt an. Der Mann war ja plötzlich schwatzhaft geworden und gab von sich aus wortreiche Kommentare ab, ganz zu schweigen davon, daß er ungefragt und kostenlos seine Dienste anbot. Oder war das einfach eine Reaktion auf die erbärmliche Aufführung des *Bolero?* Sie hätte gedacht, daß Trag aus härterem Holz geschnitzt war, besonders da sie ihn vor der unterbewußten Beeinflussung gewarnt hatte.

»Oh, das ist im Konservatorium die normale Kost«, erklärte Lars. »Für die Massen gibt es andere Themen, manchmal so unverdaulich, daß ich mich frage, wie sie das Zeug hinunterbekommen, selbst unter derartiger Manipulation. Die Leute vom Festland bekommen oft einen Cocktail vorgesetzt«, begann Lars, die Bereiche an den Fingern abzählend, »der folgende Themen enthält: Xenophobie, Rassenhaß, Klaustrophobie, die jede Lust an der Raumfahrt nimmt, Furcht vor Ungehorsam, Angst und Ekel vor ›unnatürlichen‹ Handlungen, Furcht vor Straftaten. Sie haben sogar eine negative Feedback-Schleife konstruiert, damit die Leute nicht auf Gedanken kommen, die die Ältesten als subversiv bezeichnen. Vor etwa einem Jahr wurde eine Unlust an der Farbe Rot geprägt. Und dann«, Lars ereiferte sich allmählich, »sind da noch die Touristen, die ein anderes Menü bekommen: Liebe zum einfachen Leben, sehr wenig Erotik

— denn was würde darauf folgen? Alle Arten nebulöser Vorzüge, in deren Genuß man kommt, wenn man hierbleibt. In den bizarrsten Augenblicken werden den Leuten ungeheure Kontostände vorgegaukelt. Natürlich bleiben die Nachteile völlig unerwähnt.«

»Kein Hinweis auf die Restriktionen?« Killashandra warf Trag einen Blick zu, doch er übersah sie.

»Hast du eine zuverlässige Kontaktperson im Konservatorium, Lars?« fragte Trag ihn.

»Nach den unterbewußten Botschaften dieses Abends würde ich nicht mehr wagen, mit diesen Leuten Verbindung aufzunehmen. Ich könnte es auf dem Markt versuchen.«

Trag schüttelte den Kopf. »Es war klug, Ampris und Torkes beizupflichten, daß du, Killashandra, zweifellos unter den gefährlichen Bann dieses jungen Mannes gefallen bist.« Er hob die Hand, als Killashandra herausplatzen wollte. »Keiner von euch darf das Konservatorium ohne Eskorte verlassen. Was natürlich nur deiner Sicherheit dient, Killashandra.«

»Natürlich.«

»Was aber angesichts deiner Verblendung nur gut für dich ist.«

»Trag!«

»Ich bin nicht blind, Killashandra«, sagte Trag streng, »und wenn die Ältesten glauben, daß ihr zwei völlig auf euch selbst konzentriert seid, dann kommen sie nicht auf die Idee, daß ihr euch nebenbei mit Verrat beschäftigt. Das bietet euch einen gewissen Schutz. Zumindest, solange wir auf Optheria sind.« Trag wandte sich an Lars. »Aber sobald wir abfahren, Lars Dahl, bist du in großer Gefahr.«

Lars nickte, und als Killashandra seine Hand nahm, lächelte er sie an. »Ich brauche nur einen halben Tag Vorsprung; auf den Inseln wird man mich nicht finden.«

Trag schaffte es, eine skeptische Miene aufzusetzen, ohne auch nur einen Muskel des Gesichts zu verziehen.

»Das wird diesmal wohl nicht möglich sein. Diesmal sollen die Inselbewohner endgültig und ein für alle Mal diszipliniert und dem optherianischen Rat unterworfen werden.«

»Dazu müssen sie uns zuerst fangen«, entgegnete Lars gelassen, obwohl seine Augen zornig aufblitzten und seine Finger sich um Killashandras Hand verkrampften. Dann änderte sich seine Stimmung, und er zuckte die Achseln. »Wir haben ständig unter der Gefahr umfassender Vergeltungsmaßnahmen gelebt.«

»Trag hat einen Haftbefehl«, warf Killashandra ein, doch Lars schüttelte ablehnend den Kopf.

»Darf ich dich daran erinnern, Killashandra«, sagte Trag, »daß ein Haftbefehl des Federated Council nicht einfach ein Stück Papier ist? Wenn ich gezwungen bin, ihn zu benutzen, dann kann es nur um den Tatbestand der Entführung gehen, der dann vor einem FSP-Gericht verhandelt werden müßte.«

»Aber wenn ich keine Anklage erhebe, sobald wir Optheria verlassen haben ...«

»Wenn du vor einem Gericht des Rates einen Meineid ablegst, Killashandra Ree, dann kann dir nicht einmal die Heptitergilde die Konsequenzen ersparen.«

»Ich sag's noch einmal, und jetzt hör mir bitte zu!« unterbrach Lars energisch, während er Killashandra am Arm zupfte, um ihre Aufmerksamkeit zu erregen. »Ich brauche nur einen halben Tag Vorsprung; es gibt keinen Kapitän auf diesem Planeten, der mich dann fangen könnte. Hör mal, Trag, es ist ja nicht dein Problem, aber wenn du bereit bist, den Projektor des Konservatoriums durcheinanderzubringen, könntest du dich dann auch noch um andere kümmern? Es gibt eine ganze Menge kleinerer Orgeln auf dem Festland. Es ist sicher nicht schlecht, wenn wir zwei sabotiert haben, aber je mehr Leute auf dem Festland von der unterbewußten Manipulation befreit werden, desto größer wird die Chance, daß wir alle überleben, bis der Federated Council eingreift. Die Ältesten können große Reden schwingen, daß sie die Inselbewohner disziplinieren wollen, aber zuerst müssen sie genügend Leute vom Festland so weit aufstacheln, daß sie bei der Strafaktion mitmachen. Die Leute auf dem Festland sind ein träger Haufen, nachdem sie so viele Jahre lang diesen Mist schlucken mußten.« Er grinste gehässig. »Du hast ja gesehen, auf welchen der drei Einflüsse die Zuhörer gestern abend am stärksten reagierten — nicht auf den Kriegerstolz! Es dauert also einige Zeit, bis sie eine Strafexpedition zusammenbekommen, bis sie ein entsprechendes Programm geschrieben und das Publikum damit gefüttert haben. Je löchriger das Netz ihrer unterbewußten Beeinflussung wird, desto länger brauchen die Ältesten, um die Expedition zu den Inseln auf die Beine zu stellen. Und jetzt«, fuhr Lars fort und beugte sich drängend vor, »müßt ihr zwei, Killa und du, doch wohl dem Federated Council berichten. Nun, ich kann mir kaum vorstellen, daß irgendein Rat schnell reagiert. Stimmt's?«

Trag nickte. »Die Geschwindigkeit wird durch die physische Gefährung des betreffenden Planeten bestimmt.«

»Und die Bevölkerung?« fragte Killashandra, die über Trags Worte staunte.

Trag schüttelte bedächtig den Kopf. »Eine Bevölkerung kann man leicht ersetzen, aber bewohnbare Planeten sind selten.« Er gab Lars zu verstehen, daß er weitersprechen solle.

»Dann wird man also über euren Bericht eine Weile nachdenken und eine Entscheidung treffen. Und dann?«

»Es kann wirklich eine Weile dauern, Lars Dahl, aber der Federated Council hat die unterbewußte Konditionierung unter strenge Strafen gestellt. Meiner Meinung nach gibt es überhaupt keinen Zweifel daran, daß man etwas gegen die optherianischen Ältesten unternehmen wird. Eine Regierung, die zu solchen Mitteln greifen muß, um ihre Bevölkerung zufrieden zu halten, hat das Recht zum Regieren verloren. Die Charta wird widerrufen werden.«

»Besteht denn nicht die Gefahr, daß man dich und Killashandra an der Abreise hindert?« fragte Lars plötzlich.

»Warum denn das? Können sie denn einen Verdacht haben, daß jemand von ihrer illegalen Kontrolle weiß?«

»Comgail wußte es«, warf Killashandra ein, »und er wurde getötet, bevor er die Informationen weitergeben konnte. Wer immer ihn tötete, muß sich nun fragen, ob er nicht Komplizen hatte.«

Lars schüttelte energisch den Kopf. »Comgail hatte nur mit Hauness Kontakt, und Hauness offenbarte dies erst nach Comgails Tod. Ich wußte, daß drastische Maßnahmen geplant waren — nur nicht, welche.«

»Sag mir, Lars«, fragte Trag, »vermutet jemand, daß du von den unterbewußten Anlagen weißt?«

Lars schüttelte heftig den Kopf. »Wie denn? Ich habe nach den Konzerten immer die erwarteten Reaktionen vorgetäuscht. Vater warnte mich, als ich zu meiner Ausbildung aufs Festland geschickt wurde. Seine Warnung wurde durch eine Beschreibung der Maßnahmen ergänzt, mit denen ich rechnen mußte — von ihm ebenso wie vom Rat —, falls ich je unnötigerweise mein Wissen enthüllte.« Lars grinste. »Du kannst sicher sein, daß ich es niemand erzählt habe.«

»Wer weiß es noch außer deinem Vater?« fragte Trag. »Oder kannst du das nicht sagen?«

Lars nickte. »Doch. Hauness und seine Vertrauten. Als ausgebildeter Hypnotherapeut spürte er sofort die unterbewußte Wirkung, doch er war so klug, es für sich zu behalten. Wahrscheinlich wissen auch seine Berufskollegen Bescheid, aber wenn, dann halten sie ebenfalls den Mund. Was könnten sie auch tun? Besonders, da wohl kaum ein Optherianer weiß, daß diese unterbewußten Anlagen gegen die Gesetze der Föderation verstoßen.« Die letzten Worte sprach er verbittert. »Wer würde schon vermuten, daß die Musik, das höchste Kulturgut Optherias, dazu mißbraucht wird, eine niedergehende Regierung an der Macht zu halten? Und dann war da auch noch das praktisch unlösbare Problem, eine Nachricht aus Optheria hinauszuschmuggeln und jemanden zu erreichen, der einflußreich genug ist, um beim Rat etwas zu bewirken. Eine Beschwerde von Leuten, die man als unzufriedene Einzelgänger darstellen kann — und davon hat jede Gesellschaft ein paar —, hätte kaum Gewicht. Es war Hauness, der einen Weg fand, Nachrichten aus Optheria herauszuschmuggeln. Posthypnotische Auslöser — ja, ich weiß, und mir ist klar, daß es ihm sicher nicht leichtgefallen ist, seine Berufsehre als Arzt zu verletzen, aber wir waren sehr verzweifelt. Die Suggestion, an igendeinem Übergabepunkt einen Brief in Empfang zu nehmen und später weiterzuleiten, schien ein relativ kleiner Eingriff zu sein. Ich bin sicher, daß Hauness nur kapitulierte, weil Nahia so unter den Zuständen litt. Sie mußte mit einer schrecklichen Zunahme der Selbstmordrate zurechtkommen. Sie ist Empathin, Trag ...«

»Du mußt unbedingt Nahia kennenlernen, Trag, bevor du Optheria verläßt«, sagte Killashandra, während sie beruhigend Lars' Hand drückte. Er warf ihr einen raschen dankbaren Blick zu.

»Übrigens, wenn du nach Ironwood fährst, um die Orgel dort zu überprüfen, wirst du sicher Nahia und Hauness begegnen«, sagte Lars eifrig.

»Wirklich?» fragte Trag.

»Es ist sehr wahrscheinlich, wenn du plötzlich krank wirst.«

Trag betrachtete ihn gelassen. »Kristallsänger fallen keinen planetarischen Krankheiten zum Opfer.«

»Nicht einmal einer Lebensmittelvergiftung?« Lars ließ sich nicht beirren.

»Das ist nicht einmal unwahrscheinlich, wenn du öfter mit den Ältesten speist. Oder wie wäre es mit Mangelerscheinungen durch Hunger?« warf Killashandra ein.

»Auf diese Weise könntest du Nahia und Hauness warnen, die dann wiederum andere alarmieren.« Lars beugte sich vor und wartete gespannt auf Trags Entscheidung. »Ich kann mich nicht selbst auf Kosten meiner Freunde retten.«

»Wie groß ist deine Gruppe, Lars Dahl?« fragte Trag.

»Das kann ich im Augenblick nicht sagen. Wir waren etwa zweitausend, und weit mehr wurden überprüft. Die Bemühungen der Ältesten, Killashandra wiederzufinden, haben unsere Reihen stark gelichtet.« Das Bedauern, diese heftige Reaktion provoziert zu haben, verdüsterte Lars' Gesicht. Er hob die Schultern und nahm die Verantwortung auf sich. »Ich hoffe wirklich, daß keine weiteren Opfer nötig sind.«

»Bereitet ihr Inselbewohner den Leuten auf dem Festland oft Kopfschmerzen?«

»Wir ihnen Kopfschmerzen bereiten?« Lars platzte lachend heraus. »Wir lassen die Leute da in ihrem eigenen Saft schmoren! Wenn du ein Kind auf den Inseln bestrafen willst, brauchst du nur damit zu drohen, es zu einer Schule aufs Festland zu schicken. Welche Verbrechen hat man uns denn vorgeworfen?«

»Verbrechen, die dunkel angedeutet, aber nie konkret formuliert wurden, abgesehen vom Angriff auf Killashandra.«

»Da war Ampris der Anstifter«, sagte Killashandra wütend.

»Und ihre Entführung.«

»Die habe ich doch unbekannten Übeltätern zugeschrieben. Ich dachte, das hätten sie geschluckt.«

»Hätten sie auch, wenn deine Verbindung mit Lars Dahl nicht so offensichtlich gewesen wäre, beinahe so, als wärt ihr miteinander in Resonanz. Aber«, fuhr Trag rasch fort, »Torkes brachte vor, daß der junge Lars Dahl dich wohl kaum gefunden hätte, wenn er nicht schon vorher gewußt hätte, wo du warst. Es gibt so viele Inseln, die über einen so weiten Bereich verteilt sind, daß er nicht an einen Zufall glauben will.«

»Ich glaube, Torkes steht, was Zufälle angeht, eine große Überraschung bevor«, sagte Killashandra sarkastisch. Sie schenkte sich noch einen kräfigen Drink ein und versuchte ihre Wut und ihre Empörung zu ertränken. »Trag, ich verstehe nicht, warum der Federated Council nicht schnell eingreifen kann.«

»Diesem Planeten droht nicht die Zerstörung.«

»Unser hochgelobter Federated Council ist auch nicht viel besser als der Ältestenrat hier, was?«

»Lars Dahl, ich will alles tun, was in meinen Kräften steht, um die physische und psychologische Unversehrtheit deiner Freunde sicherzustellen«, sagte Trag. »Und wenn dies voraussetzt, jedes Instrument auf diesem Planeten zu warten, dann will ich auch das tun.« Er bewegte die Lippen ganz leicht, und es schien fast, als lächle er. »Gier regt mich auf. Und dieses Gerede hat mich durstig gemacht. Was ist das?« fragte er und deutete auf eine Flasche.

»Das ist der fermentierte Saft des allgegenwärtigen Brotbaumes«, sagte Lars und schenkte ihm ein. »Auch wenn die Ältesten sich über die Inseln beklagen, sie sind ihre besten Kunden.«

»Erzähl mir mehr über die Sicherheitsvorkehrungen am Shuttle-Hafen«, fuhr Trag fort. »In zwei Wochen kommt ein Linienschiff. Es wäre schön, wenn ihr beide an Bord wärt, wenn es wieder abfliegt.«

»Es ist leichter, einen Tag lang zwischen den Inseln einen geraden Kurs zu halten«, wandte Lars ein, der entmutigt den Kopf schüttelte. »Wenn es möglich gewesen wäre, in dieser Sicherheitsbarriere am Raumhafen eine Lücke zu finden, dann wäre sie inzwischen gefunden worden. Mein Vater hatte die einzigartige Ehre, die Schirme so einzustellen, daß sie einen Massenangriff abhalten konnten. Vater kam durch einen Vertrag mit dem optherianischen Rat her, der Mikroschaltkreise für die Sicherungsanlagen bestellt hatte. Vater wurde vom Federated Council ausgewählt, weil er mit derartigen Geschäften sehr erfahren ist. Die Föderation beauftragte ihn damit, herauszufinden, warum sich keiner der anderen Agenten je zurückgemeldet hatte. Aber während er die Chips erfolgreich installierte, hatte er mit seinem Geheimauftrag weniger Glück. Als die Optherianer ihm den Vertrag für den Raumhafen anboten, nahm er an. Niemand verriet ihm, daß man nicht länger als drei oder vier Monate auf Optheria bleiben konnte, ohne lebenslänglich gefangen zu werden. Als ihm klar wurde, daß er festsaß und nicht einmal er mehr an den Barrieren im Shuttlehafen vorbeikam, arbeitete er sich zum Hafenmeister von Angel Island hinauf. Weit genug entfernt vom Raumhafen, um die Ältesten zufriedenzustellen, und für ihn selbst weit genug, um sich vor ihnen sicher zu fühlen.«

»Wie wird die Fracht befördert?«

»Die wenigen Dinge, die ankommen, werden durch die Passagierschleuse ausgeladen, die von den Shuttle-Piloten bedient wird. Es sind treue, ergebene, unbeirrbare Bürger Optherias. Der einzige Weg in den Raumhafen führt am Energiebogen des Detektors vorbei. Und wenn der Detektor außer Betrieb gesetzt wird, ohne daß die rehabilitierten Wachen zuvor einen entsprechenden Ausweis gesehen haben«, — er machte ein schnalzendes Geräusch —, »dann bist du tot.«

»Ah, aber Thyrol ging direkt neben mir, als wir den Hafen verließen, Lars«, sagte Killashandra. »Und der Bogen wurde nicht ausgelöst. Trotzdem sagst du, daß die Apparate Alarm schlagen, sobald sie die mineralischen Spurenelemente entdecken.«

»Die Kristallresonanz könnte den Detektor täuschen oder verwirren«, bemerkte Trag, seine Worte sehr vorsichtig wählend. »Denn das gleiche geschah, als ich mit Thyrol den Raumhafen verließ.«

»Warum nehmen wir dann nicht einfach Lars in die Mitte und marschieren durch diesen verdammten Bogen?«

»Du hast keine Kristallresonanz mehr, Killashandra«, sagte Trag.

»Außerdem hilft das nur mir, Killa. Ich will nicht die anderen der Rache der Ältesten ausgesetzt zurücklassen.«

»Eine Sackgasse!« Killashandra hob verzweifelt die Hände, aber sie mußte Lars' Haltung bewundern. »Aber wart mal — ich habe vielleicht keine Resonanz mehr, aber denk an die weißen Kristalle! Trag, sie lassen die Monitore durchschlagen, wenn du ein *A* singst. Könnte die Kristallresonanz nicht auch andere elektronische Geräte außer Gefecht setzen? Ich weiß, daß es gefährlich wäre, den Detektor im Raumhafen lahmzulegen.«

»Auch das hat man schon versucht, Killa.« Lars unterbrach sie mit einem traurigen Lächeln.

»Trag? Wenn die Kristallresonanz eine Art Maske erzeugt?«

»Ich würde das nicht gern ausprobieren und dabei scheitern.«

Killashandra wandte sich an Lars. »Du hast etwas darüber gesagt, daß dein Vater Agenten des Rates entdecken kann. Hat er dazu ein Gerät?«

»Ja.«

»Wenn wir das hätten, könnten wir die Kristallresonanz damit ausprobieren. Wir haben eine Menge Kristallsplitter, Trag, und du weißt, wie heftig weißer Kristall reagiert.«

»Dazu müssen wir erst mit meinem Vater Kontakt aufnehmen«, sagte Lars mit einem ironischen Lachen, »und ihn und das Gerät herbringen. Oh, es ist nicht groß, aber auch kein Gegenstand, den du unauffällig durch die Straßen der Stadt tragen kannst.« Doch obwohl Lars' Worte sehr pessimistisch klangen, bemerkte Killashandra, daß seine Hoffnung wieder erwachte.

»Um so mehr Grund, Trag, nach Ironwood zu fahren und mit Nahia und Hauness Kontakt aufzunehmen. Sie haben das Boot. Sie könnten Vater und das Gerät mindestens bis Ironwood bringen.«

»Gibt es keine weiteren Sicherheitsprüfungen im Raumhafen?« erkundigte Trag sich.

Lars schüttelte den Kopf. »Außer der Barriere wird auch keine gebraucht. Vergiß nicht, Trag, daß die treuen, glücklichen, natürlich lebenden Optherianer ohnehin nicht den Wunsch haben, ihren Planeten zu verlassen. Nur Touristen, die überall Tickets kaufen können, solange sie genug Kredite haben.«

»Dann«, sagte Trag, während er aufstand und vorsichtig das Glas auf den Tisch stellte, »muß ich natürlich euch und den gierigen Ältesten zu Diensten sein. Gute Nacht.«

Killashandra sah ihm staunend nach und fragte sich, ob der Brotbaumsaft dem unerschütterlichen Trag etwas zugesetzt hatte, doch seine Schritte waren fest und energisch wie immer. Sie sah, daß auch Lars ihn nachdenklich beobachtete.

»Wenn es funktioniert, Killa«, sagte er und nahm sie in die Arme, anscheinend erfreut über die Gelegenheit, »haben wir denn überhaupt genug Kristalle, um sechs oder sieben Leute von Optheria fortzuschaffen?«

»Mach dir nicht zuviel Hoffnung, Lars«, warnte sie ihn, den Kopf gegen seine Schulter gelehnt und eng in seine Arme geschmiegt. »Wir können keinesfalls für die nächste Kreuzerlandung eine Massenflucht planen, ohne unseren ganzen Plan zu verraten. Aber wenn die Kristallresonanz den Scanner lahmlegt, dann können wir immerhin die am stärksten gefährdeten Leute befreien. Die Festivalsaison hat noch nicht begonnen. Wenn sie begonnen hat, könnten auf jedem Flug einige Passagiere mitfliegen, die nur eine Einzelfahrkarte haben.« Sie blickte auf und bemerkte sein leeres Gesicht. »Lars, willst du mit mir tanzen?«

»Zu einem leisen Siegeslied?« fragte er mit einem wehmütigen Grinsen, doch er schüttelte seine Niedergeschlagenheit rasch ab.

Am nächsten Morgen erwachte Killashandra beim zweiten Läuten und hatte sofort eine interessante Idee.

»Lars, Lars, wach auf!«

»Warum denn?« sagte er und versuchte, sie ins Bett zurückzuziehen. Er murmelte ihr einige eindeutige Angebote ins Ohr.

»Nein, ich meine es ernst. Wir haben gestern abend auf die unterbewußte Beeinflussung reagiert, oder? Wie lange wirkt die nach?«

»Hm? Keine Ahnung. Ich hab nie ... Oh, ich verstehe, was du meinst!« Er fuhr auf, legte den Arm um die angezogenen Knie und dachte tief nach. »Wir haben die Aufführung von gestern abend nicht in unsere Überlegungen einbezogen, was?« Er rieb sich nachdenklich das Kinn und grinste sie schließlich an. »Ich würde sagen, daß wir sie zu unserem Vorteil nutzen können. Sicherheit, Stolz und Sex, so was!« Lars lachte, und sein Lachen wurde immer heftiger, bis er sich beinahe vor Krämpfen schüttelte, rücklings aufs Bett fiel und die Knie ans Kinn ziehen mußte, um die verkrampften Muskeln zu beruhigen.

Trag tauchte in der Tür auf, deutete zum Deckenmonitor, und als Killashandra auf das Störgerät auf dem Tisch deutete, kam er ganz herein, schloß die Tür und betrachtete Lars mit ausdruckslosem Gesicht.

»Wir wurden gestern abend konditioniert, Trag«, erklärte Killashandra, während sie sich anzog. »Ich glaube, wir sollten nicht übertreiben, aber wenn Lars eine gewisse Abneigung gegen mich entwickelt, wird das Ampris und Torkes im Glauben wiegen, ihre Programmierung habe funktioniert. Sogar bei einer Kristallsängerin. Trag, vielleicht will ich sogar hierbleiben — und Optheria gar nicht mehr verlassen. Ich bin Musikerin.

Wenn der gestrige Abend das beste war, was man hier zu bieten hat, dann zeig mir ein Instrument! Ich will ihnen eine Sinnesmusik vorspielen, die sie aus den Sitzen haut!«

Trag schüttelte den Kopf. »Das ist aus einer ganzen Anzahl von Gründen, die ich gar nicht erst aufzählen will, sehr gefährlich.«

Lars wischte sich die Tränen aus den Augen und griff, immer noch breit grinsend, nach seinen Kleidern.

»Was war denn so lustig?« fragte Killashandra.

»Mirbethan als erotisches Bild und du in meinen Armen!«

»So genau brauchtest du nun auch wieder nicht zu sein!« Killashandra stolzierte ins Wohnzimmer und beschäftigte sich mit der Versorgungseinheit. Sie tippte ihre Auswahl so fest ein, daß der Knopf steckenblieb und eine ganze Parade von Bechern aus dem Gerät kam. Glücklicherweise war der Mechanismus gegenüber Dauerbetrieb geschützt, und auf der Anzeige blinkte das Wort ›Ende‹ auf, als der verklemmte Knopf wieder heraussprang.

»Wie würde es dir jetzt ergehen, wenn Ampris an meiner Stelle gewesen wäre?« wollte Lars wissen. Seine Stimme klang etwas zerknirscht. »Mir wäre schlecht.« Sie drückte ihm einen der zahlreichen Becher in die Hand.

23

SIE WAREN GERADE mit ihrem Frühstück fertig, als die Kommunikationsanlage blinkte. Killashandra öffnete den Kanal. Mirbethan erschien auf dem Bildschirm, und sie wirkte zugleich gereizt und zögernd. Killashandra beurteilte ihren Gesichtsausdruck als höflich und fragend.

»Entschuldigen Sie, daß ich so früh störe, Gildenfrau.« Sie fuhr erst fort, als Killashandra etwas Beruhigendes gemurmelt hatte. »Aber ein Bürger hat sehr nachdrücklich darauf bestanden, mit Ihnen Kontakt aufzunehmen. Wir haben ihm erklärt, daß Sie nicht mit Kleinigkeiten behelligt werden dürften. Doch er besteht darauf, persönlich mit Ihnen zu sprechen, und seine Haltung wirkt beinahe unverschämt.« Mirbethan preßte empört die Lippen zusammen.

»Wie ist sein Name?«

»Corish von Mittelstern. Er behauptet, er habe Sie an Bord der *Athena* kennengelernt.« Mirbethan hatte offenbar ernsthafte Zweifel.

»Das ist richtig. Ein angenehmer junger Mann, der nichts von meiner Verbindung mit der Gilde weiß. Stellen Sie ihn durch!«

Corishs Abbild ersetzte sofort Mirbethans Gesicht. Er runzelte die Stirn, aber sein finsterer Gesichtsausdruck hellte sich zu einem breiten Lächeln auf, als er Killashandra sah.

»Krim sei Dank habe ich Sie endlich erreicht, Killashandra. Ich hatte schon meine Zweifel, ob Sie überhaupt existieren, nachdem sich das Konservatorium so zimperlich angestellt hat. Ich habe noch nie ein Konservatorium gesehen, das die Anrufe für seine Studenten überwacht.«

»Man achtet hier sehr sorgfältig darauf, daß die Studenten sich ausschließlich ihren Studien widmen.«

»Meinen Sie damit, daß man Ihnen schon erlaubt hat, auf einer dieser kostbaren Orgeln zu spielen?«

Killashandra brachte ein mädchenhaftes Kichern zustande. »Mir? Nein. Aber ich habe gestern abend eine wundervolle Aufführung auf der kleinen Sinnesorgel des Konservatoriums gehört. Sie würden gar nicht glauben, wie vielseitig, wie mächtig und wie anregend dieses Instrument ist. Corish, Sie müssen einfach eins dieser Konzerte besuchen, bevor Sie wieder abreisen. Wie ich hörte, sollen bald die öffentlichen Konzerte beginnen, aber ich will mich gern erkundigen, ob Sie schon vorher ein Konzert des Konservatoriums besuchen dürfen. Sie müssen einfach die optherianische Orgel hören, Corish; sonst können Sie nicht verstehen, was mir dieses Erlebnis bedeutet.« Jemand kniff sie in den Arm. Nun, vielleicht übertrieb sie ein wenig, aber etwas Begeisterung war sicher in Ordnung. »Haben Sie Ihren Onkel schon gefunden?«

Corish verzog schmerzlich das Gesicht. »Leider noch nicht.«

»Oh, mein Lieber, das ist aber traurig.«

»Und ich habe nur noch zwei Wochen Zeit, bis ich wieder abreisen muß. Die Familie wird mein Versagen äußerst ungnädig aufnehmen. Nun, Killashandra, ich weiß ja, daß Sie mit Ihren Studien beschäftigt sind und daß dies eine einmalige Chance für Sie ist, aber könnten Sie sich vielleicht einen Abend für mich freimachen?« Killashandra mußte Corish zugestehen, daß er eine ausgezeichnete Vorstellung gab.

»Oh, Corish, Sie klingen so entmutigt. Ja, ich bin sicher, daß ich einen Abend herausschinden kann. Ich glaube, heute abend ist kein Konzert; ich werde mich erkundigen. Schließlich bin ich hier keine Gefangene.«

»Das will ich auch nicht hoffen«, erwiderte Corish steif.

»Wo kann ich Sie eigentlich erreichen?«

»In der Piper Facility«, entgegnete Corish, als käme überhaupt kein anderer Ort in der Stadt in Frage. »Wo Sie mir«, fuhr er nachdrücklich fort, »eine Nachricht hinterlassen wollten. Ich machte mir Sorgen, als ich überhaupt nichts mehr von Ihnen hörte. Das Essen hier ist nicht schlecht, aber man bekommt nichts Gescheites zu trinken. Es ist eine typische Touristenabsteige. Ich werde mal sehen, ob man mir nicht ein Lokal empfehlen kann, das für Optheria etwas typischer ist. Wissen Sie, diese Welt ist gar nicht so schlecht. Ich habe einige wirklich wertvolle Menschen kennengelernt, sehr hilfsbereite, freundliche Menschen.« Dann strahlte er wieder. »Hinterlassen Sie mir doch eine Nachricht in der Facility, wenn Sie sich nicht freimachen können. Sonst kommen Sie einfach um halb acht her. Haben Sie genug Geld für die Fahrkarte?« Jetzt war er aber etwas zu herablassend, der weitgereiste erwachsene ältere Bruder.

»Aber natürlich«, erwiderte sie fröhlich. »Sie kommen mir so langsam vor wie mein Bruder. Bis später!« damit unterbrach sie die Verbindung und wandte sich wieder an Trag und Lars. »Damit wäre schon mal ein Problem gelöst, oder?«

»Wieso?« fragte Trag verständnislos.

»Ich glaube schon«, erwiderte Lars. »Corish hat einen uneingeschränkten Reisepaß, der vom Ältesten Pentrom ausgestellt wurde. Er muß Beglaubigungen von sehr hochgestellten Föderationsmitgliedern haben, um eine derartige Unterstützung zu genießen.«

»Eher schon deshalb, weil ihm sein angeblicher Onkel ein ansehnliches Vermögen vererben wird, von dem die optherianische Regierung sich einen Teil unter den Nagel reißen will«, warf Killashandra ein. Lars nickte. »Und wenn seine Tarnung so gut ist, daß die Ältesten seine wahre Identität noch nicht durchschaut haben, dann kann er mit jedermann Verbindung aufnehmen, dem wir eine Nachricht übermitteln wollen, einschließlich Olav Dahl. Oder mit Nahia oder Hauness.«

»Ich frage mich nur«, bemerkte Lars etwas ängstlich, »warum er gerade jetzt mit dir Verbindung aufnimmt. Er muß aus Ironwood in die Stadt zurückgekommen sein — und damit von Nahia und Hauness. Vielleicht sind sie in Gefahr. Bei der Suche wurden so viele Leute aufgegriffen und verhaftet ...«

Killashandra legte Lars beruhigend eine Hand auf den Arm. »Ich glaube, Corish hätte es irgendwie geschafft, uns das anzudeuten.«

»Ich glaube, das tat er, indem er sagte, daß er seinen Onkel noch nicht gefunden hätte.«

»Wenn er uns gesagt hätte, daß er seinen Onkel gefunden hat«, wandte Trag ein, der sich unerwartet auf Killashandras Seite schlug, um Lars zu beruhigen, »dann würde er diesen Reisepaß nicht mehr brauchen, und wenn er ein so guter Agent des Rates ist, wie es scheint, dann würde er auf diese Möglichkeit nicht verzichten.«

Lars akzeptierte diese Interpretation mit einem Nikken und tat so, als wäre er zufrieden.

»Wir werden es bald genug wissen«, sagte Killashandra freundlich.

»Nun, wenn du dich heute abend mit Corish triffst«, sagte Lars, »dann geh mit ihm in das Lokal, das er vorschlägt. Dann wirst du die Möglichkeit haben, offen mit ihm reden zu können. Man wird ihm wahrscheinlich das Berry Bush oder das Frenshaw's vorschlagen. Beide sind nicht weit vom Piper entfernt, aber beide Restaurants werden von Optherianern geführt, die den Ältesten treu ergeben sind. Deshalb werden sie mit Sicherheit überwacht. Das Essen ist allerdings nicht schlecht.« Lars grinste sie ermutigend an.

»Dann muß ich das Störgerät mitnehmen. Sollen sie glauben, daß ich selbst die Störungen verursache. Inzwischen haben sie wahrscheinlich genug Zeit gehabt, Corishs Anruf zu verdauen.« Killashandra tippte einige Zahlen ein. »Mirbethan, ist heute abend ein Konzert? Ich würde nicht gern ein Konzert verpassen, aber von Mittelstern hat mich für heute abend zum Essen eingeladen, und ich habe zugesagt. Ich will nicht, daß er hier hereinplatzt und entdeckt, daß ich mehr bin als die einfache Musikstudentin, für die er mich hält. Ich will ihn in diesem Glauben lassen.«

Mirbethan bestätigte, daß für diesen Abend kein Konzert geplant sei.

»Dann besorgen Sie mir bitte für heute abend eine

Transportmöglichkeit. Übrigens, wann ist denn eigentlich das nächste Konzert? Ich bin von der Wirkung der Orgel wirklich fasziniert. Es war ein phantastisches Konzert gestern abend. Das ungewöhnlichste, das ich je besucht habe.«

»Morgen abend, Gildenfrau«, erwiderte Mirbethan höflich, doch Killashandra bemerkte den verschlagenen Unterton im Lächeln der Frau.

»Fein.« Killashandra unterbrach die Verbindung. »Angriff ist die beste Verteidigung, Gildenkollege«, fügte sie, an Trag gewandt, hinzu. »Du mußtest doch den Ältesten nicht versprechen, mich für meine emotionalen Verirrungen zu disziplinieren, oder? Nun, dann werde ich mich benehmen wie immer, was bedeutet, daß ich nach Belieben komme und gehe, ob sie mich nun beobachten oder nicht. Richtig? Und da ich etwas von dir entfremdet bin«, sagte Killashandra und gab Lars einen Kuß auf die Wange, »werde ich allein gehen. Es sei denn, Trag, du willst mitkommen und Corish kennenlernen.«

»Das wäre keine schlechte Idee«, sagte Trag. Er kniff nachdenklich die Augen zusammen.

»Dann habe ich endlich eine Chance, Mirbethan hinterherzusteigen«, sagte Lars hinterhältig.

Killashandra platzte heraus und wünschte ihm Glück.

»So, jetzt wollen wir uns um unsere Pflichten kümmern«, sagte Trag und ließ Killashandra mit einer höflichen Geste den Vortritt.

Als sie den Konzertsaal betraten, sahen sie auf der Bühne eine große Anzahl von Wachleuten, die sich um die geöffnete Orgelkonsole drängten. Zwei Männer fingerten an der Tastatur herum, aber Killashandra konnte nicht erkennen, ob sie nur abstaubten oder die Tastatur einstellten. Plötzlich löste sich der Älteste Ampris aus der Gruppe und kam ihnen ein paar Schritte entgegen. »Übertreib's nicht, Killa!« murmelte Lars und begrüßte den Ältesten mit einem übertrieben fröhlichen Grinsen.

»Nach dem gestrigen Abend, Ältester Ampris, will ich meine Kühnheit noch einmal überdenken, die mich zu der Bitte veranlaßte, auf der optherianischen Orgel spielen zu dürfen«, sagte Killashandra, und natürlich kniff Lars sie wieder einmal warnend in den Arm. Es war unnötig, dachte sie, denn sie hatte sich einen zaghaften und äußerst glaubwürdigen Tonfall zugelegt.

»Dann hat Ihnen das Konzert gefallen?«

»Ich habe so was noch nie erlebt«, sagte sie, was nichts als die schlichte Wahrheit war. »Es war ein Erlebnis. Mirbethan sagte mir, daß morgen abend das nächste Konzert stattfindet. Ich hoffe doch, daß wir eingeladen werden.«

»Natürlich sind Sie eingeladen, meine liebe Killashandra«, erwiderte der Älteste Ampris. Er strahlte sie wohlwollend an.

Sie beschränkte sich auf ein glückseliges Lächeln und ging zur Orgelkammer.

»Auf ein Wort, Ältester Ampris«, begann Trag, der sich dem Ältesten mit nachdenklich gerunzelter Stirn näherte.

Killashandra und Lars betraten die Orgelkammer.

»Du hast mich viel zu fest gekniffen!«

»Mich kannst du nicht hereinlegen, Killa!«

»Nun, ich habe aber ihn hereingelegt.« Sie deutete heimlich auf die Ecke des Kristallgehäuses, auf der kein Haar mehr zu entdecken war.

»Störgerät läuft?« fragte sie.

»Seit ich dich gekniffen habe.«

»Klammer bitte!«

Sie hatten bereits einen der letzten Kristalle eingesetzt, als Trag und der Älteste Ampris eintraten.

»Nur noch fünf Kristalle, dann ist die Installation abgeschlossen«, sagte Trag zu Ampris. »Killashandra weiß, daß die höheren Register ganz exakt gestimmt werden müssen.«

Killashandra nahm seine versteckte Botschaft mit einem Nicken zur Kenntnis. »Ich will rasch die Klammer des angeschlagenen Kristalls der Orgel im Konservatorium überprüfen. Ich werde rechtzeitig zum Stimmen zurück sein.«

Killashandra hoffte, der Älteste Ampris werde sie allein arbeiten lassen, doch er zog es vor zu bleiben und beobachtete sie genau. Killashandra mochte es ohnehin nicht, wenn ihr jemand auf die Finger sah, und unter Ampris' stechendem Blick sträubten sich ihre Nackenhaare. Und sie war zornig, weil Ampris' Gegenwart verhinderte, daß sie in Ruhe mit Lars reden konnte. Sie hatte die stichelnden Wortwechsel genossen, die ihnen halfen, die Spannung und die Mühe dieser Präzisionsarbeit etwas abzustreifen. Deshalb war sie doppelt bekümmert, an diesem Morgen auf die geistreichen Wortwechsel mit Lars Dahl verzichten zu müssen. Sie hatten nur noch so wenig Zeit, ihr Zusammensein zu genießen.

Sie verschaffte sich jedoch eine gewisse Ersatzbefriedigung, indem sie das Anbringen der letzten Klammern hinauszögerte und damit Trag reichlich Zeit gab, seine Änderungen am Programm der Konservatoriumsorgel vorzunehmen. Und sie trieb den Ältesten Ampris mit ihrem Gefummel absichtlich zur Weißglut. Er war ausgesprochen nervös, als sie mit Lars die letzte Klammer anzog.

»So!« sagte sie äußerst befriedigt. »Alles am rechten Platz und fest angezogen!« Sie nahm den Hammer in die Hand und schlug, von einer gehässigen Eingebung getrieben, den ersten Ton des Beethovenmotivs an. Sie sah aus den Augenwinkeln, wie Ampris mit protestierender Hand einen Schritt vortrat. Er war wachsbleich. Doch dann spielte sie die Tonleiter nach oben und dann noch einmal, die vierundvierzig Kristalle von der Seite anschlagend, nach unten. »Sauber wie eine Glocke und völlig rein gestimmt. Eine gute Installation, wenn ich das selbst sagen darf.«

Killashandra steckte den Hammer wieder in die

Werkzeugkiste und legte die Fingerspitzen zusammen. Sie entfernte die Dämpfer von den Kristallen und legte den Deckel über das Gehäuse. »Ich glaube, wir sollten den Deckel noch nicht festschrauben. Und nun, Ältester Ampris, kommt der Augenblick der Wahrheit!«

»Ich würde es lieber sehen, wenn Gildenmitglied Trag ...«

»Er kann nicht spielen! Er kann nicht einmal Noten lesen«, sagte Killashandra, den Ältesten Ampris absichtlich falsch verstehend. Lars kniff sie wieder einmal, und seine kräftigen Finger mißhandelten das weiche Fleisch ihrer Hüfte. Sie hätte ihm einen Tritt versetzt, wenn das unauffällig möglich gewesen wäre. »Aber ich nehme an, Sie fühlen sich besser, wenn er die Installation abnimmt«, fuhr sie fort und schenkte Ampris ein schüchternes Lächeln, das viel besser zu jemand paßte, der unter dem Bann der unterbewußten Konditionierung stand, als ihre letzte Erklärung.

In diesem Augenblick kam Trag zurück.

»Genau wie ich mir gedacht habe, Ältester Ampris. Eine lockere Klammer beim mittleren G. Ich habe beide Manuale sorgfältig geprüft.«

Ampris starrte Trag mißtrauisch an. »Sie spielen gar nicht«, sagte er.

»Nein.«

»Wie können Sie dann Kristalle stimmen?«

Killashandra lachte laut. »Ältester Ampris, die Voraussetzung für den Beruf des Kristallsängers ist ein absolutes Gehör; sonst wird man nicht in die Heptitergilde aufgenommen. Gildenmann Trag braucht kein ausgebildeter Musiker zu sein. Unser Gildemeister Lanzecki ist es auch nicht. Einer der Gründe dafür, daß ich für diesen Auftrag ausgewählt wurde, ist der, daß ich Musikerin bin — und ich habe Tasteninstrumente studiert. Trag, wenn du nun die Installation begutachten willst?« Sie hob mit Lars zusammen den Deckel wieder ab.

Trag war nicht darüber erhaben, Ampris noch einmal

in Angst und Schrecken zu versetzen, denn er schlug drei Beethoven-Noten im Sopranregister an, bevor er die Melodie änderte und andere Noten anschlug. Dann nahm er sich jeden Ton einzeln vor und hörte genau zu, bis der volle Klang völlig erstorben war, bevor er den nächsten Kristall anschlug.

»Wirklich vollkommen«, sagte er und gab ihr den Hammer zurück.

»Und mit Ihrer Erlaubnis, Ältester Ampris«, begann Killashandra, »würde ich jetzt gern auf der Orgel spielen.« Als sie sein Zögern bemerkte, fuhr sie fort: »Es wäre eine große Ehre für mich, und ich würde natürlich nur den akustischen Bereich benutzen. Nach der Vorstellung der letzten Nacht wäre es allzu kühn von mir, wollte ich mich an den Verstärkungseinrichtungen versuchen.«

Der Älteste Ampris ergab sich steif ins Unvermeidliche und forderte sie mit einer Geste auf, ihm zu folgen. Obwohl sie nichts hätte tun können, um die Tastatur der Orgel zu beschädigen, denn die Wachleute behielten sie genau im Auge. Sie setzte sich und versuchte, die zahlreichen Augen und die sauren Gesichter zu übersehen. Sie entschied sich gegen die Beethoven-Stücke, die sie auf Fuerte gelernt hatte. Das wäre gefährlicher, als ihre persönliche Befriedigung wert war. Sie fuhr die verschiedenen Systeme der Orgel hoch und wartete, bis sich die elektronischen Kreise erwärmt und stabilisiert hatten. Ebenso verwarf sie den Gedanken, eins von Lars' Themen zu benutzen. Sie massierte sich die Finger, zog die entsprechenden Register und tanzte rasch über die Pedale, um ihre Reaktion zu testen.

Sie war so diplomatisch, mit den ersten Akkorden eines Liebesliedes von Fuerte zu beginnen, das einem der Volkslieder ähnelte, die sie an jenem zauberhaften Abend am Strand mit Lars gehört hatte. Die Tastatur reagierte leicht auf jede Berührung, und da sie wußte, daß sie oft zu hart anschlug, mußte sie ihr Gleichgewicht finden, bevor sie mit der Melodie begann. Obwohl sie leise und zart spielte, spürte sie, wie die Töne in der perfekten Akustik des Konzertsaales reflektiert wurden. Der Schirm der Orgel schützte sie vor den Echos.

Diese Festivalorgel zu spielen, war eine unglaubliche Erfahrung für eine begabte Musikerin. Für sie als Sängerin hatten Tasteninstrumente bisher nur der Begleitung gedient, als Ersatz für ein Orchester oder einen Chor. Sie war immer noch nicht von der optherianischen Ansicht überzeugt, die Orgel sei das beste aller Instrumente, aber sie war bereit, ihre Einschätzung nach oben zu korrigieren. Selbst das einfache Volkslied mußte, wenn es, angereichert durch Farben, Düfte und ›die Freude des Frühlings‹, auf der optherianischen Orgel gespielt wurde, stark auf Stimmungen einwirken. Sie war schwer in Versuchung, noch einmal in die Register zu greifen und einige sensorische Takte zu spielen.

Plötzlich wechselte sie zur Dominante und schlug eine martialische Melodie mit brummenden Baßnoten an; doch mitten im Stück verlor sie die Lust und wechselte zur Begleitung einer ihrer Lieblingsarien über. Sie wollte die Musik nicht durch ihren Gesang verderben und spielte die Melodiestimme auf dem Manual, das sie gerade repariert hatte, während das Orchester vom zweiten Manual und den Baßpedalen nachempfunden wurde. Die Antwort des Tenors folgte natürlich auf dem dritten Manual, das etwas sanfter klang als die Sopranstimme. Vom letzten Ton der Arie wechselte sie zu einer anderen Melodie über, die sie mit Baßakkorden anreicherte; sie war nicht ganz sicher, woher sie die Melodie kannte, bis sie spürte, wie jemand sie in die Hüfte zwickte. Ihre Finger rutschten von den Tasten, als ihr einfiel, daß sie Lars' Melodie übte. Sie verwandelte die ungeschickte Bewegung in einen weiteren Wechsel zur ersten Melodie, die ihr einfallen wollte; es war ein altes Thema mit eindeutig religiösen Untertönen. Sie endete mit einigen Läufen und hob, sichtlich widerstrebend, Hände und Füße von der Orgel und drehte den Stuhl herum.

Lars, der direkt neben ihr stand, nahm ihre Hand, um ihr vom hohen Orgelhocker auf den Boden herunterzuhelfen. Der Druck seiner Finger war ein Kompliment, seine geschwungenen Augenbrauen schalten sie für ihren Ausrutscher. Aber das überraschte Gesicht des Ältesten Ampris gefiel ihr am besten.

»Meine liebe Killashandra, ich hatte ja keine Ahnung, daß Sie eine so ausgezeichnete Musikerin sind«, sagte er mit erneuerter Liebenswürdigkeit.

»Leider etwas aus der Übung«, sagte sie, obwohl sie wußte, daß sie nur wenige falsche Noten angeschlagen und den Takt gehalten hatte. »Für jemanden wie mich ist es fast überwältigend, auf so einer hervorragenden Orgel zu spielen, und ich werde diese Ehre mein Lebtag nicht vergessen.« Sie meinte es ernst.

Es gab einiges Geschiebe und Gescharre, als die Wachleute eine Handvoll zögernder Neuankömmlinge etwas näher an die Konsole ließen. Im Saal war gedämpftes Räuspern und Scharren zu hören.

»Balderols Studenten«, murmelte der Älteste Ampris erklärend. »Sie wollen für die Konzerte üben, da die Orgel jetzt repariert ist.«

Killashandra schätzte auf den ersten Blick, daß auf jeden Studenten etwa neun Wachleute kamen. Sie lächelte freundlich, dann bemerkte sie aus den Augenwinkeln, daß eine massive Reihe der größten Wachleute Schulter an Schulter vor der Tür der Orgelkammer stand. Angewachsen?

»Nun, dann wollen wir sie üben lassen«, sagte sie fröhlich. »Haben Sie nicht auch für Trag und mich einige Studenten? Wir könnten ihnen zeigen, wie Kristalle gestimmt werden. Aber sie müssen das absolute Gehör haben«, erinnerte sie den Ältesten Ampris, als sie die Bühne verließen. Ihre Stimme klang wie tot, als sie den Resonanzbereich der Kristalle verließen.

»Das haben wir erst für morgen geplant, Killashandra«, sagte Ampris leicht überrascht. »Ich habe angenommen, Gildenmann Trag und Sie wollen die Gelegenheit ergreifen, auch den Rest des Konservatoriums zu besichtigen.«

Diese Besichtigung nahm auf Killashandras Prioritätenliste keinen wichtigen Platz ein, aber da sie bei Ampris gerade hoch im Kurs stand, wollte sie sich bemühen, sich dieses Ansehen zu bewahren. Sie war nicht erbaut, als Ampris Mirbethan mit der Führung beauftragte und sich mit dringenden Verwaltungsaufgaben entschuldigte. Statt Ampris beweisen zu können, daß die unterbewußte Konditionierung auch bei Kristallsängern funktionierte, mußte sie nun zusehen, wie Lars dies bei Mirbethan unter Beweis stellte, während sie sich mit Trag vergnügen mußte. Zuerst schien Trag unbeteiligt, doch plötzlich änderte sich seine Haltung, und er hörte aufmerksam den Erklärungen zu: Mirbethan beschrieb Klassenzimmer, einen neuen Theorieprozessor, den Bau des kleinen Theaters, und sie erzählte, welcher hochgelobte Komponist welches Werk wann auf der Festivalorgel gespielt hatte. War Lars etwa so unverfroren gewesen, auch Trag zu zwicken? Als sie hinter dem Trio herschlenderte — sie inspizierten gerade die freudlosen, peinlich sauber gehaltenen Schlafräume —, wäre sie froh gewesen, wenn Lars sie gezwickt hätte.

Wenn sie etwas empfänglicher gewesen wäre, hätte sie das Konservatorium beeindruckt, denn es war ausgesprochen gut organisiert und, was Lehr- und Übungsräume, Archiv und Computer anging, hervorragend ausgestattet. Es gab sogar eine Bibliothek mit richtigen Büchern, die von den uspründlichen Siedlern und späteren Besuchern gestiftet worden war. Das Konservatorium war insgesamt geplant und auf einmal gebaut worden; nur der große Konzertsaal war später entstanden, doch auch er war in den ursprünglichen Plänen schon vorgesehen gewesen. Die Anlage war dem Music

Center auf Fuerte weit überlegen, denn dort hatte man ohne wirkliches Konzept Anbauten und Erweiterungen angefügt. Allerdings gab es auch in einer kleinen Ecke von Fuertes Music Center mehr Leben als im ganzen Bau und in allen Hallen des optherianischen Konservatoriums.

»Das hier ist die Krankenstation.« Mirbethans salbungsvolle Stimme unterbrach Killashandras bittere Gedanken.

»Da war ich schon«, sagte sie trocken und sarkastisch, und Mirbethan besaß immerhin den Anstand, peinlich berührt das Gesicht zu verziehen. Dann sah sie Lars durchdringend an, der mit einem unverschämten Zwinkern antwortete. »Außerdem habe ich Hunger. Wir haben noch nicht zu Mittag gegessen, weil wir erst die Installation abschließen wollten.«

Mirbethan überschlug sich vor Entschuldigungen, und als Trag und Lars erklärten, daß sie auch ohne nähere Inspektion sicher waren, daß die Krankenstation den allerhöchsten Ansprüchen genüge, führte sie sie in ihr Quartier zurück.

Sobald sie drinnen waren, aktivierte Lars mit einer großartigen Geste das Störgerät, und Killashandra seufzte erleichtert. Sie hatte nicht bemerkt, unter welcher Spannung sie gestanden hatte.

»Ich habe Hunger, das ist alles. Ich habe einfach nur Hunger«, sagte sie sich selbst, als sie zur Versorgungsanlage ging.

»Wo hast du die unterbewußte Einheit gefunden, Trag?« fragte Lars, der inzwischen vor der Hausbar stand.

»Unter der Bühne; der Zugang wurde durch das gleiche Motiv geöffnet. Für so kluge Menschen haben die Ältesten ausgesprochen langweilige Ideen.«

Killashandra schnaubte verächtlich. »Wahrscheinlich können sie sich auch an nichts Komplizierteres als ihr Alter erinnern.«

»Mach nicht den Fehler, sie zu unterschätzen, Killashandra!« warnte Trag feierlich, während er sich ein Bier einschenkte.

»Diese aufgeblasenen Wichte«, warf Lars ein. »Ach, wir haben nur noch Bascum, Killa!«

»Oh, das paßt gut zum Fisch; anscheinend ist alles andere auf der heutigen Speisekarte ausverkauft.«

Lars wieherte. »Das ist immer so. Nimm lieber die Suppe«, sagte er im Tonfall eines Menschen, der bittere Erfahrungen gemacht hat. »Und spiel nie wieder meine Musik im Konservatorium, Killa«, sagte er und drohte ihr mit dem Finger. »Balderol hat mich oft genug üben gehört.«

»Ich kann gar nicht sagen, wie leid es mir tut«, erwiderte Killashandra. »Es hat sich einfach irgendwie aus dem vorigen Akkord entwickelt. Es ist wahrscheinlich die anspruchsvollste Musik, die je auf der Orgel gespielt wurde, wenn das, was wir gestern abend hörten, der Durchschnitt ist.«

»Die wollen hier nichts Eigenes hören, Killa«, sagte Lars mit einem schiefen Lächeln. »Sie wollen immer nur die gleichen Sachen hören, mit denen sie die Leute manipulieren können. Trag, was hat Ampris dazu gesagt, daß du dir die Orgeln in den Provinzen vornehmen willst?«

»Ich habe es ihm noch nicht vorgeschlagen. Es ergab sich noch keine Gelegenheit.«

Lars verzog besorgt das Gesicht. »Jetzt bin ich der, der gierig wird. Ihr Programm in der Stadt außer Gefecht zu setzen, ist ein großer Schritt, weil viele Leute herkommen, um sagen zu können, daß sie die Festivalorgel gehört haben. Aber das sind nicht die, die Ampris für seine Strafexpedition rekrutiert und die nicht manipuliert werden dürfen.«

»Wer hat sonst noch Zugang zur Orgelkammer?« fragte Trag.

»Nur ... Ah!« Lars strahlte triumphierend. »Comgail

kam nicht mehr dazu, seine jährliche Inspektion der anderen Orgeln durchzuführen. Und für die Wartung ist Ampris verantwortlich, nicht Torkes. Er wird dich und Killa einsetzen müssen, Trag. Er hat sonst niemanden. Und er wird die Wartung sicherlich nicht den ungeschickten Händen übertragen, die du erst in die Kunst des Kristallstimmens einweisen mußt.«

»Ganz besonders dir nicht, Lars«, sagte Killashandra lachend.

»Wir wollen diesen Teil der Farce nicht weitertreiben, Killa«, sagte Lars.

»Warum denn nicht?« fragte Trag. »Du mußt dir klarmachen, daß wir dich nicht auf diesem Planeten zurücklassen werden, ganz egal wie geschickt du dich auf deinen Inseln versteckst, Lars Dahl. Das Kristallstimmen ist eine universell brauchbare Fähigkeit.«

»Das Segeln auch, Trag.«

»Aber laßt uns fortfahren, wie wir begonnen haben. Farce oder nicht, du bleibst bei uns, damit du sicher bist.«

»Trag, willst du ein neues Mitglied anwerben?« Selbst in Killashandras eigenen Ohren klang ihre Bemerkung unnötig scharf.

Trag wandte den Kopf langsam zu ihr um, und seine scharfen Gesichtszüge waren ausdruckslos. »Aktive Anwerbung ist von der FSP verboten, Killashandra Ree.«

Sie schnaubte. »Die unterbewußte Konditionierung auch, Trag Morfane!«

Lars blickte von einem zum anderen und grinste über diese unerwartete Meinungsverschiedenheit. »Immer mit der Ruhe! Was soll das denn?«

»Ein alter Streit«, erwiderte Killashandra rasch. »Wenn alle Orgeln in den Provinzen zumindest flüchtig überprüft werden müssen, dann sind wir drei, du, Trag und ich, die einzigen qualifizierten Techniker. Ampris wird dich fragen müssen, denn ich glaube nicht, daß er mich fragt, und damit ist das Problem gelöst, oder!«

»Ich glaube schon«, erwiderte Lars und grinste sie an, nachdem sie so leicht das Thema gewechselt und eine einfache Lösung gefunden hatte.

»Wir werden sehen«, fügte Trag hinzu und stand auf, um sein Glas nachzufüllen.

»Ich brauche ein Bad«, sagte Killashandra und stand auf. »Nach einem Morgen mit Ampris fühle ich mich immer schmutzig!«

»Da sagst du was«, murmelte Lars und folgte ihr.

Ihr kleines Bodenfahrzeug wurde von einem stämmigen Wachmann gelenkt. Das Plexiglasdach erlaubte ihr einen freien Blick auf die Stadt, während sie gemächlich vom hochgelegenen Konservatorium hinunterfuhren. Der Frühlingsabend war mild und der Himmel wolkenlos. Schon möglich, dachte Killashandra, daß dies die schönste Jahreszeit war, um die Stadt zu betrachten, denn die sprießenden Pflanzen überzogen alles mit zartem Grün, Gold oder Hellbraun und gaben den sonst sterilen Gebäuden einen gewissen Charme. Sogar die eintönigen Ranken an den Wohnhäusern trugen jetzt einige orangefarbene Blätter oder Blüten.

Die meisten Verkehrsteilnehmer waren Fußgänger; allerdings kreuzten auf ihrem Weg durch die gewundenen Straßen der Stadt auch einige große Lastwagen ihren Weg. Es schien keine sichtbaren Kontrollen zu geben, doch ihr Fahrer blieb an einigen Kreuzungen stehen. An einer Straßenecke bemerkte sie die völlig gleichgültigen Blicke der Fußgänger. Zweifellos waren zu dieser Stunde alle braven Optherianer bei ihren Familien daheim, und die wenigen Leute, die noch unterwegs waren, machten verschlossene, ängstliche oder zielstrebige Gesichter. Killashandra vermißte die leichtlebigen Inselbewohner mit ihrem offenen Lächeln und ihrem allgemein sehr entgegenkommenden Verhalten. Im Konservatorium hatte sie kaum einen Menschen aus ganzem Herzen und länger als für ein paar Sekunden lächeln gesehen; sie bewegten die Lippen, weil man es von ihnen erwartete, und zeigten die Zähne, aber es war keine echte Freude, keine Begeisterung. Nun, was konnte man in so einem Klima auch sonst erwarten?

Sie bemerkte die Piper Facility schon, bevor der Fahrer auf die breite Zufahrtsstraße einbog. Das Gebäude war quadratisch und praktisch wie die Herbergen auf allen Welten, selbst auf Fuerte. Früher hatte sie den orangeroten Sandstein Fuertes für zu knallig und billig gehalten, aber jetzt empfand sie Heimweh nach diesem Anblick. Die lockere, fast willkürliche Architektur auf Fuerte war immer noch besser als die verzerrten optherianischen Konstruktionen.

Die Uhr über dem Eingang der Piper Facility zeigte exakt auf 19.30 Uhr, als der Fahrer das Fahrzeug abbremste. Genau in diesem Augenblick öffnete sich die Haupttür, und Corish, gebräunt und erwartungsvoll, kam heraus. Er bemerkte Killashandra sofort und begrüßte sie mit einem warmen, begeisterten Lächeln.

»Auf die Sekunde, Killashandra, du wirst besser!« sagte er und half ihr unnötigerweise aus dem Fahrzeug.

»Danke, Fahrer«, sagte Killashandra. »Ich muß meine Beine etwas bewegen, Corish. Laß uns zum Restaurant laufen, wenn es nicht zu weit ist. Ich habe mich so auffällig gefühlt, weil so wenig Leute Fahrzeuge benutzen.«

»Hast du bezahlt?« fragte Corish, der schon in seine Gürteltasche griff.

»Ich sagte doch, daß ich selbst bezahlen kann«, sagte sie mißmutig und scheuchte den Fahrer mit einer Handbewegung fort. Der Mann schaltete den Antrieb wieder ein, und das Fahrzeug entfernte sich langsam. »Ich werde überwacht, Corish, und wir müssen reden«, sagte sie und warf ihm einen entschuldigenden Blick zu.

»Das dachte ich mir schon. Man hat mir das Berry Bush empfohlen, deshalb erwarte ich, daß dort sogar das Eßbesteck Abhörgeräte hat. Hier entlang.« Corish schob eine Hand unter ihren Ellbogen und führte sie in die richtige Richtung. »Es ist nicht weit. Übrigens, ich bin gerade aus Ironwood zurückgekommen.«

»Lars macht sich große Sorgen um Nahia und Hauness.«

»Es geht ihnen gut ...« Corishs Tonfall verriet, was er nicht aussprach: *bisher.* »Aber die Fahndung ist noch nicht abgeschlossen! Hauness ist überzeugt, daß die Ältesten eine Strafexpedition gegen die Inselbewohner ausheben wollen. Obwohl du sicher zurückgekehrt bist.«

»Torkes glaubt nicht an Zufälle. Und noch wichtiger ...« Killashandra unterbrach sich. Der blanke Haß in dem Gesicht einer vorbeigehenden Frau hatte sie verblüfft. Killashandra drehte sich um, doch die Frau war nicht stehengeblieben, sondern ohne Zögern weitergegangen.

»Noch wichtiger?« fragte Corish und drängte sie mit einer Hand weiter.

Killashandra konzentrierte sich mühsam wieder auf ihn, doch das haßerfüllte Gesicht hatte sich in ihr Gedächtnis eingegraben.

»Die Ältesten benutzen die unterbewußte Konditionierung.«

»Meine liebe Killashandra Ree, das ist aber eine atemberaubende Unterstellung«, sagte Corish erschrocken und faßte ihren Ellbogen unwillkürlich fester. Er sah sich um, ob sie auch niemand belauscht hatte.

»Unterstellung, so ein Quatsch! Corish, die haben gestern abend das Publikum damit vollgestopft«, sagte sie. Es gelang ihr nur mühsam, ihre Empörung zu verbergen und im Plauderteon weiterzusprechen. »Sicherheit, Stolz und Sex. Hat Olav nicht die unterbewußten Anlagen erwähnt? Er weiß darüber Bescheid.«

Corish preßte die Lippen zusammen. »Er hat sie erwähnt, doch er konnte mir keinen Beweis liefern.«

»Nun, ich kann es beschwören und Trag ebenfalls. Er

hat gestern den Prozessor von der Festivalorgel getrennt, als sich eine günstige Gelegenheit bot, und heute hat er sich das Instrument im Konservatorium vorgenommen.« Sie sah ihn von der Seite an. »Oder hätten wir bis morgen abend warten sollen, damit du es aus erster Hand erleben kannst?«

»Natürlich traue ich Trags Aussage — und deiner auch.« Die letzten Worte kamen etwas zögernd. »Wie konntest du denn diese Anlagen finden? Waren sie nicht gut versteckt?«

»Das waren sie. Wir wollen sagen, daß es eine gemeinsame Anstrengung war — der ermordete Comgail, Lars und Trag. Comgail kam nicht durch die Kristalle um. Wir wissen nicht, wer dahintersteckt; wahrscheinlich aber ein verzweifelter Mann. Vermutlich Ampris. Es gibt genug Zeugen, die vor dem Federation Council aussagen können. Auch Nahia und Hauness, wenn wir sie herausbekommen.«

»Du wirst Nahia nie überreden können, Optheria zu verlassen«, sagte Corish und schüttelte traurig den Kopf. Er machte eine Geste; sie mußten an der nächsten Kreuzung rechts abbiegen. Der etwas unappetitliche Duft von zu lange gebratenem und gegrilltem Fleisch wehte ihnen in die Nase. In dieser Gegend gab es eine ganze Menge Restaurants. An offenen Ständen wurden Getränke und Teigrollen verkauft — nach dem Gesicht eines Mannes zu urteilen, der gerade eine aß, mit einer heißen Füllung.

»Wenn wir nur einen herausbringen könnten«, sagte Corish düster. »Sie sind jetzt alle in Gefahr.«

»Deshalb sollst du für uns mit Olav Kontakt aufnehmen und ihn ...«

Eine leichte Veränderung des Luftdrucks hinter ihr warnte Killashandra im letzten Augenblick und sie hatte sich gerade weit genug herumgedreht, um das lange Messer, das sich in ihren Rücken senken sollte, abprallen zu lassen. Dann traf ein zweites Messer ihre Schulter, und sie versuchte sich wegzurollen, während sie Corishs heiseren Schrei hörte.

»Lars!« rief sie im Fallen. Sie versuchte, sich von den Angreifern fortzurollen. »Lars!« Sie hatte sich sehr an seine Gegenwart gewöhnt. Und wo war er, wenn sie ihn wirklich einmal brauchte? Der Gedanke schoß ihr durch den Kopf, während sie versuchte, sich vor den Stiefeln zu schützen, die sie traten. Sie wollte sich zusammenrollen, doch grobe Hände packten ihre Arme und Beine. Irgend jemand versuchte, sie zu entführen, obwohl Corish bei ihr war. Der nutzlose Kerl! Seine Schreie übertönten die unverständlichen, bösen Geräusche, die die Schläger von sich gaben. Es waren viele, Männer und Frauen, und sie erkannte keinen einzigen, denn ihre Gesichter waren von Haß und gewalttätigem Wahn verzerrt. Sie sah, wie jemand einen Mann zurückhielt, der sich mit erhobenem Messer auf sie stürzen wollte. Sie sah ein Gesicht, das sie wiedererkannte — die Frau von der Straße. Sie hörte Corish zornig aufschreien, dann traf ein Stiefel ihre Stirn, und sie verlor das Bewußtsein.

24

KILLASHANDRAS ERINNERUNGEN an die nächsten paar Tage waren unzusammenhängende Fetzen. Sie hörte Corish, der sich mit jemand heftig stritt, dann Lars, und zwischendurch immer wieder die grollende dunkle Stimme Trags, der, das konnte sie trotz ihrer Verwirrung und ihrer großen physischen Schmerzen erkennen, den Ton angab. Sie bemerkte, wie jemand ihre Hand so fest hielt, daß es schmerzte, als ob sie nicht schon genug Schmerzen hätte, doch der Griff war seltsam beruhigend, und sie widerstand dem Impuls, die Hand zurückzuziehen. Der Schmerz kam in Wellen, und sie zuckte bei jedem flachen Atemzug zusammen. Ihre Brust und ihr Rücken taten ihr weh, ihr Kopf pochte wie eine Trommel, und sie hatte das Gefühl, daß er stark geschwollen war.

Nicht einmal ihr Symbiont konnte die Schmerzen sofort unterdrücken, doch sie drängte ihn, ihr zu helfen. Sie summte ihn an und rief ihn aus den Tiefen ihres Körpers herauf, damit er mit seinen heilenden Kräften ihre Zellen wiederherstellte, und die Schmerzen beseitigte. Warum kümmerte man sich nicht um ihre Schmerzen? Es gab keine Stelle an ihrem Körper, die nicht weh tat, pochte, vibrierte und gegen die Mißhandlung protestierte, die sie erlitten hatte. Überhaupt, wer hatte sie angegriffen und warum?

Sie rief in ihrer Not nach Lars, nach Trag, der wissen würde, was zu tun war. Er hatte Lanzecki beim Kristallbann geholfen. Er wußte doch sicher, was jetzt zu tun war. Und wo war Lars gewesen, als sie ihn wirklich gebraucht hatte? Ein schöner Leibwächter war er! Wer hatte sie angegriffen? Wer war die Frau gewesen, die sie so sehr haßte, daß sie eine Armee angeheuert hatte, die sie umbringen sollte? Und warum? Was hatte sie den Optherianern getan?

Jemand berührte ihre Schläfe, und sie schrie auf — die rechte Schläfe war wund und tat weh. Der Schmerz verging, floß davon wie Wasser aus einem löchrigen Krug, floß hinaus und hinunter und fort, und Killashandra versank in der Dunkelheit, in der sie keine Schmerzen mehr empfand.

»Wenn sie jemand anders wäre, Trag, dann würde ich für die nächsten paar Wochen nicht erlauben, daß sie bewegt wird, und auch dann nur in einem Stützkorsett«, sagte eine irgendwie vertraute Stimme. »In meinen Jahren als Arzt habe ich noch nie solche Heilungskräfte gesehen.«

»Wohin komme ich? Ich würde am liebsten auf die Inseln gehen«, sagte Killashandra und erhob sich weit genug, um über ihre Zukunft mitbestimmen zu können. Sie öffnete die Augen und erwartete schon, die elende Krankenstation des Konservatoriums zu sehen. Doch sie stellte zufrieden fest, daß sie im breiten Bett ihres Quartiers lag.

»Lars!« rief Hauness jubelnd. Die vertraute Stimme hatte ihm gehört.

Die Tür brach auf, und Lars Dahl stürmte besorgt an ihr Bett, gefolgt von seinem Vater.

»Killa, wenn — wenn du wüßtest ...« Tränen strömten ihm in die Augen, und er fand keine Worte mehr. Er drückte das Gesicht in ihre Hand, die sie zum Gruß erhoben hatte. Sie streichelte sein knisterndes Haar mit der anderen Hand und beruhigte ihn.

»Du bist ein mieser Leibwächter ...« Sie konnte nicht ausdrücken, was ihre Kehle eng machte, und hoftte, daß ihre liebevolle Hand irgendwie ihre tiefen Gefühle für ihn übermittelte. »Corish hat mir auch nicht geholfen.« Dann runzelte sie die Stirn. »Wurde er verletzt?«

»Die Wachleute sagen«, erklärte Hauness mit einem Kichern, »daß er sich ein halbes Dutzend von deinen Angreifern vorgenommen hat; er habe drei Arme, ein Bein und zwei Schädel gebrochen.«

»Wer war es? Eine Frau ...«

Trag trat in ihr Blickfeld und registrierte mit einem gleichmütigen Blick, daß ihre Hände damit beschäftigt waren, Lars Dahl zu trösten. »Die Fahndung und die Razzien haben eine Menge Haß und Abneigung erzeugt, Killashandra Ree, und da man nach dir suchte, war dein Gesicht überall bekannt. Und als du offen über die Straße gelaufen bist, warst du ein naheliegendes Ziel für ihre Rachsucht.«

»Daran haben wir überhaupt nicht gedacht, was?« fragte sie traurig.

Sie zuckte zusammen, als sie rechts neben sich eine

Bewegung bemerkte, doch dann entschuldigte sie sich, als sie Nahia erkannte, die kam, um den verzweifelten Lars zu trösten.

»Dann hast du mir die Schmerzen genommen, Nahia? Vielen Dank«, sagte Killashandra. »Auch bei einem Kristallsänger heilen die Nerven nicht ganz so schnell wie das Fleisch.«

»Das hat Trag uns gesagt. Und er sagte, daß Kristallsänger nicht viele schmerzlindernde Medikamente vertragen. Hast du jetzt noch Schmerzen?« Nahia legte die Hände beruhigend auf Lars' Kopf, doch ihre wundervollen Augen forschten in Killashandras Gesicht.

»Körperlich nicht«, sagte Killashandra und betrachtete Lars' schaudernden Körper.

»Das ist die Erleichterung«, sagte Nahia. »Sie will ausgedrückt werden.«

Dann kicherte Killashandra los. »Nun, wir haben erreicht, was mein Treffen mit Corish bezwecken sollte. Ihr seid alle hier.«

»Und noch mehr als das«, sagte Trag, während die anderen lächelten. »Ein dritter Angriff auf dich gab mir einen Vorwand, ein Scoutschiff anzufordern, das uns von diesem Planeten abholt. Die Gilde hat ihren Vertrag erfüllt, und ich informierte den Ältestenrat darüber, daß wir nicht den Wunsch haben, für weitere öffentliche Unruhe zu sorgen, da die Öffentlichkeit anscheinend so starke Vorbehalte gegenüber Kristallsängern hat.«

»Wie taktvoll von dir.« Etwas zu spät fielen ihr die Monitore ein. Killashandra blickte zur Decke und stellte erleichtert fest, daß dort nur ein schwarzes Loch war. »Hat das Störgerät überlebt?«

»Nein«, erwiderte Trag, »aber weißer Kristall in einer Dissonanz erzeugt ebenfalls ausreichende Störungen. Sie haben inzwischen aufgehört, ihre teuren Geräte zu verschwenden.«

»Und ...«, begann Killashandra und drängte Trag weiter, da er ungewohnt gesprächig schien.

Er nickte, Olavs Grinsen wurde breiter, und selbst Hauness machte ein erfreutes Gesicht. »Wir haben aus den Trümmern genug weißen Kristall gewonnen, um die am stärksten gefährdeten Leute an der Sicherheitsbarriere vorbeizubekommen. Nahia und Hauness überwachen die Flucht, bis der Federated Council eingreift. Lars und Olav können uns auf dem Scoutschiff begleiten. Brassner, Theach und Erutown sollen von Tanny mit der *Pearl Fisher* abgeholt werden, um dann mit Corish das Linienschiff zu nehmen.«

»Corish?« Killashandra sah sich neugierig um.

»Er sucht immer noch angestrengt nach seinem Onkel«, sagte Hauness, »und er besucht die Konzerte, die überhastet angesetzt wurden, um die erregte Öffentlichkeit zu beruhigen.«

»Wie ist denn die Kost?«

»Sicherheit, Stolz, Beruhigung und *kein* Sex«, erwiderte Hauness.

»Dann bist du nicht zu den anderen Orgeln gekommen, Trag?«

»Corish schlug vor, daß wir einige unverändert lassen, damit sie sozusagen normal funktionieren und in diesem Zustand von den Ermittlern der Föderation gefunden werden.«

»Was Trag nicht erzählt hat, Killashandra«, erwiderte Nahia, während sie den anderen Kristallsänger mit einem milden, aber strahlenden Lächeln schalt, »ist der Umstand, daß er sich weigerte, dich zu verlassen.«

»Es war der einzige Weg, um zu verhindern, daß das medizinische Personal hier über den Symbionten herfiel«, sagte Trag etwas grob und wies damit jedes Anzeichen von Mitgefühl weit von sich. »Lars ist auf die Idee gekommen, Nahia zu holen, die deine Schmerzen lindern sollte.«

»Dafür bin ich wirklich sehr dankbar. Die Schmerzen, die ich jetzt noch habe, kann ich gut ertragen. Wie lange war ich bewußtlos?«

»Fünf Tage«, sagte Hauness. Er musterte sie gründlich und drückte ihr ein Handdiagnosegerät leicht gegen den Hals. Er nickte zufrieden, als er die Anzeigen sah. »Viel besser. Einfach unglaublich. Jeder andere wäre schon an einer einzigen der Wunden gestorben, die dir zugefügt wurden. Oder am Schädelbruch.«

»Lebe ich, oder bin ich tot?«

»Für die Optherianer?« fragte Trag. »Bisher wurde keine offizielle Meldung über den Angriff verbreitet. Die ganze Episode war für die Regierung äußerst peinlich.«

»Das will ich doch sehr hoffen! Wart nur, bis ich Ampris in die Finger bekomme!«

»Solange du in dieser Laune bist, werde ich das zu verhindern wissen«, widersprach Trag ernst.

»Jetzt wird es aber Zeit für uns«, sagte Hauness und nickte den anderen auffordernd zu. »Es sei denn, Nahia ...«

Killashandra schloß für einen Augenblick die Augen, denn es schien ihr nicht ratsam, den Kopf zu drehen. Doch sie öffnete sie noch einmal, um Hauness mit einem Blick zu warnen, Lars nicht zu stören, der immer noch am Bett kniete. Er weinte nicht mehr, sondern drückte nur noch ihre Hand gegen die Wange, als wolle er sie nie wieder freigeben. Die Tür schloß sich leise hinter den anderen.

»Also kannst du mit Olav einfach an Bord des Scoutschiffs gehen?« fragte sie leise und versuchte, ihn aus seiner trüben Stimmung zu reißen.

»Nicht so ganz einfach«, sagte er mit einem leisen Kichern, aber er richtete sich wenigstens auf, hob den Kopf und sah sie an. Er stützte das Kinn auf die Unterarme. Die Bräune war ihm aus dem Gesicht gewichen, und die Falten der Angst und der Sorge hatten ihn älter gemacht. »Trag und mein Vater haben nachgedacht. Ich soll mit Trags Haftbefehl festgenommen werden. Keine Sorge.« Er tätschelte ihre Hand, als sie erschrocken auffuhr, denn sie erinnerte sich an Trags Bemerkung über den Gebrauch des Haftbefehls. »Vorsichtig ausgedrückt wird man mir einen ganzen Haufen schrecklicher Verbrechen vorwerfen, die ich gar nicht begangen habe; doch Ampris und Torkes werden sehr erfreut sein, wenn ich vor dem Gerichtshof der Föderation eine äußerst strenge Strafe für meine schlimmen Vergehen zu erwarten habe.«

Killashandra drückte fest seine Hände und achtete nicht auf den schmerzhaften Stich, den ihr die Angst um ihn durch die Brust jagte. »Die Idee gefällt mir nicht, Lars, ganz und gar nicht.«

»Weder mein Vater noch Trag werden mich in Gefahr bringen, Killa. Wir haben eine Menge erreicht, während du hier herumgelegen hast. Sobald wir sicher sind, daß das Scoutschiff kommt, wird Trag sich mit Ampris und Torkes beraten und ihnen seinen Verdacht gegen mich mitteilen — du hättest im Delirium alles ausgeplaudert. Trag wird nicht zulassen, daß ein Schurke wie ich ungestraft davonkommt. Er will dafür sorgen, daß ich meiner gerechten Strafe nicht entgehe.«

»Ich finde den Plan ziemlich beunruhigend.«

»Ich wäre erheblich unruhiger, wenn ich hierbleiben müßte«, sagte Lars mit einem breiten Grinsen. »Trag läßt den Ältesten einfach keine Zeit mehr, ihm dazwischenzufunken, und sie werden kaum gegen einen Haftbefehl der Föderation protestieren, wenn ein Scoutschiff der Föderation dich, mich und Trag abholt. Das Schöne dabei ist, daß das Scoutschiff nicht von den Einrichtungen des Shuttlehafens abgefertigt werden kann. Es muß auf freiem Gelände landen. Und auf diese Art hat mein Vater eine Chance, an Bord zu kommen.«

»Ich verstehe.« Der Plan schien gründlich durchdacht, und doch nagte weiterhin ein Zweifel an Killashandra — aber ihr Unbehagen konnte auch durch ihren schlechten Gesundheitszustand begründet sein.

»Wie ist denn Olav hierhergekommen?«

»Er wurde wegen einiger Verwaltungsfragen von den Ältesten gerufen. Sie wollten wissen, warum so wenig Keralaw die Konzerte besuchen.« Lars hatte sein Gleichgewicht rasch wiedergewonnen und erhob sich nun von den Knien. Er hielt weiter ihre Hand und setzte sich auf die Bettkante.

»Wer hat mich angegriffen, Lars?«

»Ein paar verzweifelte Leute, deren Familie und Freunde im Verlauf der Razzia verhaftet wurden. Wenn ich nur die Freiheit gehabt hätte, zum Marktplatz zu gehen — Olver hätte mich vor der Stimmung in der Stadt gewarnt. Dann hätten wir gewußt, daß wir dich nicht allein herumlaufen lassen dürfen.«

»Als Corish und ich die Facility verließen, kam uns eine Frau entgegen, die mich so haßerfüßllt ansah ...«

»Man hat dich schon lange vorher bemerkt, Sunny, schon als du vom Konservatorium hinuntergefahren bist. Wenn ich nur bei dir gewesen wäre ...«

»Hör auf mit diesen *Wenns,* Lars Dahl! Ein paar Schmerzen und etwas Zwicken haben erreicht, was mit den besten Plänen nicht zu erreichen war.«

Lars sah sie empört und schockiert an.

»Weißt du überhaupt, wie schwer du verletzt wurdest? Hauness hat nicht damit gescherzt, daß du an jeder einzelnen dieser Wunden hättest sterben können, ganz zu schweigen von allen zusammen.« Er drückte ihr fest die Hände. »Ich hielt dich für tot, als Corish dich zurückbrachte. Ich ...« Er verzog verlegen das ernste Gesicht. »Das einzige Mal, als du wirklich einen Leibwächter brauchtest, war ich nicht dabei!«

»Wie du siehst, erfordert es schon einige Mühe, eine Kristallsängerin umzubringen.«

»Das habe ich bemerkt, aber es reicht, wenn ich es einmal gesehen habe.«

Unwillentlich hatte er sie beide an die unausweichliche Tatsache erinnert, daß ihre Idylle fast vorbei war. Killashandra konnte den Gedanken nicht ertragen und wich einer weiteren Diskussion dieser Angelegenheit rasch aus.

»Lars«, sagte sie klagend, »auch wenn es so schrecklich alltäglich scheint, aber ich habe großen Hunger!«

Lars starrte sie einen Augenblick lang empört an, aber er nahm ihr Ausweichmanöver hin, und die Traurigkeit in seinen Augen wich einem verständnisvollen Lächeln.

»Ich auch.« Lars beugte sich vor und küßte sie, sanft zuerst und dann mit einem Drängen, das Killashandra zeigte, wie sehr er sich zu ihr hingezogen fühlte. Dann löste er sich von ihr und machte sich mit federndem Schritt und energisch gespannten Schultern auf die Suche nach etwas Eßbarem.

Killashandra mußte die offiziellen Entschuldigungen und die unaufrichtigen Proteste aller neun Ältesten über sich ergehen lassen. Sie antwortete, wie man es von ihr erwartete, und tröstete sich mit dem Gedanken, daß die Tage der Ältesten gezählt waren. Sie wollte selbst dazu beitragen, daß es möglichst schnell ging. Sie gab sich viel schwächer, als sie wirklich war; seit der Symbiont seine Arbeit aufgenommen hatte, machte ihre Genesung rasche Fortschritte, doch bei offiziellen Besuchen gelang es ihr, den Anschein von großer Schwäche zu erwecken, so daß ihre Gesundung weiterhin von Nahia und Hauness überwacht werden mußte, die als erfahrene Ärzte entsprechend qualifiziert waren. Dies gab den Verschwörern genug Zeit, die Flucht der am stärksten durch die Tyrannei der Ältesten gefährdeten Menschen gründlich und heimlich zu planen.

Olav hatte seinen Miniaturdetektor unter Hauness' diagnostischen Geräten ins Konservatorium geschmuggelt. Zuerst hatten sie enttäuscht festgestellt, daß der Apparat auf Lars ansprach, obwohl er sich die Taschen mit weißen Kristallsplittern vollgestopft hatte. Wenn

Trag sich aber zusammen mit Lars dem Apparat näherte, blieb das Gerät stumm; also traf Killashandras Theorie zu, daß die Kristallresonanz den Detektor verwirrte. Doch ihre Resonanz war verloren, und da die Ankunft des Scoutschiffs unmittelbar bevorstand, hatte Trag keine Gelegenheit mehr, ein paar Flüchtlinge an der Sicherheitssperre des Shuttlehafens vorbeizuschleusen.

Glücklicherweise erinnerte Lars sich daran, daß Killashandra die Monitore zerstört hatte, als sie Kristallsplitter angesungen hatte. Die Kristallsplitter konnten tatsächlich, da sie mit Dissonanzen reagierten, sobald der Träger summte, den Detektor täuschen. Nun mußten sie nur noch etwas experimentieren, um festzustellen, welche Kristallmenge gerade ausreichte. Man brauchte nicht einmal ein absolutes Gehör, denn je schräger die Singstimme war, desto heftiger reagierten die weißen Kristalle.

Eine Woche nach dem Angriff hatte Olav beim besten Willen keine Entschuldigung mehr, weiterhin im Konservatorium zu bleiben. Er fuhr, wie man die Ältesten wissen ließ, zu den Inseln zurück. Es war ihm gelungen, die Ältesten von seiner Entschlossenheit zu überzeugen, mehr Inselbewohner zu den öffentlichen Konzerten zu schicken. In Wirklicnkeit blieb er aber in der Stadt und nahm an seinem Äußeren einige kleine Veränderungen vor. Am nächsten Tag meldete er sich bei Hauness und Nahia in Killashandras Suite zurück. Er hatte Dokumente bei sich, die ihn als den qualifizierten Empathen auswiesen, den Hauness und Nahia aus ihrer Klinik angefordert hatten, damit er ihnen bei Killashandras Pflege half. Nun, da Killashandra sich rasch erholte, wollten sie möglichst bald zu ihren anderen Patienten in Ironwood zurückkehren.

»Nahia ist die erste, die verschwinden muß«, hatte Lars bitter eingewandt. »Sie schwebt von uns allen in der größten Gefahr.«

»Nein, Lars«, hatte Trag widersprochen. »Sie wird hier gebraucht, und sie muß aus Gründen hierbleiben, die du vielleicht nicht verstehst, für deren Beachtung ich sie aber sehr schätze.«

Trags rückhaltlose Hochachtung für die Frau gefiel Lars sehr, doch er erklärte Killashandra, daß er sich wie ein Verräter vorkam, wenn er ohne sie ging.

»Dann begleite doch die Untersuchungsbeamten der FSP«, sagte sie, einigermaßen erzürnt über Lars' Selbstvorwürfe. Sie bereute den Vorschlag sofort wieder, als sie Lars' erleichtertes Gesicht sah. Doch es war eine Lösung, mit der viele von Lars' Zweifeln ausgeräumt werden konnten, besonders da sie wußte, wie sehr er seine Welt liebte und wie er sich darauf freute, wieder mit der *Pearl Fisher* durch die Inseln zu segeln. Sie nahm einigermaßen erleichtert zur Kenntnis, daß Lars auf Optheria glücklich leben konnte, sobald die Regierung ausgewechselt war. »Die Föderation braucht Leute mit Führungsqualitäten. Trag sagt, daß es meistens ein volles Jahrzehnt dauert, bis eine neue provisorische Regierung im Amt ist, ganz zu schweigen von der Ratifizierung durch die Föderation. Du könntest als Bürokrat Karriere machen.«

Lars schnaubte verächtlich. »Das ist die verrückteste Idee, die du je hattest. Es würde mir schon gefallen, von allen Vorwürfen freigesprochen hierher zurückzukehren. Ich würde gern dafür sorgen, daß die Veränderung zum Wohle der Menschen geschieht.«

»Und du willst wieder zwischen deinen geliebten Inseln segeln dürfen.« Es gelang ihr, sich ihre Verbitterung nicht anmerken zu lassen, denn sie dachte an die vielen Dinge, die ein Mann mit Lars' Fähigkeiten und Talenten tun konnte, sobald er die Freiheit hatte, sich in der Galaxis zu bewegen. Sie bedauerte, daß ihr Körper noch nicht weit genug wiederhergestellt war, um diesem Argument einen gewissen physischen Nachdruck zu verleihen. Lars behandelte sie wie dünnes Porzellan.

Er war sanft und liebevoll. Seine Zärtlichkeiten, mit denen er sehr freigebig war, forderten nichts von ihr und verstärkten gerade deshalb ihre Entbehrungsgefühle. Er war so um ihre Bequemlichkeit bemüht, daß sie immer wieder in Versuchung geriet, ihre Wut an ihm auszulassen. Die zackigen roten Narben sahen schlimmer aus, als sie waren, und ein so einfühlsamer Liebhaber wie Lars wurde durch sie gehemmt. Würden die Narben abheilen, *bevor* das Scoutschiff sie zur Regulus-Basis der Föderation brachte? Sie versuchte, ihr Verlangen nach Lars niederzukämpfen und die Tatsache zu mißachten, daß ihnen die Zeit zwischen den Fingern zerrann.

Viel zu bald schon und doch nicht bald genug verkündete Mirbethan, das Scoutschiff mit der Nummer CS 914 werde jeden Augenblick landen. Dann wurde Killashandra aufgefordert, Trags offizieller Anklage gegen Lars Dahl beizuwohnen; die Ältesten Ampris und Torkes nahmen erstaunt und begeistert zur Kenntnis, daß der Gildenmann seiner gerechten Empörung Ausdruck verlieh und Lars Dahl ungeheuerliche Vergehen gegenüber Killashandra Ree vorwarf und einen Haftbefehl der Föderation vorlegte. Killashandra unterstrich ihre Enttäuschung über das Verhalten ihres einstigen Geliebten mit lautem, verzweifeltem Schreien, während Ampris und Torkes sich alle Mühe geben mußten, ihre Erleichterung über die Verhaftung zu verbergen.

Trags Zeitgefühl war ausgezeichnet, und er trat so selbstsicher auf, daß die Ältesten keine andere Wahl hatten, als die Verhaftung und die Deportation ihres kriminellen Mitbürgers zuzulassen, sobald das Scoutschiff gelandet war. Sie waren zweifellos über diese Entwicklung erfreut, wenn ihnen auch der Spaß genommen wurde, ihn selbst zu bestrafen. Doch die Strafe, die Lars Dahl vor dem Gericht der Föderation zu erwarten hatte, würde viel strenger ausfallen als eine Bestrafung nach der Charta des Planeten. Ebenfalls sehr zufrieden über diese unerwartete Entwicklung war der Wachoffizier

Blaz, der Lars mit unverhohlener Befriedigung die Handschellen anlegte.

Die ursprünglich vorgesehene feierliche Abschiedsfeier für die würdigen Gäste wurde von Ampris abgeblasen, der hektisch die Lehrer und Studenten fortscheuchte, die sich auf der Treppe vor dem Konservatorium versammelt hatten. Schließlich blieben nur noch Torkes, Mirbethan, Pirinio und Thyrol übrig.

Lars wurde von Blaz in den wartenden Transporter geführt, und es fiel Killashandra schwer, nicht gegen die grobe Behandlung einzuschreiten. Sie mußte sich beherrschen, um dem wichtigtuerischen Blaz nicht doch noch eine Abreibung zukommen zu lassen. Doch sie lag ohnmächtig auf dem Schweber, der vom verkleideten Olav gelenkt wurde, und sie mußte sich darauf konzentrieren, so krank auszusehen, daß sie die Dienste eines Empathen brauchte.

Als Torkes vortrat und etwas sagen wollte, das ihr mit Sicherheit den Magen umgedreht hätte, kam sie ihm zuvor. »Stoßen Sie mich nicht herum, wenn Sie mich einladen!« fuhr sie Olav an.

»Ja, wir wollen das Abschiednehmen nicht unnötig in die Länge ziehen«, sagte Trag und gab dem Schweber einen kleinen Stoß in Richtung des Bodenwagens. »Scoutpiloten sind notorisch ungeduldig. Ist der Gefangene sicher untergebracht?« Trags Stimme war kalt wie ein Gletscher, als er seinen Gefangenen betrachtete. Sicherheitsoffizier Captain Blaz knurrte zustimmend. Er hatte darauf bestanden, den Verbrecher persönlich dem Kapitän des Scoutschiffes zu übergeben.

Es wurde eine schweigsame Fahrt, die nur Blaz genießen konnte. Lars nahm eine angemessen niedergeschlagene, ängstliche Haltung ein und hob kein einziges Mal den Blick von den Handschellen. Von ihrer Liege aus konnte Killashandra nur die obersten Stockwerke der Gebäude und ein Stück Himmel sehen, und sie fuhren so schnell, daß ihr von den Bewegungen schlecht wurde;

sie sprach einige ernste Worte mit ihrem Symbionten, bis das Gefühl verschwand. Trag starrte wie gebannt aus dem Fenster. Alles in allem ein recht würdeloser Abschied, und doch ein Triumph, wenn man bedachte, was Trag und Lars und sie selbst erreicht hatten.

Sie beruhigte sich mit diesem letzten Gedanken, und als endlich die Türme des Shuttle-Hafens in Sicht kamen, sich näherten und vorbeizogen, während das Bodenfahrzeug direkt zum Landeplatz des Scoutschiffes hinausfuhr, atmete sie erleichtert auf. Das Schiff stand startbereit auf den Heckflossen; die nervöse Scoutpilotin erwartete ihre Passagiere vor dem Lift auf dem Flugfeld.

»Mit diesem Ding hier«, Killashandra klatschte auf die Antigravtrage, »kann ich unmöglich da rauffahren.« Sie deutete auf den Lift.

»Gildenfrau, Sie werden doch nicht laufen!« widersprach Olav energisch.

»Kommen Sie mir nicht mit ›Gildenfrau‹, Doc«, sagte sie und drückte sich auf die Ellbogen hoch. »Helfen Sie mir einfach von diesem Ding herunter. Ich will diesen Planeten verlassen, wie ich gekommen bin, nämlich auf meinen eigenen Füßen.«

Der Wagen hielt an, und Trag und Olav beeilten sich, ihre Trage aus dem Wagen zu schieben.

»Chadria, Pilotin der CS 914«, sagte die schlanke Frau im Blau des Scoutdienstes. Sie kam ihnen entgegen und gab ihnen die Hand. »Mein Schiff heißt *Samel!*« Sie wollte freundlich lächeln, doch das Gefühl verging ihr, als der Sicherheitsoffizier Blaz seinen Gefangenen ganz unzeremoniell aus dem Transporter zog und zum Lift schob.

»Wo kann ich den Gefangenen verstauen, Pilotin Chadria?« fragte er grimmig.

»Nirgends, solange die Gildenmitglieder nicht untergebracht sind«, gab Chadria zurück. Sie wandte sich an Killashandra. »Wenn Sie auf dem Schweber bequemer liegen …«

»Kommt nicht in Frage!« Killashandra schwang die Beine über die Kante, und Olav stellte hastig die Höhe des Schwebers nach, damit sie heruntersteigen konnte. Lars machte eine heftige Bewegung, doch Blaz zog ihn hart zurück, und sie sah, wie er sich rebellisch spannte. »Trag!« Er kam ihr zu Hilfe. »Wir bitten um Erlaubnis, an Bord zu kommen, Chadria, *Samel!*«

»Erlaubnis erteilt«, sagten Scout und Schiff gleichzeitig.

Die Männerstimme, die völlig unerwartet erklang, überraschte Blaz anscheinend, denn er stieß einen erschreckten Schrei aus. Ein überlegenes kleines Lächeln spielte um Lars' Lippen, das sofort wieder verschwand; doch Killashandra war beruhigt.

Sie ließ sich von Trag und dem falschen Arzt zum Lift führen und fragte sich, ob Olav sich beherrschen konnte, wenn Blaz sich weiter so überheblich gab. Keiner der beiden Männer zeigte irgendeine Unsicherheit, also beschloß sie, daß die beiden sich selbst den Kopf darüber zerbrechen sollten. Sie dachte daran, das Schiff zu begrüßen, als sie an Bord ging.

»Willkommen, Killashandra und Trag. Und willkommen, hilfreicher Arzt.« Das Schiff sprach mit einer Baritonstimme und schien Humor zu haben. »Wenn ihr euch setzen wollt, Chadria wird sofort kommen.«

»Wie werden wir jetzt Blaz los? Und wie behalten wir Olav?« flüsterte Killashandra Trag drängend ins Ohr.

»Paßt auf!« sagte Samel, und einer der Bildschirme über der Pilotenkonsole wurde eingeschaltet und zeigte den Lift.

»Ich übernehme diesen Burschen jetzt«, sagte Chadria und zog eine gefährlich aussehende kleine Handwaffe aus dem Gürtel. »Ich habe an Bord bereits eine Zelle vorbereitet. Und von einem Scoutschiff kann nichts und niemand entkommen, Officer. Los jetzt, du!« Die Beobachter konnten Blaz' Unsicherheit sehen, aber Chadria hatte Lars schon in den Lift geschoben und stand mit dem Rücken zu Blaz vor ihm, so daß dieser nicht mehr einsteigen konnte, und mit Chadrias Rücken konnte er schlecht streiten. Das Manöver verwirrte Blaz gerade lange genug. Der Lift stieg rasch hinauf, und Blaz sah ihnen unsicher nach.

»Darf ich an Bord kommen?« grinste Lars Killashandra an.

»Erlaubnis erteilt, Lars Dahl!« erwiderte das Schiff, und Chadria trat neben Lars in die Luftschleuse. Sie gab eine Kontrollsequenz ein. Der Lift fiel in sich zusammen und wurde eingezogen, die Schleuse wurde geschlossen. Lars und Chadria betraten gerade den Kontrollraum, als die Außentür mit einem lauten metallischen Knall zufiel. Ein Alarm ertönte.

Unten auf dem Boden reagierte auch Blaz auf die Sirene, und plötzlich fiel ihm auf, daß der Arzt noch an Bord war. Er war nicht sicher, ob das in Ordnung ging. Der Fahrer des Gefangenentransporters rief ihm etwas zu, als der Schiffsantrieb zu rumpeln begann und den Startalarm übertönte. Blaz konnte sich nur noch in Sicherheit bringen.

»Oh, das war wirklich gelungen«!« rief Killashandra, und da sie feststellte, daß ihre Beine in den letzten Momenten der Flucht doch etwas weich geworden waren, ließ sie sich auf die nächste Couch sinken.

Trag löste mit seinem Daumenabdruck Lars' Handschellen, und Lars stolperte sofort zu Killashandra, um sie zu umarmen.

»Alles auf die Plätze«, warnte Chadria sie, während sie sich in ihren gepolsterten Pilotensessel fallen ließ. »Wir haben Befehl, möglichst rasch zu starten«, fuhr sie grinsend fort. »Okay, Sam, sie sind in Sicherheit. Laß die Fetzen fliegen!«

25

KILLASHANDRAS GELASSENHEIT, was die Konfrontation mit dem Federated Council auf der Regulus-Basis anging, änderte sich drastisch, als die *CS 914* den Landeanflug begann. Das Gebäude, in dem die Verwaltungsbüros für diesen Sektor der Federated Sentient Planets untergebracht waren, bedeckte eine Fläche von zwanzig Quadratkilometern.

Chadria informierte ihre Passagiere fröhlich, daß ein großer Teil der Büros sogar unter der Erde liege, und einige Lagerräume reichten einen halben Kilometer tief hinab. Einschienenbahnen verbanden die Bürohäuser mit den dreißig oder vierzig Kilometer entfernten Wohngebäuden, denn die meisten Mitarbeiter bevorzugten die Täler in der Nähe und die dort verfügbaren Einrichtungen. Regulus war ein angenehmer Posten.

Aus der Ferne gesehen war die Anlage furchteinflößend. Die zahlreichen, verschieden hohen kantigen Gebäude erhoben sich als dunkle Silhouetten vor dem hellgrünen frühmorgendlichen Himmel. Selbst Trag schien beeindruckt, was nicht dazu beitrug, Killashandras wachsende Unsicherheit zu mildern. Sie drückte sich so nahe wie möglich an Lars und spürte, wie er die Berührung erwiderte. Auch er brauchte diesen kleinen Trost. Doch er war lange nicht so gespannt wie sie. Vielleicht war sie nach den jüngsten Entbehrungen überempfindlich.

Als sie näher kamen, wuchsen ihnen die Gebäude entgegen, bis von der Chinneidigh Plain nichts mehr zu sehen war. Vor den zahllosen Eingängen landeten und starteten Schweber, welche die offiziellen Symbole der jeweiligen Abteilung trugen.

»Wir haben Landeerlaubnis für den Justizsektor«, sagte Chadria. Sie drehte sich in ihrem gepolsterten

Stuhl herum. »Macht nicht so ein ängstliches Gesicht.« Sie grinste ihre Gäste an. »Man muß hier nicht wochenlang auf ein Urteil warten. Ihr werdet am Mittag schon Bescheid wissen. Es ist nur eure Angst, die euch an die Nerven geht, und die Warterei!«

Killashandra wußte, daß Chadria sie beruhigen wollte. Schiff und Pilotin waren ausgezeichnete Gastgeber gewesen; sie hatten skurrile, amüsante Geschichten erzählt, und im gutgefüllten Vorratsraum des Scoutschiffs lagerten Mengen von exotischen Lebensmitteln und Getränken, die jeden Feinschmecker in Versuchung bringen konnten. Die anderen waren so taktvoll gewesen, Killashandra und Lars in der Woche, in der die *CS 914* vom Rand des Sektors zum Planeten Regulus geflogen war, in Ruhe zu lassen. Doch die Höflichkeit hatte es verlangt, daß Lars und Killashandra den anderen beim Essen und zur Abendunterhaltung Gesellschaft leisteten, und außerdem mußten sie Lars' Verteidigung proben, um die Beschuldigungen zu entkräften, die gegen ihn erhoben werden würden. Trag und Olav hatten einen freundschaftlichen Wettkampf mit einem dreidimensionalen Labyrinthspiel begonnen, das bei geübten Spielern einen ganzen Tag dauern konnte. Chadria und Samel hatten sich in einem anderen Spiel gegen die beiden Männer verbündet. Es war ein sehr flexibles Spiel, an dem Lars und Killashandra teilnehmen konnten, wann immer sie Lust hatten.

Sie verbrachten die Reise in einer seltsam zwiespältigen Stimmung: Einerseits wollten sie ihre Geister erforschen und andererseits ihre Körper und Sinne so weit befriedigen, daß ihnen die bevorstehende Trennung leichterfiel. Am letzten Tag war es so schlimm, daß Killashandra und Lars sich nicht mehr lieben konnten; statt dessen saßen sie Hand in Hand eng beisammen und spielten das Labyrinthspiel mit einer Konzentration, die völlig irrational schien.

Chadria drehte sich wieder vor ihre Bildschirme und

beobachtete mit Hilfe eines Koordinatensystems, das Samel auf einen Bildschirm projizierte, ihren Anflug auf den Raumhafen. Killashandra keuchte unwillkürlich und packte Lars' Hände, als die beiden Linien zusammenliefen. Das Scoutschiff war gelandet.

»So, da wären wir«, sagte Samel, taktvollerweise mit völlig ausdrucksloser Stimme. »Das Bodenfahrzeug nähert sich bereits. Es war mir eine Freude, Sie an Bord zu haben, und ich hoffe, Chadria und ich werden Sie einmal wiedersehen.«

Chadria erhob sich aus ihrem Pilotensitz, gab nacheinander allen Gästen die Hand, lächelte Killashandra aufmunternd zu und grinste Lars schalkhaft an, bevor sie ihm zum Abschied einen Kuß auf die Wange gab. »Viel Glück, Lars Dahl! Du wirst schon gut herauskommen! Ich kann's in den Knochen spüren.«

»Ich auch«, fügte Samel hinzu und öffnete die beiden Schleusentore.

Killashandra wünschte, sie könnte genauso optimistisch sein. Nun gab es keine Ausflüchte mehr: Sie mußten sich dem Unausweichlichen stellen. Sie nahmen ihre Seesäcke und gingen hinaus. Trag und Olav fuhren als erste mit dem Lift hinunter, damit Lars und Killashandra noch einige Augenblicke allein sein konnten.

Das Bodenfahrzeug entpuppte sich als ferngesteuerter viersitziger Schweber, der das Emblem der FSP-Justizbehörden — Purpur, Gold und Blau —, unauffällig an der Tür trug. Killashandra atmete tief ein, als sie zum wuchtigen Turm über dem Eingang hinüberblickte. Wie so oft in den letzten Tagen sagte sie sich auch jetzt wieder, daß die ›Gerechtigkeit‹ siegen werde und daß die sorgfältig formulierten unzutreffenden Vorwürfe im Haftbefehl einen Ausweg boten. Und daß die Enthüllung der unterbewußten Konditionierung dazu führen würde, daß möglichst bald Polizeikräfte nach Optheria geschickt wurden, um die Tyrannei der Ältesten zu beenden.

Aber Killashandra Ree, einst Bürgerin des Planeten Fuerte und seit knapp vier Jahren Mitglied der Heptitergilde, hatte keine Erfahrung mit der galaktischen Justiz, und deshalb hatte sie Angst. Sie hatte noch nie von jemandem gehört, der, sei es als Beklagter oder Kläger, vor einem FSP-Gericht gestanden hatte. Ihre Ahnungslosigkeit verstärkte ihre Sorgen und ihre bösen Vorahnungen.

Die vier stiegen schweigend in den Schweber, der sich sofort in Bewegung setzte. Er hielt nicht, wie Killashandra erwartet hatte, vor dem wuchtigen Eingang, sondern er fuhr durch einen Seiteneingang in einen Tunnel und hielt an einem unmarkierten Bahnsteig.

Dort erwartete sie ein Riese von einem Mann, der die Uniform der FSP-Justiz trug. Killashandra stieg wie vor den Kopf geschlagen aus.

»Killashandra Ree«, sagte der Mann und identifizierte sie mit einem Nicken. Er war zwar nicht freundlich, aber auf keinen Fall feindselig. »Lars Dahl, Trag Morfane und Olav Dahl.« Er nickte höflich, als er sie identifiziert hatte. »Mein Name ist Funadormi, Gerichtsdiener beim Gericht 256, dem dieser Fall zugewiesen ist. Folgen Sie mir bitte!«

»Ich bin Agent Dahl, Dienstnummer ...«

»Ich weiß«, sagte der Mann höflich. »Schön, daß Sie Ihr Exil verlassen konnten. Hier entlang, bitte!« Er trat zur Seite, damit sie in den Lift steigen konnten, dessen Tür sich in der Rückwand des Bahnsteigs geöffnet hatte. »Es wird nicht lange dauern.«

Killashandra versuchte sich einzureden, daß sein Verhalten eher beruhigend war; seine Erscheinung allerdings war beängstigend. Er überragte sie alle, obwohl Lars und Trag große Männer waren. Killashandra und Olav waren nicht viel kleiner, aber sie hatte sich in Gegenwart eines anderen Menschen noch nie so winzig gefühlt. Der Lift setzte sich in Bewegung, und als sich die Tür wieder öffnete, sahen sie einen Flur, der sich zu beiden Seiten vor ihnen erstreckte. Die Wände waren durchbrochen und öffneten sich zu Innenhöfen, in denen Bäume und andere Pflanzen standen. Gärten schienen ein seltsamer Schmuck für ein Justizgebäude, aber der Anblick konnte Killashandra nicht beruhigen. Sie hielt sich an Lars' Hand fest und hoffte, daß Funadormi es nicht sah, und hoffte irgendwie auch, daß er es sah, weil sie diesem menschlichen Vertreter der Justiz zeigen wollte, daß sie voll und ganz auf Lars Dahls Seite stand.

Funadormi winkte sie nach links und hielt sie vor der zweiten Tür im Gang auf. Sie trug den Schriftzug: ›Große Strafkammer, Gerichtshof 256‹.

Killashandra lehnte sich bei Lars an. Trag, der hinter Lars stand, legte ihm beruhigend eine Hand auf die Schulter, und Olav richtete sich trotzig auf, um sich für die Prüfung ihres Plans, auf den sie sich recht unbekümmert eingelassen hatten, zu wappnen.

Funadormi öffnete die Tür mit seinem Daumenabdruck und trat ein. Killashandra hätte den Raum auf den ersten Blick nicht für einen Gerichtssaal gehalten. Allerdings erkannte sie die psychologischen Testgeräte und die Armbänder des Angeklagtenstuhls. Diesem Stuhl standen vierzehn weitere bequeme Stühle gegenüber. In die Wände waren Bildschirme eingelassen, und es gab ein Terminal mit dem Abzeichen der FSP-Justiz. In einer Ecke stand ein Sternenbanner der Federated Sentient Planets mit den Symbolen aller nichtmenschlichen vernunftbegabten Rassen.

Die Tür schloß sich hinter ihnen mit einem leisen Zischen, und Funadormi bedeutete ihnen, sich zu setzen. Er baute sich vor dem Bildschirm auf und begann mit der Prozedur.

»Gerichtsdiener Funadormi in der großen Strafkammer, Gerichtshof 256. Anwesend bei dieser Sitzung sind der Angeklagte Lars Dahl, Untersuchungsgefangener und Bürger des Planeten Optheria; der verhaftende Bürger Trag Morfane von der Heptitergilde; das Opfer

Killashandra Ree, ebenfalls Angehörige der Heptitergilde; und als Zeuge für den Angeklagten Olav Dahl, Agent der FSP, Dienstnummer AS-4897/KTE. Der Angeklagte wurde festgenommen laut Haftbefehl der Federated Sentient Planets Nr. A-1090088-O-FSP55558976. Bitte um Erlaubnis fortzufahren.«

»Erlaubnis erteilt«, erwiderte eine tiefe Frauenstimme. Es war eine seltsam mütterliche Altstimme, die sehr beruhigend wirkte. Killashandra spürte, wie die verkrampften Muskeln sich entspannten. »Der Angeklagte Lars Dahl möge sich auf den Vernehmungsstuhl setzen.«

Lars drückte ihre Hand ein letztes Mal, lächelte und blinzelte ihr verschlagen zu, stand auf und setzte sich auf den Vernehmungsstuhl. Der Gerichtsdiener brachte die Armbänder an und trat zurück.

»Ihnen wird die vorsätzliche Entführung von Killashandra Ree vorgeworfen, eines Mitglieds der Heptitergilde. Weiterhin vorsätzliche Beschneidung ihrer Persönlichkeitsrechte, schwere Körperverletzung, vorsätzliche Behinderung der Erfüllung ihrer vertraglichen Verpflichtungen und Vorspiegelung falscher Tatsachen zum Zweck der Erpressung. Bekennen Sie sich schuldig, Lars Dahl?« Die Stimme schaffte es, Mitleid und Mitgefühl durchklingen zu lassen, und forderte den Angeklagten damit auf, alles zu gestehen und zu beichten. Killashandra, der keine Nuance entging, fragte sich, ob die Justiz der FSP bei dieser überzeugenden Stimme etwa auch die unterbewußte Konditionierung benutzte.

»Unschuldig in allen Anklagepunkten«, antwortete Lars ruhig und fest, wie er es geprobt hatte.

Killashandra beruhigte sich mit dem Gedanken, daß er nach den Formulierungen im Haftbefehl, an denen Trag und Olav lange gearbeitet hatten, tatsächlich unschuldig war.

»Sie dürfen für sich selbst aussagen.« Die Aufforderung wurde streng und energisch ausgesprochen.

Obwohl Killashandra aufmerksam auf jedes Wort achtete, das Lars zu seiner Verteidigung und zur Erklärung sagte, und versuchte, die strengen Fragen zu analysieren, die ihm vom Justizmonitor gestellt wurden, konnte sie sich später kaum an die nächsten Stunden erinnern.

Er mußte völlig aufrichtig sein, um die Anklagen abzuwehren. Er erklärte, wie der Älteste Ampris, Vorgesetzter des Studenten Lars Dahl im Konservatorium und regierender Ältester des optherianischen Rates, sich an ihn gewandt und ihn aufgefordert habe, Killashandras Identität zu überprüfen, indem er sie verletzte. Zur Belohnung, habe Ampris ihm versprochen, werde man seine Komposition noch einmal bewerten. Die Erklärung, daß Lars von einem Vorgesetzten zu einer Tat gezwungen worden war, die er von sich aus nie begangen hätte, wurde vom Gerichtshof akzeptiert. Auf die Beschuldigung, er habe die Entführung von langer Hand geplant, erwiderte Lars, daß er das Opfer unerwartet und schutzlos getroffen und spontan gehandelt habe. Er gab zu, daß er sie bewußtlos geschlagen hatte, doch sei dies keine vorsätzliche Grausamkeit gewesen. Sie habe nicht einmal eine Prellung davongetragen. Sie sei schonend zu einem sicheren Ort transportiert worden, ausgerüstet mit Werkzeugen und Anleitungen, wie sie sich Nahrung und Schutz beschaffen konnte, so daß ihr keine physische Gefahr drohte. Und da sie die Insel aus eigener Kraft verlassen hatte, konnte nicht die Rede davon sei, daß er ihr die Entscheidungsfreiheit und die Bewegungsfreiheit genommen habe. Er hatte sich ihr gegenüber nicht fälschlicherweise als Retter dargestellt, denn sie hatte gar keine Hilfe mehr gebraucht. Vielmehr habe sie ihn gebeten, sie als Leibwächter zu begleiten, der sie vor weiteren Gewalttaten auf Optheria beschützen sollte. Er habe keineswegs die Absicht gehabt, die Erfüllung ihrer vertraglichen Pflichten zu behindern, denn er hatte ihr nicht nur bei der Reparatur des beschädigten Manuals geholfen, was ihr erster Auftrag war, sondern er hatte ihr außerdem schlüssige Beweise geliefert, die den zweiten Auftrag betrafen. Deshalb hielt er sich für unschuldig.

Nach Lars' Aussage wurde Killashandra in den Zeugenstand gerufen. Sie mußte sich sehr beherrschen, um den Druck zu verbergen, unter dem sie stand. Dabei wußte sie natürlich, daß die empfindlichen Psychogeräte auch das kleinste Zittern und die kleinste Unsicherheit bemerken würden. Schließlich waren sie dazu da, die Reaktionen und das psychologische Profil jedes Zeugen zu überprüfen. Objektiv freute sie sich, daß ihre Stimme nicht zitterte, als sie Lars' Aussage in jedem Punkt unterstützte und damit den Vorwurf der Körperverletzung endgültig von ihm abwendete. Sogar bei ihrer Entführung habe er in ihrem Interesse gehandelt, was ihre vertraglichen Pflichten und ihre persönliche Sicherheit anging. Sie antwortete knapp und sachlich. Subjektiv aber hatte sie noch nie solche Angst gehabt. Und die Geräte würden auch das aufzeichnen.

Danach traten Trag und Olav in den Zeugenstand. Jedesmal, wenn die unterbewußte Manipulation erwähnt wurde, wurden die Fragen unterbrochen, doch es gab keinen Hinweis darauf, wie diese Informationen vom Justizmonitor aufgenommen und analysiert wurden, denn vor dem Gesetz war dieser Teil ihrer Aussagen für diesen Fall ohne Belang.

Als Olav wieder zwischen Trag und Lars saß, trat der Gerichtsdiener vor den Bildschirm. Sie sahen, daß sich im Computer einiges tat, doch das Muster der blinkenden Lichter verriet ihnen nichts. Killashandra, die wieder Lars' Hand hielt, fuhr auf, als die Altstimme wieder sprach.

»Mit Ausnahme der Körperverletzung werden alle Anklagen gegen Lars Dahl fallengelassen.« Killashandra schluckte. »Die kriminellen Absichten lassen sich nicht nachweisen; dennoch verlangt das Gesetz, daß diese Straftat geahndet wird. Lars Dahl, Sie werden zur Verbüßung Ihrer Strafe dem Gewahrsam der FSP-Justiz überstellt. Außerdem sollen Sie als Zeuge für die Anklage wegen unterbewußter Manipulation gegen die Ältesten von Optheria zur Verfügung stehen. Olav Dahl, Sie werden bei diesen Ermittlungen, die durch Ihren Einsatz eingeleitet wurden, Hilfe leisten. Trag Morfane, Killashandra Ree, haben Sie zu Ihren bisherigen Aussagen noch etwas hinzuzufügen, was die unterbewußte Manipulation durch die Ältesten von Optheria angeht?«

Nachdem sie ohnehin schon völlig aufrichtig gewesen waren, konnte keiner der beiden noch etwas hinzufügen. Und Killashandra verstand nicht ganz, was mit Gewahrsam und Verbüßung der Strafe gemeint war.

»Damit ist die Sitzung der Großen Strafkammer im Sektor Regulus der Föderation geschlossen.« Das traditionelle Klopfen eines Holzhammers auf einem Schreibtisch beendete die Sitzung.

Völlig benommen von den juristischen Formulierungen, wandte Killashandra sich an Lars und seinen Vater.

»Bist du jetzt frei, oder was sollte das heißen?« fragte sie ihn.

»Ich bin nicht ganz sicher«, sagte Lars mit einem nervösen Lachen. »Aber es kann nicht viel daraus werden. Alles andere wurde ja niedergeschlagen, oder?« Er blickt zu Olav und wurde ernst, als er das düstere Gesicht seines Vaters sah.

»Er wird in Haft gehalten«, erklärte der Gerichtsdiener freundlich und nahm Lars am Arm. »Ich interpretiere das Urteil so, daß der Gerichtshof alle Anklagen außer der wegen Lars Dahls körperlichem Angriff auf Sie während Ihrer Entführung niedergeschlagen hat. Derartige Disziplinarstrafen sind immer recht kurz. Für die zweite Anklage, die der unterbewußten Konditionierung durch die optherianische Regierung, braucht der Gerichtshof noch etwas Zeit für die Ermittlung. Wenn sich diese Anklage als gerechtfertigt erweist, ist es möglich, daß die disziplinarischen Maßnahmen gegen Lars Dahl aufgehoben werden. Ich kann Ihnen einen Ausdruck der ganzen Gerichtsverhandlung geben, wenn Sie wollen.« Als Lars Dahl verblüfft nickte, fuhr er fort: »Dann werde ich das Programm anweisen, sie in Ihr Quartier zu senden. Wenn die Herren mir bitte folgen wollen?«

Hinter der Sitzgruppe öffnete sich ein Teil der Wand, und Funadormi winkte Lars und seinen Vater heran.

»Mitkommen?« rief Lars und versuchte, sich aus dem Griff des Gerichtsdieners zu winden.

Der Schreck und die Überraschung lähmten Killashandra für einen Augenblick, und bevor sie Lars folgen konnte, hatte der Gerichtsdiener, der ihren Geliebten festhielt, schon fast die Tür erreicht.

»Wartet! Warten Sie doch!« rief sie und stolperte in ihrer Eile über die Stühle.

»Sie sind entlassen. Das Urteil wurde gesprochen! Das Bodenfahrzeug, das Sie zu Ihrer Unterkunft bringt, steht bereit.«

»Aber — Lars!« Killashandras Protestschrei hallte dem breiten Rücken des Gerichtsdieners hinterher, der durch die Tür verschwand. Lars war schon nicht mehr zu sehen. Olav eilte hinterher, und auch er protestierte. »Lars Dahl!« schrie sie, voller Angst über diesen unerwarteten Ausgang. Die Tür schloß sich mit einem Knall, als Killashandra sie fast erreicht hatte.

»Von wegen Gerechtigkeit!« kreischte sie und schlug ohnmächtig vor die Wand. »Was ist das für eine Gerechtigkeit? Lars Dahl! Konnten sie uns nicht einmal Zeit lassen, uns zu verabschieden? Soll das Gerechtigkeit sein?« Sie fuhr zu Trag herum, der sie zu beruhigen versuchte. »Du mit deinen idiotensicheren Formulierungen! Jetzt haben sie ihn doch verurteilt. Ich will wissen, warum und was diese Disziplinarmaßnahmen für einen Mann bedeuten, der sich für einen ganzen armseligen elenden Planeten in die Schußlinie begeben hat.«

»Killashandra Ree«, sagte eine Stimme, und die Kristallsänger fuhren erstaunt herum und hörten dem Gerichtscomputer zu. »Ihre psychologischen Reaktionen zeigten während Ihrer Aussage starke Aufregung und Ängste — was recht ungewöhnlich scheint, wenn man Ihr Berufsprofil berücksichtigt —, und diese Gefühle wurden als Angst vor dem Angeklagten interpretiert, obwohl Ihre Aussage eher für ihn sprach. Die Disziplinarmaßnahmen werden verhindern, daß der Angeklagte Sie noch einmal angreifen kann.«

»Wie bitte?« Killashandra konnte es kaum glauben. »Das ist eine lächerliche Interpretation! Ich liebe diesen Mann! Ich liebe ihn, hörst du, ich hatte Angst *um* ihn, nicht *vor* ihm. Ruf ihn zurück! Das ist ein schreckliches Fehlurteil.«

»Das Urteil ist gesprochen, Killashandra Ree. Sie und Trag Morfane werden diesen Gerichtshof und das Gebäude sofort verlassen. Ihr Fahrzeug wartet.«

Die Stille nach diesem unpersönlichen Befehl machte sie fast schwindlig.

»Ich kann das nicht glauben, Trag. Das kann doch nicht richtig sein. Wie können wir Berufung einlegen?«

»Ich glaube nicht, daß wir das können, Killashandra. Das hier ist ein Gericht der Föderation. Wir haben nicht das Recht, Berufung einzulegen. Wenn Lars diese Möglichkeit hat, dann wird Olav bestimmt dafür sorgen. Aber wir haben hier nichts mehr zu suchen. Komm, man wird sich schon um Lars kümmern.«

»Genau davor habe ich ja Angst!« rief Killashandra. »Ich weiß, welche Strafen die Justiz verhängen kann. Ich hatte in der Schule auch Gesellschaftskunde. Ich kann nicht gehen, Trag, ich kann ihn nicht verlassen, nicht so. Nicht ohne eine Art ...« Sie begann heftig zu weinen, und plötzlich wurden ihre Knie so weich, daß Trag sie festhalten mußte.

Sie bemerkte nicht mehr, daß Trag ihr hinaushalf. Als sie draußen auf dem Flur wieder zu sich kam, wollte sie sich aus Trags Griff winden, aber es war noch jemand bei ihm, der Trag half, und die beiden zerrten sie in den Lift. Sie wehrte sich, schrie Beleidigungen und Drohungen, und obwohl sie Trag streng protestieren hörte, wurden ihr gepolsterte Handschellen angelegt. Die Demütigung dieser Erfahrung, dazu ihre Angst, ihre Enttäuschung und die körperlichen Anstrengungen der letzten Zeit erzeugten in Killashandra einen Zustand verzweifelter, hemmungsloser Wut.

Als sie den Shuttlehafen erreichten, von dem aus sie zur Transferstation von Regulus starten würden, hatte sie sich so weit verausgabt, daß sie nur noch erschöpft in ihrem Sitz hing, düster und schweigend und zu stolz, um darum zu bitten, daß ihr die Handschellen abgenommen würden. Sie ließ sich ohne Widerstand von Trag und dem Arzt führen und protestierte nicht, als sie ausgezogen und in ein Regenerationsbad gelegt wurde. Jede Lust zu protestieren und sich zu wehren war ihr vergangen, und sie ließ alles verzweifelt und hoffnungslos über sich ergehen. Sie dachte immer wieder an ihre Aussage im Zeugenstand, wo ihr Körper, der Körper, der Lars sosehr geliebt hatte und von ihm sosehr geliebt worden war, sie beide betrogen und eine falsche Aussage gemacht hatte. Sie war entsetzt über diesen Verrat und machte sich schwere Vorwürfe, daß sie Lars mit ihren Ängsten und ihren idiotischen Vorahnungen eine Verurteilung beschert hatte. Sie könnte sich nie vergeben. Irgendwie und irgendwann wollte sie wieder vor Lars stehen, um ihn um Verzeihung zu bitten. Das schwor sie sich.

Auf dem Rückweg nach Ballybran sprach sie kein Wort, sie nickte nur oder schüttelte den Kopf, um die wenigen Fragen zu beantworten, die ihr von Beamten gestellt wurden. Trag achtete darauf, daß sie aß, steckte sie ins Regenerationsbad, wo immer es eines gab, und leistete ihr Gesellschaft, wenn sie wach war. Er ließ sich nicht anmerken, ob er ihr Schweigen mißbilligte oder es sogar als Anklage auffaßte; er zeigte kein Bedauern, keine Reue und kein Mitleid. Und sie war zu sehr mit den ungeheuerlichen Umständen beschäftigt, unter denen Lars hintergangen und gefangengenommen worden war; sie konnte einfach nicht erklären, was in ihr vorging.

Als sie nach der langen Reise auf Ballybran landeten, war Killashandra physisch wieder völlig gesund. Sie verbrachte einige Zeit in ihrem Quartier, um die galaktischen Nachrichten zu sichten. Außer der Meldung, daß Truppen der Föderation auf dem Planeten gelandet seien, um ›juristische Anomalien zu korrigieren‹, gab es keine neuen Meldungen. Sie wollte nicht darüber nachdenken, was diese Meldung für Lars bedeutete. Sie kippte ihren Seesack aus und entschied sich für einen Schiffsanzug. Dann ging sie zum Lagerverwalter und verlangte mit einer Stimme, die durch Mangel an Gebrauch rauh geworden war, ihren Sonarschneider. Während sie darauf wartete, daß er das Gerät aus dem Lager holte, überprüfte sie den Wetterbericht und erfuhr zu ihrer Zufriedenheit, daß das Wetter für die nächsten neun Tage ruhig bleiben sollte.

Sie nahm ihren Schlitten selbst aus dem Regal und übersah den wachhabenden Offizier, der mit wilden Gesten ihren überhasteten Aufbruch verhindern wollte. Sobald sie den Hangar verlassen hatte, ging sie auf Höchstleistung und flog schnurgerade zu den Ranges.

Es war eine Ironie des Schicksals, daß sie in der tiefen sonnenlosen Schlucht, in der sie sich selbst und ihren Kummer über die Trennung von Lars Dahl begraben wollte, ausgerechnet schwarzen Kristall fand.

Epilog

KILLASHANDRA SAH, die Arme vor der Brust verschränkt, mit ausdruckslosem Gesicht zu, wie Enthor andächtig die neun schwarzen Kristalle auspackte.

»Internationaler Standard, Killashandra«, sagte er und brachte seine Augen mit einem Blinzeln wieder auf Normalsicht, während er zurücktrat und die großen Kristalle überblickte. »Und alle aus der Ader, die du im letzten Jahr gefunden hast?«

Killashandra nickte. Es gab nicht mehr viel, was sie veranlassen konnte, mit Worten zu antworten. Die Arbeit im neuen Claim hatte rasch ihre Verluste aus dem optherianischen Vertrag ausgeglichen; den Regeln und Vorschriften der Heptiter entsprechend hatte sie einen Teil ihres Honorars an Trag abgeben müssen. Sie hatte dies genauso widerspruchslos hingenommen wie alles seit jenem Tag vor dem Gericht auf Regulus. Nicht einmal Rimbol war fähig gewesen, ihre Apathie zu durchdringen, obwohl er und Antona es unermüdlich versuchten. Lanzecki hatte nach ihrer ersten Rückkehr aus den Ranges sehr freundlich mit ihr gesprochen und zur neuen schwarzen Kristallader gratuliert, aber sie hätten ihre frühere Beziehung nicht wieder aufnehmen können, auch dann nicht, wenn Lanzecki es versucht hätte.

Sie sah ihn nicht. Sie sah niemand außer Lars, einen lachenden, mit einer Girlande bekränzten Lars, dessen blaue Augen funkelten, die Zähne weiß im gebräunten Gesicht, der gebräunte Körper über das Deck der *Pearl Fisher* laufend. Sie erwachte manchmal und war sicher, daß sie seine Hand auf ihrer Hüfte gespürt hatte, daß sie seine Stimme im Wispern des Windes in der tiefen Schlucht gehört hatte; oder sie glaubte, seinen Tenor im wärmer werdenden Kristall zu hören, wenn die Sonne gegen Mittag endlich die Klippe erreichte. Sie machte zwei Versuche, sich dem Kristallbann hinzugeben, doch jedesmal zog sie der Symbiont irgendwie zurück. Nicht einmal diese Verzauberung war mächtig genug, um ihre Verzweiflung zu überwinden. Sie war besessen von ihrer Schuld, nachdem ihr Körper sie im Zeugenstand auf Regulus betrogen hatte.

Man hatte sie über die Situation auf Optheria auf dem laufenden gehalten, und oft in klaren Nächten formulierte sie Briefe an Lars und bat um Vergebung für diesen Betrug. Sie schrieb in ihrer Phantasie Briefe an Nahia und Hauness und wußte, daß sie mit ihr fühlen und für sie um Lars kämpfen würden. In ihren lichteren Augenblicken sagte ihr die Vernunft, daß Lars ihr diese bziarre Psychoanalyse nicht vorwerfen würde, denn er wußte ja, wie sehr sie ihn liebte und verehrte. Aber er hatte ihr leidenschaftliches Flehen vor Gericht nicht gehört, und sie bezweifelte, daß die Worte ›Ich liebe dich‹ in die Abschrift der Verhandlung eingegangen waren. Und er hatte für den Rest seines Lebens ganz andere Pläne.

Sie dachte immer wieder daran, nach Optheria zurückzukehren und zu sehen, wie es ihm ging, auch wenn sie nie Kontakt mit ihm aufnehmen würde. Vielleicht hatte er eine andere Frau gefunden, mit der er auf Optheria lebte. Manchmal kehrte sie aus den Ranges zurück, fest entschlossen, ihr elendes Halbleben auf die eine oder andere Weise zu beenden. Sie hatte genug Kredite verdient, um auf eigene Kosten durch die Galaxis zu reisen: ironischerweise gerade durch die schwarzen Kristalle, die sie geschnitten hatte. Aber würde sie Lars auf Optheria erreichen? Vielleicht hatte er, nachdem er seine Strafe abgesessen und der Föderation bei den Ermittlungen auf Optheria geholfen hatte, einen neuen Ausdruck für seine Fähigkeiten und Energien gefunden. Da er frei war, zwischen den Sternen zu reisen, war seine Liebe zum Meer vielleicht vergangen.

Und in ihren klarsten Augenblicken wußte sie, daß alle ›Wenns‹ und ›Abers‹ nichts als Ausflüchte waren. Trotzdem war es im Grunde keine Verzagtheit, wenn sie zögerte; es war ein tiefes, instinktives ›Wissen‹, daß sie noch eine Weile in der Luft hängen mußte. Daß sie warten mußte. Wenn der richtige Augenblick gekommen war, würden auch die Handlungen ganz von selbst kommen. Also richtete sie sich auf Warten ein und vervollkommnete sich in dieser Kunst.

»Du kommst früh zurück«, sagte Enthor zu ihr. »Die Sturmwarnung ist gerade erst rausgegangen.«

»Sind die hier nicht gut genug?« fragte Killashandra. »Es besteht doch kein Grund, Kopf und Kragen zu riskieren, oder?«

»Nein, nein«, versicherte Enthor ihr eilig.

Killashandra hatte auf die Sturmwarnung reagiert, die ihr Symbiont ihr gegeben hatte. Sie hatte sich daran gewöhnt, auf ihn zu hören, weil er sich so oft als der exakteste Sinn erwies, den sie besaß.

»Du hast jetzt genug, um ein ganzes Jahr auf Maxim zu verbringen«, fuhr Enthor mit einem schrägen Blick fort. »Du warst lange nicht mehr fort, Killashandra. Du solltest Urlaub machen.«

Killashandra zuckte die Achseln und starrte gleichgültig auf einen Kontostand, bei dessen Anblick sie früher triumphierend geschrien hätte. »Ich habe noch nicht genug Resonanz, um gehen zu müssen«, sagte sie tonlos. »Ich warte noch. Danke, Enthor.«

»Killa, wenn es dir hilft zu reden …«

Sie betrachtete, etwas überrascht über die Berührung, die Hand, die der alte Sortierer ihr sachte auf den Arm gelegt hatte. Der unerwartete Zuspruch und sein besorgtes Gesicht kratzten die dicke Schale an, die ihr Bewußtsein und ihren Geist umgab. Sie lächelte leicht und schüttelte den Kopf. »Reden würde nicht helfen. Aber ich danke dir.«

Es war wirklich sehr freundlich gewesen. Sortierer und Sänger hatten viel öfter Streit, als daß sie Mitgefühl füreinander empfanden.

Der Nordoststurm, den ihr Symbiont gespürt hatte, scheuchte die Sänger aus den Ranges in den sicheren Complex. Der Aufzug, die Halle und die Gänge waren übervölkert, aber sie wand sich verstohlen durch das Gedränge. Niemand sprach sie an. Sie existierte für sich selbst nicht, also existierte sie auch nicht für die anderen.

Der Bildschirm in ihrem Quartier forderte sie auf, mit Antona Kontakt aufzunehmen. Es kamen immer wieder Nachrichten von der Leiterin der Medizinabteilung; Antona versuchte, einen intensiveren Kontakt herzustellen.

»Ah, Killa, komm doch bitte zur Krankenstation herunter!«

»Ist schon wieder eine Untersuchung fällig?«

»Nein. Aber ich brauche dich hier unten.«

Killashandra runzelte die Stirn. Antona machte ein ernstes Gesicht und wartete auf Killashandras Zustimmung.

»Ich will mich erst umziehen. « Killashandra deutete auf die verschmutzte Bluse ihres Anzugs.

»Von mir aus hast du sogar Zeit zum Baden.«

Killashandra nickte, unterbrach die Verbindung und löste auf dem Weg zum Bad die Verschlüsse ihres Anzugs. Sie drehte das Wasser an. Eigentlich hatte sie, gerade aus den Ranges zurückgekehrt, allen Grund, das heiße Wasser möglichst lange zu genießen. Doch sie badete rasch und gründlich und zog die ersten sauberen Kleider an, die sie fand. Ihr Haar, der Bequemlichkeit halber kurz geschnitten, war schon wieder getrocknet, als sie die Krankenstation erreichte. Ihre Nasenflügel bebten, als sie den Geruch von Krankheit und Fieber wahrnahm, und die gedämpften Geräusche erinnerten sie an ihren ersten Besuch in Antonas Reich. Eine neue

Gruppe machte gerade die Umstellung auf den Ballybran-Symbionten durch.

Antona kam aus ihrem Büro. Sie schien sehr aufgeregt.

»Danke, Killa. Ich habe hier einen Neuzugang, und ich möchte, daß du mit ihm sprichst und ihn beruhigst. Er ist ganz sicher, daß etwas nicht stimmt.« Die Worte sprudelten aus ihr heraus, während sie Killashandra den Gang hinunterzog und durch die Tür schob, die sie für Killashandra öffnete. Ohne besonderes Interesse bemerkte Killashandra die Zimmernummer: es war der gleiche Raum, den sie vor fünf Jahren während der Anpassung bewohnt hatte. Dann erhob sich der Bewohner lächelnd aus dem Bett.

»Killa!«

Sie starrte Lars Dahl an und wollte ihren Augen nicht trauen, denn sie hatte dieses Phantom zu oft gesehen. Aber Antona hatte sie hergebracht, also mußte der Anblick real sein. Begierig bemerkte sie die winzigen Veränderungen an ihm: die fehlende Bräune, die schmal gewordenen Schultern unter dem leichten Hemd, die neuen Falten im Gesicht, das Fehlen des fröhlichen Zwinkerns, das so gut zu seinem offenen hübschen Gesicht gepaßt hatte. Er war etwas gealtert — nein, gereift. Und dabei hatte er an Würde gewonnen und eine Ausstrahlung von Kraft und jener Geduld bekommen, die Zeit und Erfahrung mit sich bringen.

»Killa?« Das Lächeln wich aus seinem Gesicht, und seine halb erhobene Hand fiel herunter, als sie nicht antwortete.

Sie schüttelte unmerklich den Kopf und zögerte, denn sie war sicher, daß er wieder verschwinden würde, wenn sie sich eingestand, daß er in Fleisch, Knochen und Blut vor ihr lag. Doch ihre Hände hoben sich wie von selbst. In ihrem Körper dehnte sich der kalte Knoten aus, zu dem alle Gefühle und ihr Bewußtsein geronnen waren, als wehe ein warmer Luftzug durch ihre

Adern. In ihrem Bewußtsein war nur noch Platz für einen einzigen Gedanken: Er war da, und er wäre nicht da, wenn er ihr nicht vergeben hätte.

»Lars?« flüsterte sie ungläubig, doch inzwischen war sie sicher genug, um den Raum zu überwinden, der sie trennte. Und dann, als fände er ihr Wiedersehen ebenso unglaublich wie sie, nahm er sie behutsam in die Arme.

Sie hatte einen Augenblick lang keine Kraft, seine Umarmung zu erwidern, sondern schmiegte nur den Kopf an seine Schulter und an seinen Hals und roch seinen Duft und weinte die Tränen, die sie während ihrer langen Trennung so eisern zurückgehalten hatte.

Lars hob sie auf und trug sie zum Stuhl, wo er sie behutsam absetzte, erschrocken über ihr heftiges Schluchzen. Er tröstete sie mit Küssen, Zärtlichkeiten und festen Umarmungen.

»Die verdammte Maschine, die das Urteil sprach, wußte nicht, daß wir Geliebte waren; diese Information war auch im Grunde für niemand außer uns selbst wichtig«, sagte er und baute durch das Reden die Spannung ab, die auch ihn bedrückt hatte, bis er hergekommen war, um endlich wieder mit ihr zu sprechen und sie zu sehen. »Dann fand Vater heraus, was geschehen war, und er brachte die ganze Abteilung in Bewegung, bis das Urteil wegen der Fehlinterpretation deiner psychischen Reaktionen zurückgenommen wurde. Arme süße Sunny, du hast dir solche Sorgen um mich gemacht, daß du alles durcheinandergebracht hast.« Zu ihrer Überraschung kicherte er. »Du konntest ja nicht wissen, daß der Gerichtshof nur deshalb eine Disziplinarmaßnahme gegen mich verhängte, weil die Technik in dir ein Gefühl registrierte, das als unterdrückte Rachsucht interpretiert wurde. Ein Urteil mußte gesprochen werden, so blind es auch war. Vater erreichte schließlich einen menschlichen Oberaufseher, beschwor vor einem halben Dutzend Psycho-Einheiten, daß er selbst auf Angel

Island uns die Kränze gegeben hatte, und schließlich wurde das Urteil aufgehoben. Hast du übrigens gemerkt, daß der Gerichtsdiener eine Maschine war? Kein Wunder, daß ich mich nicht bewegen konnte, als er mich packte. Und als wir endlich begriffen, welche Rechte wir hatten, war Trag schon mit dir abgereist. Ich glaube, du warst ziemlich wütend.«

Auf diese gewaltige Untertreibung konnte sie nur nicken. Sie versuchte, nicht über die absurde Situation zu lachen, doch das Weinen konnte sie nicht unterdrükken. Die Tränen stiegen ihr in die Augen, und ihr Weinen war der letzte Beweis für Lars — falls er überhaupt noch einen brauchte —, wie sehr sie ihn vermißt hatte. Sie hatte sich so lange danach gesehnt, in seinen Armen zu liegen, seine volle schöne Tenorstimme zu hören und sich über den Unfug zu amüsieren, den er so oft von sich gab. Er hätte völlig zusammenhanglose Worte sprechen können, sie hätte trotzdem zufrieden zugehört. Aber er berichtete ihr die Dinge, nach denen sie ihn ohnehin gefragt hätte. Er erklärte ihr, was sie wissen mußte, um das letzte schreckliche Jahr zu verstehen.

»Dann haben Vater, Corish und ich zwei Monate damit verbracht, das Material für den Rat aufzubereiten. Theach, Brassner und Erutown sind zusammen mit Corish geflohen. Sie wurden dem Revision Corps zugeordnet, bis jemand im Rat sich die Gleichungen, die Theach auf seinem Terminal bearbeitete, etwas näher ansah.« Lars lächelte zärtlich und tupfte ihr die Tränen von den Wangen. Dann küßte er ihre Stirn, etwas verwundert über die für sie so untypische Sentimentalität. »Und so ist er wie üblich auf den Füßen gelandet. Fünf weitere Leute, einschließlich des Braumeisters von Gartertown, an den du dich vielleicht erinnerst«, fügte er hinzu und tippte ihr neckend auf die Nase, »kamen mit dem nächsten Linienschiff heraus und haben schon eine neue Heimat gefunden. Nahia und Hausness machten sich Sorgen, was aus den Flüchtlingen werden würde, sobald sie Optheria verlassen hatten, aber anscheinend gibt es ein gut organisiertes Aufnahmeverfahren. Obwohl Optherianer nicht allzu viele Fähigkeiten haben, die sie den weiter fortgeschrittenen Gesellschaften anbieten könnten.

Vater und ich wurden eingezogen, um die Revision Force einzuweisen. Weißt du, direkt nach dieser schrecklichen Verhandlung wurden noch einige weitere Agenten losgeschickt, die während des Sommerfestivals als Touristen auftreten sollten. Sie kamen zurück und berichteten, daß sie bei öffentlichen Konzerten in Ironwood, Baley, Everton und Plamo einer unverschämten unterbewußten Konditionierung ausgesetzt worden seien. Ein Punkt, den Vater und ich betonten, bestand darin, daß die Revision Forces bis nach dem Festival warten sollten, weil sie es sonst nicht nur mit einem chaotischen, sondern auch mit einem bankrotten Planeten zu tun bekommen würden. Also bekam Optheria wie jedes Jahr seine Chance, Steuern einzunehmen«, erklärte Lars mit einem zufriedenen Grinsen, »und die Ältesten bemerkten gar nicht, daß aus den beiden großen Orgeln im Konservatorium keine unterbewußten Beeinflussungen abgestrahlt wurden.

Wenn wir etwas Zeit haben, können wir uns die Bänder von der Landung und der Übernahme ansehen. Vier Älteste bekamen tödliche Herzanfälle, aber Ampris, Torkes und Pentrom müssen sich vor dem obersten Gerichtshof für ihre unverschämten, schrecklichen, böswilligen, vorsätzlichen und illegalen Manipulationen des optherianischen Volkes verantworten.

Die Revision Forces haben jetzt auf Optheria die Regierung übernommen ...« Er starrte mit dem leeren Blick eines Menschen vor sich hin, der an eine bestimmte, traurige Szene denkt. Er beugte sich wieder vor, um Killashandra zu küssen, und bemerkte, daß ihre Tränen versiegt waren. Ihr Atem ging ruhiger.

»Warum hast du sie nicht begleitet?«

»Oh, man trug mir viele gute Argumente dafür vor. Man wollte mir sogar einen sehr schmeichelhaften Posten geben. Vater ist zurückgekehrt; er wollte Teradia nicht lange allein lassen. Zu meiner Überraschung ging auch Corish mit und natürlich Erutown und Brassner. Aber ich hatte andere Pläne.«

Killashandra schüttelte traurig den Kopf. »Wenn ich von deinen Plänen gewußt hätte ...« Sie machte eine ausholende Geste und deutete damit an, was sie von seiner Anwesenheit in der Krankenstation hielt.

Lars umarmte sie fest. »Deshalb habe ich sie ja nicht erwähnt. Außerdem«, er sah sie verschlagen an, »hatte ich mich noch nicht ganz entschlossen.«

»Und wie hat Trag dich dann rekrutiert?«

Lars hob überrascht die Augenbrauen. »Hat er gar nicht. Es ist illegal, Bürger für die äußerst gefährliche Arbeit in der Heptitergilde zu rekrutieren. Weißt du das nicht? Offengestanden, meine geliebte Sunny, ich war von Trags Lauterkeit sehr beeindruckt. Es tat wirklich gut, einen ehrenwerten und vertrauenswürdigen Mann kennenzulernen. Du selbst hast mich rekrutiert, Killashandra. Du warst die Verkörperung der unstrittigen Vorteile, die man als Kristallsänger hat. Deine strahlende Jugend, dein Charme, deine Unverletzlichkeit, deine unermüdliche Energie und deine Entschlossenheit. Und dann die verschiedenen Aufträge, die man erhält — Reisen im Weltraum und Kredite, ganz zu schweigen von der Chance, die Galaxis zu sehen, die mir in meiner Jugend vorenthalten ...«

»Du bist ja verrückt.« Killashandra wurde rasch wieder munter, da sie sich nun über seine Überschwenglichkeit aufregen konnte, und sie war sehr erleichtert, ihn wieder bei sich zu haben. »Hast du nicht gehört, was ich dir über die Nachteile erzählt habe? Hast du nicht gehört, was dir alles passieren kann? Und was ich erzählt habe, ist nicht einmal die Hälfte. Aber du wirst es bald selbst wissen. Wie konntest du nur so blind sein?«

»Niemand ist so blind, daß er nicht eines Tages sehend wird, Killa, meine Geliebte. Meine bleiche Sunny, meine Geliebte, gibt es auf diesem Planeten keine Sonne, daß du so blaß bist?« Er begann sie zärtlich zu küssen. »Ich muß zugeben, daß ich gezögert habe. Einen Moment lang.« Seine Augen funkelten, als er sie neckte. »Dann habe ich den Eintrag über Ballybran gelesen. Und das gab den Ausschlag.«

»Ballybran? Ballybran gab den Ausschlag?« Killashandra wand sich erstaunt in seinen Armen. Warum hatte sie so merkwürdig auf seine Entscheidung reagiert? Er war hier! Aber woher hatten ihr Bauch und ihr kluger Symbiont gewußt, daß er kommen würde? Gerade weil sie nicht daran glauben wollte? Sie spürte die lange vermißte Zärtlichkeit der Kristalle in den Knochen.

»Natürlich, Sunny. Wenn du mir schon früher verraten hättest, daß es auf Ballybran Meere gibt ...«

»Meere?« Killashandra legte ihm eine Hand auf die Stirn. Er mußte Fieber haben. »Meere!«

»Ich brauche nicht mehr zu meinem Glück als Wasser unterm Kiel und einen Stern, nach dem ich segeln kann.« Er hielt sie fest, und sie wurde munter und überlegte, bei wem er dieses eigenartige Zitat entliehen hatte. »Und außerdem bist du auf Ballybran, geliebte Sunny!« Er dämpfte seine Tenorstimme zu einem heiseren leidenschaftlichen Flüstern. Seine Augen strahlten unglaublich blau und nahmen ihr ganzes Blickfeld ein. Seine Arme hielten sie mit einer Kraft, die sie an sonnengewärmte Strände erinnerte, an tropische Düfte und ...

»Kristallsängerin, zeig mir, was Ballybran alles zu bieten hat!«

»Jetzt gleich?«